翻译·构建·影响
英国浪漫主义诗歌在中国

吴赟 著

北京大学出版社
PEKING UNIVERSITY PRESS

图书在版编目(CIP)数据

翻译·构建·影响:英国浪漫主义诗歌在中国/吴赟著.—北京:北京大学出版社,2012.9

(文学论丛)

ISBN 978-7-301-20889-2

Ⅰ.翻… Ⅱ.吴… Ⅲ.①浪漫主义—诗歌研究—英国②诗歌史—研究—中国 Ⅳ.I561.072

中国版本图书馆CIP数据核字(2012)第139818号

书　　名：翻译·构建·影响:英国浪漫主义诗歌在中国
著作责任者：吴赟　著
组稿编辑：刘　强
责任编辑：初艳红
标准书号：ISBN 978-7-301-20889-2/I·2489
出版发行：北京大学出版社
地　　址：北京市海淀区成府路205号　100871
网　　址：http://www.pup.cn
电子邮箱：alice1979pku@163.com
电　　话：邮购部 62752015　发行部 62750672　编辑部 62759634
　　　　　出版部 62754962
印　刷　者：三河市欣欣印刷有限公司
经　销　者：新华书店
　　　　　880毫米×1230毫米　A5　8.875印张　260千字
　　　　　2012年9月第1版　2012年9月第1次印刷
定　　价：30.00元

未经许可,不得以任何方式复制或抄袭本书之部分或全部内容。
版权所有,侵权必究　举报电话：010－62752024
　　　　　　　　　电子邮箱：fd@pup.pku.edu.cn

上海市教育委员会科研创新项目
上海外国语大学"211工程"三期建设项目
教育部国际司区域和国别研究培育基地上海外国语大学英国研究中心项目
本书由上海外国语大学教育发展基金会"海富通基金"资助出版

序

谢天振

日前吴赟带着她的《翻译·构建·影响——英国浪漫主义诗歌在中国》一书的打印稿来到我的办公室，说是该书稿即将正式出版，很希望我能为她的新著写一篇序。吴赟是上外英语学院一名优秀的青年教师，也是我们高翻学院建立翻译学博士点以后所招收的第一批六个博士生之一。她的指导老师史志康教授与我一向私交甚密，她又一直选修并参加我主讲或主持的相关博士生课程，所以我也把她视作自己的学生一样，对她的请求自然也欣然允诺。

吴赟的这本书探索了英国浪漫主义诗歌在中国的百年译介历程。从清末民初而下，经五四前后，建国后十七年，往后延伸至上世纪末，对这四大阶段的分析总结构成了一部相对比较完整的译介史。借用译介学的理论，对一个外国诗歌流派在中国的百年译介进行全面的梳理和分析，这对国内传统的外国文学研究，无论是研究的理念还是研究的领域，都是一个很有意义的革新和拓展。事实上，近年来国内外国文学研究界已经开始越来越重视译介学的研究，2006年国家课题指南"外国文学"栏下的八大课题之一即是"译介学"，国家"十一五"哲学社会科学规划中的"外国文学"条目下，也同样把"译介学"与"外国文学学科理论创新"等课题并列在一起，作为"十一五"期间国内外国文学研究的主要课题之一。

然而，跳出了国内传统外国文学研究主要关注作家生平、创作手法、作品主题、形象塑造、流派特征等研究套路的译介学研究，对研究者又提出了新的要求。它要求研究者能充分占有译介的史料和事实，能全面把握译介所处的时代语境并深入洞察作用和制约译介行为的诸多因素，包括译介时的主流意识形态、诗学观念、赞助人以及译者本人的美学趣味、政治志向等等。当然，与此同时，译介学的研究者对作品的原文、原作者等情况，也必须有所了解和研究。

不难发现,吴赟的这部《翻译·构建·影响——英国浪漫主义诗歌在中国》书稿也正是从这几个方面展开其研究的。她花了很大的工夫,收集了相当翔实的史料,生动而又具体地再现了英国浪漫主义诗歌在清末民初如何一步步地被译介、被接受,在五四新文化运动中,如何一步步被拿来、被吸收,轰轰烈烈地除旧布新,帮助构建中国的新诗,影响中国的新文学体系。而在她把目光投射到新中国成立后"十七年"时期时,她又特别关注"十七年"期间新中国的文艺政策、有关部门下达的与文学翻译有关的文件、有关领导人的讲话,以及对整个"十七年"新中国的外国文学译介产生巨大影响的、翻译自苏联学者的《英国文学史纲》等著作,通过对这些外部话语、操控因素的深入剖析,让读者对"十七年"期间译者的翻译选择、湖畔派诗人的被捐弃、浪漫派诗人在译介过程中的被扭曲和变形等现象,有了非常深刻的认识和了解。关于英国浪漫主义诗歌在"文革"后的"新时期"的译介,作者一方面理智地看到"英国浪漫主义诗歌的译介在这时期对(中国)诗歌的创作影响已日渐式微",但另一方面,她又敏锐地觉察到,"在诗歌本体、诗歌思维、诗歌表现等方面,仍然闪烁着色彩和光芒"。因此在第五章"新时期的'审美'与'人性'"这部分里,作者花了一定的笔墨,专门揭示英国浪漫派诗歌在"新时期"的译介及其对中国当代诗人,尤其是朦胧派诗人的影响。

　　总之,本书在译介学理论的指导下,通过把历史描述与理论阐释相结合、总体描述与个案研究相结合的方法,对英国浪漫主义诗歌在一百余年间中国语境中的翻译、影响、传播等进行了相当全面和深入的梳理和考察,对诗歌翻译和本土诗歌的创作之间的互动关系,也进行了具体的分析。像这样富有新意的探讨,无论是对国内的外国文学教学与研究,还是对比较文学、翻译学的教学与研究,都一定能给人以启迪,并产生应有的影响。

　　英国浪漫主义诗歌作为一种充满人文精神和理想的文学形式,其勃兴扩大了文学的表现方式,提供了人类感知自我、阐释世界的新视角,而它的异域传播与横向移植,尤其"在遥远的东方、迥异的国土上激起了巨大的回声"。借用王佐良翻译的华兹华斯诗句"它带来了/崇高思想的欢乐,一种超脱之感,/……推动/一切有思想的东西,一切思想的对象,/穿过一切东西而运行。"希望在这种精神的指引下,吴赟能够秉持浪漫主义始终执著、纯粹的气质,在今后的学术道路上取得更加成熟、更加丰硕的成果。

是为序。

2011 年 10 月 7 日
上海外国语大学高级翻译学院

前　言

　　中国新文学自发轫之始就与外国文学结下不解之缘,正如朱自清先生指出:"新文学大部分是外国的影响,新诗自然也如此。这时代翻译的作用很大。白话译诗渐渐多起来,译成的大部分是自由诗,跟初期新诗作出相应。"①中国新诗从诞生起,就以开放的姿态来吸纳异域文学的影响;换言之,外国文学早已渗透在中国新诗的生命历程之中。其中,英国浪漫主义诗歌扮演着举足轻重的角色,作用不可或缺。

　　中国对英国浪漫主义诗歌的翻译始于20世纪初。其后,浪漫派诗作如潮水般涌入,百余年来,影响、冲击、构架着中国的文学习惯、价值观念与社会思潮。异域与本土文化体系不断碰撞权衡,互相磨合,新旧交迭共生。从清末民初以降直至新世纪,译作层出,影响新诗的建构与发展;吉光片羽,个中意义远非囿于简单的语言与文学现实。

　　在漫长的历史长河里,英国浪漫主义诗歌被中国文化认识、吸收、消化、融入,同时也有排斥、误读和摈弃。这百年历程显示出中西两种异质文化的碰撞与交融、拒斥与吸纳。而中国对英国浪漫主义诗歌的译介有全盘吸收,有创造性改造,更有因此对自我文化的发展和改造,可以说,英国浪漫主义的诗歌体系已经深深地植根于中国文化之中,为中国新诗发展增添了新的活力,成为中国新诗乃至文学、文化发展、变化的一个重要因素。

　　本书本着"重写文学史"的精神,尝试在现代译学理论的映照下,通过阅读、归纳、分析,逐一审视中国在不同文学时期对英国浪漫主义诗歌的接受与诠释,并从中选择有代表性的经典诗歌,归纳出浪漫主义诗歌进入中国后所呈现的精神脉络、诗学特质和美学特征。具体而言,本书以清末

---

　　①　朱自清:《译诗》,朱乔森编:《朱自清全集》第2卷,南京:江苏教育出版社,1988年,第371—372页。

民初、五四新文化运动至新中国成立前、新中国成立后十七年、"文革"后新时期为时间分野,以中国的文艺工作语境和翻译文学在各个时期跌宕起伏的生存语境为背景,以意识形态、诗学原则、翻译规范以及与新诗的互动关系为研究框架,通过译介建构的"英国浪漫主义诗歌图景",以史为本、史论结合、以论概史,描述百余年来英国浪漫主义诗歌在中国的接受历程、影响深度和构建面貌。

在写作方法上,本书立足英国浪漫主义各位主要诗人在中国被接受和扬弃的现实与特点,分析权力话语与意识形态对外国文学翻译的操纵及政治利用的文化本质;立足诗歌翻译建构和嬗变的角度,分析译者在主流意识形态和诗学的制约下,如何运用适当的阐释策略和翻译策略来遴选、确定或颠覆诗歌的经典地位;立足百余年间诗歌译介中政治工具性和文学审美性之间的摩擦和融合、叛逆与臣服,分析浪漫主义诗歌译介在历时研究中展现的鲜明主题和独特内涵,以及其与本土诗歌创作之间的互动与影响,因此对整个百年译介历程的考察不仅仅停留在浅表的字词或句法等形式层面,而是拓展到更高更为宽广的诗学层、美学层和宏观的文化互动层面;它不仅仅是西方浪漫特质的横向移植,而是在吸收养分之后,发展成为一种重要文学思潮、一种文学表现类型,明确地呈现为动态而完整的诗歌译介体系。

一言以蔽之,本书对英国浪漫主义诗歌在中国的译介研究,实际上是借由特殊个案,对翻译文学史进行阐明和深入。从清末民初到新世纪,其中丰富的文学与文化现象依托于不同时期迥然相异的历史文化语境,体现政治话语与文学审美从亲缘到疏离的跌宕,折射诗学从文言旧制走向白话诗体的新生历程,并映照出浪漫主义百余年来贯彻始终的慨然而纯粹的精神气质。

目　录

第一章　英国浪漫主义诗歌总述 ⋯⋯⋯⋯⋯⋯⋯⋯⋯⋯⋯⋯⋯⋯ 1
　第一节　诗歌：源起、发展与特质 ⋯⋯⋯⋯⋯⋯⋯⋯⋯⋯⋯⋯⋯ 1
　　1. 源起与发展 ⋯⋯⋯⋯⋯⋯⋯⋯⋯⋯⋯⋯⋯⋯⋯⋯⋯⋯⋯ 1
　　2. 诗歌的特质 ⋯⋯⋯⋯⋯⋯⋯⋯⋯⋯⋯⋯⋯⋯⋯⋯⋯⋯⋯ 5
　第二节　诗人：从布莱克到济慈 ⋯⋯⋯⋯⋯⋯⋯⋯⋯⋯⋯⋯⋯⋯ 7

第二章　清末民初的"求新声于异邦" ⋯⋯⋯⋯⋯⋯⋯⋯⋯⋯⋯ 15
　第一节　登场：启蒙与救亡 ⋯⋯⋯⋯⋯⋯⋯⋯⋯⋯⋯⋯⋯⋯⋯ 16
　　1. 世纪之交的期待视野 ⋯⋯⋯⋯⋯⋯⋯⋯⋯⋯⋯⋯⋯⋯⋯ 16
　　2. 英国浪漫主义的登场 ⋯⋯⋯⋯⋯⋯⋯⋯⋯⋯⋯⋯⋯⋯⋯ 18
　第二节　纲领：《摩罗诗力说》 ⋯⋯⋯⋯⋯⋯⋯⋯⋯⋯⋯⋯⋯⋯ 22
　　1. 思想的战斗檄文 ⋯⋯⋯⋯⋯⋯⋯⋯⋯⋯⋯⋯⋯⋯⋯⋯⋯ 23
　　2. 英国的摩罗诗人 ⋯⋯⋯⋯⋯⋯⋯⋯⋯⋯⋯⋯⋯⋯⋯⋯⋯ 25
　第三节　译介：旧瓶装新酒 ⋯⋯⋯⋯⋯⋯⋯⋯⋯⋯⋯⋯⋯⋯⋯ 28
　　1. 对各诗人的译介分述 ⋯⋯⋯⋯⋯⋯⋯⋯⋯⋯⋯⋯⋯⋯⋯ 28
　　2. 苏曼殊的文言体译诗 ⋯⋯⋯⋯⋯⋯⋯⋯⋯⋯⋯⋯⋯⋯⋯ 32

第三章　新文化运动的"诗体大解放" ⋯⋯⋯⋯⋯⋯⋯⋯⋯⋯⋯ 47
　第一节　图景：诗体大解放 ⋯⋯⋯⋯⋯⋯⋯⋯⋯⋯⋯⋯⋯⋯⋯ 48
　　1. 新文学兴起 ⋯⋯⋯⋯⋯⋯⋯⋯⋯⋯⋯⋯⋯⋯⋯⋯⋯⋯⋯ 48
　　2. 白话与欧化 ⋯⋯⋯⋯⋯⋯⋯⋯⋯⋯⋯⋯⋯⋯⋯⋯⋯⋯⋯ 52
　第二节　译介：浪漫的狂飙 ⋯⋯⋯⋯⋯⋯⋯⋯⋯⋯⋯⋯⋯⋯⋯ 55
　　1. 浪漫主义的狂飙兴起 ⋯⋯⋯⋯⋯⋯⋯⋯⋯⋯⋯⋯⋯⋯⋯ 55
　　2. 旧格律的打破与新建 ⋯⋯⋯⋯⋯⋯⋯⋯⋯⋯⋯⋯⋯⋯⋯ 63
　　3. 对各诗人的译介分述 ⋯⋯⋯⋯⋯⋯⋯⋯⋯⋯⋯⋯⋯⋯⋯ 73

第三节　构建：诗歌新纪元 ……………………………… 91
　　　1. 翻译之于新诗 …………………………………………… 91
　　　2. 创造社众诗人 …………………………………………… 96
　　　3. 新月派众诗人 ………………………………………… 102

第四章　十七年间的"积极"与"消极" ……………… 110
　　第一节　纲领：政治标准第一 ………………………… 111
　　　1. 权力话语的一元操控 ………………………………… 111
　　　2. 苏联文艺的制导影响 ………………………………… 115
　　第二节　译介：操纵下的抉择 ………………………… 119
　　　1. 湖畔派诗人的被捐弃 ………………………………… 119
　　　2. 艺术性翻译的高标准 ………………………………… 122
　　　3. 对各诗人的译介分述 ………………………………… 130
　　第三节　影响：译诗与创作 …………………………… 135
　　　1. 革命的抒情 …………………………………………… 136
　　　2. 新民歌运动 …………………………………………… 143

第五章　新时期的"审美"与"人性" ………………… 149
　　第一节　语境：去政治化与审美属性 ………………… 149
　　　1. 政治的疏离 …………………………………………… 150
　　　2. 审美的凸显 …………………………………………… 153
　　第二节　译介：拨乱反正与回归文本 ………………… 156
　　　1. 浪漫主义的拨乱反正 ………………………………… 156
　　　2. 从计划性走向市场性 ………………………………… 160
　　　3. 格律为体的翻译策略 ………………………………… 165
　　　4. 对各诗人的译介评述 ………………………………… 175
　　第三节　影响：朦胧诗歌与文本研究 ………………… 190
　　　1. 式微下的影响 ………………………………………… 191
　　　2. 多样化的研究 ………………………………………… 196

第六章　经典的译介流变 ································ 214
第一节　《哀希腊》的价值建构 ························ 214
　　1. 在近代的本土化 ································· 215
　　2. 建国后的新译本 ································· 223
第二节　《露西(二)》的诗学争鸣 ···················· 228
　　1. 学衡派八译 ····································· 229
　　2. 三名家新译 ····································· 233
第三节　《爱的哲学》的译介变迁 ···················· 236
　　1. 文言体的初译 ··································· 237
　　2. 五四后各译本 ··································· 238
　　3. 建国后的新译 ··································· 243

第七章　译介之旅的百年之思 ·························· 247
第一节　时代的更迭 ································ 247
第二节　诗体的变革 ································ 251
第三节　精神的传承 ································ 253

主要参考书目 ·· 256
后记 ·· 267

第一章 英国浪漫主义诗歌总述

英国浪漫主义诗歌兴盛于18世纪末19世纪初。它打破了新古典主义诗歌的做作和刻板,创建了风格自由、崇尚自然的全新诗风,成为继莎士比亚时代之后又一辉煌灿烂、影响深远的文学高峰。20世纪初开始在中国兴起的浪漫主义思潮,确切来说,正是以英国浪漫主义诗歌为代表的西方浪漫主义的横向移植,在遥远的东方、迥异的国土上激起了巨大的回声。本章将对英国浪漫主义的源起、发展、特质和主要诗人作一梳理,为后文详述其在中国的译介历程做好铺陈。

第一节 诗歌:源起、发展与特质

1. 源起与发展

"浪漫"(romantic)字义出自中世纪欧洲"romance"一词。在17世纪理性时期,与"荒谬、空想、不切实际"等意义相为表里。到18世纪初叶,"romantic"一词由贬义变成了褒义,开始与"优美"产生了关联,并渐渐包含激发想象力的意思,指对想象力和情感在心态上的变革和偏好。

要掌握浪漫主义的意义和内涵,不能仅仅停留在对定义的挖掘,还必须关注并考察它的演变过程。"浪漫"一词在文学上的运用初见于德国作家施勒格尔(Friedrich von Schlegel)1797年在《雅典娜神殿》上所发表的《片断》一文。从本质来看,"浪漫主义"(Romanticism)是"公众趣味和审美情感的一次巨大革命,这种浪漫的类型代替了那种冷漠的、清晰的、虚假的古典精神"[①]。作为整个18世纪思想逐步演进的结果,它借18世纪末、19世纪初高涨的资产阶级革命和民族解放运动成为盛行一时的文学

[①] 寇鹏程:《古典、浪漫与现代》,上海:上海三联书店,2005年,第42页。

思潮。作为资本主义上升时期的一种意识形态,浪漫主义在政治上反对封建专制,提倡个性解放;艺术上反对古典主义,主张创作自由;理论上反对科学理性对实践理性的压抑,强调人的价值与尊严。从根本上说,浪漫主义是最尊重自由、尊重个性的文学,是要求实现人类自由、权利和尊严的精神思维方式和文艺创作方法。

浪漫主义的勃兴,源于人们对资本主义社会现实的不满,对启蒙运动"理性社会"的失望,以及对资产阶级革命中的"自由、平等、博爱"口号的幻灭。浪漫主义著名的代表人物卢梭曾严厉地批判近代文明过分依赖科学理性,无视人的情感与尊严;提倡重回原始纯朴的生活,释放自然情感。创建非理性主义美学理论的法国思想家帕斯卡尔认为尽管理性主义盛行,但人类只有依靠情感和爱,才有生命与生活的意义。此外,德国古典美学,特别是康德对理性的界定、席勒对人性的解剖,从理论上直接促成了浪漫主义作为一种文学思潮在欧洲大陆的盛行。席勒的《美育书简》是"审美现代性"创生的划时代文献,它从人本主义的立场出发,深刻批判了启蒙理性的弊端,弘扬了人的感性本质,解除了理性对感性的粗暴专制,弥补了工业化带给人性的创伤,并由此实现人性中感性与理性的统一,这成为浪漫主义的重要理论来源。

奔涌在欧洲思想文化中的这股浪漫思潮也对英国产生了一定的影响。作为工业革命发展最早、最迅速的国家,英国身处在工业文明所特有的冷酷的社会关系之中,民众深刻地感受到了工业对自然和农庄的破坏和毁灭。而整个18世纪后半叶渐渐渗透的新思想使得知识分子更加厌恶现代工业化的社会形态。到了19世纪初,英国文学掀起了一场反叛新古典主义价值原则和审美指向的文学思潮。哈罗德·布鲁姆认为,"浪漫主义时代适逢一个古老的、农牧的英国走向终结和一个现在正奄奄一息的英国的开始。"[①]

各位投身新文学实践的诗人是旧有诗歌和批评体系的反抗者,他们的诗歌源于对工业革命的不满和反抗,源于回归自然的淳朴理想,源于对

---

① 哈罗德·布鲁姆:《批评、正典结构与预言》,吴琼译,北京:中国社会科学出版社,2000年,第156页。

既成的社会结构与规范的挑战,也源于法国革命。在此之前,人们还沉醉在蒲柏、斯威夫特、维吉尔、西塞罗和贺拉斯的文学范式中,但波澜壮阔的法国革命激发了文学的新变革,强有力地推进了浪漫主义的文学革命。对民主自由的追求、对个人心灵的探索,成就了浪漫主义的发展趋向。散文家及评论家赫兹里特(William Hazlitt)在出版于1818年的《论英国诗人讲演集》("*Lectures on the English Poets*")中指出了法国革命与这场文学革命的因缘:

> 这个诗派的源头出自法国革命,或者确切地讲,出自某些催生那场大革命的情感和思想。这些情感和思想在同一时期间接地由德国被译介到了英国。到了上个世纪末,我们的诗歌在蒲柏和古法国诗风的追随者们的手中已变得陈腐不堪、了无生气、机械刻板。因此,它需要某种刺激之物,结果人们在法国革命的原则及其实践中找到了这种刺激之物。①

在产业革命之后的这种历史语境中,法国革命的政治理想和英国浪漫主义的美学追求紧密结合,反叛新古典主义,成为自启蒙运动以来西方追求个人自由和政治民主的先锋旗帜。在雪莱、拜伦等著名浪漫主义诗人的诗歌中,均充满了诗人对当时现存制度和意识形态的不满和抗议。如雪莱借"被缚的普罗米修斯"这一神话来暗指当时政治的邪恶和黑暗。拜伦用他那气势恢宏的语言描绘了欧洲各国的众生相,并借主人公之口极尽讽刺和鞭挞之能事,将封建社会的种种弊端尽现笔下。诸如此类,不一而足。

然而,随着大革命狂飙突进,其暴力和恐怖的本质愈加彰显,越来越多的知识分子开始反思并进而指责其极端反社会性的行为,也越来越看清楚理性王国的局限性。例如雪莱尽管是一个激进的浪漫主义诗人,但他面对法国大革命的恐怖也感到失望,他说:

> 法国革命时期中过分走极端的做法,曾一度引起像猖獗的瘟疫

---

① William C. Hazlitt, *The Complete Works of William Hazlitt*, New York: AMS Press, 1934, pp. 161—162.

一样的恐慌,各个阶级无不受其侵袭。这种恐慌后来才逐步趋于稳定。一个受了几个世纪欺骗和奴役的民族,一旦它们的镣铐部分获得了解脱,是不能像自由人那样以理智和冷静而自持的,但它们再也不会因此就认为人类以后应当世世代代承受这笔无知和痛苦的遗产。他们当年的行为,除了粗暴和轻率以外,不可能有别的特点。这是一个历史事实,自由固然可因此充分推行,虚妄也因此缺陷毕露。人类事件中本来就具有一种急流勇退的状态,它往往会在暴风雨之后,把人类破碎的希望载入一个安全的港口。在我看来,今天的人们都已经熬过了一个失望的时代。①

政治腐败、罪恶丛生,众多的社会问题使得诗人们认清法国大革命的实质。他们一方面仍然继承了法国大革命的批判精神和对理想的向往,另一方面,深入到更深层次的精神领域,用审美的视角去思索法国大革命的功与过,进而用诗的语言为自己,为受伤的众生,为人类失落的梦想寻求一个精神家园。他们"转向过去和乌托邦,转向潜意识和幻念,转向不可思议和神秘,转向儿童和大自然,转向梦境和放肆,一言以蔽之……转向能把他们从失败感中解脱出来的要求"②。华兹华斯等湖畔派诗人便是如此,他们亲眼见证了法国大革命的暴力与恐怖,革命理想的幻灭使得他们将早年政治启蒙的热情内化成了后期的审美运动,这种热情的改弦更张表明了他对自己早年那些充满政治激进的诗歌已产生了一定程度的厌弃,转而投奔一种个人主义的精神诉求和审美体验。

从肇始到发展,溯源而下,浪漫派诗人在复杂、多面的审美追求和体验中去实践对英国政治和社会生活的感知力和使命感。法国大革命更如催化剂,加深了诗人们对人民艰难处境的人道主义同情,诱发他们对社会世俗化、技术化、理性化的忧虑和恐惧,而大革命的恐怖和暴力更使诗人们陷入了精神和思想的创痛和危机之中。文学评论家杰罗姆·麦甘

---

① 雪莱:《伊斯兰起义·序言》,《雪莱全集》第 2 册,江枫译,石家庄:河北教育出版社,2000年,第 69 页。
② 蒙塞尔:《艺术史的哲学》,陈超南、刘天华译,北京:中国社会科学出版社,1992年,第 55 页。

(Jerome J. McGann)指出:"如果我们不记得浪漫主义仅仅是通过不同方面的激烈斗争才获得成功的话,我们就不会懂得浪漫主义,也不会懂得产生浪漫主义的那个时代。"①

2. 诗歌的特质

在19世纪的前三十年,英国的浪漫主义文学在欧洲成就最高,对其他国家的文学产生了极为深远的影响。而浪漫主义在英国掀起的诗歌运动则是西方诗歌史上首次巨大的诗歌革命,不仅挑战古典主义均整和谐的诗风,而且挑战已有的作诗法则。

在浪漫主义之前,新古典主义追求"高雅",渐渐背离生动而简单的生活用语,诗风浮夸矫饰,诗体整齐、匀称、和谐,已经不能满足正在经历着法国大革命洗礼的诗人们的需要。他们需要一种全新的诗歌形式,让自己更好地表现内心复杂的情感。浪漫主义则反叛传统古典主义,反对它的因袭陈规、压制个性,反对机械的生活方式,摒弃了通过卖弄辞藻或滥用修辞来堆砌文辞、表达情感的艺术手法,要求个性解放和创作自由,追求真实的自然语言。

这种人道主义美学浪潮唾弃古典主义僵化呆板、刻意而为的艺术形式,为文学注入了一种追求朴实、自然、真实的美学空气,表现出一种前所未有的艺术开放性。它伴随着浪漫主义诗人无限和超越的直觉,以对自然的敏锐观察力、感受力和充沛的想象力为艺术核心,浸润在诗歌的语言中。丹麦文学评论家勃兰兑斯曾感叹道:"英国诗人全部都是大自然的观察者、爱好者和崇拜者。喜欢把他的癖好展示为一个又一个思想的华兹华斯,在他旗上写上了'自然'这个名词,描绘了一幅幅英国北部的山川湖泊和乡村居民的图画。"②浪漫派诗人在自然的背后洞察出非凡的生命力和创造力。他们关注底层民生,描绘自然风光,注重对人的生命的情感宣泄,充分运用想象描写人们心灵中的情感世界,并进而关注历来为人不齿

---

① Jerome J. McGann, *The New Oxford Book of Romantic Period Verse*. New York: Oxford University Press, 1993, p. xxii.
② 勃兰兑斯:《19世纪文学主流:第四分册——英国的自然主义》,徐式谷、江枫、张自谋译,北京:人民文学出版社,1984年,第122页。

的感官欲望,为文学带来了巨大的创造活力。

概括地说,英国浪漫主义诗歌具有以下的特质:

(1) 富有动态创造性,不拘泥于严格的规则与次序,充分运用丰富的想象力,以生命的自由委身于无限的流动之中,探求奔放的情感表现。
(2) 惯于采用热情的语言、奇特的幻想和豪放的夸张手法来塑造艺术形象。
(3) 钟情自然山水,采用民间题材,喜爱异国情调,憧憬遥远的国度,探求"无限"的理念,赞美中世纪等等。

除了对自然的热爱和感受之外,英国的浪漫主义诗歌运动是资产阶级在对旧传统、旧制度的否定过程中掀起的追求自由平等博爱、追求个性自由解放的文学思潮。因此其诗歌:

(4) 重视个性,追求自由,强调表现个人的内心感受或作者的精神生活,自我独白的倾向显著。
(5) 崇尚理想,喜欢从理想出发批判现实或将其理想化,肯定个体对社会的反抗。①

在所有的特质中,关于想象在诗歌创作中的重要意义,一直是英国浪漫主义诗人所关注的重点。可以说,自浪漫派起,想象才真正被放在了首要地位。对想象的重视是英国浪漫派和所有浪漫派的特征,也是把英国浪漫派与18世纪诗人区别开来的重要标志。

浪漫派诗人都极具想象力,也都特别强调想象在诗歌创作中的创造力功用。作为诗歌艺术性的根本特征之一,想象力借助情感发挥作用,让诗人的灵魂活跃起来,协调着各种才能,散发出和谐一致的情调和精神,生动地投射在文字之中,使心灵得到满足。华兹华斯认为"一切好诗都是强烈情感的自然流露"②。雪莱认为想象可以提升情感,深刻而周密的想象力可以使浪漫主义进入道德的崇高世界,在扩大的怜悯、愤怒、恐怖、忧

---

① 竹内敏雄主编:《美学百科词典》,池学镇译,哈尔滨:黑龙江人民出版社,1986年,第337—338页。又见王世德主编:《美学词典》,北京:知识出版社,1986年,第429—430页。
② 华兹华斯:《〈抒情歌谣集〉序言》,曹葆华译,刘若端编:《19世纪英国诗人论诗》,北京:人民文学出版社,1984年,第6页。

愁中增强良善而高尚的思想,不经想象锻造的情感"只不过是任性和欲望的别名而已"①。济慈在1819年9月18日致兄弟乔治的信中,谈到"我描写我想象的东西"②,这句话指出浪漫主义诗歌的实质和技巧正在于"想象"二字。事实上,浪漫主义诗人在各自的诗篇中都体现了丰沛、新奇的想象力,强烈的情感在真实与幻觉中游走,平凡的细节和诡丽的想象交织一处,催生了《老虎》、《唐璜》、《西风颂》、《老水手》、《夜莺颂》等等不朽诗篇。

浪漫主义诗歌正是这样乘着想象的翅膀,反映生活,表现激情。自然景象同内心世界紧密相连,艺术创作的关注重点从外部世界转向了人的心灵,这是浪漫主义的本源。美国文学评论家哈罗德·布鲁姆指出:

> 英国浪漫主义有理由被称之为罗曼司——就像其传统的称谓一样——的复活。但它又不是简单的复活,而是罗曼司,尤其是罗曼司追求的内化。这种内化并不仅仅出自治疗的目的:由于它所怀抱的人文理想,罗曼司的内化因而具有了某种启示性的微言大义。浪漫主义诗人采用了罗曼司追求的模式,但却将这种模式置入了他个人的想象性生活之中。③

用美学代替政治话语,用诗歌这一文学形式为因政治动荡而失落的灵魂提供美学的避难所,这成为英国浪漫主义文人们的价值和追求所在。

第二节 诗人:从布莱克到济慈

英国的浪漫主义诗歌源远流长。从广义的角度来看,早在18世纪末,从威廉·布莱克和农民诗人罗伯特·彭斯等人的诗篇中,浪漫主义就

---

① 雪莱:《诗之辩护》,章安祺编:《西方文艺理论史精读文献》,北京:中国人民大学出版社,2003年,第402页。
② 参见济慈在1819年9月18日写给兄弟乔治的信,转引自利里安·弗斯特著:《浪漫主义》,李今译,北京:昆仑出版社,1989年,第53页。
③ Harold Bloom, *Romanticism and Consciousness*, New York: W. W. Norton, 1970, pp. 5—6,转引自张旭春:《革命·意识·语言——英国浪漫主义研究中的几大主导范式》,《外国文学评论》2001年第1期,第118页。

已初露端倪。1789年法国大革命后封建制度迅速崩溃,资产阶级启蒙学者的"华美约言"和"理性王国"理想破灭,导致浪漫主义诗人转向,到19世纪20年代湖畔派诗人华兹华斯、柯勒律治等风靡一时。随着民主斗争和民族解放运动的日渐高涨,唯心论哲学和空想社会主义学说盛行,触发了第二代浪漫主义者的崛起,拜伦、济慈、雪莱等人将浪漫主义思潮推向高潮。之后,随着资本主义制度的确立和发展,其社会的阴暗和罪恶日益突出,浪漫主义渐渐为批判现实主义所取代,但依然还可以从丁尼生、司各特、罗伯特·勃朗宁和他的夫人伊丽莎白·巴雷特·勃朗宁等人的诗歌中,看到浪漫主义余韵不休。

从传统的诗歌研究视角来看,浪漫主义诗歌的诞生是以1798年出版的《抒情歌谣集》(*Lyrical Ballads*)为标志。随后在其第二版(1800年)中的序言则为浪漫主义诗歌的美学主张铺陈了理论构架,标志着英国浪漫主义诗歌真正的开始。而当代的浪漫主义诗歌研究认为浪漫主义诗歌的开始要早于《抒情歌谣集》的发表,在《诺顿英国文学选读》第七版(2000年)中,该时期的划分被提前到1785年。

早期文学史家认定英国浪漫主义诗歌以五大诗人为代表:华兹华斯、柯勒律治、拜伦、雪莱、济慈。20世纪中后期,英国文学史家普遍认为构成英国浪漫主义诗歌的主要成员还应加上布莱克[①]。到今天,这六人被公认为英国浪漫主义诗歌的"六巨擘"。事实上,这六人在世时只有少数产生了广泛影响,如拜伦。而在六人之外,有一些诗人虽然在当时受到重视,但是由于他们的诗作被认为不代表浪漫主义诗歌的主流,在当今,他们已被淡出视线。所以,对文学史的梳理从根本上说是一种主观的判断和解读,正如历史是人为的书写,是从当代眼光看出去的过往,可以随着

---

① 有几本文学史著作都如此分类:David Damrosch, Kevin J. H. Dettmar, Peter J. Manning and Susan J. Wolfson, *The Romantics and Their Contemporaries*, The Longman Anthology of British Literature. Vol. 2, 3rd ed, New York: Pearson/Longman, 2006; Meyer H. Abrams, *The Mirror and the Lamp: Romantic Theory and the Critical Tradition*, Oxford: Oxford University Press, 1953; Meyer H. Abrams, *Natural Supernaturalism: Tradition and Revolution in Romantic Literature*, New York: W. W. Norton, 1971, pp. 17—70; Meyer H. Abrams, *English Romantic Poets: Modern Essays in Criticism*, 2nd ed, New York: Oxford University Press, USA, 1975.

政治、美学等观念的更迭而更迭。有些被遗忘的诗歌会被唤醒,有些曾受关注的诗歌也会受冷落。因此,把原本十分活跃的诗歌态势仅仅归纳为由几位主要诗人代表的浪漫派诗歌,不能不说是对该时期诗歌美学走向的一种不够全面的总结和梳理。

本书所讨论的范围除以上六位诗人外,还将彭斯包括在内。之所以将彭斯纳入其中,是因为彭斯的诗歌也被证明是浪漫主义的一个十分重要的文学渊源。彭斯的诗歌自然、朴实、活泼、生机勃勃,充满了对自然和乡村生活的亲近。华兹华斯的《抒情歌谣集》在精神实质上是对彭斯诗歌的传承和发展。而彭斯诗歌中对权贵的讥讽、对生活的调侃、嬉笑怒骂皆成文章的诗风也影响了拜伦等其他浪漫主义诗人,成为浪漫主义诗歌风格的一个重要开端。

文学评论家杰罗姆·麦甘认为彭斯的诗歌"预示了重要诗人的到来,它展示的诗歌风格和感受力的特征将对许多后来重要的浪漫主义诗歌实践者起到关键影响:那是一种自然的和原始的构成,一种地域化的导向,以及华兹华斯后来所倡导的'人们真正使用的语言'。华兹华斯关于'普通人生活'的全部神话在彭斯的诗作中已经存在了"[①]。

屠岸在《夜莺与古瓮:济慈诗歌精粹》的序中也说:"如果把被称为浪漫主义先驱的彭斯也予以加盟,那么在世界诗歌的天空中,英国浪漫主义就是辉煌的'七姊妹星团'(Pleiades)。"[②]将彭斯加入浪漫派主要诗人之列,使得人们在浪漫主义诗歌渊源的追溯上跨越了英格兰地域中心的樊篱。

王佐良在《英国浪漫主义诗歌史》中也作了如此的界分。他写道:"这里有一个理想的题材,一个大的文学潮流,有前潮(彭斯、布莱克),有主潮。主潮又分两阵,前阵为华兹华斯与柯尔律治,后阵也是更高的浪头,则是三位年轻的诗人:拜伦、雪莱、济慈。他们开辟了一整个诗歌创新的新局面,所作与18世纪的新古典主义诗歌截然不同,而又包含了20世纪

---

① Jerome J. McGann, *The New Oxford Book of Romantic Period Verse*, p. xxi.
② 济慈:《夜莺与古瓮·济慈诗歌精粹》,屠岸译,北京:人民文学出版社,2008年。

现代主义诗歌的若干种子。"[①]字里行间明确了英国浪漫主义的主要诗人,并概括英国浪漫主义诗歌在整个英国诗史的发展过程中所起到的承前启后的作用。

按照历史时期来看,在这七位浪漫派诗人中,浪漫主义初期时布莱克最为年早,生于1757年;彭斯于两年后,即1759年出生。华兹华斯和柯勒律治则是第一代浪漫主义代表人物,分别生于1770和1772年。之后再到浪漫主义诗歌发展的高峰时期、第二代浪漫主义代表人物拜伦,生于1788年;雪莱,生于1792年;济慈,生于1795年。至1834年,除华兹华斯外,其余各位诗人都已离世,而华兹华斯在之后的16年间也无重要诗作问世。因此,学者们往往将19世纪30年代视为浪漫主义时期的终结。这七位诗人虽都是浪漫主义的代表人物,但各位诗人的思想意识、创作风格和美学原则,以及各自依靠的文学环境都各有不同,尤其是浪漫主义的两代诗人之间存在较为明显的诗歌风格变化。

下面简要介绍一下本书中这七位研究对象的基本情况:

罗伯特·彭斯(Robert Burns,1759—1796)以农民的身份成为诗人,拉开了英国浪漫主义诗歌的序幕。18世纪末叶的英国诗坛呈现出一片凄清萧瑟的局面,许多诗作深受个人际遇和当时感伤文学的影响,充满了种种苦闷、忧伤和绝望的情绪,使得原本生机勃勃的诗歌变得晦涩僵化。而彭斯则独树一帜,努力从丰富的民间文学中汲取乐观、明朗的养料和古代民歌的形式,他熟练地运用苏格兰鲜活、淳厚的方言与民歌题材去写劳动人民朝气蓬勃的生活和斗争,也继承了斯威夫特和菲尔丁的现实主义优秀传统,一洗当时诗作普遍蔓延的悲观、绝望、哀伤情绪,生动地描写了英雄的功绩、社会的百态和率真的爱情。他的诗歌一方面充满了优美的崇高和温柔的情调,一方面又弥漫着高原的泥土香和生命力,读来无拘无束、热烈爽朗,恰似山花怒放,富于启蒙主义的豪迈精神,为当时英国陈腐的诗风添上鲜亮活泼的色彩,也对19世纪初的进步浪漫主义诗歌产生了良好的影响。

[①] 王佐良:《文学写法再思》,《王佐良文集》,北京:外语教学与研究出版社,1999年,第436页。

威廉·布莱克(William Blake,1757—1827)是英国浪漫主义的早期诗人,他常被称为"疯子诗人",超然独立于其他浪漫主义诗人之外,在世时也仅为华兹华斯等少数几人所赏识,然而,当"雪莱、济慈、华滋华斯和柯勒律治的声名依然如旧,拜伦的声誉已不如他在世之时,骚塞已经被人们遗忘;而布莱克的声望却与日俱增。"[①]在他的诗中,形象与内容在想象力的熔铸下融为一体。无论在前期的短诗,还是在后期的长诗中,想象力均是布莱克十分看重的诗歌元素。布莱克在他的早期诗作《诗的素描》、《天真之歌》等中,以纯洁的笔描绘了人与自然的和谐与理想,宛如伊甸园式的诗意生活展现了他对人性美好一面的向往和憧憬。除沉浸在超凡的幻想之外,他的诗歌中也有对现世的深切关注。在《经验之歌》、《法国大革命》、《美国》等诗中,从充满诗意的歌咏转向面对人类的苦难和忧伤,歌颂光明和理性的新时代。他对于现实的关注也渗透了他对宗教玄义和奥秘的思考,他的《弥尔顿》、《耶路撒冷》和《先知书》等都是沉思宗教世界的警世之作。概括地说,布莱克的浪漫主义诗歌美学迥异于其他各位诗人,融合了浪漫主义和早期现代主义的特质。

湖畔诗人华兹华斯、柯勒律治是英国浪漫主义第一代中的代表人物,他们因隐居在英国北部湖区而得名。实际上,他们并非一般意义上的避世而居,而是在法国大革命的特定背景下走向归隐的浪漫主义诗人。

威廉·华兹华斯(William Wordsworth,1770—1850)是湖畔派的代表诗人。不同于传统诗歌重雕琢的手法,华兹华斯创作了素朴、清新的诗歌,他在自然中汲取灵性,将田园牧歌似的生活诗意化、理想化,给日常的事物带来新奇、生动的色彩,让人们在司空见惯的景物之中重新发现眼前世界的美丽和惊奇。华兹华斯诗歌的审美特点与中国传统诗歌审美观较为接近,而他关于"诗是强烈情感的自然流露"的美学主张,更是引起了中国诗人们的强烈共鸣。此外,用简朴的语言写普通人的普通生活,对人的感性本质的尊重和弘扬,对灵性的人和灵性的自然的默契与亲和,更是带有着明显的启蒙主义的文化特色。

---

① 张炽恒:《译者序:一名不该忽视的诗人》,《布莱克诗集》,上海:三联书店,1999年,第1页。

塞缪尔·泰勒·柯勒律治(Samuel Taylor Coleridge,1772—1834)是湖畔派另外一位主要诗人。他对自然的热爱是在他对现实政治感到失望之后的一种心灵上的回归。自然的人性化帮助人们重新拥有已疏远了的自然,这就是浪漫主义诗歌的真正价值。不同于华兹华斯用平实语言反映和表现底层民众生活,柯勒律治则依赖奇幻的想象力来唤醒人们对超自然的或梦境幻觉的敏感。在他的诗歌中,磅礴的想象力把梦境变为现实中的诗歌,把一句碎语变成具有警示意义的长诗。他的名诗《古舟子咏》和《忽必烈汗》神游异域和古代,充满幻觉和奇谲的意象,把思想和情感倾注于他所沉思的对象。柯勒律治也是英国浪漫主义中最具有宗教气质的诗人,一生中兼具诗人和基督徒的双重身份。他的诗歌创作使得布莱克、华兹华斯等人的宗教体验得到延续和升华,形成具有时代特征的宗教理念。

华兹华斯和柯勒律治于1789年合著了《抒情歌谣集》,诗集于1798年出版,成为英国浪漫主义诗歌的奠基之作。两年后诗集再版时,华兹华斯写了一个长序,在这篇序言中,华兹华斯详述了他的浪漫主义诗歌的文学主张:以平民的语言抒写平民的事物、思想与感情。该序言被誉为浪漫主义诗歌的宣言。《抒情歌谣集》虽为华兹华斯与柯勒律治共同合作的成果,但其中也体现了两人不同的诗风和浪漫主义诗歌美学原则的多样性。

在湖畔派之后,拜伦、雪莱和济慈将英国浪漫主义诗歌推向顶峰。不同于湖畔派宁静自然的诗歌风范,第二代浪漫主义诗人的诗作充满了革命的激情与战斗的意识,为民主、自由、民族解放的理想而斗争,呈现了澎湃的英雄气质。"拜伦的影响最广,雪莱的探索最深,济慈在增进敏感上用力最勤。"[1]王佐良在《浪漫主义文学史》中指出这三位诗人之所以如此卓越,原因就在于,"他们不是像前辈华兹华斯晚年那样专注自我,冥想内界,而是不同程度上以解除世界的忧患为己任。"[2]

雪莱在《诗之辩护》中说:"每一位大诗人必定免不了要革新他前辈的

---

[1] 王佐良:《英国诗史》,南京:译林出版社,1997年,第271页。
[2] 王佐良:《英国浪漫主义诗歌史》,北京:人民文学出版社,1991年,第255页。

范式。"①第二代浪漫主义诗歌虽与第一代的华兹华斯等诗歌主张有一致之处,但二者间的差异却十分彰显。可以说,拜伦、雪莱的诗歌创作在一定程度上构成了对华兹华斯诗歌美学的反叛,突出了浪漫主义诗歌在美学渊源和风格特色等方面的丰富内涵。

乔治·戈登·拜伦(George Gordon Byron,1788—1824)是英国浪漫主义中最具独特反叛气质的诗人,也是被20世纪的传统诗评所认同的,在浪漫主义时期的诗坛上真正具有影响力的主流诗人。拜伦在精神上的孤独促成了他对大自然的热爱。而他对现实的关注使他不可能仅仅停留在自然的怀抱中,享受着自然赋予的快乐。他对统治阶级的憎恨和对下层人民的同情引发他对自由的渴望和追求。作为19世纪上半期最为著名的浪漫主义诗人,他的诗歌呈现出多种不同的风格,既有浪漫主义诗歌美学所主张的激情与个性、民主与自由、神秘与梦幻,也有新古典主义的典雅、高贵、工整。他的诗作,如《唐璜》、《恰尔德·哈罗德游记》、《曼弗雷德》等均广为流传,以丰富的思想、想象力、艺术形式和创新使浪漫主义诗歌的内涵随之突破,也使欧洲的诗歌传统得以发展。他在诗歌中创作了一批孤独高傲的叛逆者,追求自由,与社会格格不入,这些浪漫主义的人物形象与拜伦本人的思想性格特征十分相近,被广而称为"拜伦式英雄"(Byronic hero)。

在英国浪漫派各位大诗人中,拜伦对欧洲文学的影响最为深远,但珀西·比希·雪莱(Percy Bysshe Shelley,1792—1822)的诗歌思想性更强,战斗力更大,表述也更为清晰有力。他的第一部长诗《麦布女王》显示出其诗风的最大特点是表现未来和乐观主义,轻快明朗,炽热奔放。雪莱的代表诗剧《解放了的普罗米修斯》借古希腊神话题材,颂扬了反抗专制暴政的斗争精神,赞美自由、平等的理想社会,并预示人类反抗专制暴政一定会胜利,美好的理想一定会实现。雪莱的《诗辩》是继华兹华斯的《〈抒情歌谣集〉序言》之后,英国浪漫主义诗歌的又一理论经典文献。在此书中,雪莱他强调了诗歌的社会功用,试图以诗唤醒民族觉醒,充满政治的激情和浪漫的热情。这本书辩护了浪漫主义存在的合法性,总结和指导

---

① 雪莱:《诗之辩护》,章安祺编:《西方文艺理论史精读文献》,第397页。

着英国后期浪漫主义文学运动。可以说,《〈抒情歌谣集〉序言》和《诗辨》这两部文献分别阐明了英国浪漫主义文学前后期的走向,共同构筑了英国浪漫主义文学的理论观念。

与拜伦、雪莱同时期的济慈也是浪漫主义诗歌在顶峰时期的代表人物。约翰·济慈(John Keats,1795—1821)的诗作被勃兰兑斯称为"英国自然主义最芬芳的花朵"[①]。缠身的疾病造就了济慈丰富、敏感的艺术知觉,使得他敏锐地捕捉各种细微的生命现象,通过声音、色彩、触觉、时间等多种意象,诗意地抒发出他对大自然神圣和美的礼赞。在英国浪漫主义众诗人中,济慈是与自然关系最为密切的人,对于他而言,自然是自我灵魂沉浸的处所。长诗《海波里安》可以说是济慈诗歌创作的一个分水岭。在这之前,他的诗风艳丽,但是此后他的诗歌语言带上了思辨的色彩,不再单纯依靠激越的感情来吸引读者。他在《希腊古瓮颂》中对诗的本质进行了总结,得出"美即是真,真即是美"的著名美学思想。诗人的灵魂在自然之中,借诗歌的形式获得了慰藉和升华。

纵观文学史的演进,英国浪漫主义文学流派的勃兴扩大了文学的表现方式,丰富了世界文学形式库。同时,浪漫主义诗歌为文坛创造了一大批敏感、忧愤的人道主义艺术形象。与古典主义古板而虚伪的诗歌潮流相比,浪漫主义更具有艺术感染力。其文学创作的核心在于感知世界的方式,诗人注重人的内在世界,通过想象、直觉、记忆来塑造感知,从而也带来感知自我、阐释世界的新视角。

---

① 勃兰兑斯:《19世纪文学主流:第四分册——英国的自然主义》,第165页。

第二章　清末民初的"求新声于异邦"

政治意识与审美判断的此消彼长从一开始就伴随着中国翻译文学的发展。各个不同的文学时代，在意识形态和诗学准则的制导下，随社会环境的形成与变化，译介英国浪漫主义诗歌的文学养分和气质精神，呈现出不同姿态的诠释、接受和影响面貌。

在这漫长的中国之旅中，清末民初的思想启蒙运动开启了译介的先声。在列强入侵、民族存亡的关头，知识分子们一方面背负着"以天下为己任"的儒家传统，另一方面开始追求具有现代性的"自由、独立、平等"，这是当时引进西学、启蒙中国的真实心境。感时忧世、文以载道的文学使命感融合于"以天下为己任"的文化传统中，成为一种挥之不去的、沉重的功用情结，影响着中国对西学引进的视野。李泽厚在谈到新文化运动的目的，也指出其中包含着功用的因素和要求，他说：

> 启蒙的目标，文化的改造，传统的扔弃，仍是为了国家、民族，仍是为了改变中国的政局和社会的面貌。它仍然既没有脱离中国士大夫"以天下为己任"的固有传统，也没有脱离中国近代的反抗外侮，追求富强的救亡路线：扔弃传统（以儒学为代表的旧传统、旧道德）、打碎偶像（孔子）、全盘西化、民主启蒙，都仍然是为了使中国富强起来，使中国社会进步起来，使中国不再受欺侮受压迫，使广大人民生活得更好一些……所有这些都并不是为了争个人的"天赋人权"——纯然个体主义的自由、独立、平等。①

英国浪漫主义诗歌带着这种文学使命来到中国，历经知识分子的拿来、吸收和演化，完成文学话语与文学观念的转换，也构成了一幅独特的文化与历史图景。

---

① 李泽厚：《中国现代思想史论》，北京：三联书店，2008年，第6页。

第一节　登场：启蒙与救亡

关注政治理想的诉求，强调教化民众的作用，这是清末民初文学所承担的革命使命。这一时期的译者多半也是诗人、作家，而他们的文学翻译选择则并非纯粹出自于文学审美的考虑。时代的风云变幻使得更多的译者自觉地追求与主流意识形态的认同，继而放弃了个人化的审美判断，在文学翻译的选择上尽量挑选贴近时代主题的作品。当时，对浪漫主义诗歌之所以积极关注就是因为其中蕴含的鲜明战斗性和革命性。译者纷纷聚焦于以拜伦为首的西方诗歌在中国当时的社会中所引领的革命先声和所激发的社会意识，而鲜有文章集中研究并阐发这些诗歌自身的艺术价值和文学成就。翻译上的这种意识形态动机，虽然往往会遮蔽译作的诗学意义，却切实地摹画了这一时期的文化现实。

1. 世纪之交的期待视野

中国近代用"浪漫主义"一词来指称"Romanticism"是受日本浪漫主义的影响。在近代日本，最先用"浪漫"二字表现"浪漫主义"这一文艺思潮的是夏目漱石（Natsume Souseke，1867—1916），他在日本文坛活跃的年代早于中国的五四文学的兴起，当时日本已使用"浪漫"二字，可知中国用"浪漫"称呼"浪漫主义"应是受到日本近代文学的影响。拿来外国文明与文化成为当时时气的风尚。

清末民初对英国浪漫主义诗歌的翻译和接受，立其主旨并非是要推翻中国传统文学的正统，而是顺应时代的政治需求，借英国浪漫主义诗歌向强权挑战，反抗苛政和腐败、衰微的统治，完成启蒙与救亡的文学使命。

近代中国当时中国文化界的现状与欧洲浪漫主义萌芽时期有着相似的社会背景。两千多年的封建桎梏使中国文化濒于窒息的境地，加之鸦片战争造成的社会性质的根本变化，中国人民陷入了为民族解放的拼搏与斗争之中。1886 年曾纪泽撰写的《中国之睡与醒》(*China—The Sleep* and Awakening)①开启了中国知识分子的"醒觉"叙事。一时之间,以警世、觉民、醒民、苏醒为称号的杂志、社团和个人名号纷至沓来。"洋务运动"、"维新变法"、"辛亥革命",不断的失败与革命使得中国思想界开始关注对民族精神与性格的反思与改造。1898 年,赫胥黎的 *Evolution and Ethics* 经严复翻译为《天演论》后,走进国人的视线。"物竞天择之理,厘然当于人心,中国民气为之一变。"②同年,张之洞在《劝学篇》中提出了"中学为体、西学为用"的理论思想。面临濒危之境的中华民族在这些开"智"与"德"的思想改造并激励下,呈现出极大的开放性。传统儒家文化的保守恭顺、"致君尧舜上"显然已不符合"维新"、"求变"、抗击外侮的时代诉求。

思想的、文学的解放运动急需来自域外的武器。新旧思潮和东西文化之间的融合与撞击驱使当时的中国文学界对译介文学的择取较为宽容和开放。在那样一个承认个人、承认个性的时代,世纪之交的中国翻译家、诗人们,循着对西方文本选择和接受的期待视野,纷纷到外国文学的宝库中寻找与本国文学观念对等抑或迥异的作品。他们希望汲取外国文学的精髓,用以改造、加强、拯救本国的文学甚至国民的心灵。梁启超的《烟士披里纯》一文就很能代表当时的这种心态:"当生死呼吸之顷,弱者忽强,愚者忽智,无用者忽有用;失火之家,其主妇运千钧之笥,若拾芥然;法国奇女若安,以渺渺一田舍青春之弱质,而能退英国十万之大军,曰惟'烟士披里纯'之故。"③

"烟士披里纯"(Inspiration)即为"灵感",在梁启超看来,代表着一种能变弱为强,变愚为智,变无用为有用精神。这种精神,正是自鸦片战争以来积弱已久的中华民族最为需要的。取西方之精粹,用以救国,这成为当时对外国文学选择与接受的基本态度。"今欲革新政治,势不得不革新盘踞于运用此政治者精神界之文学,使吾人不得不张目以观世界社会

---

① 这篇文章发表于 1886 年伦敦的《亚细亚季刊》(*The Asiatic Quarterly Reveiw*)。
② 《述侯官严氏最近之政见》,载《民报》1906 年第 2 号。
③ 梁启超:《烟士披里纯·饮冰室自由书》,转引自范伯群、朱栋霖主编:《1898—1949 中外文学比较史》,南京:江苏教育出版社,1993 年,第 130—131 页。

文学之趋势及时代精神。"①从林纾到周氏兄弟再到苏曼殊等追求"国民性"的改造,翻译和介绍了大量外国作品。《茶花女》热、莎士比亚热、卢梭热、拜伦热和维特热引起了极大的共鸣和反响,可谓"文字收功日,革命全球潮"②。

对浪漫主义文学的引介和翻译就是在这样的热潮下展开的。中国开始对浪漫主义的翻译和接受,一方面是中国自身社会历史发展的结果和文学变革的要求,另一方面则是在外国文艺思潮的巨大冲击和影响下的产物。传统文化的"温柔敦厚"长久以来桎梏中国人的心灵。而浪漫主义文学进入中国后,在长期的文学实践活动中,确实起到了在一定程度上打破了这种桎梏的效果。西方精神融入民族危亡、社会崩溃的苦痛自觉和反抗斗争中,形成了20世纪中国所特有的浪漫主义。

作为"主情主义"的文学形式,浪漫主义文学具有的强烈情绪感染力被当时的民族主义情怀所利用。梁启超在倡导"新文体"时,就有这样一种感性认识,"笔锋常带感情,对于读者,别有一种魔力焉。"③另一位新文学的先驱者李大钊,也是以浪漫主义的立场来呼唤中国的新文学。他在1916年回国之初,就大声疾呼:"新文艺之勃兴,尤必赖有一二哲人,犯当世之不韪,发挥其真理,振其自我之权威,为自我觉醒之绝叫,而后当时有众之沉梦,赖以惊破。"④李大钊在文中介绍了德国浪漫主义诗人海涅,而文章以个人主义为基石的文艺观,也说明他接受了浪漫主义的影响。这种民族主义的内涵成为浪漫主义文本翻译与接受的基本态度与期待视野。

2. 英国浪漫主义的登场

晚清以降,中国知识分子的一个最突出的特性是他们几乎无一能超

---

① 陈独秀:《文学革命论》,《新青年》第2卷第6号,1917年2月。
② 蒋智由:《卢梭》,1902年,转引自胡绳武:《戊戌维新运动史论集》,长沙:湖南人民出版社,1983年,第123页。
③ 梁启超:《清代学术概论》,转引自夏晓虹编:《梁启超文选》(下),北京:中国广播电视出版社,1992年,第252页。
④ 李大钊:《"晨钟"使命》,《晨钟报》,1916年8月15日。

然于政治之外,无一能在新与旧、中与西的碰撞和纠缠中抽身物外。对诗歌的翻译虽然也有扩大品种、改进质量的诉求,但更重要的却仍是革命功利主义思想的操纵。英国浪漫主义诗歌的特质和近代中国救亡图存的文化心理十分吻合,因此被知识分子当作文学革命的利器,广以积极热情的态度去借鉴、接受、翻译和传播,用诗歌的精神与个性来冲破传统观念与政治制度。

在各位英国浪漫主义诗人中,对中国有着最大影响的,莫过于拜伦。但影响并非源自于他的文学成就,而在于他热爱自由、反抗暴政的革命精神。拜伦身处的年代正是资产阶级民主力量和封建复辟势力激烈斗争,欧洲历史剧烈变革的时期。他穷一生之力,以不屈不挠的意志反抗社会专制和压迫,号召人民起来斗争,争取自由与正义:当"神圣同盟"疯狂瓜分欧洲时,他是欧洲各国反对"神圣同盟"的思想领袖;在意大利,他是"烧炭党"的领袖之一;在希腊,他被推举为希腊革命军统帅,最后,为了希腊的独立和自由,他捐躯沙场。而清末民初也正是旧民主主义革命狂飙突进的时期。社会大环境相似,拜伦诗作的革命精神和不屈斗志在当时的中国获得了巨大的现实意义,特别是他为助希腊独立而献身的壮举,更令清末以救国济民为己任的热血青年倾心不已。鲁迅在回顾拜伦与中国文缘时曾说道:"那时 Byron 之所以比较的为中国人所知,还有别一原因,就是他的助希腊独立。时当清的末年,在一部分中国青年的心中,革命思潮正盛,凡有叫喊复仇反抗的,便容易惹起感应。"[①]

1902年12月,《新小说》第2号上刊登了梁启超对拜伦的生平论述,并附有照片,称其为:

> 英国近世第一诗家也,其所长专在写情,所作曲本极多。至今曲界之感者,犹为摆伦派云。每读其著作,如亲接其热情,感化力最大矣。摆伦又不特文家也,实为一大豪侠者。当希腊独立军之起,慨然投身以助之。辛于军,年仅三十七。[②]

---

① 鲁迅:《坟·杂记》,《鲁迅全集》第1卷,北京:人民文学出版社,2005年,第204页。
② 梁启超:《英国大文豪摆伦》,1902年12月,转引自倪正芳:《拜伦与中国》,西宁:青海人民出版社,2008年,第35页。

1903年1月,《新小说》第3号的《新中国未来记》中,梁启超援引了《唐璜》中一首可以独立成章的诗中诗《哀希腊》的第一节和第三节,并用曲牌填译了出来,这是《新中国未来记》的点睛之笔,也成为对拜伦诗歌最早的翻译。诗的第一节以希腊群岛古时的光荣映衬今日的沉沦,诗的第二节写诗人俯视马拉松平原,当年希腊一万将士在此大败波斯十万大军,高声呼唤自由,誓死不作贱奴。梁启超对拜伦的引译,择取他诗中的英雄形象作为国家民族主义的表征,帮助弱小民族获得解放,这恰好符合他所撰写的《新中国未来记》的情节需要。在诗文注解中,梁启超说:

> 摆伦最爱自由主义,兼以文学的精神,和希腊好像有夙缘一般,后来因为帮助希腊独立,竟自从军而死,真可称文界里头一位大豪杰。他这诗歌,正是用来激励希腊人而作。但我们今日听来,倒像是为中国人说法哩。①

拜伦在中国的初登场就是以慨然赴战的英雄形象,给苦难的中国带来巨大的鼓舞,激励着当时与希腊人境遇和心态相同的中国人救国图强。梁启超的翻译,从主题到诗节的选择集中体现了重意识形态的政治功用倾向。作家余杰在评价梁启超翻译拜伦作品时说:"作为小说的《新中国未来记》,作为政论的《新民说》和作为学术著作的《新史学》,共同构成了梁启超的'民族国家主义宣言书',梁正是用这样的思路来'网罗拜伦'的。"②拜伦的原诗成为极好的话语资源;《哀希腊》与拜伦本人,都被纳入了民族国家的构想。之后,众多译者纷纷译介拜伦的诗作,希望将诸如拜伦等人的诗篇翻译内化成革命的火种,来唤醒心中炽热的革命激情,投身革命,拯救日渐衰微的国运。《哀希腊》、《去国行》这些译诗等都成为宣传和激励革命的工具。

浪漫主义诗人反抗的精神和自由的风范对于中国文人的影响是内化的、深入骨髓的。除了救亡图存的心灵契合之外,英国浪漫主义诗歌对于

---

① 梁启超:《新中国未来记》,1903年,参见阿英编著:《晚清文学丛钞·小说一卷》,北京:中华书局,1960年,第47页。

② 余杰:《狂飙中的拜伦之歌——以梁启超、苏曼殊、鲁迅为中心探讨清末民初文人的拜伦观》,《鲁迅研究》1999年第9期,第15—28页。

情感及个性的高度推崇,对于人的价值、尊严和力量的歌颂、对自然的热爱在近代中国引起了强烈共鸣,也成为输入中国的重要缘由。

在自然中陶冶性情的浪漫主义诗人描写人的美好情谊和爱,呵护人性的自由、善良与纯真。柯勒律治对华兹华斯诗歌的评价说出了中国文人对华氏开始追捧的原因:

> 渥兹渥斯先生给自己提出的目标是,给日常事物以新奇的魅力,通过唤起人对习惯的麻木性的注意,引导他去观察眼前世界的美丽和惊人的事物,以激起一种类似超自然的感觉;世界本具有取之不尽用之不竭的财富,可是由于太熟悉和自私的牵挂的翳蔽,我们视若无睹,听若罔闻,虽有心灵,却对它既无感觉,也不理解。①

当新兴的文化狂飙袭来,中国文人们对情感的崇奉、对理性的厌恶更为明显。于是,诸如华兹华斯等诗人也像拜伦一样,成为追慕的对象。通过对这些浪漫主义诗人的学习,中国文人们进一步摆脱和抗拒理性的束缚和干扰,实现艺术的自由创造,发现生活的美好,追求心灵的自由。

1900年3月1日《清议报》第37册刊载了梁启超题为《慧观》的文章。文中以华兹华斯为例:"无名之野花儿大川之,牧章蹈之,而窝儿哲窝士于此中见造化之微妙焉,"来论述"观滴水而知大海,观一指而知全身"的"善观者"。虽然华兹华斯最早被正式译介到中国是从1914年开始,但对他的介绍却可追溯至此,这也成为英国浪漫主义诗人最早为人所知的文章。

对雪莱的介绍也在这一时期开始。雪莱的"灵感源泉都是来自于生活以外的,甚至是整个人类世界以外的题材,这一类诗篇所写的是云,是风,是各种自然界的生命,是风和水的不可思议的自由和气势磅礴的力"。雪莱诗中充满对美坦荡、赤诚的称赞,他想表达的是"事物至深的内心,是事物的灵魂和精神"②。这种诗歌宗旨和表现手法也深合清末文人的心意。1908年的《文学因缘》上,苏曼殊以五言古体发表了一首雪莱的译诗《冬日》,这也成为对雪莱诗歌的最早译介。译者以爱情、亲情、友情为立

---

① 柯尔立治:《文学生涯》,刘若端译,刘若端编:《19世纪英国诗人论诗》,第63页。
② 勃兰兑斯:《勃兰兑斯论雪莱》,江枫译释:《雪莱抒情诗选》,北京:商务印书馆,1997年,第485—489页。

意,把对国家与民族的爱和忧阐发在自我的忧思里,把要传递的"志"寓于诗中。

"影响不创造任何东西,它只是唤醒。"①浪漫主义诗作传入中国,与当时中国"启蒙"与"救亡"的文化呼声,与"科学"和"民主"的精神实质,与"人的自我觉醒"的深层内核相契合,获得了广泛的社会效果和深刻的思想影响,进而成为新文学推广的光辉旗帜和锐利武器。从梁启超开始,对英国浪漫主义诗歌的译介带有明显的政治色彩,变身自外域移植的思想运动,借诗歌的文学方式改造着人们的精神世界,成为反叛传统社会制度和文化的工具。

第二节 纲领:《摩罗诗力说》

中国传统诗学一向以"思无邪"为宗旨,缺乏振聋发聩的声音,来抗争挑战、求取自由。即使屈原那样的大诗人,"虽放言无羁,为前人所不敢言。然中亦多芳菲凄恻之音。而反抗挑战,则终其篇未能见。感动后世,为力非强"。"故伟美之声,不震吾人之耳鼓者,亦不始于今日。"②正是从《摩罗诗力说》开始,鲁迅反思了中国的传统诗歌观念,毅然提出了"别求新声于异邦"的主张。作为我国第一部倡导浪漫主义的巨著,也是"我国旧民主主义革命时期的一篇有代表性的文艺论著和早期思想启蒙时期的纲领性文献"③,这部长达两万余字的文言巨著介绍了19世纪初欧洲的浪漫主义文学,向守旧封闭的中国展现了一个思想、形式以及审美内涵都迥异的诗学体系,为当时仍在黑暗中彷徨的中国诗人提供了一个丰富、磅礴的参照依据。

鲁迅的《摩罗诗力说》是中国诗歌历史走向转折的重要标志。从此以后,中国诗坛结束了自我封闭的诗学形态,西方各种文学观念渐次登场,

---

① 安德列·纪德:《文学上的影响》,《纪德文集·文论卷》,桂裕芳等译,广州:花城出版社,2001年,第357页。
② 鲁迅:《坟》,北京:人民文学出版社,1980年,第62页。
③ 范基民:《近代中国浪漫主义的文学纲领——读鲁迅〈摩罗诗力说〉札记》,《海南大学学报》1985年第1期,第75页。

以人为中心的审美价值论逐步得到宣扬和建立,也自此开始了现代诗歌引进与建构的历程。

1. 思想的战斗檄文

1907年,鲁迅著《摩罗诗力说》,1908年以笔名令飞,将该文连载于《河南》月刊第二号和第三号。这篇在世纪之初提出的诗论以文艺唤起反抗,改造国民心性,"是我国第一部倡导浪漫主义的纲领性的文献"[①],是"是鲁迅浪漫主义诗学与文学创作的出发点"[②],也是洋溢民主革命热情、追求人本主义理想、号召思想革命的战斗檄文。南京大学的赵瑞蕻在1982年《鲁迅〈摩罗诗力说〉注释·今译·解说》一书中说:

> 鲁迅最初想提倡的文艺运动,不是别的运动,而就是爱国主义和浪漫主义的文艺运动,《摩罗诗力说》最集中地反映了鲁迅这时期的思想感情和文艺观点,他的美学倾向。《摩罗诗力说》就是这个文艺运动的宣言,或者可说是它的纲领。我们完全有理由把《摩罗诗力说》看成是近代中国革命浪漫主义的文学纲领,虽然它主要是介绍、评论西欧和东欧几位最有代表性的,影响最大的浪漫派诗人,但其中也十分可喜可贵结合着鲁迅当时对自然界、对时代社会、对他当时所理解的中国人民解放的道路、对人生和艺术的观点。我们可以毫无愧色地把《摩罗诗力说》列入世界浪漫主义的文献宝库中。[③]

作为不多见的专门研究《摩罗诗力说》的文章,赵瑞蕻的这本书对《摩罗诗力说》作了详尽的注释与今译,而文中的这段评语可谓一语见地,概括了其在文学史上的地位与重要性。

1907年的中国已沦为半封建半殖民地社会,帝国主义加紧侵略,清政府昏庸无能,内忧外患使得民族危机深重。封建的意识形态虽行将崩溃,但仍苟延残喘,整个国家被"东方文化"的国故僵尸统治着,民主的新

---

① 赵瑞蕻:《鲁迅〈摩罗诗力说〉注释·今译·解说》("前记"),天津:天津人民出版社,1982年,第3页。
② 王柯平:《〈摩罗诗力说〉与摩罗式崇高诗学》,《鲁迅研究月刊》2005年第4期,第4页。
③ 赵瑞蕻:《鲁迅〈摩罗诗力说〉注释·今译·解说》,第256页。

文化还很微弱。作为文化精神的斗士,鲁迅感到要来一次文化革命运动,将陈旧的思想意识和腐朽的封建文化彻底摧毁,最好的办法就是向外国"拿来"。"没有拿来的,人不能自成为新人,没有拿来的,文艺不能自成为新文艺。"①他在《域外小说集》序里说:"我仍在日本留学的时候,有一种茫漠的希望:以为文艺是可以转移性情,改造社会的,因为这意见,便自然而然的想到介绍外国新文学这一件事。"②

洋洋万言的《摩罗诗力说》可谓拿来主义的先声。开宗明义引用了尼采的一段话说:"求古源尽者将求方来之泉,将求新源。嗟我昆弟,新生之作,新泉之涌于渊深,其非远矣。"③其大意是:将古老源泉寻尽的人,将去寻找未来的新的源泉。我的兄弟们,新文学的诞生,新的泉水从深渊中涌出,为时不会很远了。文字暗示旧诗歌古源已尽,新文学的诞生、诗歌观念、诗歌形态的变革已不远,表达了鲁迅对革命的新文化运动的向往,这也正是全文的一个引子。

《摩罗诗力说》的全文以摩罗诗派为美学基础,以文学革命为运作手段,以启蒙救亡、改良社会为终极目的。在文中,鲁迅提出文学自身无功利的功利性。"盖世界大文,无不能启人生之阈机,而直语其事实法则,为科学所不能言者。"④它能够启发人生的真谛,能够通往科学研究都不能揭示的事物的本质规律。文学还能教益人生,激发国民的斗志,促其奋勇前进。"此其效力,有教示意;既为教示,斯益人;而其教复非常教,自觉勇猛发扬精进,彼实示之。凡苓落颓唐之邦,无不以不耳此示始。"⑤而诗歌同样必须具有进步的思想性,应对人民有教育作用。"盖诗人者,撄人心者也",即诗人是以诗去打动人心的,感染陶冶,潜移默化,"自觉勇猛发扬精进",这就是文学的社会功能所在。

全文共分九个部分。第一至第三部分是总论,论证了民族兴衰与文学兴衰的关联,介绍了引入摩罗诗派的由来和目的。第四、五部分介绍和

---

① 鲁迅:《且介亭杂文·拿来主义》,《鲁迅全集》,第40页。
② 唐弢编:《鲁迅全集补遗续编》,上海:上海出版公司,1953年,第210页。
③ 鲁迅:《坟》,第56页。
④ 同上书,第65页。
⑤ 同上书,第70页。

评论了拜伦的生平和创作。第六部分介绍和评论雪莱的生平和创作。第七部分介绍和评论俄国诗人普希金和莱蒙托夫的生平和创作。第八部分评介波兰诗人密茨凯维支。第九部分评介了匈牙利诗人裴多菲,还总结了欧洲浪漫主义文学流派的特质和力量,呼唤"精神界之战士"在中国出现。

全文结尾处说道:"今索诸中国,为精神界之战士者安在,有作至诚之声,致吾人于善美刚健者乎?有作温煦之声,援吾人出于荒寒者乎?家国荒矣,而赋最末哀歌,以诉天下贻后人之耶利米,且未之有也。"①一个沉默无声的中国,让人沉痛不已。作为一个革命者,鲁迅思考着中国革命的种种问题,呼唤对旧文化思想的系统批判和对于新文化的开创探索。《摩罗诗力说》以激扬的语调,表达了鲁迅自觉的政治热情和强烈的战斗愿望,他要求有"精神界之战士"出来,唤醒人民的觉悟,号召人民起来斗争,拯救祖国,复兴民族。文学应当为民族民主革命斗争的事业服务,应当具有高度的思考性和强烈的战斗精神,应该具有人道主义和个性主义,充满纵情恣性的生命和自由奔放的精神,这是西方近代民主主义及启蒙主义潮流的思想基础,是西方浪漫主义诗歌的精髓,也是《摩罗诗力说》所要表达的基本思想。

2. 英国的摩罗诗人

《摩罗诗力说》是鲁迅介绍近代欧洲进步文艺思潮的第一篇论文,也最为充分地体现出鲁迅的文学观。这篇文章不仅仅介绍、评论了浪漫派诗人,而且寄托了鲁迅救国救民的诗论与方针,是鲁迅浪漫主义文学的出发点。

鲁迅是中国用"摩罗"来指称浪漫派的第一人,呼唤"发为雄声"的摩罗诗人在中国出现。摩罗,通作"魔罗",是梵文的音译,指佛教传说中与神为敌的恶魔。"摩罗诗派",是英国桂冠诗人骚塞攻击拜伦、雪莱等诗人的一个恶意十足的用语,其本义是"恶魔派"(Satanic School)。鲁迅将该词拿来,正是要"别求新声于异邦",汲取摩罗诗人的抗争思想,系统地评

---

① 鲁迅:《坟》,第93页。

述拜伦、雪莱、普希金、莱蒙托夫、密茨凯维支、裴多菲等八位摩罗诗人的生平、思想和主要创作,集中地阐述了他所认识的浪漫主义的诗学理论。"今则举一切诗人中,凡立意在反抗,指归在动作,而为此所不甚愉悦者悉人之……他们外状至异,各禀自国之特色,发为光华;而要其大归,则趣于一:大都不为顺世和乐之音,动吭一呼,闻者兴起,争天拒俗,而精神复深感后世人之心,绵延至于无已。"虽然性情各异,但他们"无不刚健不挠,抱诚守真;不取媚于群,以随顺旧俗;发为雄声,以起其国人之新生,而大其国于天下。求之华土,孰比之哉?"①

鲁迅不仅通过浪漫主义形成了他早期个性反抗的思想,他还热切地希望通过用这些诗人做榜样,在沉睡中的中国,唤起反抗的诗人,唤起革命的文学,使中国能涌现出如他们一样的"精神界之战士",发出文学革命的"先觉之声",以"破中国之萧条",震醒世人于沉病之中开辟中国的文艺革命之道。

其中英国的浪漫主义诗人拜伦、雪莱,包括彭斯都是鲁迅大力介绍的对象。尤其是"自必居人前,而怒人之后于众"的拜伦是鲁迅心目中一个坚定的革命者,是反抗的象征,是革命行动的象征。在文中他赞赏拜伦是"地球上至强之人,至独立者也"。说英国"迨有斐伦,乃超脱古范,直抒所信,其文章无不函刚健抗拒破坏挑战之声。平和之人,能无惧乎!于是谓之撒但!""他怀抱不平,突突上发,则倨傲纵逸,不恤人言,破坏复仇,无所顾忌,而义侠之性,亦即伏此烈火之中,重独立而爱自由,苟奴隶立其前,必衷悲而疾视,衷悲所以哀其不幸,疾视所以怒其不争,此诗人所为援希腊之独立,而终死于其军中者也。"②

拜伦一生充满了英雄气概和反抗精神,他的诗"其力如巨涛,直薄旧社会之柱石,余波流衍,入俄则起国民诗人普式庚,至波阑则作报复诗人密克威支,入匈加利则觉爱国诗人裴多飞;其他宗徒,不胜具道"③。拜伦笔下的人物与拜伦本人相似,大多刚烈勇猛,尊侠尚义,为理想将生死置

---

① 鲁迅:《坟》,第92页。
② 同上书,第73页。
③ 同上书,第73页。

之度外:"皆禀种种思,具种种行,或以不平而厌世,远离人群,宁与天地为侪偶,如哈洛尔特;或厌世至极,乃希灭亡,如曼弗列特;或被人天之楚毒,至于刻骨,乃咸希破坏,以复仇雠,如康拉德与卢希飞勒;或弃斥德义,蹇视淫游,以嘲弄社会,聊快其意,如堂祥。其非然者,则尊侠尚义,扶弱者而平不平,颠仆有力之蠢愚,虽获罪于全群无惧。"①

另一位浪漫主义诗人雪莱也是毫不妥协的革命战士,穷毕生精力,追求自由的思想:"求索而无止期,猛进而不退转,……品性之卓,出于云间,热诚勃然,无可沮遏,自趁其神思而奔神思之乡;此其为乡,则爱有美之本体。奥古斯丁曰,吾未有爱介吾欲爱,因抱希冀以求足爱者也。惟修黎亦然,故终出人间而神行,冀自达其所崇信之境;复以妙音,喻一切未觉,使知人类曼衍之大故,暨人生价值之所存,扬同情之精神,而张其上征渴仰之思想,使怀大希以奋进,与时劫同其无穷。"但世俗称之为恶魔,"修黎生三十年而死,其三十年悉奇迹也,而亦即无韵之诗。时既艰危,性复狷介,时不彼爱,而彼亦不爱世,人不容彼,而彼亦不容人,客意大利之南方,终以壮龄而夭死,谓一生即悲剧之实现,盖非夸也。"②在鲁迅笔下,雪莱短暂而壮丽的一生,也成为摩罗诗人的代表。

在文中,他还提到一位英国的浪漫派诗人彭斯:"英当18世纪时,社会习于伪,宗教安于陋,其为文章,亦摹故旧而事涂饰,不能闻真之心声,于是……在文界,则有农人朋思生苏格兰,举全力以抗社会,宣众生平等之音,不惧权威,不跽金帛,洒其热血,注诸韵言;然精神之伟人,非遂即人群之骄子,憾轲流落,终以灭亡。"③彭斯提倡民主自由,不惧强权的精神气质使得他成为又一位颇为鲁迅称道的摩罗诗人。

这些英国的浪漫主义诗人都是民众的代言人,对人民的苦难感受深切,抒写真实,他们都具有积极、进步、革命的思想精神。他们塑造的人物形象多富有反抗精神,要求个性解放,向往自由世界,努力冲破封建社会一切束缚人性的旧枷锁。而鲁迅对这几位诗人的评价,也是鲁迅自己革

---

① 鲁迅:《坟》,第72—75页。
② 同上书,第77—79页。
③ 同上书,第92页。

命性的写照。他出于启蒙新民和救亡图存的目的,积极引进、热情推荐这些具有反抗精神的摩罗诗人,希望在中国产生能鼓舞人心的"伟大壮丽之笔,独立自由之音",最终以此来唤起民众,孕育出更多的"自觉勇猛、发扬精进"、"破中国之萧条"的"精神界之战士"。而事实上这些摩罗诗人形象确实有着千钧之力,影响着当时的中国。鲁迅的这篇战斗檄文也在中国文坛掀起浪漫主义的波澜,激励从文人到民众从这些进步的外国诗人的作品中寻求革命的思想内容,吸取战斗的精神力量。

第三节 译介:旧瓶装新酒

1903年《新小说》第3号上梁启超援引了《唐璜》中一首可以独立成章的诗中诗《哀希腊》的第一节和第三节,这成为对英国浪漫主义诗歌最早的翻译。梁启超择取拜伦诗中的英雄形象作为国家民族主义的表征,自那以后的浪漫主义诗歌译介以情感主义为基础,将文学作为革命的利器,去教化人心,催生革命。诗人如鲁迅、苏曼殊等均积极把浪漫主义推介到中国来,他们或直接翻译英文,或从第二手的日文资料中引进浪漫主义的概念和实质,积极主动地融合、吸纳西方浪漫主义的思维精髓,希望能对当时的中国现代化产生急切而实用的思想变革。

当时的文学虽被形式鲜活、观念全新的外国诗歌所吸引,但译介偏重于对西方思想性的介绍和吸纳,至于操作范式则仍是以本国文学的既有根基为主,套用中国传统诗词曲等"旧瓶"的体式来装英国浪漫主义的"新酒"。这样诞生的译诗虽很难见到原作形态,带有浓郁的中国风味,但仍然对当时的中国文化体系产生了巨大的震动和冲击。本节将介绍在此阶段对英国浪漫主义各诗人的译介情况,并以苏曼殊为个案,详述他的翻译风格和译介对创作的影响。

1. 对各诗人的译介分述

彭斯

对彭斯最早的论述是在鲁迅的《摩罗诗力说》中,前文已有论及,此处不再赘述。

1908年，苏曼殊将彭斯的 A Red, Red Rose 译为《熲熲赤蔷靡》，这是对彭斯诗歌的最早译介。译文如下：

> 熲熲赤蔷靡，首夏发初苞。恻恻清商曲，眇音何远眺。予美谅夭绍，幽情中自持。沧海会流枯，相爱无绝期。沧海会流枯，顽石烂炎熹。微命属如缕，相爱无绝期。掺祛别予美，离隔在须臾。阿阳早日归，万里莫踟蹰！

1914年3月，陆志韦在《东吴》第1卷第2期上发表了彭斯的译诗《译彭斯诗·调寄虞美人》，译文如下：

> 匿斯河上延空翠，颥颔心头事，思量到此强开眉，忽忆桃花流水赏心时。淡山窈宛连江绣，忍感春怀旧。几寻踪迹曲江滨，争奈素心难遇素人心。

1918年1月，庚麓在《国民杂志》第1卷第1期上发表译诗《征夫别》二首（译自《我的好玛丽》），译文如下：

> 取我盈觥酒，酌彼白镴卮，及我未行时，饮此寄相思。狂飙起江畔，舸舢停水湄，征装各已备，去去不可羁。

对这三首诗的翻译不约而同采用了古体诗风，或五言古体，或套用旧词词牌，形式整饬，词丽律严，用语古奥，若干字词如"熲"、"颥"、"镴"在当代几乎很少用到，而"卮"等用字如今更是在康熙字典中才能见到。这一时期的翻译风格可见一斑。

拜伦

中国对英国浪漫主义诗歌的翻译最早始于拜伦。1902年12月《新小说》第2号上刊登了梁启超对拜伦的生平论述，并附有照片。1903年1月，梁启超在《新小说》第3号上，援引了《唐璜》中一首可以独立成章的诗中诗《哀希腊》的第一节和第三节，这成为对拜伦诗歌最早的翻译。（有关《哀希腊》的翻译将在第六章第一节详述）

随后，马君武于1903年3月在《新民丛报》上介绍拜伦是"英伦之大文豪也，而有大侠士也，大军人也，哲学家也，慷慨家也。""最有名之大著,曰 Child Harold(即《恰尔德·哈罗尔德》)及 Don Juan(即《唐璜》)。"[1] 1905 年马君武把拜伦的《哀希腊歌》16 章采用较自由的歌行体全部译出,后收入 1914 年出版的《君武诗集》。

1907 年 11 月《教育世界》162 号刊载了题为《英国大诗人白衣龙小传》的文章。据后人考证,此文的作者是王国维[2]。该文详述了白衣龙,即拜伦的人生经历和诗歌作品。如称《查哀尔特·哈罗德漫游记》(即《恰尔德·哈洛尔德游记》)"为其一生中最鸿大之著作","罗哈德漫游中之主人,盖隐然一白衣龙之小影也",也提到《东方叙事诗》、《曼夫雷特》、《丹鸠恩》(即《唐璜》)等其他重要诗篇。

1907 年,鲁迅在《摩罗诗力说》中热烈推崇拜伦等为代表的欧洲摩罗诗人,因前一节中有详细论述,此处不再赘述。

1908 年 8 月,苏曼殊所译的第一首拜伦的诗歌《星耶峰耶俱无声》刊于在东京出版的《文学因缘》。之后,他翻译了刊印于《潮音》和其后录入《拜伦诗选》的《留别雅典女郎》、《答美人赠束发带诗》、《去国行》、《赞大海》和《哀希腊》等,对当时的诗歌界产生较大的影响。除了译诗外,苏曼殊更大的贡献在于他对拜伦本人的介绍。(详见本节后一部分对苏曼殊的论述)

1914 年 6 月,任鸿隽所译拜伦《三十六生日诗》刊登在《留美学生季刊》第 1 卷第 2 期上。同年,胡适也采用旧的骚体形式翻译了拜伦的《哀希腊》,后收入《尝试集》。

1916 年,刘半农的《灵霞馆笔记》在《新青年》上连续发表。该文多数是外国诗话,论及许多英、美、法诗人,拜伦也在其中。

1917 年 4 月,刘半农所译拜伦的《哀尔伯紫罗兰三章》在《新青年》3 卷 2 号上发表。

雪莱

1908 年,鲁迅在《摩罗诗力说》一文中,把诗人雪莱引入了当时国人

---

[1]　马君武:《19 世纪二大文豪》,《新民丛报》第 28 号,1903 年 3 月。
[2]　王国维:《英国大诗人白衣龙小传》,姚淦铭、王燕编:《王国维文集》第 3 册,北京:中国文史出版社,1997 年,第 397 页。

的视线。(前一节中有详细论述,此处不再赘述)

稍后,在1908年的《文学因缘》上,苏曼殊以五言古体发表了一首雪莱的译诗《冬日》。在《潮音自序》的英文序文中,苏曼殊还着意将拜伦和雪莱两相对比。1911年,苏曼殊选编的《潮音》在日本出版,收录了拜伦、雪莱、歌德、彭斯等诗人诗篇,其中有雪莱五幕诗剧《查理一世》中的短歌《冬日》。(详见本节后一部分对苏曼殊的论述)

在苏曼殊之后,1913年的《华侨杂志》发表了叶中泠所译的雪莱名诗《云之自质》(Cloud),1914年的《南社》发表了杨铨译自雪莱 Love's Philosophy 的诗作《情诗四首》。杨铨在译文之前,用两句话对雪莱作了简单的介绍:"锡兰为近代诗界革新家语多新意而放肆不羁,此章虽短然其人可见也。"(有关杨诠这一译文将在第六章第三节详述)

华兹华斯

华兹华斯的名字最早为国人所知,是在1900年3月1日《清议报》第37册刊载的梁启超题为《慧观》的文章中。前文已有论及,此处不作赘述。

最早正式译介华兹华斯的诗歌则是陆志韦。1914年3月第1卷第2期上的《东吴》杂志刊登了他的两首译诗《贫儿行》和《苏格兰南古墓》。《苏格兰南古墓》的译文如下:

> 湍湍击断岸,累累厓上坟。/篱落心编棘,背山纳野云。/径苔日以长,麋麝窜失群。/山鬼化美人,芳草遗红巾。/昔年大秦寺,零落埋棘榛。/偶见伤心者,苦语浪浪陈。/哀音振空谷,谷芳惨不春。/墓无古王侯,顽石刻将军。/我来吊英雄,到此足逡巡。/愁犹坠瘦果,妖鸟语从筠。/莫忆从前事,人间又夕曛。

这首译诗是五言古诗,而《贫儿行》则是七言古诗。这两首诗都表达了对下层人民的关心,大有杜甫的现实主义诗歌的神韵。而其他名篇如《丁登寺》、《水仙花》、《孤独的刈稻者》等反应人性内心本真、强调人与自然关系的诗歌因为与此阶段人们的生存状态距离遥远,未能与主流意识形态取得认同,而未获得关注。

2. 苏曼殊的文言体译诗

清末民初的译介以实用济国为目的,如最早译拜伦的梁启超以文学救国为要旨,旁略原诗的艺术形式和审美特征。梁氏套用《沈醉东风》和《如梦忆桃源》的曲牌作为译诗的表现形式。以国人熟悉的文学体式来翻译,正是为了呼吁民众,鼓动热情,增强民族国家的意识。除梁启超外,苏曼殊也是引介外国诗歌的先锋人物之一。他不仅是系统译介拜伦的第一人,还翻译了雪莱、彭斯等其他浪漫主义诗人的诗作,拓宽了晚清时期民众对于西方文学的阅读视野。作为完成古典文学与现代文学之间起承转合的诗人,他将中西诗歌互相翻译、参照,嫁接西方诗歌的实质。"在文雅人办的五四运动之前,以老的形式始创中国近世罗曼主义文艺者就是曼殊;而曼殊的文艺,跳了一个大的间隔,接上创造(社)罗曼主义运动。"[①] Ramon Woon(翁聆雨)、Irvingy(罗郁正)合撰的 *Poets and Poetry of China's Last Empire* 将严复、林纾、苏曼殊并称为清末三大翻译专家[②]。日本学者藤井省三则将苏曼殊与鲁迅并列,认为"鲁迅与苏曼殊切开了近代文学地平线"[③]。

苏曼殊通过对英国浪漫主义诗歌的翻译和引介,融合了中国传统的文学特质和生机勃勃、令人血脉沸腾的浪漫主义。他的贡献不可替代,在当时纷繁多异的文学现实中,流传甚广,影响深远。他所译的《拜伦诗选》真正开创了外国诗歌的翻译热潮。对苏曼殊这一个案的解读,可以梳理出整个清末民初时期对英国浪漫主义诗歌翻译的文本选择、翻译方法以及翻译对创作的影响。这也是本节将苏曼殊独立列出,进行阐述的原因。

---

① 陶晶孙著、丁景唐编选:《陶晶孙选集》,北京:人民文学出版社,1995年,第122页。
② 柳无忌:"《苏曼殊研究的三个阶段》注4",转引自黄轶:《现代启蒙语境下的审美开创》,上海:上海人民出版社,2008年,第68页。
③ 黄轶:《传承与反叛:中国文学现代转型研究》,郑州:河南人民出版社,2008年,第113页。

西方的知音

在浪漫主义的各位诗人之中,拜伦和雪莱对苏曼殊的诗歌创作和诗学观念影响最大。具有英雄主义色彩的文人英雄一直是他欣赏和钦慕的偶像,以至于他的翻译与创作中均渗透着他们的思想和诗学。

在拜伦的中国译者中,苏曼殊与拜伦时代相似、身世相近、性情相契,两人堪称知音,再加上拜伦诗作充满革命精神和自由思想,因此苏曼殊对他的作品推崇备至,着力翻译、学习。"拜伦,这位异域的浪漫诗人,是他崇拜的偶像。他崇拜拜伦超凡脱俗卓立独行的大气豪情,崇拜拜伦豪放奔涌,风云叱咤的英雄行为,崇拜拜伦柔情似水,悲天悯人的浪漫情怀,崇拜拜伦一泻千里,逼走江河的才情。拜伦,是英雄与才子的会集,是正气与激情的溶合。在拜伦身上寻到了生命的轨迹,在拜伦的诗中他受到了精神的启悟。面对着拜伦,他既感到生命的勃郁、强悍,又感到生命的短暂、悲切。"[①]苏曼殊的好友黄侃曾说:"(曼殊)景仰拜伦为人,好诵其诗。余居东夷日,适与同寓舍,暇日辄翻拜伦诗以消遣。"[②]

在苏曼殊自己的诗作中,也多处可见他对拜伦的景仰,以及因个性契合、气质相近而产生的共鸣。在《潮音》序中他表述了自己选择翻译拜伦诗歌的原因:

> 拜伦生长教养于繁华、富庶、自由的环境中。他是个热情真挚的自由信仰者——他敢于要求每件事物的自由——大的、小的,社会或政治的。他不知道如何,或在何处会处于极端。拜伦的诗像一种有奋激性的酒,人喝了愈多,愈会甜蜜地陶醉。他的诗充满魅力和真实。在情感、热忱和坦率的措辞方面,拜伦的诗是不可及的。他是一位心地坦白而高尚的人。当他正在追踪着伟大的前程时,他的末日就来临了。他赴希腊去,帮助那些为自由而奋斗的爱国志士。他整个的生活、事业和著作,都缠结在恋爱和自由之间。[③]

---

① 王长元:《沉沦的菩提——苏曼殊全传》,长春:长春出版社,1998年,第106页。
② 黄侃:《镌秋华室说诗》,柳亚子编:《苏曼殊全集》第四卷,北京:中国书店,1985年,第130页。
③ 苏曼殊:《〈潮音〉自序》,柳无忌译,马以君编著、柳无忌校订:《苏曼殊文集》(上),广州:花城出版社,1991年,第307页。

拜伦的浪漫主义诗歌气质更是得到他的喜爱。在《拜伦诗选序》中,他盛赞道:"善哉,拜伦以诗人去国之忧,寄之吟咏,谋人家国,功成不居,虽与日月争光可也!"[①]1912年在写给友人的信中,他说到:"拜伦诗久不习诵,囊日偶尔微辞移译(指译笔晦隐,不能尽达其意——引者),及今思之,殊觉多事。"[②]因"久不习诵"而自责,可见他平日对拜伦作品的推崇与喜爱。在《本事诗》第三首中他写道:"丹顿(但丁)裴伦(拜伦)是我师,才如江海命如丝。"他引但丁、拜伦为知己,又为彼此遭遇的悲凉而相惜。在《拜伦集》中亦有诗一首:"秋风海上已黄昏,独向遗篇吊拜伦。词客飘蓬君与我,可能异域为招魂?"苏曼殊在诗歌的世界里,与拜伦同悲,书写着相似的命运。

张定璜曾作如下评价:"拜轮诗毕竟只有曼殊可以译……唯有曼殊可以创造拜轮诗……他们的多难的境遇,他们为自由而战为改革而战的热情,他们那浪漫的漂荡的诗里,最后他们那悲惨的结局:这些都令人想到,唯曼殊可以创造拜轮诗。"[③]精神气质的贴近使得苏曼殊成为翻译拜伦诗歌的最佳人选。

除拜伦外,雪莱是另一位对苏曼殊影响深刻的诗人。1912年,他将英吉利莲华女士赠送的《雪莱诗选》转赠给黄侃(季刚),并在扉页上题记:"此册辗转归季刚。季刚诵慕玉溪。而雪莱(原译'室利')为诗于西土最为芬艳,他日能以微词译其华旨,亦遂人所熹也。"[④]

在苏曼殊的自我创作中,多的是充满悲情与感伤的诗歌。这些诗"在表达爱情的真率、大胆和热烈上,大有拜伦之风;而其情绪的低回、感伤,意象的优美轻灵,又颇像雪莱——是晚唐诗风与雪莱的结合"[⑤]。也如柳无忌所说:"他对于拜伦和雪莱这两个人,虽然偏爱拜伦,但他本人却更像

---

① 苏曼殊:《〈拜伦诗选〉自序》,马以君编著、柳无忌校订:《苏曼殊文集》(上),第301页。
② 苏曼殊:《复萧公》,马以君编著、柳无忌校订:《苏曼殊文集》(下),第538页。
③ 张定璜:《苏曼殊与Byron及Shelley》,柳亚子编:《苏曼殊全集》第1卷,北京:当代中国出版社,1985年,第147页。
④ 苏曼殊:《题〈雪莱诗选〉赠季刚》,马以君编著、柳无忌校订:《苏曼殊文集》(上),第321页。
⑤ 杨联芬:《晚清至五四:中国文学现代性的发生》,北京:北京大学出版社,2003年,第230页。

雪莱——一个展翅欲飞但却徒劳无功的天使。"①在提及雪莱时,苏曼殊说:

> 虽然也是个恋爱的自由者,雪莱审慎而有深思。他为爱情的热忱,从未表现在任何强烈激动的字句内。他是一位"哲学家的恋爱者"。他不但喜爱恋爱的优美,或者为恋爱而恋爱,他也爱着"哲学里的恋爱",或"恋爱里的哲学"。他有深奥处,但并不恒定持续,毅力中没有青年人那般的信仰。他的诗像月光一般,温柔的美丽,睡眠般恬静,映照寂奥沉思的水面上。雪莱在恋爱中寻求涅槃;拜伦为着恋爱,并在恋爱中找着动作。雪莱能可以自制,而又十分专注于他对缪斯们的崇仰。人们为他英年惨死的悲哀,将于英国文学同样地永久存在着。②

从这段话中可见他对雪莱的恋爱观以及那首 Love's Philosophy 的推崇,反之这首雪莱的名诗也对苏曼殊的诗歌观念、主题内容或技巧产生过影响。

苏曼殊翻译的拜伦、雪莱诗歌多成书于三部诗集中。第一部是《文学因缘》,1908年东京博文馆印刷,后由上海群益书社翻印,改名为《汉英文学因缘》。这本译诗集"为中人之通英文及英人之通中文者,杂译中国及英国极优美之诗词而成。中国之诗词,上溯周秦,下迄近世,皆有选录,悉英译之;英人之著作,则又以汉文译之,都七十余首。中国译界,得未曾有。"③这是近现代以来中国最早的中英诗歌合集,搜集了大量英译汉诗。其中,英诗汉译有盛唐山民译拜伦诗《留别雅典女郎》四首、苏曼殊译《星耶峰耶俱无生》和"拜伦诗一截",及苏曼殊的自序。

第二部是《潮音》,1911年东京神田印刷所出版,之后由湖畔诗社翻印。该部诗歌合集中收有盛唐山民译拜伦的《留别雅典女郎》,苏曼殊译拜伦的《去国行》、《赞大海》、《答美人赠束发满带诗》、《哀希腊》,彭斯的

---

① 柳无忌:《苏曼殊传》,王晶垚译,北京:三联书店,1992年,第157页。
② 苏曼殊:《〈潮音〉自序》,柳无忌译,马以君编著、柳无忌校订:《苏曼殊文集》(上),第307页。
③ 见《青年杂志》一卷五号目录前广告页,1916年1月15日。

《潁潁赤蔷靡》,还收有一些英译汉诗等等。另外还附有弗莱彻(W. J. B. Fletcher)为苏曼殊修订的《拜伦年表》。此外,苏曼殊还为《潮音》作了一英一汉两篇序,之后收入 1914 年《拜伦诗选》时又被题为《〈拜伦诗选〉自序》。在英文序中,苏曼殊对比了拜伦和雪莱的人生经历、诗学思想、诗学成就、诗歌手法和诗歌主题。在《潮音》自序里,苏曼殊把拜伦和雪莱并称为"两位英国最伟大的诗人"。在《潮音》中,还收有译自雪莱的《冬日诗》等。

第三部是《拜伦诗选》。这是中国翻译史上第一本外国诗歌翻译集,苏曼殊也因此成为将拜伦、雪莱诗歌集译介到中国的第一人。这本诗集包括《潮音》集中的《哀希腊》、《赞大海》、《去国行》等四十多首抒情诗杰作。从 1908 年初版到 1914 年,这本诗集已出三版,如柳亚子所说"这一部《拜伦诗选》销路最好。"①

除了诗集中对于拜伦的翻译外,苏曼殊还摘录、引用了不少拜伦的诗句②。他曾在《燕子龛随笔》和《讨袁宣言》中两次摘录、引用拜伦的《Harold 公子行》(即《恰尔德·哈罗德游记》)第二章中的诗句。1913 年 7 月,"二次革命"的浪潮席卷时,苏曼殊撰写了《讨袁宣言》,以拜伦助希腊独立战并作诗励志之事开篇:"昔者,希腊独立战争时,英吉利诗人拜伦投身戎行以助之,为诗以励之,复从而吊之曰:

> Greece! Change thy lords, thy state is still the same;
> Thy glorious day is o'er, but not thy years of shame.
> 呜呼!衲等临瞻故园,可胜怆恻!"③

另外,苏曼殊曾译雪莱最为著名的一首诗——*The Sensitive Plant*(《含羞草》)。《燕子龛随笔》随笔第一页开首即为:"英人诗句,以师梨最奇诡而兼流丽。尝译其《含羞草》一篇,峻洁无伦,其诗格盖合中土义山、

---

① 柳亚子:《苏曼殊之我观》,王俊年:《中国近代文学论文集(1919—1949 小说卷)》,北京:中国社会科学出版社,1988 年,第 522 页。
② 见《燕子龛随笔》第 415、420、421、455、456 页中有多首拜伦诗:如"Lara"(长诗《拉腊》)、"The prisoner of Chillon"(长诗《奇尔伦的囚徒》)、"Cain"(诗剧《卡安》)、"Manfred"(诗剧《曼弗里德》)、"The Lament of Tasso"(长诗《塔索的挽歌》)、"Don Juan"(长诗《唐璜》)。
③ 苏曼殊:《讨袁宣言》,马以君编著、柳无忌校订:《苏曼殊文集》(上),第 323 页。

长吉而熔冶之者。"①

对于拜伦、雪莱的热爱贯穿了苏曼殊的文学生涯。"拜轮足以贯灵均太白,师梨足以合义山长吉;而沙士比、弥而顿、田尼孙,以及美之郎弗劳诸子,只可与杜甫争高下,此其所以为国家诗人,非所语灵界诗翁也。"②他将拜伦、雪莱和李白、李商隐、李贺归于同类,把他们放在高于莎士比亚、杜甫的地位,引他们为自己的知音,可见他对浪漫主义主义诗歌价值观的认同。

翻译与影响

文学翻译是一件非常艰难的事情,因为"文章构造,各自含英,有如吾粤木棉素馨,迁地弗为良"③,而诗歌的翻译则更加不易。晚清时期的浪漫主义译介之风起于梁启超,成于苏曼殊。苏曼殊的译诗系统地向中国推介了一些西方著名的浪漫主义诗歌,译作精良,影响深远,有评论家曾说:"如果我们完全以社会影响为标准来评选最佳近代作家,我相信那顶桂冠一定落到苏曼殊的头上。"④尤其是他对于拜伦的译介,促使拜伦成为当时青年追摹的精神偶像。张定璜说:

> 苏曼殊还遗下了一个不太容易认的,但确实不太小的功绩给中国文学。是他介绍了那位《留别雅典女郎》的诗人 Byron 给我们,是他开初引导了我们去进一个另外的新鲜生命的世界。在曼殊后不必说,在曼殊前尽管也有曾经谈欧洲文学的人。我要说的只是,唯有曼殊才真正教了我们不但知道并且会悟,第一次会悟,非此地原来有的,异乡的风味。⑤

鉴于翻译的重写特性,经译者的再处理,清末民初那些旨在言志的诗歌成了实实在在的"载道"的工具,从而服从于特定时代的翻译规范。苏曼殊发表的译作,迎合着意识形态的需求,成为符合诗学规范的诗歌,事

---

① 苏曼殊:《燕子龛随笔》,柳亚子编:《苏曼殊全集》第 2 卷,第 33 页。
② 同上书,第 225 页。
③ 苏曼殊:《致高天梅》,参见马以君编:《苏曼殊文集》(下),第 517 页。
④ 裴效维:《文坛奇人苏曼殊》,中国社会科学院文学研究所:《中国近代文学百题》,北京:中国国际广播出版社,1989 年,第 256—257 页。
⑤ 张定璜:《苏曼殊与 Byron 及 Shelley》,柳亚子编:《苏曼殊全集》第 3 卷,第 146—147 页。

实上也正成为当时用以贯彻启迪民智、改良社会的文学手段,好比一股清新的风,让身处暗夜的国民精神振奋。从文学的审美功能来看,苏曼殊的译诗语言凝练、韵律严谨、格式整齐、用典丰富,颇富艺术美感,是当时诗歌翻译的佼佼者。

晚清时期已有提倡文学需通俗易懂的呼声,以贴近政治变革的时代主张。然而就译诗而言,"不能载以粗犷之词","不可达以鄙俗之气"①。因此,"文言优于白话"②,文言"雅驯、含蓄、合文法、有韵味"③。苏曼殊自己总结译诗的原则为:

> 尝谓诗歌之美,在于气体。然其情思幼眇,抑亦十方同感,如衲旧译《颍颍赤蔷薇》、《去燕》、《冬日》、《答美人赠束发(毛满)带诗》数章,可为证已。……自余译者,绕淳散朴、损益任情,宁足以胜(革是)寄之任? 今译是篇:按文切理,语无增饰;陈义悱恻,事辞相称。④

他认为翻译者必须通晓原著文字,把握好作品,以求"自然缀合,无失彼此",既得原文之意,又要再现诗词之神。冯印雪在《燕子龛诗序》中称:"窃怪曼殊所为诗,只五言七言绝句,译诗则出以古体,律诗未之见。意以为排比对偶,桎梏性灵,弗若绝句古体之自鸣天籁耶?"⑤从这段引言中可知苏曼殊的译诗没有选择律诗的体例,不愿深受汉语诗词格律的约束;但他仍用古雅的文言译诗,五言或七言古体是他最常用的译诗形式。以他译的雪莱诗歌《冬日》(*A Song*)为例:

> A widow bird sate mourning for her love
> Upon a wintry bough;
> The frozen wind crept on above,
> The freezing stream below.

---

① 严复:《与梁任公论所译〈原富〉书》,罗新璋编:《翻译论集》,北京:商务印书馆,1984 年,第 141 页。
② 郭延礼:《中国近代翻译文学概论》,武汉:湖北教育出版社,1998 年,第 12 页。
③ 陈平原:《中国现代小说的起点——清末民初小说研究》,北京:北京大学出版社,2005 年,第 169 页。
④ 苏曼殊:《拜伦诗选自序》,马以君编著、柳无忌校订:《苏曼殊文集》(上),第 127 页。
⑤ 冯印雪:《燕子龛诗序》,柳亚子编:《苏曼殊全集》第 3 卷,第 60 页。

There was no leaf upon the forest bare,
No flower upon the ground,
And little motion in the air
Except the mill-wheel's sound.

孤鸟栖寒枝,悲鸣为其曹。
池水初结冰,冷风何萧萧!
荒林无宿叶,瘠土无卉苗。
万籁尽寥寂,唯闻喧挈皋。①

周瘦鹃曾称赞雪莱"诗笔清俊,亦少年诗人中之卓卓者。"②在雪莱的原诗中是一幅荒凉、孤寂的冬景。苏曼殊的译诗将原诗的悲凉、孤独、绝望的意境再现得入木三分。译诗为五言体,韵脚整齐(曹、萧、苗、皋),用词凝练。但他将"her love"译为"其曹","stream"译为"池水","mill-wheel"译为"挈皋",除不够忠实之外,用语有过于古奥之嫌。总体来说,此诗颇得原作神髓。劳陇认为苏译"'清新隽永,音节自然,寥寥数语,把原作荒寒的意境和悲凉的心情充分体现出来',因此较郭沫若的译文'偶成'犹胜一筹。"③

李思纯在总结上世纪初的译坛时,对当时译诗的三大家有如下的评价:

> 近人译诗有三式。一曰马君武式。以格律谨严之近体译之。如马氏译罂俄诗曰"此是青年红叶书,而今重展泪盈裾"是也。二曰苏玄瑛式。以格律较疏之古体译之。如苏氏所为《文学因缘》、《汉英三昧集》是也。三曰胡适式。则以白话直译,尽驰格律是也。余于三式皆无成见争辩是非。特斯集所译悉遵苏玄瑛式者:盖以马式过重汉文格律;而轻视欧文辞义;胡式过重欧文辞义,而轻视汉文格律;惟苏

---

① 苏曼殊:《冬日》,柳亚子编:《苏曼殊全集》第 4 卷,第 150 页。
② 周瘦鹃:《消寒隽语》,柳亚子编:《苏曼殊全集》第 4 卷,第 150 页。
③ 劳陇:《译诗象诗——读郭老遗作〈英诗译稿〉》,《外国语》1985 年第 2 期,转引自袁锦翔:《诗僧苏曼殊的译诗》,《外语教学与研究》1986 年第 1 期,第 26 页。

式译诗,格律较疏,则原作之辞义皆达,五七成体,则汉诗之形貌不失。①

这段话对苏曼殊的翻译评价甚高,认为他的译文相比胡适和马君武要更胜一筹,忠实地保留了汉诗的形与神。但事实上,是否对原作辞义皆达,译体形貌不失,则是一种时移世易的相对判断。再以苏曼殊所译的拜伦《赞大海》(The Ocean)为例:

Roll on, thou deep and dark blue ocean-roll!
Ten thousand fleets sweep over thee in vain;
Man marks the earth with ruin-his control
Stops with the shore;-upon the watery plain
The wrecks are all thy deed, nor doth remain
A shadow of man's ravage, save his own,
When for a moment, like a drop of rain,
He sinks into thy depths with bubbling groan,
Without a grave, unknell'd, uncoffin'd, and unknown.

His steps are not upon thy paths-thy fields
Are not a spoil for him-thou dost arise
And shake him from thee; the vile strength he wields
For earth's destruction thou dost all despise,
Spurning him from thy bosom to the skies,
And send'st him, shivering in thy playful spray,
And howling, to his gods, where haply lies
His petty hope in some near port or bay,
And dashest him again to earth: there let him lay.

The armaments which thunderstrike the walls
Of rock-built cities, bidding nations quake,

---

① 李思纯:"仙河集·自序",参见陈子展编:《最近三十年中国文学史》,上海:上海古籍出版社,2002年,第170页。

And monarchs tremble in their capitals,
The oak leviathans, whose huge ribs make
Their clay creator the vain title take
Of lord of thee, and arbiter of war;
These are thy toys, and, as the snowy flake,
They melt into thy yeast of waves, which mar
Alike the armada's pride, or spoils of Trafalgar.

皇涛澜汗,灵海黝冥。
万艘鼓楫,泛若轻萍。
芒芒九围,每有遗虚。
旷哉天沼,匪人攸居。
大器自运,振荡帠夅。
岂伊人力,赫彼神工。
罔象乍见,决舟没人。
狂暑未几,遂为波臣。
掩体无棺,归骨无坟。
丧钟声嘶,逖矣谁闻。

谁能乘蹻,履涉狂波。
藐诸苍生,其奈公何。
泱泱大风,立懦起罢。
兹维公功,人力何衰。
亦有雄豪,中原陵厉。
自公匈中,擿彼空际。
惊浪霆奔,慑魂慑神。
转侧张皇,冀为公怜。
腾澜赴厓,载彼微体。
抈溺含弘,公何岂弟。

摇山憾城,声若雷霆。
王公黔首,莫不震惊。

> 赫赫军艘,亦有浮名。
> 雄视海上,大莫与京。
> 自公视之,蕞矣其形。
> 纷纷溶溶,旋入沧溟。
> 彼阿摩陀,失其威灵。
> 多罗缚迦,壮气亦倾。①

在翻译拜伦这首节选自《恰尔德·哈罗德游记》(Childe Harold's Pilgrimage)的诗歌时,为了迁就当时读者的阅读习惯,苏曼殊在形式上使用熟悉的旧式诗体,大量套用汉语四字格,来展现原诗那种雄肆的气势;在进行"按文切理,语无增饰"的直译时,增加了大量的中国典故、成语和词曲,如开篇的"皇涛澜汗,灵海黝冥。万艘鼓楫,泛若轻萍。""澜汗"指水势浩大的样子,"黝冥"指黝黑深沉的样子,"鼓楫"代指船只,"轻萍"则是增译来形容大海的广袤无边。仅一句中就可见,译诗和原文相比,增加了若干意象,而这种增译的手法在全诗中比比皆是,如"芒芒九围"、"丧钟声嘶"、"中原陵厉"、"摇山憾城"、"王公黔首"等等,贯穿全篇。这种增译超出了翻译的范围,但同时也增加了诗歌的感染力。全诗韵律整齐,读来铿锵有力,全然不见一点西洋特点,宛然一首中国古诗,很容易让人联想到那些壮怀激烈的古诗词,如曹操的"东临碣石,以观沧海。水何澹澹,山岛竦峙。"杜甫的"丈夫誓许国,愤惋复何有"。这种经极端的归化式翻译策略改写而成的诗句,表现出的宏阔的意境、慷慨的情怀、热烈而悲壮的情绪和拜伦的原诗十分契合,读来荡气回肠,令人感奋不已。

但与此同时,从这两首译诗中显而易见苏曼殊译诗语言的古奥与晦涩。这也是以胡适为首的多位文人众口一词的评论。泪红生曾说:"曼殊所译摆轮诗,中多奇字,人不识也。"②有些措辞,即便是像柳无忌研究苏曼殊的专家,也"遍查字典与词源而不得,无法究其意义,直至最后以译诗

---

① 苏曼殊:《赞大海》,柳亚子编:《苏曼殊全集》第1卷,第45—47页。
② 泪红生:《记曼殊上人》,柳亚子编:《苏曼殊全集》第4卷,第140页。

与原文逐字对照,始恍然大悟。"[1]在这首《赞大海》中,苏曼殊虽然译出了波澜壮阔的海景,但遣词用字方面过于艰深晦涩,如"帠拏"、"曡"、"乘蹻""慺"、"抈溺",均超越一般读者的理解能力。丰华瞻就称,"译文相当艰深……必须查《辞海》才能找到。"[2]而且,过多的意象添加虽然让中国古诗的形貌不改,但是原作辞义却不可避免地被改了头、换了面。

《赞大海》中的豪情与风骨在他的多首创作诗歌中都可见到。他在创作中也喜欢运用丰富的意象。和拜伦、雪莱诗歌的创作手法一样,贴合的意象能使诗歌情景交融,感情更为丰沛。如在《以诗并画留别汤国顿》中他写道:

> 蹈海鲁连不帝秦,茫茫烟水著浮身,
> 国民孤愤英雄泪,洒上鲛绡赠故人。

与译诗的笔法如出一辙,苏曼殊增加了鲁仲连、荆轲的意象,颇得中国古诗的神髓。而置身于茫茫烟水之中,令人有缥缈无所寄托的感觉。全诗读来悲壮而激越,充满了英雄主义的气概,表达了他对国家衰微,报国无门的苍凉。

在苏曼殊的创作中,他也会直接移用译诗中的元素。一个著名的例子就是他将拜伦《答美人赠束发带诗》第三节中的诗句直接移用过来。原诗第三节第一句"The dew I gather from thy lip",译文是"朱唇一相就,汋液皆芬香。"在他的创作诗《水户观梅有寄》中有一句"偷尝天女唇中露",显而易见,这句诗的创意源自于拜伦。

另外在他的创作中,多处可见反问句式的运用。这一在传统诗学中并不多见修辞手法也正是源自于他对拜伦的学习和揣摩,如《哀希腊》中就有大量的反问句式:

> "And must thy Lyre, so long divine, / Degenerate into hands like mine?"

---

[1] 柳无忌:《苏曼殊与拜轮"哀希腊"诗——兼论各家中文译本》,《佛山师专学报》1985年第1期,第16页。

[2] 丰华瞻:《试评苏曼殊译诗》,《中国翻译》1989年第1期,第46页。

"Must we but weep o'er days more blest?"
"What, silent still? and silent all?"

在他的创作中有:"我亦艰难多病日,那堪更听八云筝?"①"碧海云峰百万重,中原何处托孤踪?"②"一杯颜色和双泪,写就梨花付与谁?"③对反问的大量借用强烈地表达了他的情感。

总体而言,苏曼殊在翻译时,遵循当时的意识形态规范,选择了符合主流"文以载道"的诗歌,如拜伦、雪莱。他的译诗将浪漫主义的思想和情感广为普及,深入人心;同时,他也注意汉语和译语之间的诗学关联,文言古诗体加上古奥的用词使得拜伦和雪莱的原诗在苏曼殊的笔下成为富有创造性及叛逆性的中国古典风味诗歌。这种以旧文学体制来包装新文学内核的"旧瓶装新酒"的做法,在当时的晚清,颇为符合一般读者的期待规范。1923年,杨鸿烈在《苏曼殊传》中把苏曼殊推举为"介绍拜伦文学给中国的第一人",并用近八页的篇幅以中英对照的方式逐段研究他所译的《去国行》,并得出结论"曼殊的译诗一经和原诗排比标点起来,就显见他兼'按文切理,语无增饰'直译的长处和'陈义徘恻,事辞相称'意译的妙处"。还说:"中国这几十年介绍欧洲诗歌成绩非常之坏……现在白话诗盛行……但介绍欧美诗歌是目前最迫切的事,我希望大家在译诗上面都要以曼殊的信条为信条。"④值得注意的是,当时判断的"直译"与现在的标准相去甚远。苏曼殊的译文中有众多的增译、改译乃至删译现象,但仍然受到了热情的赞美,这也表现了当时知识界的主观认识倾向。虽译文精彩,但若比照原诗仔细品味,便会发现所谓译诗实则与创作无异,原诗的结构形式已荡然无存。

结语

苏曼殊的译诗,风格好古又具近代气息,引入了西方新诗质的新元素。他的作品乃至整个人生都闪现着英国浪漫主义的影子,行拜伦与雪

---

① 苏曼殊:《本事诗之一》,柳亚子编:《苏曼殊全集》第3卷,第159页。
② 苏曼殊:《吴门之二》,柳亚子编:《苏曼殊全集》第3卷,第162页。
③ 苏曼殊:《代何合母氏题曼殊画谱》,柳亚子编:《苏曼殊全集》第3卷,第157页。
④ 杨鸿烈:《苏曼殊的翻译文学》,柳亚子编:《苏曼殊全集》第3卷,第128页。

莱之路,言拜伦与雪莱之心,为中国新诗的发生提供了可供借鉴的别样的表达方式和书写经验。特别重要的是,引入了符合中国本土时代内涵的拜伦和雪莱形象,满足了特殊语境下的意识形态要求,换用了大量中国古典诗词意象,"是我国旧体诗和新体诗之间的一块界碑"①,在一定程度上规约了对英国浪漫主义诗歌译介的期待视野,反映了清末民初时期的译介现实。谨以英国诗人兼翻译家弗莱彻的话作一总结:

> 遗传特征的代代相陈,使有机物、植物、人类或者民族的生存,得以延续下来,只有当某种新的力量或情势介入其间,才能产生新的种类。继英、法两国革命而来的民主时代,孕育了新的思想。这种思想在英国的拜伦,就像德国席勒的诗里那样,获得了表现。长期以来,中国人因袭了其先祖的衣钵,一直孤立在世界事物之外。但是,一个渐趋退化的有机物,只有靠吸收其他细胞上的原生质,才能重振生机,恢复活力。一个民族只有靠接触新思想才能富有生气。日益发展的民众组织需要精神食粮,而这种粮食,贫乏不堪的本土文学又偏偏正好告缺。曼殊先生为中国公众译介了拜伦的名诗,此举对于在中国传播自由的文学做出了可贵的贡献。我们并且坚信:拜伦的理想,经过曼殊先生的宣传,不仅能启迪人们的思考,而且在中国民众中也将是不乏响应之士的。②

概而述之,在这一时期,对英国浪漫主义诗歌的译介特点,是翻译也被当作是"启蒙思想"、"开通民智"、"普及教育"的利器。另外,由于民族国家思维传统、文化习惯的冲突,译者与诗歌原作之间存在着时间的差异和文化的断层,导致西方文学思潮与中国传统文学的内在冲撞,自五四以降的译者们带着强烈的主观主义情感趋势,在"中国中心"、"汉诗优越"的心理影响下,对英国浪漫主义诗歌常常产生排斥、模仿、消化、变异等多种复合举措,因而在翻译时实行"以夷所长为我所用"的原则,不愿意采用外国诗歌原来的诗体,而是采用中国古代诗歌的形体,五言古诗、四言古诗、

---

① 裴效维:《文坛奇人苏曼殊》,中国社会科学院文学研究所:《中国近代文学百题》,第256—257页。

② 参见李蔚:《苏曼殊评传》,北京:社会科学文献出版社,1990年,第127页。

乐府民歌等等。

    这种"旧瓶装新酒"的翻译实践在主题和内容方面已开始给中国诗歌的创作带来了新的经验和气象,与之相应的新观念、新思想也在诗歌创作中端倪初现。在与西方浪漫主义思潮相似的文化背景下,中国传统诗形的土饺子开始包上西方现代诗质的"牛排馅",渐渐开始割裂与中国传统思维精神的兼容并蓄,渐渐形成自己的浪漫主义思潮,这就是中国20世纪初兴起的思想启蒙运动。

第三章 新文化运动的"诗体大解放"

不同的文化与文明之间的冲撞与交融彼此相关、相互依存,形成一个混杂的、异质的过程。自20世纪初,英国浪漫主义诗歌被翻译、引介到中国的文化领域之后,产生了崭新的文学诠释和阅读方式,并渐而声势宏大,糅合入中国本土的文学之中,改变它的创作和思想特质。

在清末民初的世纪之交,英国浪漫主义诗作开始传入中国,应和当时中国"启蒙"与"救亡"的文化呼声,冲破传统观念,唤醒民族精神,成为文学革命的利器。到了五四时期,实践"启蒙"与"救亡"的使命更是走向了历史的顶峰。辛亥革命的洗礼,封建帝制的推翻,使得酝酿已久的思想界革命席卷而来。异域的学说和思想、文学及文论,在"民主"、"科学"的旗帜引领下,强烈地涤荡着国人的头脑。

在这场新文化运动中,知识分子对自我身份的认同不仅着落于民族国家的政治层面,更实践在完整意义上的现代个人层面。由于浪漫主义诗歌总是以个体、情感等浓厚的个人主义因素为标签,因此尤为契合五四运动下的中国社会,特别是契合知识界反封建、追求个人价值与人性解放的要求。中国对浪漫主义的接受渐渐风靡,诗歌以情感为本质,摆脱含蓄的审美原则,诗人被赋予自由、活泼的创造力,浪漫主义成为一种席卷全国的文艺思潮,"'狂风暴雨'差不多成了一般青年习常的口号。当时簇生的文学团体多少都带有这种倾向。"[①]这股汪洋恣肆的洪流,彻底冲毁"文以载道"的古典主义文学樊篱。

美国学者李欧梵在谈到西方浪漫主义思潮对中国现代作家的影响时指出:"中国现代文学中,重主观感情的倾向在某种程度上是中国文学的固有传统,然而这种文学所具备的现代内容,却是起源于西方。"并且,"不管中国作家在理论上怎样拥护现实主义和自然主义,他们都受到一种类

[①] 郑伯奇:《小说三集导言》,《中国新文学大系导言集》,1935年8月,第147页。

似'浪漫主义'的时代情绪的刺激。"①梁实秋在 1926 年发表的《现代中国文学之浪漫的趋势》一文中甚至认为,整个五四新文学运动都趋向于浪漫主义。在随后出版的《浪漫的和古典的》一书中,他干脆将整个中国现代文学就称为"浪漫主义",把中国传统的旧文学称之为"古典的文学"。对浪漫主义文学的借鉴和拿来造就了新文化的产生,构建了诗歌的新纪元。

第一节　图景:诗体大解放

在新文化运动中,五四文学革命,一言以蔽之,"就是用现代人的语言来表现现代人的思想。现代人的语言是白话文,现代人的思想就是民主、科学、个性解放、人格自由,也包括后来提倡的社会主义"②,其实质就在于反对文言,提倡白话,反对旧文学,提倡新文学。文学的启蒙和变革力量如激舸争流。

在这场文学革命中,翻译文学始终扮演着重要的角色。西学东渐的风潮愈演愈烈,更进一步引发了文学翻译高潮的来临,也预示着中国新文学的滥觞。就诗歌而言,自胡适高举"文学改良"大旗起,白话替代文言成为主流语言,用以翻译英语诗歌,从而开始了中国诗歌翻译从诗体到内容的消减、解放和重建,也开始了中国现代英诗汉译的新高潮。

1. 新文学兴起

中国几千年以来,文言"雅驯、含蓄、合文法、有韵味"③,早已形成了相当完备、成熟、稳定的诗学体系。但经历了太久的一成不变,文学系统在清末已渐渐僵化,进而形成了一种运作障碍,使文学无法适应社会需要的转变,阻碍了现代化的进程,也无法满足当时先进的知识分子进行思想启蒙运动的需要。

梁启超为时气先,倡导过最早的新体散文——新民体,这实际上就是

---

① 参见陈思和:《李欧梵的〈中国现代作家的浪漫一代〉》,中国比较文学学会:《中国比较文学》第 3 期,杭州:浙江文艺出版社,1986 年,263 页。
② 王瑶:《王瑶全集》第 8 卷,石家庄:河北教育出版社,2000 年,第 110 页。
③ 陈平原:《中国现代小说的起点——清末民初小说研究》,第 169 页。

文言文变革为白话文的一种过渡性质的文体,"至是自解放,务为平易畅达,时杂以俚语、韵语及外国语法,纵笔所至不检束;学者竞效之,号新文体;老辈则痛恨,诋为野狐。然其文条理明晰,笔锋常带情感,对于读者,别有一种魔力焉。"①虽然有如此的白话之风,但当时的译家多不肯用"近俗之辞",而坚持用文言译作。前文提到的苏曼殊就是典型的事例。

要突破僵化的现状,方法不外两种:"一是返古,二是引入外国影响。"②当返古不应时事时,对外国文学的翻译就当仁不让,承担着破旧立新的重任。"如果一个系统库存不足,从别的系统引进就是最关键的,甚至是唯一的解决方法,而且尽管面对阻力,仍会立即进行。"③"一种文学出现了转折点、危机或文学真空"④,就会对其他国家文学中的文学形式产生一种迫切的需求。

对外国文学译介强有力地推动了中国新文学的生长、茁壮、成熟。甚至可以说,中国的新文艺的基础建立在西洋文学的介绍和翻译上。在五四时期,各种文学社团及刊物纷纷出现,这些传播媒介以"整理中国文学、介绍世界文学"⑤为己任,积极推广译诗的传播和接受,使之在中国读者中产生了一定的影响,也进而引发了译诗热潮的兴起和译诗风格的多样化,促使了新文学体制的诞生。1915年《新青年》的创刊因其在五四时期对中国政治思想和文化文学的转型所作出的巨大贡献,被誉为"时代的号角"、"启蒙的火炬"和"新文化元典"⑥,它标志着20世纪中国外国文学翻译第一个高潮的到来。除《新青年》外,还有很多刊物也对翻译抱以极大的热情,常常将翻译看得比创作更为重要。如文学研究会立会的宗旨是

---

① 梁启超:《清代学术概论》,转引自夏晓虹编:《梁启超文选》(下),第252页。
② 梁实秋:《现代中国文学之浪漫的趋势》,《晨报副刊》1926年3月25日。
③ 左哈尔著:《多元系统论》,张南峰译,《中国翻译》2002年第4期,第20页。
④ Itamar Evan-Zohar, *Papers in Historical Poetics*, Tel Aviv: University Publishing Projects, 1978. p. 121.
⑤ 见"文艺丛谈"栏,载《小说月报》1921年12卷1号。
⑥ 关于《新青年》研究状况的详细论述见董秋英、郭汉民:《1949年以来的〈新青年〉研究述评》,《近代史研究》,2001年第6期。

要"研究介绍世界文学,整理中国旧文学,创造新文学"①。沈雁冰在接编《小说月报》后,也使文学翻译成为刊物的特色,他将"译述西洋名家小说"、"介绍世界文学思潮之趋向"、"讨论中国文学革进之方法"②确立为刊物宗旨。《新潮》杂志在发刊词《新潮发刊旨趣书》上也这样宣称:"同人等以为国人所宜最先知者有四事;第一,今日世界文化至于若何阶级?第二,现代思潮本何趣向而行?第三,中国情状去现代思潮辽阔之度如何?第四,以何方术纳中国于思潮之轨?持此四者刻刻在心,然后可云对于本国学术之地位有自觉心,然后可以渐渐导引此'块然独存'之中国同浴于世界文化之流也。此本志之第一责任也。"③对世界文化和现代思潮的关注和向往必须经由翻译的这一重要的文学途径。1922年1月,在南京创刊、由吴宓、梅光迪等主编的《学衡》杂志,虽然倡导"昌明国粹"、"融化新知"、"讲究学术"和"以中正之眼光、行批评之积事"④,但其主要撰稿者梅光迪、胡先骕、柳诒徵等人在提倡国粹、反对新文化运动和白话文运动的同时,也大力主张并亲自着手翻译介绍西方文学。

从译介的主体来看,陈独秀、胡适、鲁迅、周作人等五四新一代知识分子从国外归来,充满了自主自为的独立意志和自觉自省的精神气质。他们运用翻译为媒介,来汲取并推广外国文学,以实现中国人的个人自由与民主。到1919年五四运动前后,新文化运动达到顶峰,以"孔孟之道"为核心的封建道德和以文言文为工具的封建文学受到了猛烈的批判。"文以载道"的传统思想体系彻底让位于个性张扬的民主和科学的思想。各种西方文学流派和哲学思潮,如"现实主义、自然主义、浪漫主义、唯美主义、象征主义、印象主义、心理分析派、意象派、立体派、未来派等等,以及人道主义、进化论、实证主义、尼采超人哲学、叔本华悲观论、弗洛伊德主

---

① 《文学研究会简章》,《小说月报》第12卷第1号,1921年1月,转引自魏绍馨:《中国现代文学思潮史》,杭州:浙江大学出版社,1988年,第138页。

② 《〈小说月报〉改革宣言》,转引自龚翰雄:《20世纪西方文学研究》,福州:福建人民出版社,2004年,第118页。

③ 《新潮发刊旨趣书》,《新潮》1919年1卷1期,转引自陈飞、徐国利主编:《回读百年·20世纪中国社会人文论争》第1卷(上),郑州:大象出版社,2009年,第171页。

④ 《学衡》,1922年1月,转引自王桧林、朱汉国主编:《中国报刊辞典(1815—1949)》,上海:书海出版社,1992年,第104页。

义,托尔斯泰主义、基尔特社会主义、无政府主义、国家主义、马克思主义等等,都有人介绍并有人宣传、试验、信仰。"①在国外历经数百年才渐臻成熟的思潮在中国的几年间,转瞬就找到了蓬勃发展的土壤。

在澎湃的新文化运动中,翻译的重要性仍是由意识形态的功用性操纵着。翻译取舍的尺度由现实的需要掌控着,文学自身的需要往往置之一边。小说月报当时的主编沈雁冰(茅盾)说:

> 在尚未有成熟的"人的文学"之邦像现在的我国,翻译尤为重要……翻译的重要性实不亚于创作。西洋人研究文学技术所得的成绩,我相信,我们很可以,或者一定要采用别人的方法——技巧——和徒事仿效不同。……在这意义上看来,翻译就像是"手段",由这手段可以达到我们的目的——自己的新文学。②

而实践新文学的重要主张就是废除陈旧的文言,改革语体,提倡白话。在这样的意识形态的需求下,译介外国文学时,也并非全部拿来,而是有取有弃。古典主义的外国作品就多被搁在了一边。周作人曾在《小说月报》上撰文指出:

> 陈胡诸君主张翻译古典主义的著作,原也很有道理;不过我个人的意见,以为在中国此刻,大可不必。……在中国特别情形(容易盲从,又最好古,不能客观)底下,古典东西可以缓译……倘若先生放下了现在所做最适当的事业,去译《神曲》或《失乐园》那实在是中国文学界的大损失了。我以为我们可以在世界文学上分出不可不读的及供研究的两项:不可不读的(大抵以近代为主)应译出来;供研究的应该酌量了。③

沈雁冰也持同样意见,他在回复周作人的信时认为:"若从介绍而不是研究的角度考虑,古典文学不必译。"④"可供研究,但不值得介绍",这

---

① 钱理群、温儒敏、吴福辉:《中国现代文学三十年》,北京:北京大学出版社,1998年,第14页。
② 沈雁冰:《一年来的感想与计划》,《小说月报》1921年12卷12号。
③ 见"通信"栏,载《小说月报》1921年12卷2号。
④ 同上。

充分说明了新文化运动时的译介文学具有强烈的功用性,以服从时代的需求为先,以填补中国新文学的空白为使命,以期为新文学建设提供创作范式。

2. 白话与欧化

民初时期,由于对文言的推崇,对苏曼殊古诗体的译法评价为"按文切理,语无增饰"。而到了五四,文言的语言外壳被丢弃。胡适为了证明白话文的合法性,特地写了一部《白话文学史》,把中国传统的很多优秀诗人和作者的作品都划归到白话的体系中。

用传统诗人使用白话的例子来证明弃文言选白话的正确性还远远不够。翻译以改良本国语言和文艺思想的职责出现,占据了文学系统的中心地位。一方面,要让西方的文艺思想进入本国,另一方面也要用西方的文字来变革本土的语言文体。外国文学的引进影响了文学新体系的构建,梁实秋在其《文学改良刍议》中,对理论资源与他的留学背景之间的密切关联曾展开过这样的论述:

> 近年倡导白话文的几个人差不多全是在外国留学的几个学生,他们与外国语言文字的接触比较的多些,深觉外国的语言与文字中国的差别不若中国言语文字那样的悬殊。同时外国也正是一个文学革新的时代,例如美国英国有一部分的诗家联合起来,号为"影象主义者"。……这一派唯一特点,即在不用陈腐文字,不表现陈腐思想。我想,这一派十年前在美国声势最盛的时候,我们中国留美的学生一定不免要受其影响。试细按影象主义者的宣言,列有六条戒律,主要的如不用典,不用陈腐的套语,几乎条条都与我们中国倡导白话文的主旨吻合。所以,我想,白话文运动是由外国影响而起。①

但是影响是通过怎样的渠道而产生? 翻译活动如何参与创造新的、主要的文学模式? 译者的主要任务和翻译策略是什么? 沈雁冰曾对翻译

---

① 梁实秋:《现代中国文学之浪漫的趋势》,《浪漫的与古典的・文学的纪律》,北京:人民文学出版社,1988年,第8页。

家提出了三点要求:"一、翻译文学书的人一定要他就是研究文学的人。二、翻译文学书的人一定要他就是了解新思想的人。三、翻译文学书的人一定要他就是有些创作天才的人。"①翻译不再是"旧瓶装新酒"或"涂了糖衣的苦药",而是从里至外彻彻底底的破旧立新,不单是在本国的文学形式中寻找现成的模式,把原文套用进来;而是打破本国的传统规范,在内容、风格、文体上更贴近原著,把原著中的陌生的异质的元素带到译入语文化系统中。

此间关于论述翻译策略的文章层出不穷。如《小说月报》12卷第3、4、5号上先后发表了三篇专论:《译文学书的三个问题》、《译文学书方法的讨论》、《译文学书三问题的讨论》,13卷第8、11号也刊载了两篇文章:《直译与死译》、《文学的统一观》。《文学周刊》上刊有《翻译要怎样才好》、《翻译之难》、《欧化文》,这一系列的文章围绕着翻译的技巧与方法展开讨论。文学可译吗?文学翻译的方法是什么?为什么要重译?直译和意译的区别是什么?这些问题对词语、句式、文体、口吻均有十分热烈的探讨。

在大力提倡白话文的人群中,不少人认为白话也不能全如人意,无法表现复杂和现代的思想及感情,因此白话之争发展到20世纪20年代,又衍生出了新的内容,即"语体文欧化",成为当时争论的焦点。要不要对中国文法进行欧化?白话和欧化孰优孰劣?欧化会不会使文章看不懂?

鲁迅是大力倡导引进外国文学新风的先驱人物。他崇尚直译,推崇欧化,取便发挥,以保留异域之风,撷取外国语言的特质。他在1918年与张寿朋的通信中,坚定地表达了对欧化的看法:"我认为以后译本,……要使中国文中有容得别国文的度量,……又当竭力保持原作的'风气习惯,语言条理',最好是逐字译,不得已也应当逐句译,宁可'中不像中,西不像西',不必改头换面。"②在译文《出了象牙之塔》的后记中,他写道:"文句仍然是直译,和我历来所取的方法一样;也竭力想保存原书的口吻,大抵连语句的前后次序也不甚颠倒。"③随后他又几次谈到"欧化"问题,说:"欧化文法的侵入中

---

① 沈雁冰:《译文学书方法的讨论》,载《小说月报》1921年12卷4号。
② 陈福康:《中国译学理论史稿》,上海:上海外语教育出版社,1992年,第176页。
③ 同上书,第176—177页。

国白话中的大原因,并非因为好奇,乃是为了必要。……固有的白话不够用,便只得采些外国的句法。"① 如此坚定地追求直译和欧化,正是因为鲁迅对中文句法缺点的诟病,通过翻译引进外来语和新句法,这样一来,迥异出新的句法便可渐渐据为己有,使得译本不仅再现了新的内容,而且也输入了新的表现手法。

除鲁迅外,还有不少知识分子也积极地推介欧化,如傅斯年曾要求文学应照直搬用西洋文的款式、方法、句法、章法、修辞,以造就现在的欧化的国语。胡适在论及欧化白话文的优点时也说,欧化的白话文能够充分吸收西洋语言的细密的结构,能够传达复杂的思想、曲折的理论,以应付新时代的需要。沈雁冰则认为:"创作家和翻译家极该大胆地把欧化文法使用,至于这些欧化文法中孰者可留孰者不可留,那是将来编纂中国国语文法者的任务,不是现在翻译家与创作家的事。"② 郑振铎在回复欧化使人看不懂的反对意见时,也是旗帜鲜明地支持欧化,他解释说:"看不懂的原因有三个:一、原文地方色彩太浓;二、翻译者太草率;三、读者受传统小说之毒太深。如是前二者,是我们应该注意的,如是后一种,则由读者自行解决。"③

在这样的大力提倡之下,汉语的"欧化"成为大势所趋。从机械地模仿欧化语法和行文发展到注重欧化的策略,随着时间的推移,翻译和创作中的语言表达日臻完善。徐志摩的翻译语言就是欧化的典型代表。如《巴克妈妈德行状》的译文中,如"起坐间"、"他正在吃他的早饭","一张烂破的报纸,拿在一只手里",词语、句法在现在读来,牵强别扭,充满了"翻译腔"。但这种"翻译腔",正是"欧化的白话文"的嫁接品,是新文学、新语言发展的一个必经阶段。

至于欧化也并非一边倒地全无争议,长达八年之久的"鲁梁论战"便聚焦在这个问题上。论战的另一方以梁实秋为代表,强调翻译既要对原文忠实又要通顺可诵,必须紧扣原作,以存真为宗旨,而又不能生硬晦涩。

---

① 陈福康:《中国译学理论史稿》,第300页。
② 见"通信"栏,载《小说月报》1922年13卷2号。
③ 见"通信"栏,载《小说月报》1923年14卷8号。

在《欧化文》一文中,他反对翻译中的欧化,主张译文应融入现代汉语中,以符合中国人的语法习惯为主。

20年代的这场争论中,虽两方对峙激烈,但都不约而同地支持新文学体制的发展。翻译既不是对原文任加删改的意译,也不是不加变通的直译,而是在忠实地译出原文意义的同时,引进表达新思想的新的艺术形式,更关注原文思想、情感的表现方法。在先进知识分子的锐意革新与进取之下,旧的文言作为僵化的语言被彻底推翻,白话文学成了文坛主流和正宗,而对欧化的推崇则进一步弥补了早期白话在表达上的欠缺。这场争议与运作不仅引入西方的先进思想,而且革新了旧文学既有的文学惯例,引入了新鲜的文学形式。

第二节 译介:浪漫的狂飙

五四新文化运动中,译家和诗人们不满于黑暗现实,亟思突破,在当时的浪漫主义精神和文化的深层结构作用下,他们在生活中表现为追求爱和理想,在艺术上则追求新的艺术形式、实践新的艺术观。强烈的个人主义色彩和对自然的审美态度,在中国新文化的萌芽和新文学的启蒙中与西方浪漫主义的内涵相呼应。

在这种时代语境下,也就是在汉语这一译入语文学出现危机的转型时期,翻译文学被推至译入语文学多元系统的中心位置,以英国浪漫主义诗歌为代表的西方浪漫主义文学甚嚣尘上,其抒情传统和抗拒思想引导着形成一种新型的中国式浪漫主义,去除口号式的纵情,成为一种文学狂飙,席卷中国。

1. 浪漫主义的狂飙兴起

陌生的外来文学思潮若要在异质的文学土壤里生根开花,就需要有接受者的内在感应。鲁迅的《摩罗诗力说》宣告了浪漫主义在中国的登场。但直到五四,浪漫主义才在中国掀起狂飙。在那个剧变而觉醒的时代,知识分子们仍抱持"以天下为己任"的情怀,继承近代中国救亡、抗争的理念,不同的是,他们以更为开放的胸襟去吸取新知识和新思想,颠覆行将就木的封建体系,高举个性解放的精神旗帜,憧憬美好自由的理想社会。

在这样的意识形态制导下,翻译文学空前繁荣。有组织、有系统地译介"名著"和"适应社会需求的作品"成为时代的要求和选择标准。如《益世报》在1915创刊号的《本报发刊辞》中说,"本社同人有鉴于此,爰组斯报,本良心以立论,奉道德为指归,故将以是唤醒社会之迷蒙,振起中华之国魂。"①振兴中华、爱国图变作为当时的主旋律,使得彼时的中国与19世纪的欧洲,"无论在经济上,社会问题上,文艺上,举凡我们现在所称的新思想以及社会改造的理想,在这百年前的时候已莫不在萌动了。故此百年前的时代,差不多和我们现在的时代,无复二致。"②文学救世的思想引导着这期间的翻译价值取向,这也就是在中国登场之后,英国浪漫主义诗歌继续风靡,甚至于如狂飙般席卷中国的原因了。实际上新文化阵营的主要精神支柱,就是浪漫主义的思想。平民文学的推崇与平民教育的兴起,使得宣扬自由,反对旧道德、旧礼教的思潮蔚为潮流,其导源便是尊重个性、崇尚自然的浪漫主义,所体现的也正是浪漫主义的反抗、破坏、创造、新生的内在精神。

在中国被译介和传播的英国浪漫主义诗作在内容上有着共同的特点和旨趣。他们都歌颂人的价值、尊严和力量,宣扬爱国主义和民主主义的思想,提倡平等、自由和博爱的精神,充满对自然的敏锐感知和热情讴歌,这些都对当时的中国文人们产生了深刻的影响,切合当时中国的时代主题。尤要指出的是,浪漫主义诗歌对个人情感的宣扬更与五四民主自由的风潮相契合。西谛(郑振铎)于1922年在《文学旬刊》第四期上发表了题为《论散文诗》的文章。其中谈到诗歌所要包含的元素,第一点就是"情绪,这是最重要的;抒情诗尤完全以此为主要的元素。就是史诗,也必须杂了不少的情绪要素在内。"③谈及与其他文体的区别,他道:"凡是文学作品都包含情绪的元素在内,这句话,我是非常相信的。……不过在诗里

---

① 转引自杨爱芹:《益世报与中国现代文学》,北京:中国文史出版社,2009年,第8页。
② 樊仲云:《诗人拜伦的百年纪念》,《小说月报》15卷4期之《拜伦专辑》,1924年。
③ 西谛:《论散文诗》,郑振铎:《郑振铎全集》第3卷,石家庄:花山文艺出版社,1998年,第428页。

面,包含情绪更为丰富而感人。"①他的这篇文章引起了很多人的共鸣,在诗体大解放之后,诗歌之所以成为诗歌,有别于其他文体,主要就在于强烈的主观情绪的宣泄与抒情色彩的表达。

而英国浪漫主义诗作在诗体上的推陈出新更是直接激活着这样一个狂飙突进、思维开阔的时代,造就英国浪漫主义诗歌的翻译高潮。英国浪漫主义诗人的作品在形式上具有反叛性和革命性,几乎无一例外地背叛了之前的新古典主义诗歌风格,充满了对诗歌语言和诗歌形式的改造。彭斯作为苏格兰农民,他的诗歌充满了纯朴的乡土气息和对古典的颠覆。布莱克的诗歌用简单的文字和形象的方式来说最深刻的道理,充满了儿歌般的乐感。拜伦、雪莱等为中国诗坛带来更多内容和思想上的启示,注入热情昂扬、慷慨抗争的激情。华兹华斯的诗作清新自然,韵律使用自如得体。新诗革命的倡导者胡适曾引证华兹华斯来说明他的文学革命的理论主张。1919年他在《谈新诗》一文中说:"英国华次活等人所提倡的文学改革,是诗的语言文字的解放……这一次中国文学的革命运动,也是先要求语言文字和文体的解放。"②他们在语言和形式上的反叛精神导致一股纯朴、清新的诗风吹入中国,更新了中国诗歌的诗学观念和特质。

这些浪漫主义诗人推动了中国诗歌翻译的现代转型,也促使了中国新诗趋向成熟和完善,完成了诗歌文艺美学的启蒙。白话新诗自1917年诞生起,在新旧文学模式之间纠结和反思,陷入了走失方向的迷局。而创造社、新月社的兴起,对英国浪漫主义诗歌的拿来和译介,使得中国的诗歌发展渐渐走出萧条。朱自清曾说过:"新文学运动以来,新诗最兴旺的日子,是1919至1923这四年间。《尝试集》是1919年出版的,接着有《女神》等等。现在所有的新诗集,十之七八是这时期出版的。这时期的杂志、副刊,以及各种定期或不定期的刊物上,大约总短不了一首横列的诗,以资点缀,大有饭店里的应时小吃之概。"③之后,"闻一多、徐志摩先生出了一个《诗镌》,打算重温诗炉的冷火。他们显然要提倡一种新趋势。他

---

① 西谛:《论散文诗》,郑振铎:《郑振铎全集》第3卷,第431页。
② 胡适:《谈新诗》,胡适著、季羡林编:《胡适全集》第1卷,合肥:安徽教育出版社,2003年,第159—160页。
③ 朱自清:《新诗》,朱乔森编:《朱自清全集》第4卷,第208—209页。

们要'创造新的音韵,新的形式与格调'。"①郭沫若、徐志摩、梁实秋、朱湘等都在《小说月报》、《新青年》等等刊物上发表过译诗,成为当年诗歌译介的核心人物。这些处在文学巨大变革的诗歌翻译者们与英国浪漫主义诗人们性情相投、观念契合,其中尤以创造社和新月社众人最为突出,他们吸取精华,借鉴精神,常常会在英国浪漫主义诗人的诗作中找到契合自己精神气质、思想理念的作品,凸显自己的主体意识。

例如研究界比较一致地认为,浪漫派诗人雪莱的诗歌风格对郭沫若早期文艺思想的形成,有着重大影响。郭沫若十分仰慕雪莱的人格,称他为"革命诗人"、"天才诗人"②。顾国柱在《郭沫若与雪莱》一文中,较为详尽地探讨了郭沫若的早期美学观与雪莱的关系:"作为20世纪的浪漫主义者郭沫若,其早期的美学观从艺术的发生根源到艺术的社会职能观,都受到了雪莱及其《为诗辩护》的巨大影响。"③袁荻涌在《郭沫若与英国文学》一文中,特别强调了"郭沫若译介雪莱,⋯⋯因为他的诗气磅礴,色彩浓烈,想象丰富,比喻美妙,有很高度的革命热情,强烈的批判精神和当时欧洲最先进的思想。"④而郭沫若在自己的翻译《共鸣说》中所指出的就是他为何翻译雪莱的诗歌:

> 译雪莱的诗,是要使我成为雪莱,是要使雪莱成为我自己。译诗不是鹦鹉学话,不是沐猴而冠。
>
> 男女结婚是先要有恋爱,先有共鸣,先有心声的交感。我爱雪莱,我能感听得他的心声,我能和他共鸣,我和他结婚了——我和他合而为一了。他的诗便如像我自己的诗。我译他的诗,便如像我自己在创作一样。⑤

在很久以后的1979年,郭沫若回答刘宏的信时,仍然说:"我不大喜

---

① 朱自清:《新诗》,朱乔森编:《朱自清全集》第4卷,第211页。
② 郭沫若:《雪莱年谱》,《创造季刊》第1卷,1923年第4期。
③ 顾国柱:《郭沫若与雪莱》,《郭沫若学刊》1991年第2期,第7—12页。
④ 袁荻涌:《郭沫若与英国文学》,《郭沫若学刊》1991年第1期,第39—41页。
⑤ 王秉钦:《20世纪中国翻译思想史》,天津:南开大学出版社,2004年,第150页。

欢济慈,也不喜欢拜伦,而却喜欢雪莱。"①《创造》季刊为雪莱出了纪念专辑,登载了两篇专门介绍雪莱生平的长文,郭沫若翻译了八首雪莱诗歌,并根据日本人内多精一的《雪莱的面影》编写了《雪莱年谱》,并在其中增加了对雪莱若干代表作的评论。特意评价其《乱世之假面行列》,特别译出这首诗中号召人民起来推翻暴政的一节,意在激励"我们困在这乱世之下、枷锁之下的中华民国的同胞"②。

除郭沫若外,当时有许多小资产阶级民主派的诗人不满社会,觉得看不到前路,于是寄希望于梦幻。他们既不赞赏华兹华斯等人的归隐湖畔,也不热心雪莱等人的热情狂飙,而是独独推崇另一位浪漫派诗人济慈。他们并不积极憧憬革命的未来,只是与济慈一样,避走丑恶的现实,追求纯美的世界。闻一多便是其中代表。他早年非常崇拜济慈,他认为济慈是"诗人的诗人"。在1922年的一封信里他说:"我想我们主张以美为艺术之核心者不能不崇拜东方之义山,西方之济慈了。"③

留学英国的徐志摩则被称为"最适应西方的中国文人"④。"他的诗思、诗艺几乎没有越出19世纪英国浪漫主义雷池一步。"⑤布莱克、彭斯、华兹华斯、拜伦、雪莱以及济慈都或多或少地开启了他的诗情。他喜欢拜伦,称拜伦为一个"不凡的男子",因为他"怪石一般的峥嵘,朝旭一般的美丽,劲瀑似的桀傲,松林似的忧郁"⑥。他在1924年4月《小说月报》的"拜伦号"上,发表他翻译的拜伦长诗《海盗》中的一段和他写的专文《拜伦》。在《拜伦》一文中他热情赞扬拜伦"是一个骄子:人间踏烂的蹊径不是为他准备的,也不是人间的镣链可以锁住他的鸷鸟的翅羽。"⑦在该文中,徐志摩把拜伦的几首诗歌片段以中英对照的形式融入文章之中,如:

---

① 郭沫若:《致刘宏》,原载《文艺报》1979年第五期,转引自黄淳浩编:《献给郭沫若诞辰一百周年! 郭沫若书信集》(下),北京市:中国社会科学出版社,1992年,第313页。
② 郭沫若:《雪莱的诗·序》,《创造季刊》1卷4期,1923年2月。
③ 闻一多:《闻一多全集》,开明书局版,1948年,第26页,转引自高国藩:《新月的诗神:闻一多与徐志摩》,台北:台湾商务印书馆,第40页。
④ 赵毅衡:《对岸的诱惑》,北京:知识出版社,2003年,第14页。
⑤ 卞之琳:《漏室鸣·卞之琳散文随笔选集》,北京:中央编译出版社,2005年,第49页。
⑥ 徐志摩:《静物》,呼和浩特:内蒙古人民出版社,1998年,第236页。
⑦ 徐志摩:《拜伦》,《小说月报》1924年4月。

> If thou regret'st thy youth, why live:
> The land of honorable death
> Is here:-up to the field, and give
> Away thy breath!
>
> 再休眷念你的消失的青年,
> 此地是健儿殉身的乡土,
> 听否战场的军鼓,向前,
> 毁灭你的体肤!①

徐志摩认为拜伦"从不介意他自己骸骨的安全,满心忧虑只怕是翻胎时连累他的友人,为他冒险,最不怕险恶,恶难只是他雄心的刺激",他羡慕拜伦"丈量过巴南苏斯的群峰,……搏斗过海理士彭德海峡的凶涛,……践踏过滑铁卢的泥土"②等等。从这篇文章中所引所译的拜伦诗歌可以清晰地看到,徐志摩对拜伦的崇拜也渗入到他自己的血液中。拜伦那种孤高自许、追求自由的性格,藐视一切的精神,投身革命的热血气质,颇合徐志摩的性情,两人的诗歌风范、情怀也颇有相似之处。

徐志摩也研究过济慈,他写过《济慈的夜莺歌》,赞赏济慈的想象力和所创造的美。但不同于济慈的沉于虚幻,徐志摩更为实际而积极,他说:"我们不能不想望这苦痛的现在,只是准备着一个更光荣的将来,我们要盼望一个洁白的肥胖的活泼的婴儿出世!"③

雪莱诗歌中执著地对于理想生命的呼唤也颇得徐志摩的心意,使他看到了"精神上对人生本身的真正赏识,对崇高的人类特性"④的透彻理解。在介绍雪莱时,徐志摩说:"他是爱自由的,他是不愿受束缚的。但仅仅爱自由的精神并不能使他成为伟大的诗人,他之所以成为伟大的诗人是因为他对于理想的美有极纯真挚的爱。"⑤

---

① 徐志摩:《徐志摩散文集》,上海:上海古籍出版社,2002年,第154—155页。
② 同上书,第126页。
③ 同上。
④ 徐志摩:《艺术与人生》,《创造季刊》1923年第2期。
⑤ 转引自吴笛等著:《浙江翻译文学史》,杭州:杭州出版社,2008年,第73页。

浪漫派的其他诗人也和徐志摩心灵相契。他称"宛茨宛士是我们最伟大的诗人之一"①。还高度赞扬他的诗歌："华茨华士见了地上的一棵小花，止不住惊讶与赞美的热泪；我们看了这样纯粹的艺术的结晶，能不一般的惊讶与赞美？"②他不但有关于华兹华斯的诗论、诗歌译作面世，而且他自己的创作诗歌《云游》在构思上几乎就是华兹华斯那首《黄水仙》的翻版。对于布莱克和彭斯，徐志摩也同样关注。1931 年 4 月，徐志摩在《诗刊》上发表了他所译的布莱克《老虎》。同年 8 月，由新月书店出版的《猛虎集》则与布莱克的《老虎》相唱和。彭斯的农民语言的诗风也曾给过徐志摩灵感，启发他在《一条金色的光痕》、《残诗》等诗歌中采用硖石土白话写作。正如胡适所言："借鉴于西洋文学史，因为中国今日国语文学的需要很像欧洲当日的情形，我们研究他们的成绩，也许使我们减少一点守旧性，增添一点勇气。"③

另一位五四时期重要诗人朱湘也深受浪漫主义的影响。朱湘的性格中存在着豪爽痛快和忧郁敏感的矛盾特质。他热衷在与大自然的亲和中寻找慰藉，在幻想和梦境中表现自己的美学理想和追求。这种内敛多思的心理特质主导了他的译诗择取。他多倾向于远离尘嚣，逃避现实，吟颂大自然，抒发内心伤感的浪漫主义诗作，如济慈、华兹华斯、柯勒律治正是为他所喜。

穆旦④的诗歌历程中同样逃脱不了浪漫主义的烙印。穆旦在清华大学英美文学系的求学生涯令他深受浪漫主义的影响。据周珏良回忆："在清华大学和西南联大，我们都在外国文学系。首先接触的是英国浪漫派

---

① 徐志摩:《天下本无事》,《晨报副刊》1923 年 6 月 10 日。
② 徐志摩:《征译诗启》,《小说月报》1924 年 15 卷 3 号,见《徐志摩译诗集》,长沙:湖南人民出版社,1989 年,第 211 页。
③ 胡适:《尝试集》北京:人民文学出版社,1984 年,第 144 页。
④ 穆旦,本名查良铮。在他的诗歌创作中,他多署笔名"穆旦"。因此,诗人"穆旦"成为他的个人标签。而自 50 年代起,他以本名翻译了大量外国诗作,随着译本的广为流传,翻译家"查良铮"广为人知。在本书中,谈及诗歌创作时,用"穆旦"这一笔名,而谈及诗歌翻译时,则用"查良铮"的本名来讲述。

诗人。"①之后师从英国著名的现代派文学理论家兼诗人威廉·燕卜逊(William Empson)更让他打开了对诗歌的眼光和心灵。燕卜荪特别推崇威廉·布莱克,常说布莱克是继莎士比亚、弥尔顿之后英国最伟大的诗人。因此,穆旦也特别喜爱拜伦、雪莱、济慈、布莱克等人的诗歌,他与他们心灵会晤、精神契合,并开始了浪漫主义诗歌的创作实践。虽然之后穆旦走上了现代主义的创作道路,但他受到浪漫主义诗人的启迪和影响却也是不容忽视的事实。王佐良曾这样评价当时穆旦的诗歌创作:"雪莱式的浪漫派的诗,有着强烈的抒情气质,但也发泄着对现实的不满。"②

从郭沫若到穆旦,只不过是当时几个深受英国浪漫主义诗歌影响的例子。在浪漫主义的狂飙突进中,译介英国浪漫主义诗作的人还有很多。而且,这一时期的英诗汉译不仅仅停留在作品上,还注意了对诗人的生平、思想、艺术观点等方面的全面介绍,并翻译和发表了大量的评论、介绍性文章。在1924年4月10日在《小说月报》上出版了"诗人拜伦的百年祭"专号以纪念拜伦。创造社也出了专刊《雪莱纪念号》,集中介绍雪莱,并以专刊形式加以纪念。这些信息在"对各诗人的译介评述"一节中会详细列出。

在这段时期,对这些浪漫主义诗人诗作的翻译,意在唤起人们对自由、美好的向往和为此而进行不屈的斗争,并在自己的文学革命中找到新的生命和活力。诗歌翻译的质量、系统性、全面性、深入性都较前一时期有着较大的提高和飞跃,这也折射出了英国浪漫主义诗歌在中国的所掀起的文学高潮。

到30年代,中华民族面临着生死存亡的危机,文学的重心发生了转变,争取中华民族的生存成为文艺的指导思想。"在民族生存斗争的今日,文艺应该成为指导民众意识的灯塔,应该成为争取民族生存战争的喇叭,应该成为击毁敌人的精神武器。"③知识分子们转向现实主义的文学,浪漫主义的大潮渐渐退落。

---

① 周珏良:《穆旦诗和译诗》,杜运燮编:《一个民族已经起来》,南京:江苏人民出版社,1987年,第81页。
② 王佐良:《穆旦:由来与归宿》,杜运燮编:《一个民族已经起来》,第1页。
③ 杜任之:《争取民族的生存与文艺应有的动向》,《文艺舞台》1935年12月1卷5—6期。

2. 旧格律的打破与新建

反对文言,取代文言之后,就是白话的登场和提倡。只是相对于其他文学体裁的变革,诗歌的更新尤为艰难。胡适曾提过诗体变革所经历的迷茫和阵痛:"文学革命的目的是要替中国创造一种'国语的文学'——活的文学。这两年来的成绩,国语的散文是已经过了辩论的时期,到了多数人实行的时期了。只有国语的韵文——所谓'新诗'——还脱不了许多人的怀疑。"①

对新诗的质疑多集中于应采取何种诗体,应如何创建诗意。如《小说月报》从开设"新体诗"栏目起(1920年第5号),就提出了两个问题,如何区别新诗与白话文?新诗如何发掘自己的思想和意境?由于新诗的创建与发展离不开翻译的作用,因此新诗革命倡导者们注目国外,从中汲取必需的给养。这时的译者对于翻译的外国作品"并不取理性的研究的态度,其选择亦不是有纪律的,有目的的,而是任性纵情,凡投其所好者则尽量翻译,结果是往往把外国第三四流的作品运到中国,视为至宝,争相模拟"②。至于诗体,也同样莫衷一是,如刘半农在1917年《新青年》第3卷第2号上用五言体翻译拜伦的 *The Alpine Violet*;王独清在1923年《学艺》以骚体译拜伦和雪莱的诗;徐志摩在早年也曾有四、五、七言的旧体诗译,如他曾用旧体把济慈的十四行诗《致范妮·布朗》译成二十二行。这些以中国旧体诗的框架来展开的翻译,为了照顾格律,很多时候因韵而害意,也不能再现原诗的形貌,前文已多有论述,此处不再赘言。而与此同时,废除格律的呼声越来越响。1919年2月,胡适的一首《关不住了》,译自美国诗人萨拉·悌丝黛尔(Sara Teasdale)的诗歌 *Over the Roofs*,从此开启了诗歌翻译的新风。

> 我说"我把心收起,
> 像人家把门关了,
> 叫'爱情'生生的饿死,

---

① 胡适:《谈新诗》,胡适著、季羡林编:《胡适全集》第10卷,第94页。
② 梁实秋:《现代中国文学之浪漫的趋势》,《晨报副刊》1926年3月25日。

也许不再和我为难了。"

但是五月的湿风,
时时从屋顶上吹来。
还有那街心的琴调
一阵阵的飞来。

一屋里都是太阳光,
这时候"爱情"有点醉了
他说,"我是关不住的,
我要把你的心打碎了!"①

这首译诗与之前苏曼殊等的古体译诗迥然不同,不再是五言七言、词牌曲调的旧体风格,而是尊重英诗本来的韵律、音步与节拍。胡适认为这首诗里的音节"能充分表现诗意的自然曲折,自然轻重,自然高下,是诗的最好的音节——'自然的音节'"②。他故意在第二、三个诗节中用了重复的字,适度破坏了原韵;为了使译诗变得散文化,他甚至改变原诗的句式安排,在译诗的最后一个诗节的最后两句前加上了"他说",从而使原诗凝练的句式变成了译诗亲切的散文句式。

在这首译诗里,每个诗行的音节数不固定,而轻重音的模式也并非通篇一致。平仄的传统在翻译中被打破,而原诗中的格律也没有在翻译中加以保留。于是,"诗体大解放"和"自然的音节"会通于此,从这首译诗起,特别是自"作诗如作文"③的诗学主张起,西方诗歌在主题内容、诗形韵式等方面对中国传统诗歌提出了挑战,在一定程度上激活了中国传统诗歌向现代转化的潜能。

但白话自由体的诗形,并未由此不变,成为恒定普遍的翻译模式。自旧诗格律被打破之后,新诗摆脱了自身诗性的规范,采用白话散文的句式

---

① 胡适:《关不住了!》,胡适著、季羡林编:《胡适全集》第10卷,第94页。
② 胡适:"再版自序",《尝试集》,北京:人民文学出版社,1984年,第191页。
③ 即一是作诗需"顺着诗意的自然曲折,自然的轻重,自然高下",二是以白话的词法和句法来代替文言,实现语言形式与思维方式两方面的散文化。见胡适:《谈新诗》,胡适著、季羡林编:《胡适全集》第1卷。

和章法,不用韵,不用平仄,混淆了诗歌与散文的概念,导致新诗在形式上流于散文化,显得过于散漫,呈现了明显的"非诗化"倾向。到底用何种诗体来译才好,是否需要一些新的艺术形式和诗学原则,依旧争论不休。鉴于此,自 1924 年起,文学期刊的"征译"事件成为典型的文艺争鸣现象。徐志摩在《晨报副镌》上刊登了四首外国诗歌的原文 *Perfect Woman*,*The Rainbow*,*Where My Books Go*,*White Cascade*,以征求不同翻译,为外国诗歌的翻译寻找更好的方法和出路。他在《小说月报》上也发表《征译诗启》,邀请同道中人参与诗歌翻译,切磋翻译技艺,"期望是要从认真的翻译研究中国文字解放后表现致密的思想与有法度的声调与音节之可能:研究这新发现的达意的工具究竟有什么程度的弹力性与柔韧性与一般的应变性"[①]。不仅《晨报》、《小说月报》如此,倾向文化保守思想的《学衡》也有同样做法。1926 年刊登了罗塞蒂(Rosetti)的名作《愿君常忆我》(*Remember*),同时刊载了由吴宓、陈铨、张荫麟、贺麟、杨昌龄翻译的五种译文;1928 年以《罗色蒂女士古决绝辞》(*Abnegation*)为题,刊登了由吴宓、张荫麟、贺麟翻译的三种译文等等。《小说月报》在 1928 年刊登鹤西译英国海立克的(*Robert Herrick*)《与少女们》时,写明这是友人间的竞赛译诗:"这首诗是先艾兄叫译出来和他底译文比较的。我已经译得了,现在看他还快不快译出来。几个人同译一首诗来互相比较,的确是很有趣的事情。"[②]同期刊物一诗多译,这在翻译史是一次很有意义的尝试,也是一个特殊而值得注目的事件。

当时反对以白话自由体译诗的也大有人在。他们认为在推倒旧诗形式的"诗体的大解放"中,对绝对的自由的追求,的确使诗体"解放"了,但却缺少了诗性,扔掉了"诗形",新诗变成了分行的散文,丢弃了含蓄深致,使得诗变得无味。鲁迅就曾为译诗的"没有节调,没有韵"的倾向深感遗憾,并呼吁"诗须有形式"[③]。于是诗坛又开始了将"非诗化"变为"诗"的努力。但是旧诗词的格律既已被抛弃,就很难再被拾回,向外借鉴、"拿

---

① 徐志摩:《征译诗启》,《徐志摩译诗集》,第 211 页。
② 鹤西:《〈与少女们〉译后记》,《小说月报》1925 年第 9 卷 10 号。
③ 鲁迅:《鲁迅书信集·致窦隐夫》,转引自冯光廉、朱德发、刘新华等编著:《中国现代文学史题解》,济南:山东教育出版社,1984 年,第 377 页。

来"外国诗歌的表现手法、形式内容成为一时风尚。新格律,一种不同于旧诗词的新外壳,一种更适合白话的新诗形于是被创建起来。在《〈诗刊〉弁言》中,徐志摩说过:"我们信我们自身灵性里以及周遭空气里多的是要求投胎的思想的灵魂,我们的责任是替它们搏造适当的躯壳,这就是诗文与各种美术的新格式与新音节的发见;我们信完美的形体是完美的精神唯一的表现。"①英国浪漫主义诗歌给了他开启新风的灵感。"谁不曾见过野外的草花,但何以华茨华士的《野水仙》独传不朽?谁不曾听过空中的鸟鸣,但何以雪莱的《云雀歌》独享盛名?"②

为创造新诗形、新音节、新格律,众多译者和徐志摩一样,在译诗的过程中提出新的译诗主张,探索着新的译诗技法。郭沫若提出了"风韵译"的译法:"我始终相信译诗于直译、意译之外,还有一种风韵译。字面、意义、风韵三者均能兼顾自是上乘,即使字义有失而风韵能传,尚不失为佳品。若是纯粹的直译死译,那只好摒诸文坛之外了。"③成仿吾在《论译诗》中指出:"理想的译诗,第一,它应当自己也是诗;第二,它应传原诗的情绪;第三,它应传原诗的内容;第四,它应取原诗的形式。"④朱湘则着意在翻译中试图再现原诗的形式、韵律等等。闻一多认为:"新格律诗不仅要摄取传统格律诗的精髓,还要借鉴西方诗歌的长处,尤其是在格律方面。"⑤

在这样的努力下,汉语新诗的规范逐步建立,用新格律体翻译英语诗歌,尝试着采用汉语的音组或顿等策略来翻译英诗中的音步成为一时之盛。傅东华是其中的佼佼者。郑振铎曾盛赞他:"我们应该特别把傅东华所译《曼弗雷特》介绍给大家,中国的文学界,自介绍世界文学以来,小说曾介绍了不少进来,而诗歌则始终不曾有什么人系统地介绍过。所有的

---

① 徐志摩:《〈诗刊〉弁言》,徐志摩著、展望之编:《想飞:徐志摩小品精萃》,上海:上海书店出版社,1994年,第120页。
② 徐志摩:《征译诗启》,《徐志摩译诗集》,第210页。
③ 转引自徐剑:《初期英诗汉译述评》,《中国翻译》1995年第4期,第44页。
④ 成仿吾:《论译诗》,海岸选编:《中西诗歌翻译百年论集》,上海:上海外语教育出版社,2007年,第40页。
⑤ 参见罗选民:《外国文学翻译在中国》,合肥:安徽文艺出版社,2003年,第141页。

译诗,不过是些零星的小诗,傅君的《曼弗雷特》的全译,算是近年来翻译界里的很巨大的一件工作;又如莎士比亚的戏曲,最近也有人翻过,但所用的译文却是散文,与傅君之以'韵文'译'韵文'的不同;这两种译法的比较也是我们应该注意的。"① 要指出的是,傅东华的韵文不同于苏曼殊当时的模式,并非对文言体的复辟,而是对白话自由体的进一步改进。之所以用这种韵文的体式译诗,傅东华曾在《参情梦》的译者序言中提到:"一是偶然得着,二是出于以翻译改良中国韵文之目的。"②

以傅东华译拜伦诗歌《致某妇》(*To a Lady*,原题为 *To a Lady, on Being Asked My Reason for Quitting England in the Spring*)中的一节为例:

> When Man, expell'd from Eden's bowers,
> A moment linger'd near the gate,
> Each scene reeall'd the vanish'd hours,
> And bade him curse his future fate.
>
> 假如人,既被摈乐园之外,
> 兀的是,傍门墙瞻顾徘徊,
> 便不免触景忆前情,
> 觉来日生涯叵耐。③

傅东华在译这首诗时采用了散文体的白话韵文。朱自清在 1943—1944 年间的《译诗》一文中评价傅译:"译文的确流利便读,明白易晓。所用的韵文,不像旧诗词曲歌谣,而自成一体;但诗行参差,语句醒豁,跟散文差不多。"④ 傅译虽改为散文体,但读来很顺口,改良的中国韵文增加了诗味和诗情,读来像评弹,像大鼓书。落落上口,极富音韵感。但值得注意的是傅译虽大大改进了便读性,但用词仍有古旧之风,未脱尽文言之质,也并没有创造一个新的诗体。

---

① 见"最后一页"栏,载《小说月报》1925 年 16 卷 9 号。
② 傅东华:《参情梦》附记,载《小说月报》1925 年 16 卷 10 号。
③ 傅东华译:《致某妇》,《小说月报》1924 年第 4 期,第 42 页。
④ 朱自清:《译诗》,朱乔森编:《朱自清全集》第 2 卷,第 378 页。

创建新格律并非易事。中国诗歌与外国诗歌在音律上存在很大的不同,余光中曾对中外诗歌的音律差异作一总结:

> 第一,中国字无论是平是仄,都是一字一音,仄声字也许比平声字短,但不见得比平声字轻,所以七言就是七个重音。英文字十个音节中只有五个是重读,五个重音之中,有的更重,有的更轻……因此英诗在规则之中又有不规则,音乐效果接近'滑音',中国诗则接近'断音'。①

同时,汉诗和英诗在句式上也迥然相异。因此,"使新诗成为诗"就不仅需要在新诗与旧诗之间建立桥梁,而且更需要积极地"拿来"新建。以成仿吾译于1922年华兹华斯的《孤寂的刈稻者》(*The Solitary Reaper*)节选为例:

> Behold her, single in the field,
> Yon solitary Highland Lass!
> Reaping and singing by herself;
> Stop here, or gently pass!
> Alone she cuts and binds the grain,
> And sings a melancholy strain;
> O listen! for the Vale profound
> Is overflowing with the sound.

> 看她,独在田陇里,
> 那孤独的高原地女孩儿!
> 看她,刈着还歌着,一人
> 独自;
> 为她止步,或轻一点儿!
> 她一人刈着,还把来捆了,
> 又歌起她的哀调;

---

① 余光中:《中西文学之比较》,《余光中谈翻译》,北京:中国对外翻译出版公司,2002年,第23页。

听啊！这幽谷深深
全充满了歌唱的清音。①

这首译诗选自成仿吾《论译诗》一文,原载于 1923 年 9 月 9 日《创造周报》第 18 期。在当时,以这种新诗风来译英诗的尚不多见。成译忠实地保存原诗的内容、构造以及音韵关系,并在此基础上,再现原诗的情绪和生命力。全诗虽明显见到欧化的痕迹,但读来十分的自然和谐,译者十分用心地在新诗的体式中把原诗的形式再现出来。他在该文结尾处说:"我们的语言极富,只是因为构造生硬的原因,表现却不甚丰富。我们的新文学运动的一个目的,是在使我们的表现丰富起来。我们能把外国的许多好诗,翻译出来,是可以使我们的表现丰富,同时使我们知道怎样扩充我们的表现方法的。"②因此,使译诗成为诗,在其中移植英诗的形式和情绪就尤为重要了。

1926 年作为《晨报》副刊之一的《诗刊》问世,徐志摩宣称它的宗旨是:"我们的大话是:要把创格的新诗当作一件认真的事情做,……我们的责任是替它们构造适当的躯壳,这就是诗与各种美术的新格式与新音节的发现。"③这一"大话"可以看作新格律诗运动的宣言,也表现了当时产生新精神和新诗式的需要。以他自己译的布莱克《老虎》(*The Tyger*)一诗为例:

  Tyger! Tyger! Burning bright
  In the forests of the night,
  What immortal hand or eye.
  Could frame thy fearful symmetry?

  猛虎,/猛虎,/火焰的/烧红
  在/深夜的/莽丛,
  何等/神明的/巨眼/或是/手

---

① 成仿吾:《论译诗》,海岸选编:《中西诗歌翻译百年论集》,第 44 页。
② 同上书,第 45 页。
③ 转引自魏绍馨:《中国现代文学思潮史》,杭州:浙江大学出版社,1988 年,第 262 页。

能/攀画/你的/骇人的/雄厚?①

徐志摩通过对原诗的精神和力量的感悟,较为忠实地再现了布莱克的诗风和思想。在这一节译诗中,他的用词如"飞腾"、"威棱"、"火焰的烧红"、"神明的巨眼或是手"、"骇人的雄厚"欧化痕迹很重,虽还不能像现代白话文那样流利上口,但对于从文言中走过来的中国文人而言,已实属不易。在新白话的体式中,他借助诗歌高度凝练集中的特质,努力发掘出白话语言文字的诗性。他的韵式是 aabb,韵脚分别是"红"、"丛"、"手"、"厚";译诗的节奏遵循原文,节拍感很强,以音顿来译原诗的音步。所谓音顿,就是有规律的停顿,如两字一顿或三字一顿,便可产生节奏感,用来替代英诗中的音步,因此称之为"以顿代步",以顿作为诗行的构建单位。在这节译诗中,四句的音顿分别为四顿、三顿、五顿、五顿,行文中的复沓、断句、跨行书写形成强烈的节奏。在这首译诗中,他也努力做到了"句的匀称"和"句的均齐",除第二句着意地收缩字数,其余三句都几近均长。从这节译诗可以看出,他十分关注新诗音节和节奏规律化。这两点也正是《诗刊》所特别看重的,这本创办于 1926 年的期刊标志着中国诗歌新格律派形成,打出"理性节制情感"的美学原则和新诗形式格律化的旗号。译者在译诗过程中,体悟了格律之于诗的重要性,尽管新诗尚在草创时期,译作仍有生涩之处,但至少可传达旧诗格所不能表现的意致和声调。

徐志摩、闻一多、朱湘等多人都是新格律派译诗的大力践行者,他们曾呼吁:"爱文艺之诸君,曾经相识与否,破费一点功夫做一点更认真的译诗尝试。用一种不同的文字翻来最纯粹的灵感的印迹……为什么,譬如苏曼殊的拜伦译不如郭沫若的神韵节奏?"②再以朱湘为例。他在自己的译诗中采用整齐的格律体,卞之琳曾称赞他的译诗能做到"原诗每节安排怎样,各行长短怎样,行间押韵怎样(例如换韵,押交韵、抱韵之类),在中文里都严格遵循"③。以他译的柯勒律治的长诗《老舟子行》(The Rime of Ancient Mariner)中的开头来说明他如何在翻译中去建立一种新的诗

---

① 徐志摩:《老虎》,《徐志摩译诗集》,第 24 页。
② 徐志摩:《征译诗启》,《徐志摩译诗集》,第 213 页。
③ 卞之琳:《人与诗:忆旧说新》,北京:三联书店,1984 年,第 196 页。

性语言：

> It is/an an/cient Ma/riner,
> And he/stoppeth one/of three.
> 'By thy/long grey/beard and/glittering eye,
> Now where/fore stopp'st/thou me?
>
> The Bride/groom's doors/are o/pen'd wide,
> And I/am next/of kin;
> The guests/are met,/the feast/is set;
> May'st hear/the mer/ry din.'
>
> He holds/him with/his skin/ny hand,
> 'There was/a ship,'/quoth he.
> 'Hold off! /Unhand/me, grey/-beard loon!'
> Oftsoons/his hand/dropt he.
>
> He holds/him with/his glit/terring eye—
> The Wed/ding-Guest/stood still,
> And li/stens like/a three/years' child:
> The Ma/riner hath/his will.
>
> 那是/一个/老年/舟子，
> 三人中/拦住/一人。
> "目光/炯炯的/这/老汉，
> 你拦我/为甚/缘因？
>
> 新郎/家前/大门/洞启，
> 我最亲/被召/婚筵。
> 宾客/到齐,/排了/酒席——
> 听那边/笑语/喧阗。"
>
> 他用/如柴/手掌/抓住：
> "我当初/在一/舟中——"
> "站开！/放手,/羊须/老汉！"

他闻言／立刻／手松。

但他／双眼／有如／磁铁，
令喜宾／不得／不留
在／路旁，／靠石头／坐下，
听老人／数说／根由。①

在这三节译诗中，朱湘根据现代汉语的特质，选用了地道的白话口语体，突出了新格律体的特点。为避免语言太过散漫，他特意去掉了"的"、"了"这样的虚词。相比前一首徐志摩译诗中明显的欧化痕迹，如"火焰的烧红"、"骇人的雄厚"等等，朱湘的译语如"新郎家前大门"、"如柴手掌"等，使诗句更为凝练，更好地实现"句的均齐"，增强了诗句语言的张力。在韵律上，这首译诗与原诗亦步亦趋，采用了完全相同的韵脚 abcb，即各节双行押韵。在音顿上，译诗基本实现了"以顿代步"的规范，多以二音顿和三音顿为主，各行字数相对整齐，原诗中若是四音步的诗行，译诗便对以四音顿的八个汉字；原文是三音步的诗行，译文便是三音顿的七个汉字。译诗里包含了众多约束性成分，这样严格遵循原诗的格律，用白话的新格律相对，虽会消减些语言的自然流畅，但音韵整齐，节奏分明，诗性盎然，在格式、音尺、平仄等方面均十分规整，译诗读来充满了音节的音乐美、辞藻的绘画美、字句诗行的匀称性和建筑美。

朱湘还写过专门的译诗诗论，反对一味地将外国诗歌翻译成自由诗体的译风：

> 我国如今尤其需要译诗。因为自从新文化运动发生以来，只有些对于西方文学一知半解的人凭藉着先锋的幌子在那里提倡自由诗，说是用韵犹如裹脚，西方的诗如今都解放成自由诗了，我们该改赶紧效法，殊不知音韵是组成诗之节奏的最重要的份子，不说西方的诗如今并未承认自由体为最高的短诗体裁，就说是承认了，我们也不可一味盲从，不运用自己独立的判断。我国的诗所以退化到这种地步，并不是为了韵的束缚，而是为了缺乏新的感兴，新的节奏——旧

---

① 朱湘：《朱湘译诗集》，长沙：湖南人民出版社，1985年，第115—116页。

体诗词便是因此木乃伊化,成了一些僵硬的或轻薄的韵文。倘如我们能将西方的真诗介绍过来,使新诗人在感兴上节奏上得到新颖的刺激与暗示,并且可以拿来同祖国古代诗学昌明时代的佳作参照研究,因之悟出我国旧诗中哪一部分是芜蔓的,可以铲除避去,哪一部分是菁华的,可以培植光大,西方的诗中又有些什么为我国的诗所不曾走过的路,值得新诗的开辟?①

这段话浓缩了使新诗成为诗的精要所在:推倒旧格律,消解旧文言,倡导新白话,引用、吸收、扩展,吸收西方诗学的新质和中国古典诗学的精髓,建立新的音韵、格律与节奏,使新诗充满节奏性和画面性的张力和美感。对文言旧诗词格律的打破,对新格律的建立,昭示着翻译目的语系统的格律标准被重新制订。译诗的美,存在于四个方面:音节、韵法、辞藻、诗意。译者们贯彻熔铸诗性的诗学原则,实际上是对新诗情感泛滥和诗形散乱的反击,通过译诗淘汰了一些颇为累赘的词汇和松散的结构,而代之以十分醒豁的文字和富有节奏的乐感,也使新诗诗体得以整肃,诗行形式更为规齐,更趋于精炼和集中,体现出破旧立新的规范化形式,并对新诗顺利地从无序走向有序起到重要作用。这一诗学主张呼应了"推倒雕琢的阿谀的贵族文学,建设平易的抒情的国民文学"、"推倒陈腐的铺张的古典文学,建设新鲜的立诚的写实文学"以及"推倒迂晦的艰涩的山林文学,建设明了的通俗的社会文学"②的文学主张,使得新诗革命成为五四文学运动的先锋军。

3. 对各诗人的译介分述

五四新文化和新文学之后的 20 年代,在中国语境下,英国浪漫主义诗人们不仅仅意味着来自遥远国度的诗人,更是富于时代意义和文化内涵的偶像。他们代表了某种新的生活方式、价值观念和人生态度,引起了许多中国作家的关注,掀起了一股浪漫主义的潮流。

---

① 朱湘:《说译诗》,原载 1927 年 11 月 13 日《文学周报》第 290 期,转引自海岸选编:《中西诗歌翻译百年论集》,上海:上海外语教育出版社,2007 年,第 50 页。
② 陈独秀:《文学革命论》,《陈独秀文章选编》,北京:三联书店,1984 年,第 172 页。

进入30年代,浪漫主义的热潮渐渐退去,文学潮流的主要倾向,转变为革命的左翼文学。时人开始对20年代诗歌的浪漫主义趋向进行反思,由于厌倦感伤主义以至于反感浪漫主义,越来越多的新诗人转向现代主义。在这种情况下,30年代中国文坛对浪漫主义诗人诗作的译介骤减,其间的翻译作品也多属重译。40年代后,陆续出现了若干译诗集等。但就当时而言,曾经的译介辉煌已一去不复返。

下面就详述在这一时期,对各位诗人的译介情况。

布莱克

五四时期,周作人首次将布莱克领入了中国。1919年周作人在《少年中国》第一卷第8期上发表了《英国诗人勃来克的思想》,文中介绍了布莱克诗歌的特性及其诗学和艺术思想。此外,周作人在该文中首次译出了布莱克的长诗《无知的占卜》的总序四句:"一粒沙里看出世界,一朵野花里见天国。在你掌里盛住无限,一时间里便是永远。"另外还包括如《迷失的小孩》、《我的桃金娘树》、《柔雪》等一些短诗的翻译。此次译介是布莱克首次进入中国文坛,让中国读者领会到了其诗歌魅力和思想特点。田汉在《新罗曼主义及其他》中对这次译介做出了积极的评价:"周作人先生介绍英国神秘诗人勃雷克的思想,真是愉快。"① 同时田汉也重译了布莱克那四句名言:"一沙一世界,一花一天国。君掌盛无边,刹那含永劫。"

1920年,何德明翻译了布莱克的小诗《爱的秘密》,发表在《妇女杂志》第17卷第9期。

1922年,徐蔚南在《小说月报》第13卷上发表了一首题为《勃莱克》的诗,诗中表现了作者对布莱克诗歌和思想的崇拜和赞誉。

布莱克的百周年忌日迎来了中国译介布莱克的第一个高潮。1927年的《小说月报》第18卷第8号先是刊登了赵景深的纪念文章《英国大诗人勃莱克百年纪念》,详述了布莱克的生平和恋爱观念,并翻译了《我的美丽蔷薇》等诗歌;随后刊载了徐霞村的纪念文章《一个神秘的诗人的百年祭》,文中称:"勃莱克的纪念现在不单是英国的事情且已变成世界文坛的

---

① 田汉:《新罗曼主义及其他》,《少年中国》1卷12期,1920年6月。

激动。"①

这一期的《小说月报》还刊载了《关于勃莱克研究书目》,收录了有关布莱克研究的重要英文书目 23 种,包括作品集、传记、批评理论等。此外,1927 年的《北新》第 2 卷第 2 期上刊登了赵景深翻译的英国批评家弗立曼(John Freeman)纪念布莱克的文章《英国大诗人勃莱克百年纪念》。

同年,《语丝》杂志分三期刊载了长文《骆驼草——纪念英国神秘诗人白雷克》。文中首先称布莱克"是富于独创精神,深挖到真正浪漫精神源泉的神秘诗人"。文中详细介绍了布莱克作为浪漫主义先驱者的成就和影响。1927 年 9 月,上海的《泰晤士报》也刊发一篇来自伦敦的电讯,介绍了英国纪念布莱克的情况。梁实秋读了《泰晤士报》这篇电讯后写了《诗人勃雷克——一百周年纪念》,文中主要对布莱克诗里的幻想和图画提出了自己的见解,但也并未对布莱克的诗作给予完全的肯定,指出:"他没能把他的不羁的幻想加以纪律,没能把他的繁丽怪僻的图画的成分,加以剪裁。在这百年的忌辰,我们赞美他的诗的完美之处,我们更愿在他的诗的不完美处体会出可以进而至于完美的法门。"②

1927 年 7 月,上海光华书局出版了腾固的《唯美派的文学》。文中把布莱克称为"近代唯美运动的先锋,认为他用了神秘的金锤,打开了美的殿堂"。

值得一提的是,1928 年的中国文坛出现了一场题为布莱克是浪漫主义者还是象征主义者的激烈论战。论战双方分别是以《民国日报》副刊《文艺周刊》为阵地的哈娜,和以文学研究会创办的《文学周报》为阵地的博董。论战的起因是哈娜在《文艺周刊》第 4 期至第 8 期发表的长文《白莱克的象征主义》,引起博董的异议。博董在《文学周报》第 6 卷第 301—325 期间连续发表文章《勃莱克是象征主义者么》、《浅薄得可笑的哈娜》、《三论勃莱克》、《勃莱克确是浪漫主义者》等文章,认定布莱克属于浪漫主义者,之后又写了提供数种中外著作做例证,说明布莱克决非象征主义

---

① 徐霞村:《一个神秘的诗人的百年祭》,《小说月报》1927 年第 18 卷第 8 号,第 73 页。
② 梁实秋:《诗人勃雷克——一百周年纪念》,《文学的纪律》,北京:人民文学出版社,1988 年。

者。不管双方谁是谁非,这场热闹的论战无疑吸引了更多的读者和学者关注布莱克及其诗歌。

1928年,魏肇基在《一般》杂志上发表了《威廉勃莱克的百年忌》,文章开头作者同样翻译了那著名的四行,文中翻译了如《天国与地狱底结婚》等多篇诗歌,作出了相关的评论介绍。

1929年《新月》月刊第2卷第8号上刊载了邢鹏举写的《勃莱克》,该文极为翔实地介绍了布莱克思想及其诗画作品和艺术理念。邢文中充满了对布莱克及其诗歌的溢美之词,对他的思想观念、诗歌风格、内容特质作了颇为全面的分析和感悟。1929年,赵景深在《文学周报》第5卷第288期上撰写了一篇《诗人勃莱克百年纪念》,此文主要介绍布莱克的叙事诗《彭威廉》。

上海北新书局于1930年出版发行了由F.德尔曼著、林惠元译、林语堂校的《英国文学史》。书中把布莱克称为浪漫主义的先驱者,他比华兹华斯先能用简单的言语来表现诗人的深思。

1931年,《诗刊》第2期上发表了徐志摩翻译的布莱克的名诗《猛虎》。

纵观上述译介情况,自布莱克进入中国以来,新中国成立前布莱克在中国读者心目中基本上是一位神秘的浪漫主义诗人。虽然诗歌的神秘气息使得他的读者群不及其他英国浪漫主义诗人庞大,但从周作人的首译到到赵景深、邢鹏举等人的译介以及徐志摩的翻译来看,布莱克对中国读者和诗人同样有着较为深远的影响。

彭斯

在这一阶段,对彭斯的译介并不多。主要有梁实秋翻译并刊载于《新月》1920年末的《苏格兰民间诗人彭斯诗歌》,朱湘翻译并刊载于《番石榴集》中的《美人》。

1930年,林惠元译的《英国文学史》指出彭斯在本土及国外的影响比任何苏格兰作家都大:"在天才的高超、感觉的深刻、表现的生动逼真上,Burns实凌驾以前的任何苏格兰作家之上。"[①]

---

① F.德尔曼著:《英国文学史》,林惠元译,上海:北新书局,1930年,第274页。

1931年出版的《新文艺辞典》对"彭斯"这一词条作如下解释:"他生于贫困,死于贫困,革命思想的先驱。他曾运用他的锐利的笔锋,针对着当时的政教文明和社会组织下了猛烈的攻击。他并没有受过相当的教育,可是他却一手转变了英国文学的趋势。"①从这一词条中可以看出对当时诗人的判断与评估仍是以其革命性和政治意义为基调。

1943年第3期《中原》刊载了袁水拍翻译的《彭斯诗十首》;之后1944年,袁水拍翻译的彭斯诗集《我的心呀在高原》由美学出版社出版,这也是第一部彭斯的个人诗集在中国集中刊印。

华兹华斯和柯勒律治

华兹华斯的诗作中对下层贫苦人民生活的描写颇为符合当时中国的需要,其"诗歌是强烈感情的自然流露"的观点也与当时文坛的主流不谋而合。因此,五四以后对华兹华斯的译介的规模增加,内容也趋于翔实。

1919年田汉对华氏诗论作了较为详细的介绍。在《诗人与劳动问题》中,田汉称华兹华斯是"19世纪英国罗曼主义文学的第一登场人"②,介绍了他作为诗人的崇高地位,并论述了他的诗学理念及其中的若干关键词,如情绪(情感)、自然、空想(想象)。

华兹华斯的诗学思想和胡适所倡的文学新风彼此映照,引领着彼时的文学实践。1922年1月31日徐志摩翻译了华兹华斯的名诗《葛露水》。1923年在与创造社成仿吾等人的笔战中,徐志摩在《晨报副刊》上刊出《天下本无事》一文,写道:"说宛茨宛士(即华兹华斯)大部分的诗是绝对的无聊,并不妨碍宛茨宛士是我们最大诗人之一的评价。"③

1922年,《学衡》杂志第7期上曾刊登华兹华斯肖像,在第9期上吴宓的《诗学总论》中曾引用过华兹华斯的诗作和诗学主张,他还仿照华兹华斯《雷奥德迈娅》作长诗《海伦曲》,长达112句。在第39期新增的"译诗"栏中,发表了华兹华斯《露西》组诗第2首的8篇译文,标题为《威至威斯佳人处僻地诗》。(详见本书第六章第二节)

---

① 邱文渡,邬孟晖:《新文艺辞典》,上海:光华书局,1931年,第293—294页。
② 田汉:《诗人与劳动问题》,《少年中国》1919年第1期。
③ 徐志摩:《华兹华斯》,《徐志摩译诗集》,第27页。

1926年,郑振铎在《小说月报》上著文谈及19世纪英国诗歌,其中论述了华兹华斯生平经历、思想观念与创作概况等。同年,《晨报副镌》第56期上,刊登了钟天心翻译的《译华茨华斯诗一首》——《露西组诗之二》。(详见本书第六章第三节)

　　1931年,开明书店翻译出版了约翰·玛西原著的《世界文学史话》。作者提到了华兹华斯诗歌中对自然与神性的体现。同年,《现代文学评论》第1卷第4期刊登了《自吹自打的华兹华斯》一文,文中谈及华兹华斯的一些生平逸事,也说"英国的大批评家安诺德认为华兹华斯是可以与莎士比亚和米尔顿比衡的大诗人,在欧洲大陆上,他也可同莫利哀和哥德颉颃。"①

　　1932年8月15、20日,《国闻周报》第9卷第32、33期刊载了陈瘦竹的文章《Wordsworth 的诗论》,论述了华兹华斯的诗学理论。

　　1932年,张则之、李香谷合作翻译,由北平建设图书馆出版了《沃兹沃斯诗集》。1934年朱光潜在《人间世》第15期诗专辑上发表的《诗的主观与客观》。在文中就接受了华氏诗论的重要内容,主张情感不能外露于诗中,文中同时也告诫当时中国的青年诗人应从主观经验中跳出来,不应过于外露地表现出心中的情趣。而1947年李祁的《华茨华斯及其序曲》则是这一时期研究华氏诗歌的第一本专著。

　　1934年9月,上海中华书局出版了李惟健翻译的《英国近代诗歌选译》,其中包括华兹华斯。同年《人世间》刊登了钟作猷的《华兹华斯故乡游记》,并翻译了《水仙曲》。

　　1936年,上海生活书店出版了曹葆华翻译的华兹华斯《抒情诗歌选》。同年11月,上海商务印书馆出版了张则之、李香谷再度合译的《沃兹沃斯名诗三篇》(英汉对照本),包括华兹华斯的三首名诗《夕游》、《写景》、《飘零女》,并附有《沃兹沃斯名诗篇述义》、《译者自序》、《沃兹沃斯传略》等。这一译本中译文多为五七言古诗体,押韵遣词也都效仿古体。

　　1940年,《七月》第6卷第1—4期刊登了J.佛里曼所著、宗泽翻译的《柯勒律治和华资华斯》一文。文中陈述了两位诗人的文学生平、诗学原

---

① 《自吹自打的华兹华斯》,《现代文学评论》第1卷第4期,1931年,第507页。

则和思想观念。

1942年11月,《文艺先锋》第1卷第4期刊载了秀芙译华兹华斯的《水仙》。同年12月,《诗创作》第17期刊登了翻译的《华兹华斯诗抄》一组。

1947年12月,上海商务印书馆出版了李祁著的《华茨华斯及其序曲》,对华兹华斯及其诗作《序曲》做了比较详尽的阐述和评价。

此外,不少论著及文学史书籍中都曾论及华兹华斯,肯定了华兹华斯的诗歌创作和诗学理论在英国文学中的地位,指出了华兹华斯的诗歌对其他国家的影响,对于华兹华斯的思想和诗学理论作了较为客观的评价。如1930年上海北新书局出版的林惠元译著《英国文学史》,1933年上海商务印书馆出版的吕天石著述《欧洲近代文艺思潮》,1935年由世界书局出版的曾虚白著述《西洋文学讲座》(英国文学部分),1937年上海商务印书馆出版的金东雷著述《英国文学史纲》,1939年上海商务印书馆出版的勃兰兑斯《19世纪文学之主潮》(第四册:《英国的自然主义》)的中译本,1941年朱维之在《基督教与文学》一书中分析了华氏"孩子乃成人之父"的重要观点,并从宗教层面诠释华氏田园诗的精神及对劳动人民的同情。1947年袁可嘉的《诗与意义》则充分关注了华氏诗歌的诗风结构、主体思想和情感表达。1948年《现代文库》第1辑的《英国文学》等,都对华兹华斯的思想、理论和创作作了较多的介绍。

至于对柯勒律治的译介,则主要集中在名诗《古舟子咏》上。1929年《文学丛刊》第1期刊登了善尘、陈英多的译文。1940年,《文艺世界》第5期刊登了杜蘅之的文章《古舟子咏》,文中介绍了柯勒律治的生平和诗风,称他"是一个十足的浪漫派诗人,有神秘的想象,有浓郁的文辞,有人所不及的梦想生活"[①]。文中也详细分析了《古舟子咏》这首诗,盛赞"全诗的气氛由轻松而紧凑,又由紧凑回复轻松,如此往返重复,就叫读者的心境忽紧忽驰,像观赏马戏一样。这是我们不得不钦佩辜勒律己的一支神妙之笔,把这六百二十五行的诗句写的有骨有肉,可说达到了文学技巧的最

---

① 杜蘅之:《古舟子咏》,《文艺世界》1940年第5期,第21页。

高峰。"①此外,文章也探讨了翻译的风格和手法。1941 年,《正言文艺》第 1 卷第 2 期和《文艺世界》第 6 期刊登了杜蘅之对这首诗的翻译。同年,《西洋文学》第 5 期刊登了周熙良译的英汉对照版《老水手行》。

在 1930 年的《英国文学史》一书中,特意比较了华兹华斯和柯勒律治,指出华氏论述日常生活的题目加以传奇故事的诗歌手法,而柯勒律治则是用关于传说故事的奇幻主题来引起读者如临其境的感受。

拜伦

20 年代后,对拜伦的翻译更为系统。1921 年,《文学周报》第 119 期刊登了诵虞的《泰因的拜伦论》,着重探讨了拜伦其人的奋斗精神和思想品质。

1924 年,《小说月报》第 15 卷第 4 号,是"诗人拜伦的百年祭"专号,其中有拜伦生平、著作的介绍,详述了拜伦在文学史上的地位和影响,再次掀起了拜伦在中国译介传播的高潮。该专号包括西谛(郑振铎)的《诗人拜伦的百年祭》,他在"卷头语"中对拜伦予以高度评价:"所以我们之赞颂拜伦,不仅仅赞颂他的超卓的天才而已,他的反抗的热情的行为,足以使我们感动,实较他的诗歌为尤甚……诗人的不朽都在他们的作品,而拜伦则独破此例。"②汤澄波的《拜伦的时代及拜伦的作品》、张闻天译自勃兰兑斯的《拜伦论》、蒋光慈的《怀拜伦》、樊仲云《诗人拜伦的百年纪念》、沈雁冰的《拜伦的百年纪念》、希和的《拜伦及其作品》、子贻的《日记中的拜伦》、王统照的《拜伦的思想及其诗歌的评论》、顾彭年译自 R. H. Bowles 的《拜伦在诗坛上的位置》和《拜伦的个性》、甘乃光的《拜伦的浪漫性》、诵虞的《拜伦名著述略》等。另有译诗作 7 首,译诗剧 1 篇,如黄正铭所译的《烦扰》、傅东华所译的《曼弗雷特》和《致某妇》、徐志摩在该专号上发表了 3 篇作品,一篇是节译自《海盗》、一篇是自己的创作《诗一首》(又名《去罢》)、一篇是专文评述《拜伦》文中他还翻译了《今天我度过了我的三十六岁生日》。在最后,他附了一个对拜伦作品的参考书目。此外还有多位译者的拜伦译诗,包括黄正铭译的《烦忧》、顾彭年译的《我见你哭泣》、《哎,当为他们流涕》、《赠渥盖斯泰》、徐

---

① 杜蘅之:《古舟子咏》,第 23 页。
② 西谛:《诗人拜伦的百年祭·卷头语》,《小说月报》第 15 卷 4—6 号。

凋孚译的《一切为爱》、赵景深的《别雅典女郎》、《没有一个美神的女儿》及诗剧《曼弗雷特》等。这次专号为全面认识拜伦提供了具体而感性的材料,多位译者的译作也为使拜伦百年祭深具规模和影响。

除《小说月报》的专号外,《晨报副刊》(文学旬刊)在同年4月的第32号和第33号上,分别刊登了"摆伦百年纪念号"(上、下),上篇包括五篇译作和文章,包括徐志摩撰写的《摆伦》和他翻译的《那温柔的秘密沉在我的心底》、伍剑禅的《摆伦诗选译》、廖仲潜的《杂诗二首》、欧阳兰的《别离》、刘润生的《摆伦传略的片断》。下篇有王统照的《摆伦在诗中的色觉》、叶维的《译摆伦诗两首》、欧阳兰的《赠克罗莱仁》、张友莺的《怀念 Byron》、刘半农的《拜伦家书》。同类多家报刊对拜伦百年祭的重视足以说明拜伦在当时的重要影响。此后其他报刊也陆续发表了纪念文章,如1925年4月,徐志摩摘译拜伦的长诗《唐璜》中的第2章第111—189节,发表于15日《晨报·文学旬刊》第67号。1926年《创造月刊》第3--4期梁实秋的《拜伦与浪漫主义》和徐祖正的《拜伦的精神》,此外还有程方、王独清等对拜伦诗的中译,不一而足。

但从五四时期开始,拜伦的个人性格缺陷已经被逐步认识到,他的贵族习气、悲观主义思想、虚无主义观念,不太合于当时的社会环境,其"反抗英雄式"的风格也无法满足更高的诗歌审美需求。同时,30年代是中华民族面临着严重危机的时刻,文艺重心发生了转变,更倾向于发展自身的民族文学。由于以上的种种原因,拜伦百年纪念高潮之后,他便受到了冷落,1927年到1949年对拜伦诗歌译介的声势不如从前。

郑振铎在1927年他创作了80万言的《文学大纲》的《19世纪的英国诗歌》章节中,首先介绍了湖畔三诗人,然后指出了拜伦、雪莱和他们的不同,他们"同样的爱慕自由,反抗压迫,而他们二人却始终维持着他们的反抗精神,与压迫者宣战,与旧社会宣战,不似华资华士之终于遁入恬淡,也不似柯勒律治之终于成了一个梦想者"[①]。

1928年,《山雨》第一卷第二期上发表了程方翻译的《夜别祖国》,《贡献》第2卷第8期发表了华林的文章《拜伦的浪漫主义——读〈曼佛莱

---

① 郑振铎:《文学大纲》,上海:上海书店,1986年,第1453页。

特〉》,《再造》第 2 期发表了 Monvel 作、金满成译的《拜伦传》,《熔炉》第 1 期发表了赵景深的文章《拜伦与婀迦丝朵的恋爱》。

1929 年,《朝华》第 1 卷第 1 期发表了郝淑菊译的《节译拜伦诗》,其中包括《夜泛月尼瓦湖》、《日暮》等诗,《学衡》第 28 期刊登了杨葆昌的《王孙哈鲁纪游诗一百零八首》,北平未名社同年 4 月出版了韦丛芜转译的《英国文学:拜伦时代》。

1930 年,《北平师大附中校友会刊》发表了汪震的《译拜伦诗两首》,分别为《三十三岁生日有感》和《结婚纪念日有感》,《世界月刊》上连载了曹亮译自法国作家安德烈·莫洛亚(André Maurois)的《拜伦幼年》,上海良友图书印刷公司根据同一部作品出版了唐锡如转译的《拜伦的童年》。同年,《小说月报》第 21 卷也小篇幅刊登了赵景深的《厄米斯特写拜伦》,简介了德国批评家厄斯密特关于拜伦的小说,说明当时英国以外的文学家都对拜伦有颇多的研究。上海世界书局出版了张竞生节译自《唐璜》的《多惹情歌》,《文艺月刊》第 1 卷第 2 号发表了杨靖译的《当我俩分离了》。

1931 年《学衡》第 74 期刊登了徐振塄译的《摆伦挽歌曲》,《大夏期刊》第二期刊登了戈宝权的《拜伦、雪莱、罗色蒂三位诗人短诗选译》。1931 年 8 月 1 日创刊的《新时代》"创刊号"上发表了陈翔冰的文章《拜伦的魔性》。

1932 年《新亚细亚》第 4 卷第 2 期发表了姚寅仲的文章《萧德与拜伦》,1934 年《水星》第 1 卷第 1、2 期发表了罗睺的文章《拜伦与希腊》,1935 年《文艺》第 1 卷第 5、6 期合刊号刊译了葛藤翻译的《当我俩离别的时候》,《黄钟》第 7 卷第 6 期发表了施善余的文章《拜伦的一生》,1936 年《绸缪月刊》上发表了鹤见佑辅作、魏晋译的《热情诗人拜伦》,《译文》第 2 卷第 8 期发表了升曙梦的文章《普世庚与拜伦主义》,《欧亚文化》第 1 卷第 1、2 期发表了徐仲年的《致拜伦》。

1940 年,《群众》第 4 卷第 16、17 期发表了梵夫译的《拜伦,人类幸福的战士》。1941 年开始又陆续出现了对拜伦作品的翻译,《新文从》第 2 期上刊登了朱维基译的拜伦诗作《一个断片(诗)》,以及《东南文艺》新 1 期上柯妮译的《诗歌:乐篇》,而 6 月 1 日创刊的《时代文学》"创刊号"上刊登了韦佩译的《西班牙怀古诗》。1942 年,《诗创作》第 13 期刊登了长海滨译的《我完成我底三十六岁》,《现代文艺》在第6卷第2期发表了杨静译的《栖龙的囚徒》。1943年5月《诗创作》第18期刊登了马东周、欧家齐合译的《大海颂》,《人世间》第1卷第5期发表了灵珠的中篇评传《诗魔拜伦》,同年6月《中原》创刊号上刊登了柳无忌译的《拜伦诗抄》,同月《文艺先锋》第2卷第5、6期上也发表了柳无忌译的《去国行》。

1944年第1期的《艺潮》上发表了徐时中翻译的拜伦诗作《骊歌》,同年1月《文艺》第3卷第2期刊登了王统照译的《西班牙怀古诗》,1944年2月,《文艺阵地》改刊后的《文阵新辑》,发表了袁水拍译的《契尔德·哈罗尔德的旅行》,《文学》第2卷第3期发表了孙家新译的《拜伦论》。

1946年7月,南京独立出版社出版了由高殿森翻译自英国约翰·尼科尔编撰的《拜伦传》,详述了拜伦的一生及其创作道路。1948年1月《诗创造》第7期刊登了杜秉正译的《戚朗的囚徒》,4月《诗创造》第10期又发表了杜秉正译的《黑暗》。1945年5月《文讯》第5卷第5期发表了沙金译的《给拿破仑一世》。

纵观新中国成立前对拜伦的译介情况,中国现代文坛对拜伦最为关注的时期是在20年代前后,焦点在于其诗歌在当时的社会环境中所能发挥的政治文化作用。由于对拜伦形象的定位停留在"反抗斗士"的形象上,从而不能全面地认识到他的文学成就,也未能全面译介其文学著作。30年代后,由于时局的变化和社会环境的要求,拜伦的"反抗式英雄"形象无法继续满足当时社会的审美和需求,因而其诗歌译介呈现分散的状态。从历时研究中我们也不难发现,比起拜伦的诗歌,当时文坛对拜伦本人更为关注,因而其传记类的译介远多于对其诗歌的翻译。

雪莱

从1920年五四新文化运动日渐声势时始,对雪莱的译介逐渐增多。1920年1月18日,郭沫若在给宗白华的关于"诗不是'做'出来的,只是写出来的"信函中,援引雪莱的论诗名言来铺陈自己的诗学主张。同年3月3日在另一封给宗白华的诗函中,郭氏以五言古诗体翻译了雪莱的名作 To a Skylark,并赞誉雪莱的这首诗是"透彻了美之精神,发挥尽美之神髓的作品。充满着崇高皎洁的愉悦之诗思,世中现存短篇诗无可与比者。"①1920年5月,收录郭沫若这些论诗函以及与宗白华、田汉的通信合集而成的《三叶集》由上海亚东图书馆出版,指引着后来的浪漫诗歌创作,影响渐广。在该年《妇女杂志》第17卷第6期上发表了何德明的译诗《爱的哲学》。

1922年适逢雪莱逝世的百年纪念,在文学研究会主办的《诗》月刊、《小说月报》、《文学周报》、《晨报副刊》等报纸杂志上纷纷发表多篇论述及译作纪念雪莱。如1922年2月15日出版的《诗》第一卷第2号上发表了陈南士翻译的两首雪莱抒情诗——《爱之哲理》(详见第六章第三节)和《小诗》。胡适也译过《小诗》,并发表在1926年的《现代评论》第2卷第一周年纪念增刊上。1922年5月31日的《晨报副刊》上,周作人以笔名仲密,发表了他翻译的雪莱诗《与英国人》。稍后,周作人又在1922年7月18日的《晨报副镌》上率先发表了《诗人席烈的百年忌》一文。文章开篇便写道:"英国诗人席烈(雪莱)死在意大利的海里,今年是整整的一百年了。他的抒情诗人的名誉,早已随着他的《西风之歌》和《与百灵》等名篇,遍传世界,在中国也有许多人知道,可以不必重述,现在只就他的社会思想方面略说几句。"②

接着,1922年10月10日,郑振铎以西谛为笔名在《文学周报》上发表了《给英国人》,这也是该诗的第二个译本。同年12月10日出版的《小说月报》第13卷第12号上沈雁冰以佩韦为笔名发表了《今年纪念的几个文学家》,文中重点论述了雪莱,该期刊物上还刊发了《雪莱像》、《雪莱纪念碑》等。1922年11月7日出版的《时事新报·学灯》刊登了宗白华的诗《雪莱的诗》。

在文学研究会之后,创造社于1923年2月上旬推出了"雪莱纪念专号"——《创造》季刊第1卷第4期,以空前的规模和较高的质量,将雪莱纪念活动和雪莱作品的译介工作推向高潮。这个纪念号中收录了包括

---

① 《三叶集》由上海亚东书局在1920年5月初版,此处根据安徽教育出版社2000年新版《三叶集》,郭沫若对雪莱诗论的发挥和对雪莱诗作的译介分别见该书第11页、第94—99页。
② 张明高、范桥:《周作人散文》第三集,北京:中国广播电视出版社,1992年,第85页。

《西风歌》、《欢乐的精灵》、《拿坡里湾畔书怀》、《招"不幸"辞》、《转徙》、《死》、《云鸟曲》和《哀歌》八首译诗,前七首诗由郭沫若翻译,最后一首由成仿吾翻译。此外,还有三篇重要的雪莱研究文章——郭沫若的《雪莱的诗》、张定璜的长篇论文《Shelley》和徐祖正的《英国浪漫派三诗人》,还有郭沫若根据日本学者内多精一的 Sheri no Omokage (The Image of Shelley)一书编成的《雪莱年谱》。

与20年代前期的译介活动相比,到20年代中后期,中国文坛对雪莱的译介热情依然高涨,但主旨渐有变化。相比以前,在该时期雪莱的爱情诗和哀歌尤受青睐;其诗学艺术相比于社会思想则更受关注。如在1924的《小说月报》第15卷第9、10、11期上分别发表了顾彭年的翻译作品《杂诗(stanzas)——旅居奈不尔邻邑特耶克坝时作》、《云》和《世界的漂泊者》,3月5日的《学灯》上发表了周一夔的《雪莱略传》,3月12日的胡梦华在《学灯》上发表了《英国诗人雪莱之道德观》,4月李任华在《学灯》的第10、11、12号上连载了长文《雪莱诗中的雪莱》,6月的《国学丛刊》中刊载田世昌的《译英人雪莱诗两首》。此外,徐志摩、朱湘、于赓虞、李惟建等人都选译过雪莱的爱情诗或其他抒情诗。如朱湘就曾两次翻译《致——有一个字眼被人滥用》,分别发表在1926年第1号和第6号的《小说月报》上,后来又进了他的《番石榴集》中。成仿吾、焦尹孚、沈家骏则都译过《哀歌》,发表在1925年12月的《洪水》杂志上。1925年12月,《学衡》第48期刊载了陈铨翻译的雪莱著名诗作 The Cloud,题名为《薛雷云吟》。1926年3月上海泰东图书局还出版了郭沫若的《雪莱诗选》。

1926年光华书局出版了《雪莱的爱情诗》,该合集由刘大杰编撰,收录了雪莱23首爱情诗,并附有《雪莱小传》,第二年再版。同年3月,《语丝》第70期年发表了祖正译的一首雪莱诗作。《小说月报》第17卷第1号刊登了著名诗人朱湘翻译的《恳求》,第6号上又发表了朱湘翻译的《爱》。

1927年,《小说月报》第18卷第3期发表了宏徒的文章《诗人雪莱》。1928年,《小说月报》第19卷第1期的"现代文坛杂话"栏中刊登了赵景深的《雪莱不是美的天使》。同年5月,《新月》第1卷第3号刊登了李惟建翻译的雪莱著名的诗篇《云雀曲》。1929年,《北新》第3卷第11期和第 14 期刊登了梁遇春翻译的罗伯特·林德(Robert Lynd)的论著《论雪莱》。同年,《华严》第 1 卷第 3 期上刊登了东美译的《雪莱与萨西》以及苦人译《雪莱寄玛丽书》。1929 年 6 月《华严》第 6 期又刊登了甘师禹译的诗学名著《诗之辩护》。1929 年 11 月,上海世界书局出版了孙席珍编著的《雪莱的生活》,后纳入《生活丛书》。此外,1929 年 6 月 20 日出版的《华严》第 1 卷第 6 期上转载了由甘师禹译的《诗之辩护》。

进入 20 世纪 30 年代,浪漫主义的热潮渐渐褪去,中国文坛对雪莱的诗作译介数目锐减,1930 年 1 月 15 日的《益世报》上刊登了于赓虞的《雪莱的婚姻》。《朝华》第 1 卷第 3 期发表了郝淑菊的《译雪莱诗》,包括《无常》和《招不幸》这两首。《清华周刊》第 33 卷第 1、2 期发表了饶余威的文章《雪莱致其妻哈丽特的信》。

1931 年 4 月,《文艺杂志》的创刊号上刊登了啸霞翻译的雪莱十四行诗,题名为"师梨 Shelley"。1931 年第二期《大夏期刊》刊登了戈宝权的《拜伦、雪莱、罗色蒂三位诗人短诗选译》(在拜伦部分已提及)。此间的翻译作品多为重译,如之后发表在 1932 年 1 月 13 日《新时代周刊》第 2 卷第 3 期上张家耀对《哀歌》的重译、1933 年 10 月 1 日《新时代月刊》诗专号的锡滨译的《云》以及 1934 年第 15 期《人间世》上梁宗岱译的《问月》。这段时间也有很多旧译结集,如郭沫若 1937 年在泰东书局出版的《雪莱诗选》,即是他 1923 年在《创造》季刊"雪莱纪念号"里发表的雪莱诗歌翻译的结集。在新译中,值得一提的是梁宗岱译的《柏米修士底光荣——译自〈柏米修士底释放〉》,发表在 1935 年 2 月 5 日出版的第 21 期《人间世》上。另外,陈希孟在 1933 年 10 月 1 日《新时代月刊》诗专号上了发表《拜伦与雪莱》一文。1935 年 5 月 1 日,《当代诗刊》第 1 卷第 3、4 期合刊刊载了黄照熹译的《爱的哲学》。同年《黄钟》上刊载了开兀译的《纯情诗人雪莱》。1936 年,《自由评论》第 14 期发表了灵雨的文章《雪莱拥护人权与自由的一封公开信》。《文学》第 7 卷第 1—6 期连载了王统照的文章《雪莱墓上》。

随热情的降温,雪莱也受到了梁实秋的批判。1926 年,梁实秋就发表了《现代中国文学之浪漫的趋势》,批评了当时中国新文坛对浪漫主义的普遍崇拜,包括对西方浪漫主义的热情译介,但尚未点出雪莱的名字。

当年这篇文章并未引起反响,到了20世纪30年代,批评则甚嚣尘上,雪莱成了所谓"浪漫思想混乱的极致"的坏典型。

1940年后又陆续出现了对雪莱诗歌的译介。1940年第一卷《新文丛月刊》刊载了列车译的《雪莱诗选译(三章)》,其中包括《苏格兰人民之歌》、《残月》、《明朝》。1941年4月长沙商务印书馆出版了法国作家安德烈·莫洛亚(André Maurois)所著、魏华灼译的《雪莱传》。1942年2月,《诗创造》第8期刊登了李雷译的《西风歌》。1943年,《风雨谈》第1期和第3期分别刊载了心晖译的《雪莱小诗》(4首)和萧宋译的《印度夜曲》。1943年,桂林典雅书屋出版了诗人徐迟译的一部雪莱抒情诗选集《明天》。该选集收有《赞知性底美》、《明天》、《挽歌》等17首诗歌,书末还附有译者的《雪莱欣赏》一文。

1944年12月,《高原》第2期刊载了溶池译的《西风颂》。《文阵新辑》(《文艺阵地》)丛书第2辑刊载了方然《阿多拉司》及袁水拍译的《雪莱诗抄》7首。1944年2月《时与潮文艺》第2卷第6期发表了孙家新译的英国汤白荪的《雪莱论》。同年,《文艺先锋》在第5卷第1期刊载了郑朝宗的论文《论雪莱〈诗辩〉》。《艺潮》第三期上刊登了范纪美译的《蕹露歌》。《文阵新辑》发表了袁水拍译的《雪莱诗钞》,包括《致最高法官》、《一八一九年两个政客的喻言》、《自由》等七首诗歌。

1945年1月,上海正风出版社出版了李岳南翻译的英国诗选,题名《小夜曲》(原名《英国二十四家诗选》),该诗集辑译了雪莱、拜伦等人的浪漫主义诗歌。《文学青年》第一卷刊登了徐帆翻译的《雪莱诗三首》。1946年,《文艺大众》新2号刊登了郑苹译的《雨天》。1948年2月出版的《诗创作》第8期上刊登了方平译的《西风歌》。同年5月,《文讯》第8卷第5期发表了徐迟译的《含羞草》。接着,第9卷第1期"文艺专号"上,又刊登了方敬译的《假面具》。

1948年里还有雪莱的译诗集出版,重庆新地出版社出版了方然翻译的雪莱的悲剧《沈茜》,卷首有雪莱的《献辞》和原序。桂林雅典书屋出版了方然翻译的雪莱著名诗剧《解放了的普罗米修斯》。卷首有雪莱自序,书末附有注释、译后记、《雪莱小史》以及缪灵珠的《〈解放了的普罗米修斯〉之时代意义》。1949年,《中美周报》三期连载了永修翻译的《雪莱诗钞》,包括《往事》、《凋谢的紫罗兰》、《明天》、《我灭亡在爱中》、《结婚者的灵魂》等多首诗歌。

济慈

1921年正值济慈逝世百年。5月,《小说月报》12卷5期上发表了沈雁冰的《卷头辞——百年纪念祭的济慈》,文章对济慈的怀才不遇抱不平。同年6月10日的12卷6号上,《小说月报》上专门介绍了《伦敦举行纪念济慈百年纪念展览会的盛况》。8月,《东方杂志》第18卷第8号上发表了愈之的《英国诗人克次的百年纪念》,称济慈是唯美主义的先驱,文中还附有济慈的照片。

1925年1月,《小说月报》第16卷第1号发表了朱湘译的《无情的女郎》。2月,《小说月报》第16卷第2号发表了徐志摩用散文体翻译的《济慈的夜莺歌》一文。12月,《小说月报》第16卷第12号发表了朱湘译的《秋曲》。

1925年12月,张资平的《文艺史概要》由时中书社出版发行。书的第二章谈到英国的浪漫主义时,将济慈与拜伦和雪莱并列称为英国浪漫主义文学的代表者。

1927年11月,北京中华书局出版了欧阳兰编译的《英国文学史》。该书主要围绕作为革命家的济慈、济慈诗歌的特色、济慈的身世及其在诗歌创作上所受到的影响这三部分来详细介绍济慈的生平和作品。文中称赞济慈的诗歌之美是诗人中最为出色的一个,他的诗可以看作是整个浪漫运动的胜利。同年,腾固的《唯美派的文学》由光华书局出版发行。该书简要介绍了济慈的身世,肯定了济慈在文学上的成就,认为济慈是分为四个阶段来达到这种境界的。

1928年8月,上海世界书局出版发行了曾虚白编著的《英国文学ABC》。该书阐述了济慈的身世、爱情和死亡,并盛赞济慈:"他传世的诗可以说首首通是精粹,只是读者因为倾向的不同,个人都有不同的爱好,而最为一般读者所推许的,可以算《圣阿纳斯的前夜》和《夜莺歌》两首了……济兹是美的宣扬者,特别于各种感觉的美他具有一种神秘力使他发出眩人的光芒。"①

同年12月,《小说月报》第19卷第12号发表了许地山的评论文章《欧美名人底恋爱生活——济慈》。

1929年,《文学周报》第7卷第326期发表了赵景深的文学随笔《济慈的夜莺歌》,对这首名诗的几个译本进行了分析和比较。《语丝》第5卷第39期发表了石民翻译的《济慈的三封信》。同年,由曾虚白编、蒲梢修订的《汉译东西洋文学作品编目》由真美善书店发行。该书在英国诗选中编入了济慈的《夜莺歌》和《美丽而不仁慈的妇女》。

1930年,《北新》第4卷第10期发表了李建新译的《济慈至蒻丽的信》。4月,宫岛新三郎所著、瞿然翻译的《欧洲最近文艺思潮》由上海现代书局出版,书中肯定了包括济慈在内的多位浪漫派诗人的成就和影响。5月,《北新半月刊》第四卷第十号刊登了李建新的译文《济慈致薛丽的信》,该文翻译了济慈给范妮的三封书信。8月,上海世界书局出版了茅盾的《西洋文学通论》,该书称:"现在英国的诗坛,达到了浪漫主义的最高点了。三位代表就是拜伦,雪莱和济慈,是三个好朋友。……济慈被称为'薄命诗人'的,便充满了幽怨缠绵的调子,在心的最深处感动了你。"②12月,上海北新书局出版了由德尔曼(Sefton Delmer)著、林惠元译、林语堂校的《英国文学史》,作者比较了济慈和雪莱对于诗歌的看法。此外,文中还介绍了济慈的三卷诗,并对济慈的诗进行了分类。作者最后也给出了对济慈至高的评价,说济慈死后,就是一个没有诗人的时期。他的诗歌支配整个19世纪,对于英国以后的诗和艺术都有莫大的影响。

1931年,《国立武汉大学文哲季刊》发表了费鉴照的文章《济慈心灵的发展》。4月,上海商务印书馆出版了吕天石编著的《欧洲近代文艺思潮》,全书分为六章,编者高度赞扬了济慈:"英国浪漫运动达到最高潮时候,产生了三个大诗人,即摆轮、雪莱、歧次……歧次这种唯美的崇拜,在英国浪漫派中要推他为第一了。他因为爱美的关系,笔法细腻而有力,音节调谐而有神韵,读来幽静沈着,如闻天籁。他的诗文又富于感觉与想

---

① 曾虚白:《英国文学ABC》,上海:世界书局,1928年,第77页。
② 茅盾:《西洋文学通论》,上海:复旦大学出版社,2004年,第86页。

象,用字新鲜,结构谨严,后来的大诗人如丁尼生、勃劳宁都深受他的影响。……英国浪漫主义到了雪莱、歧次已是登峰造极了。"①

1933年,开明书局出版了约翰·玛西著、胡仲持翻译的《世界文学史》。书中比较了雪莱和济慈的不同:"雪莱是灵底,梦幻底;纵有对人类的奋斗底爱,却住于群星之间。济慈是地上的人,是发挥了大地的色彩与香气,其现在的青春与其永远的古代的青春的,最美的地上的人。"②

11月,李菊休、赵景深合编的《世界文学史纲》由上海亚细亚书局出版。书中简短地介绍了济慈的身世及主要作品。

1934年4月,商务印书馆出版了张越瑞编译《英美文学概观》。文中介绍济慈是一个脍炙人口的诗人,有着惊人的天赋、丰富的想象与适当的动人的诗歌。9月,李唯建的《英国近代诗歌选译》由中华书局出版,其中选译了济慈的《夜莺颂》和《无情的妖女》,译文前附有一段对济慈的简短介绍。10月1日,《文艺月刊》第六卷第四期发表了费鉴照的《济慈与莎士比亚》,作者重点阐述了莎士比亚对济慈精神上的影响。

1935年1月1日,《文学》第四卷第一号(新年号)上出了世界文人生卒纪念特辑,其中刊登了傅东华的《英国诗人济慈》。同年4月,《文艺月刊》第七卷上发表了费鉴照的《济慈的一生》,文中较为详细地介绍了济慈的生平,还谈到了他的恋爱问题。5月,《文艺月刊》第七卷第五期上发表了费鉴照的论文《济慈美的观念》,作者认为济慈的一生是情感的而非理性的。

1936年6月,《文学》第六卷第六号(六月号)上发布了一条书讯,名为《济慈的情书》。1937年2月,上海商务印书馆出版了金东雷的《英国文学史纲》。作者称济慈是"影响英国文坛和世界思想的19世纪初期英国的唯美主义诗人,……是世界上最聪明、最伟大的诗人"③。

1942年,《诗创作》第17期发表了叶夫格里·兰作、路荣超译的《约翰·济慈》。1948年164期《读书通讯》刊载了朱有琼的《济慈和他的夜

---

① 吕天石:《欧洲近代文艺思潮》,上海:商务印书馆,1931年,第58—59页。
② 约翰·玛西:《世界文学史话》,胡仲持译,上海:开明书店,1933年,第450—452页。
③ 金东雷:《英国文学史纲》,第275—276页。

莺歌》,文中还选译了几节内容并加以剖析,说明了其中的典故。

到了后期,随着抗战爆发,国家被推至生死存亡的边缘,济慈那些优雅唯美的诗歌与时代精神颇为格格不入,对他的译介也就锐减至寥寥无几。

第三节 构建：诗歌新纪元

中国新文学运动的先锋人物们,在译介外国文学思潮和文学作品时,也积极地借鉴这些"他山之石",将它们用于旧文学体系的推倒和新文学体系的重建。

新思想的输入、新词汇的缔造、新语法的增加、新形式的输入、新文学情趣的再现,这些都是白话新诗构成中不可或缺的成分,也是向英国浪漫主义诗歌求取新知的要素。而所有这些经由翻译的媒介被嫁接到中国本土的文化中,进而被吸收、接受。这一时期的诗人多有留洋背景,他们既翻译英语诗歌,同时也创作新诗。从胡适到郭沫若、徐志摩、朱湘、闻一多,这些译家兼诗人以翻译引入新知,借鉴灵感,将英国的浪漫主义诗歌进行了横向移植,他们借助充满了梦幻式的浪漫情调和奇异色彩的诗歌来表达自身的情感、思想和追求,呈现出一股强大的浪漫主义潮流,向传统的诗歌审美心理、文化立场和思维方式发起冲击,建立一种新的诗风、诗韵和诗体,从而在诗学领域构建出一个新的体系,开辟出一个新的纪元。

1. 翻译之于新诗

一个僵化保守的文学系统对脱离经典模式和规范的文学行为会进行比较坚决而漫长的抵制。倘要引入革新因素,接受新观念和新作品,形成新文学标准和模式,翻译便是较为理想的一个实践渠道。当原创作品作为翻译作品进入文学系统时,它所受到的抵制力较少,容忍度较高,而其中的"翻译模式"大有机会被用于本土文学的创作。

五四新文学运动是中国现代文学文化史极富开创性和转折性的里程碑,新诗运动则成为这次新文学运动中的先锋号角,其发展和走向与当时的诗歌翻译息息相关。要真正地革新诗歌,就要接受新的文学元素,拿来外国诗歌的精神和外壳。应该说,大力翻译外国诗歌,借鉴它,模仿它,是中国现代诗歌的必经之路。朱自清先生在《中国新文学大系·诗集》的《导言》一文中,明确指出:"这次'革命'虽然失败了,但是对于民七的新诗运动,在观念上,不在方法上,却给予很大的影响。不过最大的影响是外国的影响。……而外国文学的翻译,更是明证。"①只有诚恳地拿来,创新地改造,才可能出现新的思想和新的语言,现代诗歌才可能迎来焕然一新的气象。

事实也证明,处于"五四"文学变革期的读者,他们对于翻译作品更为欢迎。当时的很多期刊都设有读者来信专栏,从中颇能折射读者对于翻译和创作作品的心态。譬如:"翻译名著,请另出特别增刊:因为这种文章,人人都要先睹为快的。"②又如:"创作本来不是'一跃而及'的事,这也只好任凭海内的创作家,自身上多下工夫;不过古语说:'他山之石,可以攻错;所以我希望《小说月报》多刊翻译名著,少登无味的创作。"③各种报刊和文艺刊物刊登了大量的译诗,五四时期的很多诗人在翻译外国诗歌的基础上开始了新诗创作,因为只有领会了外国诗歌的形式特征和精神特质,他们才能够掌握创作新诗的资源。梁实秋、胡适、徐志摩、朱湘、闻一多等人都有在英美学习、生活的经历,都与外国文学译介有着莫大的关联,他们都深受英国影响,不仅开始临摹英诗诗体,而且在诗风气质上也十分贴近近代英国诗。在他们的诗歌创作中,一方面有着有中国文化的深厚底蕴,另一方面也浸润着英国浪漫主义诗学的内在精神气质、审美追求和艺术表现方式。

但是,新诗的发展并非一蹴而就。按照胡适在《尝试集再版自序中》所说,第一编的诗,"实在不过是一些刷洗过的旧诗",而第二编的诗,前面

---

① 朱自清:《〈中国新文学大系〉诗集导言》,朱乔森编:《朱自清全集》第4卷,第366页。
② "通信",《新潮》,1919年12月1日2卷2号,转引自王建开:《五四以来我国英美文学作品译介史》,上海:上海外语教育出版社,2003年,第369页。
③ "通信",《小说月报》1922年1月10日13卷1号,转引自王建开:《五四以来我国英美文学作品译介史》,第369页。

的几首,也都还是"脱不了词曲的气味与声调"①。"我们虽然认清了方向,努力朝着'解放'做去——然而当日加入白话诗的尝试的人,大都是对于旧诗词用过一番工夫的人,一时不容易打破旧诗词的镣铐枷锁。故民国六、七、八年的'新诗',大部分只是一些古乐府式的白话诗,一些击壤式的白话诗,一些词曲式的白话诗——都不能算是真正的新诗。"②直至出现了《老洛伯》和《关不住了》两首翻译自英语的诗歌,才算真正开启了新诗成立的新纪元。

于是,在当时中国新诗草创时期所普遍存在的现象,就是汉译英诗在时间上先于同类型的新诗创作。以徐志摩为例,他于1925年出版了第一部个人诗集,而之前的三年,白话翻译的英国浪漫派诗人的作品,已经蔚为壮观。但是新纪元的发展并非坦途。对外国诗歌的借鉴如浪潮席卷,带有强烈的社会与政治色彩,许多激进的改革者倾向于新诗诗体的极端自由化,不仅挑战传统格律诗,更将旧文字连根拔起,崇尚口语写作,重视诗的散文化倾向。这样的新诗革命有意地突出"现代化"、"自由化"、"散文化",反而使诗成了"非诗"。特别在新诗运动最初的几年里,当时的新诗作者们更为注重的是"白话",而不是"诗",努力经营的是如何摆脱旧诗的藩篱,而不是如何夯实新诗的根基。

在当时,浪漫主义诗歌的反传统、尚自由的风格直接影响到了新诗内容和诗体建设。孙绍振在《新诗的第一个十年》一文中所说:

> 浪漫主义诗歌在中国新诗中取得了统治地位,不像在欧洲那样,经过和古典主义的艰难搏斗,而是几乎没有遭到什么抵抗就占领了全国几乎所有的阵地。不管是革命派的诗人还是自由主义诗人都不约而同地采取了浪漫主义的方法,把生命投入艺术的探险,……在想象和激情的,还有灵感的三大旗帜下,浪漫主义诗人的大军声势浩大地席卷了整个中国诗坛。③

---

① 胡适:《尝试集再版自序》,胡适著、季羡林编:《胡适全集》第1卷,第197页。
② 胡适《〈蕙的风〉序》,胡适著、季羡林编:《胡适全集》第2卷,第819页。
③ 参见孙绍振:《新诗的第一个十年》,未刊手稿,此稿是他为《20世纪新诗大系(1917—1927)》所写的序言,转引自蒙兴灿:《五四前后英诗汉译的社会文化研究》,北京:科学出版社,2009年,第220页。

从新诗内容和诗体建设来看,浪漫主义的文学思潮提倡的是"人的文学"。周作人在《人的文学》一文中提出这一观点,"我们现在应该提倡的新文学,简单地说一句,是'人的文学',应该排斥的,便是反对的非人的文学"[1],文中引用了布莱克在《天堂与地狱的结婚》一诗中的三种说法[2]加以补充,说明他所指的人道主义,不是普度众生、悲天悯人的慈善主义,而是一种个人主义的人间本位主义。虽然周作人并没有浪漫主义的译作或创作,但是他的文学主张和浪漫主义的文学精神十分吻合,他所倡导的人道主义,正是浪漫主义所推崇的对理想的追求、对现实的抒情,以及对美的讴歌。

1921年,郭沫若、张资平、成仿吾、郁达夫成立了"创造社"。他们认为诗的本质在抒情,重视浪漫主义自我表现、个性解放和对既定成规的叛逆。以郭沫若为代表的很多诗人都极为推崇激情的力量,极为强调诗出自然,凭着一腔热情和感官的体验,汪洋恣肆地沉于诗歌的发泄和幻想,诗意往往浅白,流于叫嚣,同时也忽略诗形的约束和成规,暴露出浪漫主义在早期新诗建设的弊病。

创造社在诗歌内容上实现了对旧诗的超越,而新月派诗歌则在形式上实现了对旧诗的超越。"从旧诗走上真正的新诗的领域,必须经过一架主要的桥梁,那桥梁不是自由诗,自由诗至多是桥梁上的一片泥土。建造桥梁的主要材料有两件东西,一件是创造社的内容上的扩充,另一件就是新月派的规律运动。"[3]成立于1926年的"新月社"更重视诗艺、追求诗美。作为新诗格律化运动的主力军,以徐志摩、闻一多、朱湘等为代表的新月派同样深受英国浪漫主义诗歌的影响。一方面,英国浪漫主义重视情感、崇尚自然、沉浸幻想的特点相适于新月派诗人的诗歌意旨;另一方面,英国浪漫主义诗歌在音韵和谐、意象投射、意境营造等方面契合着新

---

[1] 周作人:《人的文学》,《新青年》民国八年五卷六号,转引自胡适著、季羡林编:《胡适全集》第12卷,第293页。

[2] 这三种说法是:1.人并非于灵魂分离的身体,因这所谓身体者,原只是五官所能见的一部分的灵魂;2.力是唯一的生命,是从身体发生的;3.力是永久的悦乐。

[3] 石灵:《新月诗派》,载《文学》第8卷1号,1937年1月,转引自方仁念选编:《新月派评论资料选》,上海:华东师范大学出版社,1993年,第41页。

月派诗人的诗歌风格。他们借鉴英美浪漫主义诗歌的诗体韵法,重视诗的音乐美和视觉美,遵循诗体规范,竭力构建中国有形的"格律化"诗体,主张只能有节度、有约束的想象才能创作不悖于人生规律的诗歌。

纵观五四新诗的发展,不难看出,对英国浪漫主义诗歌的译介让中国诗歌在诗体和内容上得到了新生,成为思想启蒙和文学革新的里程碑。"创造社"从浪漫派那里得到了精神的启发,而"新月社"从浪漫派那里得到了格律的新思。

以后期的穆旦为例。他对于西方诗歌对于中国新诗的构建有着非常明晰的认识。"白话诗找不到祖先,也许它自己该作未来的祖先……","我觉得西洋诗里有许多东西还值得介绍。"①他的众多创作诗歌中都有外国诗歌的影子,如他所创作的《森林之魅》与他所译的济慈的《夜莺颂》颇有相似之处。

《夜莺颂》译作节选:

> 我在黑夜里倾听:呵,多少次
> 我几乎爱上了静谧的死亡,
> 我在诗思里用尽了好的言辞,
> 求他把我的一息散入空茫;
> 而现在,哦,死更是多么富丽:
> 在午夜里溘然魂离人间,
> 当你正倾泻着你的心怀
> 发出这般的狂喜!
> 你仍将歌唱,但我却不再听见——
> 你的葬歌只能唱给泥草一块欢唱。②

《森林之魅》创作节选:

> 美丽的一切,由我无形的掌握,
> 全在这一边,等你枯萎后来临。

---

① 穆旦:《1975年9月6日致郭保卫的信》,《穆旦诗文集》第2卷,北京:人民文学出版社,2005年,第183页。

② 济慈:《夜莺颂》,查良铮译,转引自王佐良:《英国诗史》,第318—319页。

美丽的将是你无目的眼,
一个梦去了,另一个梦来代替,
无言的牙齿,它有更好听的声音。
从此我们一起,在空幻的世界游走,
空幻的是所有你血液里的纷争,
一个长久的生命就要拥有你,
你的花你的叶你的幼虫。①

《森林之魅》是穆旦唯一一首描绘战争,写到死亡的诗歌。1942年,穆旦参加了中国远征军,任司令部随军翻译,出征缅甸抗日战场。他如同征战希腊战场的拜伦一样,充满了战斗的豪情。他亲历了血肉横飞的战争之后,他反而彻悟了对死亡的认识,死亡不再可怕,反而意味着新生。周珏良说过:"把人对死的反应进一步来写,翻过来写,因其不同一般而更加有力。济慈在《夜莺颂》中也有相似的描述。"②从译诗与创作的比读可以看出,两者从对于死亡的感悟到诗歌意象的描述都十分相似。

可以不夸张地说,汉译英诗不仅刺激了原先占据中国诗歌系统中心位置的旧体诗歌,并且在中国诗歌有史以来所经历的最大的转型期期间,逐渐占据新文学多元系统的某个中心位置,直接构建了中国新诗的内容和诗体,在新中国的土地上盛开了充满着西方浪漫主义给养的新生命。概括来看,正如胡适在《论译书寄陈独秀》中所写:"今日欲为祖国造新文学,宜从输入欧西名著下手,使吾国中人士有所取法,有所观摩,然后乃有自己创造新文学可言。"③翻译和新诗之间的关系从这番话中可见一斑。

下面两节将分别介绍"创造社"和"新月社"的主要诗人,通过对诗人和诗作的解读,更好地理解新诗构建的历程。

2. 创造社众诗人

创造社以《创造季刊》、《创造月刊》和《创造》周报为阵地,以介绍西方

---

① 穆旦:《森林之魅——祭胡康河上的白骨》,穆旦著、李方编:《穆旦诗全集》,北京:中国文学出版社,1996年,第211页。
② 周珏良:《周珏良文集》,北京:外语教学与研究出版社,1994年,第141页。
③ 胡适:《论译书寄陈独秀》,胡适著、季羡林编:《胡适全集》第28卷,第318页。

浪漫主义文学为主,同时也介绍了象征主义、未来派、表现派的作家作品。本书则集中讨论他们在英国浪漫主义诗歌的影响下所开展的新诗创作。

创造社十分推崇狂飙突进的浪漫主义精神,一方面是因为他们大多在国外生活很久,受当时在国外流行的浪漫主义影响,另一方面是因为他们的性格、气质相近,大多冲动、主观、易感伤,容易成为浪漫主义者。主要成员郭沫若、成仿吾、郁达夫等都属此类。浪漫主义诗歌的"主情说"为个性的解放和情感的飞扬提供了理论支持,因此深得他们的赞赏。1922年郭沫若在《创造季刊》第1卷第2期《编辑余谈》中明确宣布:

> 我们这个小社,并没有固定的组织,我们没有章程,没有机关,也没有划一的主义。我们是由几个朋友随意相拢来的。我们的主义,我们的思想,并不相同,也并不必强求相同。我们所同的,只是本着我们内心的要求,从事于文艺的活动罢了。①

这几句话可以视为早期创造社的艺术纲领。在诗歌创作上,诗人们吸取浪漫主义诗歌的思想和语言精髓,想象飞驰,意识奔突,心灵展开毫无遮蔽的告白,或以热情或以伤感的情调来体现人类对生命的赞美和苦闷。

郭沫若作为创造社的中心人物,便是深受英国浪漫主义诗歌的洗礼。他说:"诗的本质专在抒情。"②早在创造社成立之前,郭沫若在他和宗白华、田汉的通信集《三叶集》中所说的话可看作是他早期浪漫主义诗歌的原则:

> 我想我们的诗只要是我们心中的诗意诗境之纯真的表现,生命源泉中流出来的 Strain,心琴上弹出来的 Melody,生之颤动,灵的喊叫,那便是真诗,好诗……③

前文提过他偏爱雪莱,翻译的英国诗歌多是雪莱的作品,雪莱原诗中的情感汪洋恣肆,颇与他的性情投契。如他翻译的《西风颂》第一节:

---

① 郭沫若:《编辑余谈》,《创造季刊》第1卷第2期,1922年8月25日。
② 郭沫若:《论诗三札》,《文艺论集》,北京:人民文学出版社,1979年,第125页。
③ 郭沫若:《论诗三札》,第208页。

O Wild West Wind, thou breath of Autumn's being,
Thou, from whose unseen presence the leaves dead
Are driven, like ghosts from an enchanter fleeing,

Yellow, and black, and pale, and hectic red,
Pestilence-stricken multitudes: O thou,
Who chariotest to their dark wintry bed

The winged seeds, where they lie cold and low,
Each like a corpse within its grave, until
Thine azure sister of the Spring shall blow

Her clarion o'r the dreaming earth, and fill
Driving sweet buds like flocks to feed in air
With living hues and odours plain and hill:

Wild Spirit, which art moving everywhere;
Destroyer and preserver; hear, oh hear!

哦，不羁的西风哟，你秋神之呼吸，
你虽不可见，败叶为你吹飞，
好像周两之群在诅咒之前逃退，
黄者，黑者，苍白者，惨红者
无数病残者之大群：哦，你，
你又催送一切的翅果速去安眠，
冷冷沉沉的去睡在他们黑暗的冬床，
如像——死尸睡在墓中一样，
直等到你阳春的青妹来时，
一片笙歌吹遍梦中的大地，
吹放叶蕾花蕊如像就草的绵羊，
在山野之中弥满着活色生香，
不羁的精灵哟，你是周流八垠；

你破坏而兼保护者,你听呦,你听!①

原诗共五章,此处所引是第一章。共十四行,由四个三行的诗节和一个双行偶句组成。每行基本上是五音步抑扬格,韵脚是 aba bcb cdc ded ee,这种三行体在平衡的结构中层层推进,环环相扣,诗歌充满了澎湃的激情和磅礴的气势。郭沫若的译文并没并未沿袭原诗的诗节和行数,而是将十四行作为一个完整的诗节,韵脚也做了改变。这正与他只重原诗风韵,而不重原诗形式有关。从他的翻译中,我们读不出原诗谨严的格律、环环相生的韵脚,但是译诗生动、形象,语言优美、流畅,好似重新创作的新文,大气磅礴,充满感染力。这也正是郭沫若的译诗风格。

郭沫若的创作诗歌《女神》是中国浪漫主义的巅峰之作,充满了英国浪漫主义诗歌主情性的特点,把个性主义主题发挥到了极致。其中雄浑豪放的自由体诗,成为他的显著的个人标签。在诗中,他以火一般的热情,炽烈的夸张,自由的宣泄,反复地讴歌着"自我"。诗中吞灭宇宙日月,飞奔、狂叫、燃烧的天狗形象,如同雪莱诗歌中的西风,冲破一切羁绊,典型地表现了中国"五四"时代昂扬奋发、积极进取的精神风貌。《女神》的气势,诗体的自由和感情的奔放在《西风颂》的译诗中也同样得到体现,创作与翻译的风格如出一辙,也是同样地跳脱形式的制约,情感热烈奔放。

同样,在他自己的诗歌创作中,也多处可见雪莱的濡染。像雪莱一样,他也将灵感比喻为"风"的袭来②。他对雪莱诗歌的创作有一种独特的体悟:"雪莱的诗如像一架钢琴,大扣之则大鸣,小扣之则小鸣。他有时雄浑倜傥,突兀排空;他有时幽抑清冲、如泣如诉。"③受雪莱诗风的影响,郭沫若的诗风也恰如一架钢琴。"大扣之则有《天狗》、《立在地球边上放号》、《匪徒颂》、《我是个偶像崇拜者》等气势雄浑、激情怒涌的诗篇;小扣之则有《心灯》、《无烟煤》、《电火光中》、《司健康的女神》、《霁月》及诗集

---

① 雪莱:《西风歌》,郭沫若译,《沫若译诗集》,北京:人民文学出版社,1956 年,第 99 页。
② 郭沫若:《论诗三札》,第 280 页。
③ 郭沫若:《〈雪莱诗选〉小序》,郭沫若著、彭放编:《郭沫若谈创作》,哈尔滨:黑龙江人民出版社,1982 年,第 14 页。

《星空》、《瓶》中那种纡徐缠绵、疏淡隽永的篇章。"[1]此外,他也借鉴华兹华斯的诗学主张,以求自由抒发胸中情感。他将浪漫主义诗歌的元素和新民主主义革命思想、中国传统的文学精神糅合在一起,形成了自己独特的诗歌体系,写出了众多浪漫主义的诗篇,充满强烈叛逆精神,追求个性解放,诗风豪迈奔放。甚至可以说,没有英国浪漫主义诗歌,就没有郭沫若的诗歌。

成仿吾也是创造社主要的译诗者和诗人之一。在《论译诗》这篇有代表性的译论文章中,成仿吾更是根据多年的译诗体会,提出了"理想的译诗"的标准。他自己的译诗也正是以这样的标准来实践的,前文中的《孤寂的刈稻者》,包括他译的雪莱《哀歌》等译诗基本和原诗的韵脚一致,节奏感强,语言生动,而且特别注意传递原诗的情绪和精神。在《诗的防御战》等多篇文章中,他多次陈述自己的诗歌观点,"要有真挚的热情做根底"[2],秉诗人的天禀,自由不羁地创造些新的诗形与新的内容,但他反对彻底的自由化,指出:"诗的本质是想象,诗的现形是音乐,除了想象与音乐,我不知诗歌还留有什么。"[3]在他自己的创作诗歌中,也的确如此去实践,以他的《醉醒》一诗为例:

是谁把我推出来了,
由这一重重的门户?
我蹒跚着出来了,
可我不知当往何处。
哦,请不用再把我推往外边,
我将倚户而眠![4]

诗歌的韵脚是 ababcc,节奏井然,音乐性和形式美兼备,情绪也十分充沛,全诗颇得浪漫主义诗歌的三昧。

---

[1] 吴定宇:《来自英伦三岛的海风——论郭沫若与英国文学》,《中山大学学报》2002 年第 5 期,第 15—32 页。
[2] 成仿吾:《成仿吾文集》,济南:山东大学出版社,1985 年,第 84 页。
[3] 同上书,第 88 页。
[4] 同上书,第 394 页。

郁达夫则较早地关注了华兹华斯优美的诗篇。他在小说《沉沦》开头就写主人公手捧一本华兹华斯诗集,在乡间小道上缓缓独步,满目的乡村景致、入耳的鸡鸣犬吠,让他在叫了一声"Oh, you serene gossamer! You beautiful gossamer!"之后眼里涌出两行清泪来,自然的清旷之美激起了他孤独凄清的心绪。在小说中,他还让主人公放声读诵并翻译华兹华斯《孤寂的高原刈稻者》中的两节诗:

> 你看那个女孩儿,她只一个人在田里,
> 你看那边的那个高原的女孩儿,她只一个人冷清清地!
> 她一边刈稻,一边在那儿唱着不已:
> 她忽而停了,忽而又过去了,体态轻盈,风光细腻!
> 她一个人,刈了,又重把稻儿捆起,
> 她唱的山歌,颇有些儿悲凉的情味:
> 听呀听呀! 这幽谷深深,
> 全充满了她的歌唱的清音。
>
> 有人能说否,她唱的究竟是什么?
> 或者她那万千的痴话,
> 是唱着前代的哀歌,
> 或者是前朝的战事,千兵万马;
> 或者是些坊间的俗曲,
> 便是目前的家常闲说?
> 或者是些天然的哀怨,必然的丧苦,自然的悲楚,
> 这些事虽是过去的回思,将来想亦必有人指诉。①

这两段穿插在小说中,相比原诗,生发了内容,也平添了情绪。郁达夫的浪漫主义诗歌观念与郭沫若十分不同,他并不欣赏雄丽的巨制,相反,他十分追求感伤的美,在《诗论》中谈论诗歌的定义时,继续引证华兹华斯、柯勒律治等诗人的观点,然后提出了自己的见解:"诗是有感于中而发于外的,所以无论如何,总离不了人的情感的脉动,所以诗的旋律韵调

---

① 郁达夫:《沉沦》,《郁达夫文集》第1卷,广州:花城出版社,1982年,第20页。

并不是从外面发生的机械的规则,而是内部的真情直接的流露。"①这一见解正是与华兹华斯的诗学理论一脉相承。

郭沫若曾说:"达夫、仿吾和我,在撑持初期创造社的时候,本如像一尊圆鼎的三只脚。"②这"三只脚"都大力倡导浪漫主义,这也充分说明了创造社在早期以浪漫主义为旗帜。而在创造社中,与他们保持同调的还有田汉、郑伯奇、陶晶孙等人。

田汉在早期也热心英国浪漫主义诗歌,在《诗人与劳动问题》一文里,他介绍了歌德、华兹华斯、弥尔顿、柯勒律治和雪莱等浪漫主义诗人的文学思想和艺术要素。他接受浪漫主义诗歌的主情说,"诗的内容以情感为生命","不管诗与散文如何变迁,总不能不承认诗歌为情的文学"。"所谓诗歌者,是托外形表现于音律的一种情感文学!是自己内部生命与宇宙意志接触时一种音乐的表现。"③很明显,田汉的诗歌理念,对抒情性的关注,与英国浪漫主义各位诗人对于诗歌的理解同声共气。主情性的特点也见诸他自己的诗歌创造中,如《暴风雨后的春朝》等诗歌充满了浪漫主义的气息。

到中后期,创造社的重心已渐渐偏移,但仍然没有忽视浪漫主义。黄药眠译出英国诗选《春》,介绍了华兹华斯、雪莱、拜伦、济慈、罗塞蒂等人的诗,王独清的《独清译诗集》里也有拜伦、雪莱等人的译诗。虽然有的诗歌译于创造社的前期,但之后仍不断再版,则表示着创造社对于浪漫主义始终保有热情。

3. 新月派众诗人

自"诗体大解放"之后,用白话写诗已经被社会普遍接受,如何使白话新诗成为诗反而成为新的文学命题。新诗走过早期的全盘崇洋,到后来开始了理性探索的道路。作为新诗格律化运动的主力军,新月派就代表着这一历史动向。

---

① 郁达夫:《诗论》,《郁达夫文论集》,杭州:浙江文艺出版社,1985年,第153页。
② 郭沫若:《批评的建设》,《创造》季刊第2卷第2期,1924年2月28日。
③ 田汉:《诗人与劳动问题》,《少年中国》1919年第1期。

新月诗人们与英国浪漫主义诗歌一脉相承,他们奉美、理想、自然、想象为诗歌创作的要旨,将异域的营养来滋养自己的灵魂,用眼睛和喉舌来发现真和美,并歌唱真和美。他们尤为看重诗歌的外在形式,注重新诗的规范化、格律化,从英诗中进行横向移植,主张"格律的谨严"、"本质的醇正"、"情感的节制"。从音节数到韵脚都有了限定,音节或隔行相等或每行相等,韵脚或两句一换韵或多个韵脚;从意象到意境也都有了创新,将浓烈的感情凝聚在具体的意象之上,收敛在严谨的形式之中,有效地矫正了早期新诗过于自由散漫的缺陷。

闻一多、徐志摩、朱湘等都是新月派的代表人物。其中闻一多是新格律诗的积极建造者和推动者。他在早年就指出:"格律是艺术必须的条件,实在艺术自身便是格律。"[①]他正是在以英国浪漫主义诗学为主的影响下,努力建立自己的诗学体系。刘烜在《闻一多评传》中认为:"'五四'时期对闻一多影响最大的外国作品,是英国浪漫主义的诗歌和诗论,拜伦、雪莱、华兹华斯、柯尔勒之、济慈等名字,他都熟悉。"[②]其中济慈对他的影响最大。济慈的诗歌,情感细腻,感官的触角延至神秘的历史题材和神话传说,这种抒情讴歌的方式给闻一多以深刻的美学启发和艺术借鉴,贯穿了他的早期创作之中。他的第一首新诗《西岸》中的题词便是济慈的两句诗:

He has a lusty Spring, when fancy clear
Takes in all beauty within an easy span.

"他有一个充满欲望的春天,在这此刻,明晰的幻想把所有能吸收的美都吸收进来了。"[③]借着济慈的观感,闻一多抒发着自己对美的渴望和追求。他的《李白之死》就是在济慈的《安狄米恩》影响之下,以"李白捉月骑鲸而终"这一民间传说为基础,加以诗的提炼与生发,创作而成。在《红烛》和《死水》诗集里,也另有不少诗篇刻有济慈诗歌的烙印。

---

① 闻一多:《诗的格律》,刘烜:《闻一多评传》,北京:北京大学出版社,1983年,第128页。
② 刘烜:《闻一多评传》,第177页。
③ 闻一多:《西岸》,转引自何文忠编著:《新诗学》,重庆:西南师范大学出版社,1992年,第142页。

如闻一多在《死水》中的诗句：

> 这是/一沟/绝望的/死水，
> 清风/吹不起/半点/漪沦。①

该诗被认为是现代格律诗的典范之作，每一行诗中有一个三字音步和三个两字音步，基本做到了音节数和音步的对等。这种格律的规范便是来自于西方诗歌的影响。在诗歌批评和理论建设中，他多次援引华兹华斯、雪莱、济慈等人的诗学理论，提出诗歌的四大元素中需包括"情感因素"②，把情感和想象提升到首要地位，以强调情感对于诗歌的重要性。比如他批评俞平伯的《冬夜》诗集中幻想庸俗，情感疏淡，"总之，《冬夜》里所含的情感质素，十之八九是第二流的情感"③，他建议俞平伯应多向济慈、雪莱、柯勒律治和华兹华斯学习如何表达情感，使诗歌避免走向平凡和琐俗。

闻一多是格律新诗建设的大力推进者。他提出中国新诗须具有"音乐美"、"建筑美"、"绘画美"的"三美"原则。要有节的匀称、句的均齐、音尺、平仄、韵脚等都要有美感，有韵律。在《诗的格律》一文中，他说：

> 越是有魄力的作家，越是要带着脚镣跳舞才跳得痛快，跳得好。只有不会跳舞的才会怪脚镣碍事，只有不会做诗的才感觉得格律的束缚。对于不会做的，格律是表现的障碍物；对于一个作家，格律便成了表现的利器。④

他的这些理论和批评都为新诗的探索和建设拓开了一条相对平坦的路径，使中国新诗从散漫走向格律，从无序走向有序。

徐志摩作为新月派的又一位代表人物，也是格律新诗的推行者。他有深厚的旧学做根基，用外国的形式为依据，对初期白话诗加以修正，在反叛传统和继承传统的同时，去建设一种新的形式。如前文所述，英国浪

---

① 闻一多：《诗的形式》，《新诗杂话》，桂林：广西师范大学出版社，2004年，第73页。
② 诗有四大原素：幻象、感情、音节、绘藻。参见闻一多：《闻一多全集》，武汉：湖北人民出版社，1994年，第156页。
③ 闻一多：《〈冬夜〉评论》，《唐诗杂论诗与批评》，北京：三联书店，1999年，第120页。
④ 闻一多：《诗的格律》，刘烜：《闻一多评传》，第12页。

漫主义的诗歌对他影响深刻。甚至可以说,在中国新文学作家中,"从来没有一个人像徐志摩那样全人全心地把自己归属于浪漫主义时代"①。英国浪漫主义诗歌注重情感的宣泄、追求幻想与自由、歌颂自然和爱情,正符合他的个人美学追求,激发他自己创作的诗思,尽取其中三昧。他自己也说,"受英国浪漫文化气氛的熏陶",诗情"象山洪暴发,不分方向的乱冲"。②

在前文提到的译诗《老虎》中,充满了象征手法的运用。深夜莽丛中,火焰似烧红的老虎,它躲在黑暗中两眼闪闪发光。生动的具象暗示了某种思想和感情,代表了一种冲破无知、压抑的力量。这种象征主义对情感的抒发也感染了译者。徐志摩把相似的象征手法用于自己创作的《地中海》一诗。诗中的地中海和老虎一样,成为一个象征:

> 依旧冲洗着欧亚非的海岸,
> 依旧保存着你青年的颜色,
> 依旧继续着你自在无挂的涨落,
> 依旧呼唤你厌世的骚愁,
> 依旧翻新着你浪花的样式,
> 这孤零零地神秘伟大的地中海呀!③

诗人以情感为中心,以地中海的历史为象征,来暗示人类的发展,表现出自己对情爱、时代和命运的体验,充满着强烈的情感特质。

在他的译诗中,往往因为深重的翻译腔,遭人贬斥语言生硬,佶屈鳌牙。可是,在他的诗歌创作中,对于欧化句式的运用和韵律美的再现,却成就了众多名篇。例如,在《再别康桥》中,诗句"轻轻的我走了",译回英文则是"quietly I went away",不同于现代汉语"我轻轻地走了"的表达,恰是典型的欧化例证。又如"沉默是今晚的康桥",借用英语的倒装句法,

---

① 魏雷(Arther Waley):《我的朋友徐志摩》,韩石山、伍渔编:《徐志摩评说八十年》,北京:文化艺术出版社,2008年,第91页。
② 徐志摩:《"猛虎集"序文》,《徐志摩诗集》,呼和浩特:内蒙古文化出版社,2009年,第150页。
③ 徐志摩:《地中海》,《徐志摩的诗》,长春:时代文艺出版社,2002年,第24页。

将表语提前,沿袭英文结构"Silent is tonight's Cambridge"。欧化的运用颇具清新的意味。全诗有意识地模仿英国浪漫诗人的气势、形式乃至口吻,句式虽带有明显的欧化倾向,可见清晰的借鉴痕迹,但诗味倾泻而下,充满了诗情和诗意。

在韵律上,徐志摩对于英诗的借鉴也是显而易见的。他所创作的诗歌名篇多形式整饬,段与段、节与节、句与句之间的音节对称谐调,韵脚自然,形成一种流畅的韵律美、音乐美。以《秋虫》一诗为例:

> 秋虫,你为什么来?
> 人间早不是旧时候的清闲;
> 这青草,这白露,也是呆:
> 再也没有用,这些诗材!
> 黄金才是人们的新宠,
> 她占了白天,又霸住梦!
> 爱情:像白天里的星星,
> 她早就回避,早没了影。
> 天黑它们也不得回来,
> 半空里永远有乌云盖。①

在《秋虫》这首诗里,他移植了英诗的押韵双行体的押韵形式,行中韵和尾韵间错交替,诗中用字,如"来"、"间"、"闲"、"材"、"来"、"盖"、"用"、"宠"、"情"、"星"、"影"在相同或相近的音韵中娓娓而来,平声、仄声转换正像英诗中音节的轻重、长短之分一样,充满自然的节奏感,全诗平实流畅,读来全无英诗舶来的生硬之感,充满了音乐美。

另一位新月诗人朱湘也是格律新诗的大力实践者。他十分看重译诗对于文学的创新意义:

> 从前意大利的裴特拉(Pet-Rach)介绍希腊的诗到本国,酿成文艺复兴;英国的索雷伯爵(Earl of Surrey)翻译罗马诗人维基尔(Virgil),始创无韵体诗(Blank Verse)。可见译诗其译诗的形式风

---

① 徐志摩:《秋虫》,《徐志摩的诗》,第219页。

格渗透进了创作中,在一国的诗学复兴之上是占着多么重要的位置了。①

而在中国的浪漫主义诗人中,朱湘最像济慈。济慈的诗歌唯美而灵性,充满对色觉、触觉、嗅觉的感知,而朱湘虽自称是"东方的一只鸟儿",并非"济慈的莺儿",但他的气质、才情和审美观照方式以及对诗感的追求与济慈极为相似,连鲁迅都称其为"中国的济慈"。他的诗歌没有勇猛刚进的气息,却充满了敏感的人生体验。以《废园》一诗为例:

> 有风时白杨萧萧着,
> 无风时白杨萧萧着;
> 萧萧外更不听到什么;
> 野花悄悄的发了,
> 野花悄悄的谢了;
> 悄悄外园里更没什么。②

诗中没有狂风骤雨般的情感,只有一幅幽静疏淡的画面:了无生气的废园里,孑然独立的白杨,与世无争的野花,一岁一枯荣;全诗读来,和济慈的诗风如出一辙,对自然充满敏锐的感悟。

朱湘在新诗形式的建设上,颇多建树。他兼容了西方诗整饬多变的格律体和古典词曲的优良传统,在整齐、均一中兼有多变、灵活的诗歌新形式。

以《有一座坟墓》的前两节为例:

> 有一座/坟墓,
> 坟墓前/野草/丛生,
> 有一座/坟墓,
> 风过草/像蛇/爬行。
>
> 有一点/萤火,

---

① 朱湘:《说译诗》,转引自海岸选编:《中西诗歌翻译百年论集》,第50页。
② 朱湘:《废园》,朱湘著、梦晨编选:《朱湘文集》,北京:华夏出版社,2000年,第1页。

黑暗/从四面/包围，
有一点/萤火，
映着/如豆的/光辉。①

全诗共 4 节,每节均为英语格律诗中常用的四行体,在所引的第一节中,音步在诗行中的类型为：32—322—32—322,韵式大体为：abab；第二节中诗行的音步类型为：32—232—32—232,韵式为：cdcd。这首典型的四行诗格律体均衡有致,而且讲究韵律,而且每节一、三行基本上诗句相同,使得节奏得当,回环往复,深富音乐性。

在新诗的变革期,朱湘一贯讲究形式上富有"外形的完整与音调的柔和"②,既保留旧词韵律节奏的灵魂,又吻合英诗严格的音律和整饬的形式。他尤为倾向于全章各行整齐划一和章与章之间各部对称这两种形式。在他笔下,参差不齐、错落有致的诗行、音韵的摇曳变换并传达出一种起伏的节奏感,使得章节、字句、音节、节奏婉转和谐,体现着诗人人生追求,也契合了他在《说译诗》中所认为的："译诗在一国的诗学复兴之上是占着多么重要的位置。"③

新月派还有其他的著名诗人如饶孟侃、孙大雨、刘梦苇、陈梦家、卞之琳、邵洵美等都在新诗的形式美、格律化的探索上做出了自己的努力。在此不作一一赘述。他们继承了英国浪漫主义诗歌的韵律与灵性,共同创造了规整、典雅、端严的诗风,纠正了自由诗体过于散漫而流于肤浅的弊端,开创了中国新诗格律化的新格局。

概而述之,对照五四新文化运动中的汉译英诗和新诗创作,不难发现在某个诗人的诗歌创作出现以前,同一种风格或者模式的汉译英诗就已显露。这一现象最有力地佐证了白话翻译诗歌在这一时期的诗学体系中所占据的中心位置,以及对新诗构建所起的强大作用。他们往往参与创造了一级模式,即这时候的汉译英诗参与创造着新诗运动中文本形式和文本内容。与原作相比,译作吸收了原文本的特质,所产生的文学效应更

---

① 朱湘：《有一座坟墓》,朱湘著、梦晨编选：《朱湘文集》,第 42 页。
② 沈从文：《论朱湘的诗》,《文艺月刊》2 卷 1 期,1931 年 1 月。
③ 朱湘：《说译诗》,转引自海岸选编：《中西诗歌翻译百年论集》,第 50 页。

为直接，影响也更为显著。这些新的文学形式经由翻译的媒介，融入中国的主体文学之中。当时正值汉语诗歌破旧立新之际，推倒文言旧体之后，重建新诗体系，在此过程中，先是出现了相当程度的形式散漫与放纵，之后经由创造社、新月派，对外国诗歌研读揣摩，吸取其中格律、句式、神韵，引入了更多的理性约束，遏制了新诗语言与形式的散漫，渐渐发展成为当时以及后来中国诗歌的主流。

第四章　十七年间的"积极"与"消极"

1949年至1966年,这十七年间翻译文学主框架的构成,不仅被作为纯粹精神层面的意义表达,而且被委任为对一个具体的社会和国家的颂扬。正如意商美籍翻译理论家韦努蒂(Lawrence Venuti)在《翻译之耻》(*The Scandals of Translation*)一书中说:"翻译在构筑对外国文化的表述这件事情上行使着极大的权力……翻译对所涉及的文化差异要么予以敬重,要么从种族之心、种族主义或者爱国主义观念出发加以仇视。"①

在这十七年期间,对英国浪漫主义诗歌和浪漫主义诗人的分析和价值评判,仅从政治概念出发,紧跟前苏联对于浪漫主义诗人的人为划分,照搬"消极(反动)浪漫主义"和"积极(革命)浪漫主义"的对立概念,把诗人硬性归属于积极与消极、革命与反动的两个互相对立的阵营,然后再作大量片面、唯心的介绍和评价。

这段时间内,中国没有一部直接用中文写的有影响的英国文学史,因此译自苏联阿尼克斯特著的《英国文学史纲》在1959年10月由人民文学出版社出版,即成为该领域研究的重要参考书,指导着对英国文学的解读和接受。但书中作出的许多评价和判断都武断、偏激,如说柯勒律治的诗"不能打动读者的心弦",充满着唯心主义的妄加论断,很难使人信服。张隆溪曾对该书展开批评:"《史纲》中把拜伦说成是'英国浪漫主义最卓越的代表',而华兹华斯为《抒情歌谣集》写的有名的序言,则被断定为'英国文学上反动浪漫主义的宣言',一褒一贬都缺乏科学的分析和论证。"②

《英国文学史纲》是十七年译介中一个较为典型却并不罕见的例子。整个译介文学虽然宣称用"人民性"和"艺术性"作标准,但政治标准衡量

---

① Venuti, Lawrence, *The Scandals of Translation: Towards an Ethics of Difference*, New York: Routledge, 1998, p. 67.

② 张隆溪:《评英国文学史纲》,《读书》1982年第9期,第35页。

一切的倾向在对英国浪漫主义诗歌的接受问题上,呈现出单一化的功用主义,并未彰显诗歌的全部价值。这种庸俗社会学的做法使文学服从于政治功用目的,沦为政治的附属品,文学作品成为单一的社会历史文献。它使得诗学的基本元素在诗歌传播的过程中被遏制、遭流失,"离开文学本身的特性,不涉及语言、形象、体裁等形式因素的变化来谈文学发展,文学史就被完全取消,变成政治史和社会思想史"①。

因此,此阶段英国浪漫主义诗歌在中国的译介成为凸显此阶段文学现实和社会图景的重要组成部分。这种独特、鲜明的文学话语表述源自于意识形态的政治诉求,结合了政治概念和艺术概念,成为一种特定意识形态的文本阅读和话语阐释,从而捍卫、巩固国家话语和主流意识形态的地位和权力。

第一节 纲领:政治标准第一

十七年间,在为新时代呐喊助威的强烈使命感驱使下,中国化的文学语境对英国浪漫主义诗歌进行了严格的择取、解说和阐释,随着政治越来越明显的制导和干预,新的诗歌译介体系变更、生成,臣服于划一的政治意识和苏联的霸权话语。

1. 权力话语的一元操控

1949年作为一个新时代的开始,呈示的内涵表现出强烈的集体化的欢庆式的阶级话语形态。这一时期的对外文学和本土文学上承左翼文学,中接1942年《延安文艺座谈会上的讲话》,后以革命现实主义和革命浪漫主义为主要表现形式,与政治文化之间的密切关系贯彻始终。"政治标准第一,艺术标准第二"的国家话语要求每一种文学形式都必须为政治服务。文学机构所推选的经典以及推选背后的一整套价值标准,与政治信念和意识形态密不可分,自觉地为着十七年间的国家、民族的政治目的服务。从作品译介到本土创作,十七年间的文学以高昂的革命乐观主义

---

① 张隆溪:《评英国文学史纲》,第36页。

和英雄主义的激情,为社会和民众提供行为准则和思想依据。

在此阶段,译介文学被赋予了更为鲜明和重大的政治文化意义。"无论从文化交流来看,从人民群众的政治思想教育来看,从向世界优秀文学的'借鉴'上来看,翻译工作之重要,已很显明。"①它不再为一小群精英知识分子所独有,也不满足于成为纯文学研究的一个分支,其价值取向和文化使命基本上都是以满足时代政治的诉求为依归。1954 年,茅盾在全国文学翻译工作会议上指出:"在进一步缓和国际紧张局势以及实现亚洲及世界各国的集体安全、和平共处的伟大事业中,国与国间的文化交流是一个重要的因素,而文学翻译工作,是文化交流中重要的一环。"②此时的中外文学交流既出自艺术自身的发展需求,更源于意识形态的政治诉求,以探索社会主义中国所应该具有的理想文学模式,从而捍卫、巩固国家话语和主流意识形态的地位和权力。

国家领导们的态度使得翻译工作具有了特殊而重大的政治使命。时任翻译局局长的沈志远在《翻译通报》发刊词中所说:

> 翻译工作在今天,比过去任何时候都重要了。……我们从此有了新的政治,新的经济,同时,我们就必须为建立作为此种新政治新经济之反映并且为它们服务的新文化而奋斗。但是这样一种新文化的建立和发展,离开了翻译工作是难以想象的。③

在国家政权如此旗帜鲜明的思想之下,翻译工作被纳入了强有力的统一监管之下,开始一步一步肃整清流,走上有组织、有计划的道路,走出一盘散沙的无序混乱状态,很快就彻底改变了 20 世纪上半叶,以译者和出版社的兴趣为主导,自由选题、分散翻译的现象。

因此,新中国翻译工作的首要任务,是要"赶快打破过去那种各自为政的散漫无政府状态,让我们全国的翻译工作者紧密地联系起来,团结起

---

① 茅盾:《为发展文学翻译事业和提高翻译质量而奋斗》,《译文》1954 年第 5 期,第 5 页。
② 茅盾:《为发展文学翻译事业和提高翻译质量而奋斗》,第 5 页。
③ 沈志远:《翻译通报》发刊词,载 1950 年《翻译通报》第一期,转引自孙致礼:《1949—1966:我国英美文学翻译概论》,南京:译林出版社,1996 年,第 185 页。

来,大家分工合作,互相配合着来进行工作"①。为了一洗新中国成立初期翻译出版的各自为政、翻译质量的良莠不齐、翻译语言的生硬难解,文学翻译被纳入了全盘组织与计划的宏观控制之中,列入从中央政治局到各级党组织的议事日程,也成为国家计划的重要组成部分。翻译事业在党和政府的领导下由主管机构和各有关方面,统一拟定计划,组织力量,有方法、有步骤地来进行。从全局化的翻译方针、翻译政策,到具体的翻译题材的比重,以至翻译的方式与方法都有明确的规定。

专门的翻译研究刊物也相继推出,如《翻译月刊》、《翻译通报》、《翻译通讯》。其他的文学期刊也会及时地跟踪苏联的文艺动态,尤其是苏联出版界介绍外国文学的情况,在中西文化对峙的十七年间,权力部门对外国文学进书渠道也实施了严格监管。1949年12月1日在北京成立的国际书店总店成为英美文学作品翻译的主要来源。其运作是通过向苏联国际书店订购,将以苏联为主的各国图书译入中国;另外也和欧美的进步书店如伦敦考列茨书店建立业务往来,购买欧美各国的进步书刊;这样一来,译者的选材受到了很大程度的监管和控制。

到1959年,外国文学翻译工作的"计划化"已成风气,翻译从之前的自流分散迅速整合成了一个有意识、有目的、有计划的工作过程。各种资源在政策上、组织上、制度上、业务上走向统一和集中,从翻译的选材、组织、出版、发行,以及一切的传播媒介都无一例外地纳入国家的计划轨道,这样,就形成了十七年的外国文学翻译从生产到消费的计划网络,实现了全面的计划化控制。

计划化和组织化的实现直接有效地控制了翻译选题和翻译内容,整合了翻译资源,肃整了翻译质量。如英国浪漫主义诗歌,1949年至1966年这十七年间对拜伦、雪莱等诗人的介绍推广迥异于新中国成立之前救亡救世、文化启蒙的目的。《文艺报》1949年第1卷第4期刊载了卞之琳的文章《开讲英国诗想到的一些体验》。自1929年起就在北京大学讲授英国诗的他提出要警惕"世界主义"的格局,对布尔乔亚诗的诠释和分析

---

① 沈志远:《翻译通报》发刊词,转引自孙致礼:《1949—1966:我国英美文学翻译概论》,第185页。

要符合新的历史需求,"'英诗入门'这一类课还能像二十年前那样地讲吗?历史不许可……我们第一步且慢谈如何批判的接受。我们先得认清英国诗的真面目,在内容、形式、方法、技巧各方面的真相,而从这方面的真相找出社会意义,历史意义。"①

国家权力的一元化操控和整顿充分、翔实地折射了十七年间文学、政治乃至于文化侧面的风云变幻。浪漫主义思潮在新中国成立后得到了进一步的正名:

> 我们感谢毛泽东同志,他领导着中国共产党和中国人民,把我们从两千年的封建枷锁、一百年的殖民奴役中解放了出来,不断地鼓舞着六亿人民'鼓足干劲、力争上游、多快好省地建设社会主义',要在不太长的时期内超过英国和美国,把中国创造成一个地上乐园;他不断地发表着许许多多不朽的经典性的论著,在革命实践中发展了马克思列宁主义来教育六亿人民,还在工作的余暇发表了具有典型性的文艺作品;这和经典性的著作具有同样的教育意义。而在我个人特别感着心情舒畅的是毛泽东同志诗词的发表把浪漫主义精神高度地鼓舞了起来,使浪漫主义恢复了名誉。比如我自己,在目前就敢于坦白地承认:我是一个浪漫主义者了。这是三十多年从事文艺工作以来所没有的心情。②

以今天的标准来看,新中国成立后十七年的英国浪漫主义诗歌的解读和翻译,拥有着区别于先前的视角和立场。在政治取向和意识形态的依归和标准之下,文学翻译的审美需求被忽视、被旁略,但却恰合了那个特殊时代的文化与社会语境。正如王宏志所言,"在一个有组织有计划的策划下,翻译失去了那种把各色各样的意识形态及诗学引进来的重要功能,只会集中于传送相近的信息,实际上是剥夺了接收其他信息的

---

① 卞之琳:《开讲英国诗想到的一些体验》,《文艺报》1949年第4期,第31—32页。
② 郭沫若:《浪漫主义与现实主义》,王训昭、卢正言、邵华等编:《郭沫若研究资料(上)·中国文学史资料全编》,北京:知识产权出版社,2010年,第328页。

机会。"①

2. 苏联文艺的制导影响

在1949年至1966年这十七年间,文学普遍被视为革命斗争的工具,作家、翻译家等等对"革命文学"有着一种天然的亲和。在苏联革命取得胜利后,它的文艺政策成为中国知识分子借鉴的榜样。早在1949年之前,苏联的各项(包括文学艺术在内)纲领、政策,都以一种神圣的、毋庸置疑的意味被无条件地接受下来。戏剧家、作家阳翰笙曾经回忆过他们那一批左翼知识分子在接受时的心态:"我们有革命的理想和热情,只要是革命的东西我们就搞,只要是列宁、斯大林的国家所做的事,我们就学起来。"②新中国成立之后,"以俄为师"的方针适用在文学艺术的各个层面,从而加快了文学与革命的结合、文学思潮与社会运动的一致。正是在这样一种情形下,"革命文学"开始取代"文学革命",中国对英美诗歌的译介也开始在马克思主义和苏联文艺政策的指引下主动地、自觉地融入这一文学思潮。

在1949年至1966年这十七年间,英国浪漫主义诗歌的翻译选择、接受与传播状态突出反映了其时中国学者对其价值判断在苏联的制导性影响之下,缺乏自我审阅的视角与立场。毛泽东早在1945年关于《文化、教育、知识分子问题》的论述中说:"苏联所创造的新文化,应当成为我们建设人民文化的范例。"③中国文化顺从地跟随着这样的范例建设下去。各大文艺刊物常常登载文章,介绍各国文学在苏联的传播情况,苏联进行外国文学翻译的方法与策略等。如《翻译通报》1951年第5期张锡传的文章《苏联如何进行翻译工作》、《西方语文》1958年第2卷第4期林学洪的文章《苏联的翻译事业》。1953年重刊之后的《翻译通报》在刊物的内容上作了重大调整,其中一项就是刊登苏联推荐的翻译书目,以便翻译界的

---

① 王宏志:《重释"信、达、雅":20世纪中国翻译研究》,上海:东方出版中心,1999年,第47页。
② 张大明:"序言",《不灭的火种——左翼文学论》,成都:四川文艺出版社,1992年。
③ 中共中央文献研究室:《毛泽东在七大的报告和讲话集(1945年4月—6月)》,北京:中央文献出版社,1995年,第80页。

选择。

俄苏的美学趣味引导并影响着中国对外国文学作品的衡量和判断。十七年间,中国外国文学研究界紧跟苏联的价值观,人云亦云,缺乏独立的思考。之前提到的《英国文学史纲》是当时比较全面、权威的著作,由戴镏龄、吴志谦、桂诗春等人经由俄苏学者阿尼克斯特1956年的版本转译而来。在50年代的中国,"因为是独一无二,所以这部《史纲》影响颇大,不仅在一般读者中流传,而且被一些高等院校列为英美文学专业研究生的重要参考书,对教学和科研都起着指导作用"①。而1956年由中华人民共和国高等教育部审定核准的《英国文学史教学大纲》(包括美国文学)则是依据莫斯科大学外国文学史教学大纲的英国文学部分,并参考列宁格勒师范学院英语系英国文学史教学大纲编纂而成。它指引着中国从上至下的研究精英到普通读者沿着苏联的道路认识英国文学的天地。形容此书为苏联人的英美文学史也并不为过。

1949年至1966年这十七年间的文艺话语空间就这样被鲜明而清晰地做了定位和分界。一如其他文学体裁,诗歌在十七年间的译介同样牢牢受制于苏联的文化话语。苏联的文艺扬弃原则和审美趣味成了我们十七年间诗歌译介的不二法则。英国的浪漫主义诗歌和其他国家的文学作品一样,在中国的译介臣服于划一的政治意识和苏联的霸权话语。

在苏联的制导性影响下,注重文学功利和价值判断成为审视文化是否具备先进性的标杆。对英国浪漫主义诗歌的阅读和阐释置身于苏联文化语境的好恶选择之中,这样以保证译作具有充分的政治正确性。非此即彼的二元对立,尤其是苏联对于浪漫主义文学思潮的"积极"与"消极"的人为划分,构成了对英国浪漫主义诗歌译介、评价、择取和定位的基本原则。

高尔基在《俄国文学史》、《我怎样学习写作》和《苏联的文学》(1934年作的报告)里,几次谈到浪漫主义思潮"积极"与"消极"的分野:"在浪漫主义文学中还必须把两个极端不同的流派区别开来:消极的浪漫主义——它或者粉饰现实,企图使人和现实妥协;或者使人逃避现实,徒然堕入自己内心世界的深渊,堕入'不祥的人生之谜'、爱与死等思想中

---

① 张隆溪:《评英国文学史纲》,第33页。

去,——堕入不能用'思辨'、直观的方法来解决,而只能由科学来解决的谜里去。积极的浪漫主义则力图加强人的生活意志,在他心中唤起他对现实和现实的一切压迫的反抗。"①在这里,消极浪漫主义被解读为个人主义的浪漫主义,'对现实的极端不满,而显然是宁肯弃现实而取幻想与梦想,它企图把个人提到高于社会之上,企图证明个人乃是神秘力量的渊源,赋予个人以神奇的能力'。"②而"积极浪漫主义"则是提倡主体的大众性,要求个体能代表大众意志,对抗黑暗的社会现实,尤其对资本主义社会制度和1848年法国革命持揭露和批判的态度,将个体的审美情感内化于社会功利的实践意志之中。

对于积极与消极的划分并非高尔基一人,在《马克思恩格斯论浪漫主义》(人民文学出版社1958年版)和《马克思恩格斯论艺术》(二)(人民文学出版社1963年版)中,马、恩共谈到17位浪漫主义作家,获肯定的仅法国的贝朗瑞和英国的雪莱。其余十五人大多为批判对象。《马克思恩格斯论浪漫主义》译本前言中说:"在这本书里,马克思和恩格斯主要是批判反动的浪漫主义","着重批判反动的浪漫主义,是因为他们当时所处的那个历史时期的政治情况"。"在这里,政治态度就成为马克思和恩格斯划分进步与反动的浪漫主义的一个分界线。"③

积极与消极的划分一出,前苏联和我国众多文学史教科书均奉其为金科玉律。现实主义与浪漫主义的结合成为了权力话语的文艺旗帜。现实主义与浪漫主义之间的美学区别,在权力话语的一元化操控下变得无足轻重,浪漫主义作为现实主义的一个因素而统一在一起。周扬在《关于"社会主义的现实主义与革命的浪漫主义"》一文中,引用吉尔波丁在全苏联作家同盟组织委员会第一次代表大会中的报告中的话:"我们主张社会主义的现实主义,但也不拒绝革命的浪漫主义","我们提出社会主义的现实主义的问题,但这意思并不是和革命的浪漫主义相矛盾冲突的"。周扬

---

① 高尔基:《谈谈我怎样学习写作》,《论文学》,孟昌、曹葆华、戈宝权译,北京:人民文学出版社,1978年,第162—163页。
② 高尔基:《俄国文学史》,缪灵珠译,上海:新文艺出版社,1956年,第357页。
③ 人民文学出版社编辑部:"前言",《马克思恩格斯论浪漫主义》,北京:人民文学出版社,1958年,第1—3页。

将这一思想归纳为"'革命的浪漫主义'只是当作和'社会主义的现实主义'里面的一个要素提出来的。"①

这种文学人本论进一步使十七年间的文学标准屈从于政治标准,并从对浪漫主义文学的判断蔓延到对几乎所有译介文学的判断。这时期浪漫主义所讴歌的理想与情感,已丧失了本真意义的理想与情感,成为政治的理想与社会普范式的情感,个性与个人主义成为集体主义思想的对立面遭到了批判,对人的价值与尊严的尊重也让位于阶级性。拜伦、雪莱、布莱克、彭斯等就因其诗歌的激情与革命性而成为译介重点,而华兹华斯、柯勒律治的诗歌等则大遭鞭挞,被扫入遗忘、批判的角落。诗歌译介中的这种一分为二的方向定性使得诗歌翻译主旨多为批判资本主义的残酷腐朽,讴歌劳动人民的辛勤智慧。同志抑或敌人、进步抑或反动、好人抑或坏人……整个诗歌世界于是呈现出简单分明的颂扬与弃绝,主题单一,语调整齐,情绪划一。而诗歌译介中伤感、屠弱的成分被排斥,即使有类似组成,在二分的革命基本原则之下,也被有意识地转换到于己有利的诗歌内容和模式。如果做不到这一点,它则没有能力进入革命语义所允许的范畴之内,操纵革命原则的国家话语就会把它排斥在外,甚至打入冷宫。

这种讴歌与遗忘的两面性成为凸显此阶段诗歌情境的重要组成部分,也突出反映了其时中国学者对外国文学价值判断在苏联的制导性影响之下,缺乏自我审阅的视角与立场。苏联的文艺扬弃原则和审美趣味对英国浪漫主义诗歌的态度,也成就了我们对英国浪漫主义诗歌的态度,以保证译作具有充分的政治正确性。

简而言之,十七年间中国译介的多是革命浪漫主义诗人的诗作。他们以自己诗作的革命性而获得译介的许可证,并因其先进性而得到推广和出版。在巨大的政治和文化语境下,英国浪漫主义诗歌的选择与翻译以自己的文学方式添加革命的内容和气质,呈现出革命的蓬勃激情,适应了当时政治宣传与太平粉饰的需要,它是在十七年的歌舞升平中的升华,

---

① 周扬:《关于社会主义的现实主义与革命的浪漫主义》,《周扬文集》,北京:人民文学出版社,1984年,第113页。

呐喊着,引领着人民去建设更加民主而激情的社会主义。

第二节 译介:操纵下的抉择

俄苏的美学趣味引导并影响着中国对英国浪漫主义诗歌作品的衡量和判断。浪漫主义被分为消极浪漫主义和积极浪漫主义这两种对立的概念。消极浪漫主义不满现实、放弃现实,以个人的内心世界和病态的幻想来躲避现实,所以是反动的;而积极浪漫主义充满社会主义理想,充满革命激情和反抗意志,所以是进步的。十七年间,中国文学研究界紧跟苏联的价值观,亦步亦趋,缺乏独立的思考。在政治性动机的驱使下,对英国浪漫主义诗人的判断和评价也呈现了非此即彼的对立性。本节将具体介绍此时期对英国浪漫主义诗歌的译介情况。

1. 湖畔派诗人的被捐弃

前一节中已指出,英国的浪漫主义诗歌译介呈现出鲜明的二分性。一是华兹华斯、柯勒律治等人的湖畔诗派;二则以拜伦、布莱克、雪莱、彭斯等为代表。在十七年间,对这些诗人诗作的解读多从历史批评、文学功用的角度展开:

> 以华兹华斯为代表的湖畔诗派是和被资本主义所摧毁的阶级(贵族、地主)相联系的,他们反对资本主义的历史进程,向往中古的封建生活方式,力图恢复资本主义产生以前的社会秩序和生存价值。因此,他们是反动的浪漫主义者。另一方面,所谓后期的浪漫派诗人拜伦和雪莱却反映着随资本主义而诞生的阶级(劳工阶级)的憧憬,他们批判和揭发了资产阶级进程的丑恶本质,他们相信政治的进步和斗争,尽管它们所追求的是一个连自己也不很明确的社会理想,那是一个没有人压迫人、人剥削人的社会,而且是不可能从过去去寻找的。他们正是反映了当时尚未成长和成熟的工人阶级的模糊看法。他们是革命的浪漫主义者。……他们的不同……是阶级立场的不

同,政治倾向的不同,艺术和美学观点的不同。①

如此泾渭分明的文本解读使得十七年间对诗歌的译介呈现了亲疏有别、取舍分明的研究现实和生存状态。《文史哲》于1954年第3期刊载了苏联学者Y.康特拉特耶夫的文章《苏联关于英国文学史的论著》,介绍了这部由莫斯科苏联科学院出版局出版的关于18世纪末至19世纪初叶英国浪漫主义诗人的作品。该文以诗歌是否具备革命性为依归,赞美了拜伦、雪莱、济慈,批判了华兹华斯与柯勒律治。其中所体现的翻译态度也浓缩了十七年间英国诗歌在中国的翻译情况:华兹华斯等湖畔派诗人不见踪影,而拜伦、雪莱、济慈等则是翻译的重点。积极浪漫主义诗人成为十七年间翻译的主要对象,他们的诗作强调文学和现实的联系,肯定文学的社会作用和教育意义。他们掀起了文学革命的新运动,努力唤起人们对于黑暗现实的反抗意志,并从现实生活出发来表现他们的理想主义和改造世界的热情。

以华兹华斯为首的湖畔派诗人被定性为"消极浪漫主义"的代表人物。除了1961年人民文学出版社出版的《古典文艺理论译丛》第一辑《19世纪英国浪漫主义文论专辑》中录有曹葆华译出的华兹华斯的重要诗论——《抒情歌谣集》"序言"及"附录",以及几本文学史及高校文科教材中有少许评论外,湖畔派诗歌在建国后十七年间遭受了冷遇,而且对华兹华斯诗歌的介绍和评价均以负面为主。

1949年《文艺报》第1卷第4期发表了卞之琳的文章《开讲英国诗想到的一些体验》,开启了建国后学术界对华兹华斯的判断。文章说包括华兹华斯在内的湖畔派浪漫诗人走的是一条脱离现实的道路,消极逃避现实斗争,这种片面无端的判断源头仍在苏联学术界。

1956年中山大学编的《文史译丛》创刊号上刊载了译自《苏联大百科全书》的《英国文学概要》,其中对英国浪漫主义文学的评价承袭了苏联学术界的基本观点,也指导了我国学术界十七年时期内对浪漫主义诗人的评价。文中将英国浪漫主义区别为二元对立的积极与消极、革命与反动,

---

① 梁真:"前记",拜伦:《拜伦抒情诗选》,梁真(查良铮)译,上海:平明出版社,1955年,第3—4页。

属于反动的浪漫主义流派的有诗人华兹华斯、柯勒律治,"他们起初都推崇法国革命,但不久就拿逃避社会斗争的反动思想,拿追求个人道德完美的理想来和革命对立,而根据他们的意见,艺术和宗教是追求个人道德完美的主要工具。"①

在苏联学术界的影响下,《诗刊》1958 年 6 月号发表晴空的文章《我们需要浪漫主义》,认为湖畔派诗人"站在与历史的发展相抗衡的立场上,迷恋过去的生活,发出悲哀的叹息,他们以浪漫主义的调子唱他们的歌,那是一种消极的反动的浪漫主义"②。1958 年高校教师自编汉语外国文学史教材、杨周翰主编的《欧洲文学史》也同样如此,对华兹华斯及其他湖畔派诗人进行全盘否定,与新中国成立前热烈的接受态度迥然不同,着重说他们是"仇视革命和民主运动,颂扬统治阶级的国内外反动政策,推崇国教,拥护'神圣同盟'的主张",同时批判他们"否定文学反映现实,否定文学的社会作用"③的文学观点。在杨版的文学史中,湖畔派诗人被批判得一无是处,湖畔派的著作不见踪影,就连最被推崇的代表作《抒情歌谣集》都没有提起过。而 1959 年出版的《英国文学史纲》也将华兹华斯为《抒情歌谣集》写的著名序言断定为"英国文学上反动浪漫主义的宣言"④。这一论断充分说明,在压倒一切的政治概念下,文学屈从于政治取向和意识形态的依归和标准,审美元素被剔除对文学翻译的功过评价,而华兹华斯则沦为唯心的人本主义的价值尺度的牺牲品。

在 1959 年《新华半月刊》上王佐良写的《伟大的苏格兰人民诗人彭斯》一文中,将湖畔派诗人和彭斯进行对比:"当时英国也有别的诗人赞成法国革命,例如创作活动稍后于彭斯的华滋华斯等'湖畔派'知识分子。他们在青年时代也曾歌颂过出现在法国的'黎明',但是曾几何时,统治阶级一发怒,他们全部'湖畔派'就无例外地咒骂起革命来。农民彭斯完全

---

① 《英国文学概要》《文史译丛》创刊号上刊载了译自《苏联大百科全书》的《英国文学概要》,参见张弘:《中国文学在英国》,广州:花城出版社,1992 年,第 118—125 页。
② 晴空:《我们需要浪漫主义》,《诗刊》1958 年第 3 期,第 76 页。
③ 杨周翰主编:《欧洲文学史》,北京:人民大学出版社,2004 年,第 42—43 页。
④ 转引自张隆溪:《评英国文学史纲》第 35 页。

不同。他一直忠于革命的理想。"①

1962年,范存忠在《论拜伦和雪莱创作中现实主义和浪漫主义相结合的问题》中谈及浪漫主义时说:"浪漫主义包括着两个对立的集团。一个集团代表资产阶级的落后阶层,不是向前看,而是向后看,与封建贵族相接近。他们背弃了启蒙运动的理性主义理想与现实主义艺术手法,在那暴风雨袭击的年代,有的人(如华滋渥斯)在落后的乡村生活、落后的生产关系中找到逃避之处,有的人(如柯勒律治)在幻想的中世纪神秘故事里找到象牙之塔。这些'湖畔派'诗人代表消极的或反动的浪漫主义。"②

因此,批驳与18世纪启蒙时期现实主义格格不入的消极浪漫主义,成为这一时期学术界对包括华兹华斯在内的"湖畔派"诗人评论的基本原则。学术界将各位诗人在英国文学史上的地位搁置一边,也无视诗作中的思想性、艺术性和审美性。华兹华斯诗歌中提倡民主、自由的部分在十七年间被置之不提,如华兹华斯曾有一首著名的十四行诗 London, 1802(《伦敦,1802年》),歌颂英国革命时代的大诗人弥尔顿,吁请他回到英国人民中,"给我们自由,力量,美德,风范!"③诗歌中充满了积极追求民主的思想。即便在《抒情歌谣集序》中,华兹华斯也是充满激情地追忆了法国革命对他的影响,并提倡在诗中采取普通人的日常语言,也是从一个侧面反映出民主思想的勃兴,可是这样的诗歌与文章却被认定为"反动浪漫主义的宣言"。十七年间这种庸俗社会学的方法把文学当成政治的附庸,把作品进行为己所用的政治鉴定,而关于文学本身,却因受到政治范式的桎梏,不能为读者提供触及心灵的认知和思考。

2. 艺术性翻译的高标准

在十七年期间,翻译不再是五四时期千姿百态、参差各异的自流分散,而是呈现出井然有序的组织化和计划化。"文学翻译必须在党的领导下由主管机关和各有关方面,统一拟订计划,组织力量,有方法、有步骤的

---

① 王佐良:《伟大的苏格兰人民诗人彭斯》,《新华半月刊》1959年第13期,第93页。
② 范存忠:《论拜伦和雪莱创作中现实主义和浪漫主义相结合的问题》,《文学评论》1962年第1期,第68页。
③ 转引自刘新民选编:《诗篇中的诗人》,北京:人民文学出版社,2004年,第100页。

来进行"。① 从确定翻译选材到组织人手翻译到建立审订制度到出版发行,每一个环节都纳入了国家的监管和控制之中。这种全面的计划和组织虽然使得翻译的文学对象呈现了严重的政治化和单一化倾向,但是却大大减少了各种抢译、复译、乱译,十分有效地保证了翻译质量。

1951年,《人民日报》曾发表过社论,号召"正确地使用祖国的语言,为语言的纯洁和健康而斗争"②。这一要求对于消除不必要的欧化在外国文学翻译中的泛滥起到了极大的作用。1954年茅盾在全国文学翻译工作会议上所作的报告里对翻译质量提出了进一步的具体要求:"必须把文学翻译工作提高到艺术创造的水平。"③根据这个标准,五四至新中国成立前大多数一般译本均受到了严厉的批评:

> 随处可以发现:似是而非、生吞活剥的遥译,任意的删节和更动,大大小小的错误;不成文理的长句子,全盘欧化的语言表现法(有时实质上只是字形的变换而不是两种语言的转译)。此外还有信手拈来的专门名词和术语的随便译法,贪图省力或者故意卖弄的直接援引原文,等等。总之,过去的许多文学译品是诘屈聱牙、不堪卒读。④

从这段批评中可以看出十七年间的翻译现实和态度。经历了文学革命的破旧立新,新文学体式和语言已渐渐稳定下来,语言欧化不成话的毛病已渐渐消失,译本的通顺流畅已成为翻译的基本条件。但是仅仅通顺流畅还远不能满足文学翻译的要求。卞之琳等人就指出十七年间的翻译弊病就是"语言'民族化'变成了一般化"⑤。民族语言的千变万化的生动性、丰富性在翻译过程中丢失。在这种情况下,艺术性的翻译标准被大力提倡:

> 只有一个广义的"信"字——从内容到形式(广义的形式,包括语

---

① 茅盾:《为发展文学翻译事业和提高翻译质量而奋斗》,第12—14页。
② 《人民日报》,1951年6月6日。
③ 茅盾:《为发展文学翻译事业和提高翻译质量而奋斗》,第12—14页。
④ 卞之琳、叶水夫、袁可嘉、陈燊:《十年来的外国文学翻译和研究工作》,《文学评论》1959年第5期,第47—48页。
⑤ 卞之琳、叶水夫、袁可嘉、陈燊:《十年来的外国文学翻译和研究工作》,第57页。

言、风格等等)全面而充分的忠实……在另一种语言里,全面求"信",忠实于原著的内容和形式的统一体,做得恰到好处,正是文学翻译的艺术性所在。①

正因为诗歌是最凝练的文学体裁,因此译诗最能体现艺术性翻译的种种问题。其中"语言一般化和语言庸俗化"②成为最为诟病的问题。以彭斯 Song—Sweet Afton 一诗的两个译文对比:

> Flow gently, sweet Afton! amang thy green braes,
> Flow gently, I'll sing thee a song in thy praise;
> My Mary's asleep by thy murmuring stream,
> Flow gently, sweetAfton, disturb not her dream.
>
> Thou stockdove whose echo resounds thro' the glen,
> Ye wild whistling blackbirds in yon thorny den,
> Thou green-crested lapwing thy screaming forbear,
> I charge you, disturb not my slumbering Fair.

> 流得轻轻,可爱的阿富顿!在绿岸之中,
> 流得轻轻,我歌颂你,用我的歌声;
> 我的玛丽睡着觉,在你喃喃的河滨——
> 流得轻轻,可爱的阿富顿!别惊破她的梦境。
>
> 你叫着的野鸽,回声萦绕在山岭。
> 你吹哨的山鹬,躲在荆棘的窝里;
> 你绿冠的田凫,请忍住你的呻吟——
> 我请求你们别打扰了我睡着的爱人。③
>
> (袁水拍译)

> 轻轻流吧,美丽的水!沿着绿坡,

---

① 卞之琳、叶水夫、袁可嘉、陈燊:《十年来的外国文学翻译和研究工作》,第54页。
② 同上书,第57页。
③ 彭斯:《阿富顿河》,《我的心呀,在高原》,袁水拍译,北京:人民文学出版社,1959年,第5页。

轻轻流吧,我将献你一首赞歌;
我的玛丽正在河边睡得轻轻,
请你轻些流吧,不要让她受惊。

野鸽子啊,你的叫声谷底嗡鸣,
燕八哥啊,你的鸣啸响彻荆丛,
你翠冠的田凫,切莫尖声啼叫,
我求你们不要把那美人惊扰。①

(高健译)

  袁水拍的译文发表于1959年,高健的译文发表于1992年。彭斯的原诗平易、宛转,看似没有什么艺术雕琢,但却充满了自由自在、活泼灵动的气息。两相对比,可以很清晰地看出袁译虽然在意义上十分忠实,可是却缺乏彭斯这首民歌自然、生动的气息。用词拖沓平板,句式冗长臃肿,如"我请求你们别打扰了我睡着的爱人",读来完全没有诗歌的洗练之感。而且译诗音韵欠缺整齐,如散文般平铺直叙,缺少民歌的节奏感和起伏感,读来平庸无奇,与该诗的民歌风格格格不入。而高译注重字句的均齐,在音韵运用上,行间韵和尾韵巧妙相间,使得诗歌读来充满了起伏的节拍感,较好地再现了原诗清新宛转的诗意。

  事实上,语言一般化和语言庸俗化的问题已经成为当时译诗的一个普遍现象,引起了广泛的注意和批评。卞之琳等人曾强烈指责朱维基翻译的《唐璜》:"拜伦后期的杰作《唐璜》……乍看起来,这好像还适用于一般化语言来翻译了,实际上却正是叫一般化翻译语言栽筋斗的地方。原诗里没有多少艺术雕琢,却另有一种从容自在、活泼机智的特色。但是目前见到的《唐璜》中译本就没有运用与此相当的语言来进行翻译。原作中的日常语言在译本中变成了平庸的语言;原作中干净利落、锋利如剑的诗句在译本中成了拖泥带水、暗淡无光的文字。"②

  而杨熙龄译于1956年的《哈尔德·哈洛尔德游记》虽流畅,也较有诗

---

① 彭斯:《美丽的阿富顿河》,高健编译:《英诗揽胜》,太原:北岳文艺出版社,1992年,第120页。

② 卞之琳、叶水夫、袁可嘉、陈燊:《十年来的外国文学翻译和研究工作》,第58页。

意,但也受到了用词陈腐的批评:"所采用的语言、所表现的文采与原作大有分别,原诗以朴素亲切的语言描写青年男女突然离别的情景,没有译文中这样浓厚的脂粉气和旧词曲老套带来的陈腐气。""在风格上、意境上、情调上不顾原诗,在语言上因袭陈套。"①

除批判语言的一般化和庸俗化外,艺术化的翻译也体现在诗歌形式的挑战上。十七年间认可自由体翻译的格式,"只要不是把外国格诗译成了不相当的本国格律体,特别是带了随本国格律体而来的陈腔滥调,叫读者一点也感觉不到外国诗的本来气息"②。对起自五四的新格律体更是十分认可,坚信"用相当的格律来翻译外国的格律诗,在我国也是合理而且行得通的办法"③。并且,还认为"以顿代步"的方法能够较好地再现原诗的音韵之美:"以顿为节奏单位既符合我国古典诗歌和民歌的传统,又适应现代口语的特点。……我们首先用相当的顿数(音组数)抵音步而不拘字数来译这种格律诗,既较灵活,又在形式上即节奏上能基本上做到相当,促成效果上的接近。"④

先以济慈 Ode to a Nightingale 节选的两个译文,来说明十七年期间较之前一时期的诗歌表达,有哪些差异:

> Forlorn! The very word is like a bell
> To toll me back from thee to my sole self
> Adieu! The fancy cannot cheat so well
> As she is famed to do, deceiving elf.

> 荒! 这个字好比一声钟,
> 从你那里敲落我的幻想。
> 别了! 幻想,那欺罔的仙童
> 有哪能教人一切都遗忘。⑤

---

① 卞之琳、叶水夫、袁可嘉、陈燊:《十年来的外国文学翻译和研究工作》,第59页。
② 同上书,第60页。
③ 同上书,第59页。
④ 同上书,第61页。
⑤ 朱湘:《番石榴集》,第235页。

(朱湘译)

失掉了！这句话好比一声钟
使我猛省到我站脚的地方！
别了！幻想，这骗人的妖童，
不要老耍弄他盛传的伎俩。①
(查良铮译)

朱湘译于1936年,查良铮译于1958年。两个译本都做到了韵脚一致和谐,朱译选用了象声词,十分生动,也堪称佳译,但从现代的眼光来看,这一节仍旧读来有些拗口、生涩,若干地方如"从你那里"、"有哪能教人"带有着明显的英文结构和表达习惯,而在查译中,音韵整齐,语言通顺自然,欧化的痕迹已统统不见。这也表明在十七年间,现代白话从欧化中吸取了足够的营养后,逐步消化吸收,自我发展,已进入了一个成熟稳定的阶段。

如前文所述,通顺流畅只是翻译的基本要求,要实现艺术化的翻译标准仍远远不够。查良铮、王佐良等人的译诗就是这种艺术性翻译的良好体现。相比于新中国成立前,在十七年时期,语言欧化的现象能较好地融入现代表达,避免了拖沓、拗口的毛病,读来通顺流畅。在实现这个底线标准的基础上,这些诗人的译诗风格已有大成,在情绪传递、意境渲染、诗体格律方面,均能准确地把握原诗的风格、气氛、色彩,较圆满地还原原诗。

以《西风颂》(Ode to the West Wind)中两句的两个译文为例：

If even
I were as in my boyhood, and could be
The comrade of thy wanderings over Heaven,
假如我能像在少年时,凌风而舞
便成了你的伴侣,悠游于太空,②

---

① 济慈:《夜莺颂》,《济慈诗选》,查良铮译,北京:人民文学出版社,1958年,第74页。
② 雪莱:《西风颂》,《雪莱抒情诗选》,查良铮译,北京:人民文学出版社,1958年,第77页。

(查良铮译)

唯愿英姿勃发重振少年意气
与你信步同游那昊昊天庭，①
(傅勇林译)

  傅译中的用词如"英姿勃发"、"少年意气"、"信步同游"、"昊昊天庭"等词颇具古风，为中国文化中沿袭下来的固定成语或习语，虽都为四字结构整齐，但读者因太熟悉这些词语，而使得译诗欠缺了一种现代的敏感性，也就沦入了前文所说的语言一般化和庸俗化的窠臼。而查译则有意回避了这些为中国读者耳熟能详的古典语言与意象搭配，着力于现代白话的诗性表达，用词令人耳目一新，这两句相比傅译，读来充满了诗歌别致的张力。像这样的例子在查良铮的翻译中比比皆是，他的诗歌气度开阔，用词匠心独具，因此他也被称作"中国新诗里最少用成语，套话的新颖的风格家"②。

  查良铮并不是唯一一位在这一时期成功的翻译家。经严格的组织、计划、审查、遴选而出的译者许多都能不负众望，产生富有艺术性的译诗。王佐良也是其中之一。以他翻译的彭斯的名作《不管那一套》(A Man's a Man for a' That)为例：

  A prince can mak a belted knight,
  A marquis, duke, an' a' that!
  But an honestman's aboon his might
  Guid faith, he mauna fa'that!
  For a' that, an' a' that,
  Their dignities, an'a' that,
  The pith o' sense an' pride o' worth,
  Are higher rank thana' that.
  Then let us praythat come it may,

---

① 周仪、罗平：《翻译与批评》，武汉：湖北教育出版社，1999年，第350页。
② 王佐良：《中国新诗中的现代主义——一个回顾》，《王佐良文集》，第234页。

As come it willfor a' that,
That Sense and Worth, o'er a' the earth,
Shall bear the gree, an'a' that!
For a' that, an' a' that,
It's comin yet for a' that,
That man to man, the world o'er,
Shall brithers befor a' that.

国王可以封官：
公侯伯子男一大套。
光明正大的人不受他管——
他也别梦想弄圈套！
管他们这一套那一套，
什么贵人的威仪那一套，
实实在在的真理，顶天立地的品格
才比什么爵位都高！
好吧，让我们来为明天祈祷，
不管怎么变化，明天一定会来到，
那时候真理和品格
将成为整个地球的荣耀！
管他们这一套那一套，
总有一天会来到：
那时候全世界所有人
都成了兄弟，不管他们那一套！①

在这首诗中，彭斯采用了民歌的形式和韵律，那"管他们这一套那一套"的盘旋往复，唱出了自己的民主思想，对统治阶级的嬉笑怒骂，对未来世界的坚强信心。口语的语言鲜明、强烈、活泼，渐渐高亢激昂，虚实结合，有力地加强了那种天不怕地不怕的革命者的乐观和豪放的调子。王

---

① 王佐良：《伟大的苏格兰人民诗人彭斯》，《世界文学》1959年第1期，第146页。

佐良的译文十分忠实于原作,同样声调铿锵,音律节奏韵律朗朗上口、自然和谐,表达工稳妥帖、干净利索,用词朴素清新,生动地再现了彭斯用随母乳以俱来的活的方言去写劳动人民生活的民歌风范,完美地实现了艺术性的翻译标准。

以上从查良铮和王佐良的译例来说明在十七年间的译诗要求和标准。作为语言的极致,诗比其他如散文、小说等题材多了一道麻烦,就是诗歌的韵脚、每行的字数或拍数、旋律、节奏和音乐性等等。在这段时期,译诗除功利化的政治束缚之外,要求以"信"——全面而充分的忠实为原则,以艺术化的翻译为标准,避免用词的一般化和庸俗化,少移用过度的欧化句式,少选用具有古雅意义的词汇与固定成语,以凝练自然的风格精确地传达原诗的形象,较为到位地再现原有的感人的力量。

3. 对各诗人的译介分述

布莱克

新中国成立后的五六十年代,布莱克在中国读者心目中是作为一个杰出的进步诗人的形象出现的。这着重是从思想方面对布莱克的高度肯定,尤其重视诗人作品中深刻的人民性思想、人道主义思想特别是革命的人道主义思想,以及现实主义的表现手法等等。

1955年《译文》10月号发表了英国评论家阿诺德·凯特尔的文章《过去文学的进步价值》。文中谈及布莱克的名诗"伦敦",说它揭露了英国社会的种种腐败和罪恶,表达了其对专制暴政的深恶痛绝,称该诗"是资产阶级社会的一幅丑恶图画,……它使我们更深刻了解资本主义的性质,引起我们的深切的愤怒,这样就把我们在精神方面组织起来,使我们更有力量参加摧毁资本主义的工作"[①]。

1956年中山大学编的《文史译丛》创刊号上登载了译自苏联大百科全书的《英国文学概要》之中,把布莱克看做是与反动势力对抗的民主作家。

1957年又适逢布莱克诞生二百周年,我国对布莱克的介绍和研究也

[①] 阿诺德·凯特尔:《过去文学的进步价值》,《译文》1955年第5期,第211页。

蓬勃展开。卞之琳的《谈威廉·布莱克的几首诗》和袁可嘉的《布莱克的诗》两篇文章先后发表。《中山大学学报(社会科学版)》1957年第3期刊载了戴镏龄的《论布莱克的"伦敦"》。

人民文学出版社也出版了《布莱克诗选》,收录了查良铮翻译的《诗的素描》、袁可嘉翻译的《天真之歌》、宋雪亭翻译的《经验之歌》和黄石雨等翻译的杂诗选、《断简残篇》和《嘉言选》。作为合译集,其译文风格不同是很明显的,但这却标志着布莱克——这位伟大诗人进入中国的一件大事记。卞之琳发表于7月号的《诗刊》的文章概括了我国对布莱克的接受情况。袁可嘉的长篇论文《布莱克的诗——威廉·布莱克诞生二百周年纪念》发表在1957年的《文学研究》,从思想层面论述了布莱克诗歌作品的先进性和局限性。

1959年出版的《英国文学史纲》中同样认为布莱克借助象征手法来表现他深刻的进步民主思想。

1960年《江海学刊》也发表了范存忠的文章《英国浪漫主义的先驱——威廉·布莱克》,这可以说是为中国介绍和研究布莱克的第二个高潮时期注入了强音。

1962年王佐良在评价布莱克的《伦敦》时,赞扬全诗"用生动的形象道出了那个处在法国革命与产业革命的激荡里的英国社会的全部灾难,从商业公司的霸占土地一直到妓女在街头诅咒,经济、政治、宗教、家庭的本质问题都给彻底掀了一个底,真是深刻得令人惊怖,无怪有人称它为'最有力量的小诗'了"[①]。

彭斯

在十七年期间,对彭斯的关注骤然升温。1950年,新群出版社于再版了由袁水拍翻译的彭斯诗集《我的心呀,在高原》(1941年初版,之后在1959年再版),随着1958年"民歌运动"的展开,对彭斯的研究变得愈加炙手可热。"在50年代的大规模新民歌运动中,这位苏格兰民歌的作者、保存者被视为同调,又恰逢他的200周年纪念来临,于是条件具备,对他

[①] 王佐良:《布莱克的"伦敦"一诗》,《英语学习》1962年第2期,第8页。

的翻译和研究达到一个新的高潮。"①1959年恰逢彭斯诞生200周年,上海文艺出版社出版了袁可嘉翻译的《彭斯诗钞》。同年,人民文学出版社出版了王佐良翻译的《彭斯诗选》。研究界也热情高涨,《世界文学》1959年1月号刊载王佐良的《伟大的苏格兰诗人彭斯》,《文学研究》1959年第2期刊载袁可嘉的《彭斯与民间歌谣——罗伯特·彭斯诞生二百周年纪念》,《南京大学学报》1959年第2期刊载范存忠的《苏格兰诗人罗伯特·彭斯—彭斯诞生二百周年纪念》,《西方语文》1959年第3卷第1期刊载英共名誉主席加拉赫(William Gallacher)的文章《罗伯特·彭斯:纪念苏格兰人民诗人彭斯诞生二百周年》。

1959年5月27日《光明日报》上发表了朱光潜的彭斯译诗,题为《农民诗人抗议的声音》,后收入朱光潜全集,用《彭斯诗三首》为题,在译诗之后的译后记里,译者特别指出挑选这三首诗翻译的原因:"大诗人在他的每一首诗里都会以他的全副精神出现,所以就是从这短短的三首诗里,我们可以体会出彭斯作为进步诗人的特殊面貌。在第一首《给拉卜勒克的信》里,彭斯在一百五六十年前就接触到我们今天所面临的问题:文学作品要凭书本知识还是凭实际劳动斗争的生活经验?彭斯的主张和他自己的范例都肯定了实际生活对于文学创作的重要。《哀歌》是一篇长诗,这里只选择其中一章。他对剥削制度的愤恨在每一行都流露出来了。第三首《向苏格兰人呼吁》是假想13世纪苏格兰民族英雄华莱斯和布鲁士为着民族解放,和英王爱德华进行战争时的一首战歌。"②

1961年,上海文艺出版社出版的苏联学者撰写的《18世纪外国文学史》中说道,这位马克思喜爱的诗人的作品"充满了战斗的进取精神……给予他同时代的英国贵族资产阶级以无情的嘲笑和批评。"③

拜伦

在十七年间,拜伦受到的关注和颂扬最多最广,并以其"战斗的民主

---

① 王佐良:《〈彭斯诗选〉序》,《王佐良文集》,第761页。
② 朱光潜,"农民诗人抗议的声音",1959年5月27日《光明日报》,转引自《朱光潜全集》第二十卷,合肥:安徽教育出版社,1992年,第309—310页。
③ 阿尔泰莫诺夫、格腊日丹斯卡雅:《18世纪外国文学史》,上海:上海文艺出版社,1961年,第23—24页。

精神和卓越的艺术技巧在读者中负有盛名"①。该时期中,在苏联、在新生的中国,他一直备受尊敬与喜爱。从1949年到1956年拜伦诗歌共出版发行了8种,除与雪莱的合集《小夜曲》(李岳南译,正风出版社,1945年初版)外,共有《海盗》、《科林斯的围攻》(杜秉正译,文化工作出版社)、《该隐》(杜秉正译,1950年文化工作出版社再版拜伦的1933年初版)、《曼弗雷德》(刘让言译,1955年)、《拜伦抒情诗》(查良铮译,平明出版社,1955年,署名"梁真")、《恰尔德哈罗尔德游记》(杨熙龄译,新文艺出版社,1956年)、《唐璜》(朱维基译,新文艺出版社,1956年),1959年上海文艺出版社又先后再版了这两个译本。

对拜伦译介的力度之大,数量之多使得他的诗歌被奉为经典,在当时的中国受到尊敬,讴歌与广泛的追随。在此时期,也出现了一系列拜伦的研究文章。

《文史哲》1956年第1期中刊登了伊瓦申科题为《18世纪末—19世纪初的英国浪漫主义文学思潮》的文章。文章提出以无产阶级为基本立场,在社会主义政治话语指导下,以二分法为辩证判断手段,对拜伦的作品进行庸俗社会学的阶级分析,忽略其中的艺术审美特性。

《北京大学学报》1956年第3期中杜秉正的文章《革命浪漫主义诗人拜伦的诗》是1949年后第一篇关于拜伦的研究文章。文章从拜伦创作诗歌的历史与社会环境入手,分析拜伦诗作中爱国精神和革命意识,文章也提到拜伦悲观忧郁的根源所在。

1957年"批判资产阶级运动"的狂风骤雨开始后,评论界对拜伦的态度也由晴转阴,从热情降至冰点。在拜伦诞辰170年纪念的1958年,王佐良在《文艺报》1958年第4期上发表了《读拜伦——为纪念拜伦诞生170周年而作》。除了赞美之外,在局限性上,对"拜伦式英雄"提出批评,并从社会批判深度的角度将雪莱放在高于拜伦的位置。"拜伦式英雄"成了后来批判拜伦的一个关键词。

《文史哲》1957年第9期刊登了陈鸣树的文章《鲁迅与拜伦》。文章分析了鲁迅早期文艺思想中所受的拜伦的影响以及这种影响在他一生的

---

① 袁可嘉:《欧美文学在中国》,《世界文学》1959年第8期,第26页。

战斗道路中所起的作用。

《世界文学》1960年第8期刊登了安旗所著的《试论拜伦诗歌中的叛逆性格》。文章从阶级性和历史性入手,分析拜伦身处的时代背景、阶级地位等,进而分析拜伦诗歌中"拜伦式英雄"对当时社会的价值和意义,指出了他们所具有的社会批判价值。

《文学评论》1961年第六期刊登的杨德华的《试论拜伦的忧郁》一文从拜伦生活的时代和他所处的阶级立场着手进行分析,批判了西方评论家对拜伦忧郁根源的唯心主义解释。

其后,袁可嘉在《光明日报》1964年7月12日刊发表了《拜伦和拜伦式英雄》。文章于《光明日报》1964年12月引来叶子的回应《究竟怎样看待"拜伦式英雄"——对"拜伦和拜伦式英雄"一文质疑》。两篇文章实质上均针对拜伦的个人英雄主义展开批评,唯后者措辞更为猛烈激进。

雪莱

雪莱是除拜伦之外,十七年间主要译介的革命浪漫主义诗人。除1950年与拜伦的合集《小夜曲》外,十七年间翻译的雪莱诗作有《希腊》(杨熙龄译,新文艺出版社,1957年)、《解放了的普罗密修斯》(邵洵美译,人民文学出版社,1957年)、《云雀》(查良铮译,人民文学出版社,1958年)、《雪莱抒情诗选》(查良铮译,人民文学出版社,1958年)、《伊斯兰的起义》(王科一译,上海文艺出版社,1962年)和《雪莱选集:钦契》(汤永宽译,上海文艺出版社,1962年)。

从十七年文艺话语的视角审视,相比于拜伦,雪莱站得更高,看得更远。他更偏重于革命者的气质,穷其一生不停地反叛和斗争。范存忠在《论拜伦与雪莱的创作中现实主义与浪漫主义相结合的问题》一文中引用苏联杰密希干的话说:"《麦布女王》有不少地方可以作为马克思和恩格斯的《共产党宣言》的极好的引证。"[①]《伊斯兰的起义》批判了时代的流行病变,通过君士坦丁堡的起义来说明革命的曲折过程。在当时读者心中"燃

---

① 范存忠:《论拜伦与雪莱的创作中现实主义与浪漫主义相结合的问题》,《文学评论》1962年第1期,第77页。

起对自由和正义的高贵热情,对美好事物的信心和希望。"①许国璋曾撰文评价雪莱的《云》:"这一首诗写的是云、雹、雨、雷电、月夜,但雪莱的成就决不只是将常见之景,点化入诗,如果如此,不管比喻如何美,音节多么醉人,还是一首平常的诗,虽然是好诗;不同的是:诗里蕴藏着一颗赤子之心,它充满着对生的爱好和信念,对世界的希冀;从这颗心里,迸发了对大自然生息周始的歌颂,也迸发了对专制暴君倒行逆施的憎恶。"②

济慈

50年代初,济慈的作品,与普希金、雪莱、拜伦、布莱克等人一齐属于被认可的世界文学遗产继承之列。但到了1954年,中国作家协会主席团第七次扩大会议通过的"文艺工作者政治理论和古典文学的参考书目"③中,"其他各国"部分共开列了67种,而得到文学界充分肯定的革命的、积极的浪漫主义代表——拜伦和雪莱的作品也列入其中。但济慈的名字并没有发现。这说明,随着主流意识形态的日益严苛,济慈已经渐渐偏离了被许可译介的轨道。

1958年,人民文学出版社仍出版了由查良铮译的《济慈诗选》。济慈的文学立场不如拜伦、雪莱那样富有革命性和政治性,但他的诗歌,也有一些充满了热爱生活、热爱人民的乐观情调,这也使得十七年中对他的译介成为可能。

第三节 影响:译诗与创作

十七年间在价值和审美一体化的政治要求下,译诗和创作的社会功能、语言形式和诗学规范等也呈现了惊人的趋同性。例如当时对拜伦的译介重现实意义,轻文学价值,集中关注他力抗社会,抗议封建阶级和资产阶级统治的丑恶和反人民的本质。而当时的新诗创作也同样反对脱离政治,脱离人民,要求划清无产阶级革命诗歌与资产阶级诗歌的界限。当

---

① 王科一:《伊斯兰的起义·序》,雪莱:《伊斯兰的起义》,王科一译,上海:上海文艺出版社,1962年。
② 许国璋:《雪莱的〈云〉》,《英语学习》1962年第3期,第11页。
③ 洪子诚:《中国当代文学史》,北京:北京大学出版社,1999年,第20页。

时中国的文学现实使得在诗歌译介和诗歌创作之间呈现了一种特殊的社会功利的需求和标准,在浪漫主义诗歌的参照系上,跟随政治的牵引和制衡,建立以我国的文化为基本出发点的诗歌话语体系。

1. 革命的抒情

新中国成立后,中国诗歌进一步发展,这时的国家形态虽然进入了和平建设的时期,但之前"战时文化"的思维模式,却一直沿袭下来,并愈演愈烈。这也从根本上左右了新诗的性质与发展。所谓的"战时文化",就是以一种激进而浪漫的形式来表达一种非私密性的同质的情感,也就是"诗应该和个人主义绝缘、决裂。诗和社会主义是密切相联的,诗和社会主义是同义语。有社会主义的地方就有诗。我们要到建设伟大的社会主义事业的人民群众中去汲取诗的源泉。"①

于是,无论诗歌创作还是诗歌译介,都与政治文化息息相关,都受着政治环境和社会思潮的左右。两者都要反映时代主潮,在预设的范围内确定自己的服务对象,这就更加深了两者之间相辅相成、互为因果的关系。十七年间许多的译者也同时承担着诗歌创作的特殊身份,使得英国浪漫主义诗歌观念更进一步本土化,从艺术理念、语言表达、文学价值等方面渐渐移植融入中国的诗歌创作体系,转化为中国读者逐渐认可和接受的艺术常态。

对于20世纪初期的中国,英国浪漫主义诗歌如同救世的苦药,为当时的中国文人们注入了创作的激情和勇气。中国浪漫派的创作诗歌,从语言形式到题材内容,均显露出英国浪漫主义诗歌的痕迹。这种英国浪漫主义诗歌的西学东渐,在建国后继续彰显,不仅再一次高扬了英国浪漫主义诗歌的审美价值,而且也丰富了中国现代诗歌的创作。

到了50年代,对外国诗歌的政治选择变得非常严格,西方现代主义的诗歌的介绍和翻译被排斥,而"浪漫主义诗歌运动加剧了中国新诗革命的'激情化'、'政治化'和'革命化'的极端,极大地从诗人的做人方式、写

---

① 袁水拍:《在中国作家协会第二次理事会会议(扩大)上的发言》,《文艺报》1956年5月6日。

作的姿态和抒写内容上影响了中国新诗诗人,刺激了他们的革命热情和青年天生的偏激情绪。"①英国浪漫主义诗歌中充满革命性抒情的篇章,就常常被用来激励了包括译者和作者在内的众多读者。1959年,袁可嘉在评论建国十年欧美文学在中国翻译的文章中对拜伦和雪莱的翻译做过这样的描述:"拜伦和雪莱以其战斗的民主精神和卓越的艺术技巧在读者中负有盛名,《拜伦抒情诗选》销行4万册以上。雪莱的瑰丽想象和优美情致特别感动读者。不少人背得出'冬天来了,春天还能远吗?'"②

在浪漫主义者看来,诗歌重在表现自我,崇尚自然,抒发情感。诗人首先被内在的感情所推动,之后再渐变为一种清晰、丰沛的思想观念。作为一次美学上的易帜更张,浪漫主义通过丰富的想象力,借助丰沛的意象,以隐喻、象征等抒情笔法来充分释放情感,表达诗人的情怀、向往与理想。

在十七年间,中国浪漫诗人继续受到英国浪漫主义诗风的影响,在诗歌创作中强烈表达自己带有革命特质的主观情感和主观态度,追求自然,抒发想象,崇尚理想。尤其是浪漫主义美学中的抒情性和想象力被当作艺术的主要力量,在诗人的创作中占据直接而明显的成分。诗作常常将人的生命赋予自然景物,在日常、普通的题材中绽放出丰富的情感和美妙的意境。以蔡其矫的诗歌《看海》为例:

> 每一次看到蓝色的大海,
> 我的感情都得到了更新,
> 好像太阳在落海浴洗后,
> 在更光明地向碧天上升。③

诗人描述了波澜壮阔的大海,也把自己的想象投射其中,如同太阳的浴海更新,诗人自己在光明中获得清新的力量和蓬勃的朝气。这种借自然万物抒情达意,通过想象与象征来表现真、美、善的笔法与雪莱、济慈、华兹华斯等如出一辙。蔡其矫自己曾说:"胸中燃烧着混合血肉和灵魂的

---

① 王柯:《百年新诗诗体建设研究》,上海:三联书店,2004年,第134页。
② 袁可嘉:《欧美文学在中国》,《世界文学》1959年第8期,第88页。
③ 蔡其矫:《看海》,《蔡其矫诗选》,北京:人民文学出版社,1997年,第27页。

感情,才产生诗。真情是诗的最大支柱。"①这与英国浪漫主义的诗风十分相似。雪莱的"西风"、济慈的"夜莺"、华兹华斯的"水仙",都在造化神工的大自然中追求精神的慰藉和精神的歌咏,给中国诗人们带来了创造性的灵感和力量。

若要提这时期英国浪漫主义诗歌对中国诗人的影响,便不得不提穆旦(查良铮)。关于新诗的重兴,他认为:"我们现在要文艺复兴的话,也得从翻译外国入手。"②

在十七年间查良铮向浪漫主义经典作品回归,翻译了大量拜伦、布莱克、雪莱等革命浪漫主义诗人的抒情作品,他在1955年翻译了《拜伦抒情诗选》。在1957、1958两年里,则相继翻译出版了《布莱克诗选》(与袁可嘉等合译,人民文学出版社,1957年8月)、《济慈诗选》、雪莱的《云雀》、《雪莱抒情诗选》(人民文学出版社,1958年)等。1963年,他开始翻译《唐璜》。而在1957年初"双百方针"提出之际,也就是相对宽松的文化时期,他连续在《诗刊》第二期上发表了长诗《葬歌》,在《人民日报》5月7日第八版发表了《九十九家争鸣记》,在《人民文学》第七期上发表了《问》、《我的叔父死了》、《去学习会》、《三门峡水利工程》、《"也许"和"一定"》、《美国怎样教育下一代》、《感恩节——可耻的债》七首诗。

诗歌创作与诗歌翻译这两种实践在查良铮身上,是一种你中有我、我中有你的关系,无法截然分开。诗歌创作的痕迹渗透在翻译的每一过程中,而他的翻译又对创作有着直接的影响。在英国浪漫主义诗人中,拜伦、雪莱、济慈等人对他都曾有过影响,其中,最为明显的是雪莱,雪莱的诗作里弥漫着浓厚的抒情气息,在《雪莱抒情诗选》的译本中查良铮就曾指出,在抒情诗的领域里,雪莱一直被公认为英国最伟大的抒情诗人之一。而他本人的诗歌创作开始于浪漫主义,他在诗歌中抒发自己的苦闷之意、勇敢之情、渴望之思。雪莱带有浓郁抒情气息的诗歌就为他提供了最直接的媒介。

---

① 蔡其矫:《追寻深海》,《蔡其矫诗歌回廊之八·诗的双轨》,福州:海峡文艺出版社,2002年,第70页。

② 穆旦:"1977年2月4日致杜运燮的信",《穆旦诗文集》第2卷,第149页。

先看一下雪莱的 A Lament 节选和查良铮的译文《哀歌》：

O World! O Life! O Time!
On whose last steps I climb,
Trembling at that where I had stood before;
When willreturn the glory of your prime?
No more—Oh, never more!

哦，世界！哦，时间！哦，生命！
我登上你们的最后一层，
不禁为我曾立足的地方颤抖；
你们几时能再光华鼎盛？
噢，永不再有，——永不再有！①

再看一下他在 1957 年创作的诗歌《三门峡水利工程有感》。诗歌歌颂重点工程建设，诗人在结尾禁不住内心的喜悦，直呼：

呵，我欢呼你，"科学"加上"仁爱"！
如今，这长远的浊流由你引导，
将化为晴朗的笑，而它那心窝
还要进出多少热电向生活祝祷！②

"呵，我欢呼你，'科学'加上'仁爱'！"抒情的语气和词汇的运用颇具欧化风格，与雪莱的感叹十分相似，使诗人对三峡工程的乐观态度得到直接而强烈的表达，引起读者的共鸣。

在浪漫主义诗歌里，也常可看到拟人化的词汇，使得诗歌语言绘声绘色，更为生动鲜明，体现了浪漫主义的富于幻想的精神。雪莱喜欢描写自然，爱把自然景物拟人化，或精灵化。如他的《西风颂》、《致云雀》都赋予了西风、云雀赋予了鲜活的生命，让这些原本没有生命的事物充满了人物的所思所感。看他的 To Jane: The Invitation（《给珍妮：一个邀请》）：

---

① 雪莱：《哀歌》，《雪莱抒情诗选》，查良铮译，第 155 页。
② 穆旦：《三门峡水利工程有感》，《穆旦诗文集》第 1 卷，第 308 页。

Reflection, you may come tomorrow
Sit by the fireside with Sorrow.
You with the unpaid bill, Despair,
You, tiresome verse-reciter, Care,

I will pay you in the grave,
Death will listen to your stave.
Expectation too, be off!
To-day is for itself enough;

Hope, in pity mock not woe
With Smiles, not follow where I go;
Long having lived onthe sweet food,
At length I find one moment's good
After long pain-with all your love,
This you never told me of.

"沉思"呵,你可在明日来访,
和"悲伤"一起坐在炉旁。
"绝望"呵,你的帐单还未付,
"忧烦"也别尽把诗歌朗读,——

我要在墓中再偿付你——
等"死亡"去聆听你的诗句。
还有"期望",你也快走路!
"今天"对自己已经够满足,

"希望"呵,不必老是嘲笑着
"灾难",也不必到处跟我;
我固然长久吃你的甜食,
但在长期痛苦后,我终于
找到了片刻幸福,这是你

虽然爱我,却从未提示的。①

(查良铮译)

在这首诗歌里,雪莱"沉思"、"悲伤"、"绝望"、"忧烦"、"希望"、"灾难"等等都进行了拟人化的处理,这样一来,整首诗歌读来亲切生动,别有韵味。在其他浪漫主义诗人中也可以见到这样的技法。布莱克在 To Spring 里把春天比作一位可爱的女性:

> O Thou with dewy locks, who lookest down
> Thro' the clear windows of the morning, turn
> Thine angel eyes upon our western isle,
> Which in full choir hails thy approach, O Spring!

> 哦,披着露湿的卷发,你探首
> 露出早春的明窗,往下凝视,
> 把你天使的目光投向我们吧,
> 这西方的岛屿在欢呼你,春天!②

(查良铮译)

在济慈的"Ode to a Nightingale"中,"青春苍白、削瘦、死亡",而"瘫痪"有几根白发在摇摆,而"美"保持不住明眸的光彩,"新生的爱情活不到明天就枯凋"。③

在穆旦(查良铮)的诗歌,这种拟人化的手法也很常见。以他写于 1957 年的《葬歌》为例:

> 但"回忆"拉住我的手,
> 她是"希望"底仇敌;
> 她有数不清的女儿,
> 其中"骄矜"最为美丽;
> "骄矜"本是我的眼睛,

---

① 雪莱:《给珍妮:一个邀请》,《雪莱抒情诗选》,查良铮译,第 174 页。
② 布莱克:《咏春》,《布莱克诗选》,查良铮等译,北京:人民文学出版社,1957 年,第 3 页。
③ 济慈:《夜莺颂》,《济慈诗选》,查良铮译,第 71 页。

我真能把她舍弃?

"哦,埋葬,埋葬,埋葬!"
"希望"又对我呼号:
"你看她那冷酷的心,
怎能再被她颠倒?
她会领你进入迷雾,
在雾中把我缩小。"

幸好"爱情"跑来援助,
"爱情"融化了"骄矜":
一座古老的牢狱,
呵,转瞬间片瓦无存;
但我心上还有"恐惧",
这是我慎重的母亲。①

诗人对诗中的众多概念"希望"、"回忆"、"骄矜"、"爱情"都进行了生动的拟人处理,和雪莱的 To Jane: The Invitation 非常相似。诗人和那些英国浪漫主义诗人一样,运用想象的力量,将诗歌的素材进行巧妙的再加工,使之成为新鲜而富有生命的意象,在强烈、真挚的抒情方式中,完成了对诗歌的创作。

这首诗在之后遭到了批判。《诗刊》1958 年第 8 期所刊李树尔的《穆旦的"葬歌"埋葬了什么?》,称"这首诗好像是'旧我'的葬歌,实际上却是资产阶级个人主义的颂歌。它的本质是宣扬资产阶级思想的坏作品。"②文章也批判了穆旦的拟人化手法,指这种含蓄的笔法企图混淆视听,穆旦抱有"修正主义的态度,一方面是对旧我看得太重了,温存倍至,恋恋不舍。另一方面是对新社会的距离太远了"③。

从穆旦在十七年间的创作实践中可以看到,十七年对译作者和诗人

---

① 穆旦:《葬歌》,《诗刊》1957 年第 1 期,第 34 页。
② 李树尔:《穆旦的"葬歌"埋葬了什么?》,《诗刊》1957 年第 5 期,第 96 页。
③ 李树尔:《穆旦的"葬歌"埋葬了什么?》,第 97 页。

的要求是何等的严苛。倘若要承担这份激情的使命,就必须严守着社会主义现实主义的理想和浪漫,来不得一点其他灰暗和晦涩。在政治文化的规约下,十七年间的诗歌,习惯于坦白无饰地表现自己的强烈感触,构建理想社会的政治激情。暴雨雷霆般的诗歌层出不穷,革命性的抒情持续不断,开拓了一片典型的新境。意识形态的一元化制约着诗歌的题材和主题,政治伦理与艺术创造以及对域外浪漫主义诗歌的借鉴糅合在一起,表现在诗歌的审美感情、艺术形式和语言运用等方面。

2. 新民歌运动

前一节中说到,十七年间的诗歌多与个人主义决裂,与社会主义密切相连,以激进而浪漫的形式来表达一种非私密性的同质的情感。频繁的政治运动使得个人抒情的空间日益狭小,诗歌越来越呈现出严重的非诗化、非艺术化的倾向,机械地呈现权力和革命话语的现实。

1957年起,新民歌运动兴起,这一当代诗坛的特别现象将诗歌的浪漫激情和政治抒发更为紧密地结合起来。诗人们以高度的政治敏感为时事和社会歌哭狂笑,表现的都是统一化和僵化的思想情感和技巧手法,彰显了当时文学功利浪漫主义的实质。《诗刊》第4期和第7期分别推出了"工人谈诗"和"战士谈诗"专辑。诗歌写作与政治、人民等话题捆绑在一起。在这两辑中,有工人指出:"'人民文学'发表的穆旦的'诗七首',看起来比天书还困难。""诗是为广大工农兵服务的,他们看不懂,那就可以怪诗人们的服务态度有问题。"[1]有位战士称:"有些人还是以写洋诗为荣,通篇充满了洋味。如果不写上一个中国名字,读者也许会当成是外国的译诗;有的诗晦涩难懂,读之不入口,听之不入耳,调子低沉情绪灰暗,听不到我们时代的声音,摸不到我们时代的脉搏,不知道抒发的是什么感情。像穆旦的诗。"[2]

但即便是穆旦这样受批判的诗人,在当时的作品中仍服从于社会意志,使自己的创作中民歌风范增加,如1957年他写了《去学习会》,把去学

---

[1] 《工人谈诗》,《诗刊》,1958年第4期,第60—61页。
[2] 《战士谈诗》,《诗刊》,1958年第7期,第59—60页。

习会这样一件日常小事与爱情联系起来,表达了心中有爱情的喜悦之情。

> 下午两点钟,有一个学习会。
> 我和小张,我们拿着书和笔记,
> 一路默默地向着会议室走去。
>
> 是春天呵!吹来了一阵熏风,
> 人的心都跳跃,迷醉而又扩张。
>
> 下午两点钟,有一个学习会:
> 阅读,谈话,争辩,微笑和焦急,
> 一屋子的烟雾出现在我的眼前。
>
> 多蓝的天呵!小鸟都在歌唱,
> 把爱情的欲望散播到心灵里。①

英国浪漫主义诗人写的爱情诗篇不胜枚举。雪莱、拜伦、济慈的诗中都有热烈的表达,穆旦的表述则更为含蓄。鉴于十七年间严格的政治形势,他对私密性个人化的爱情拔高,使之成为放之四海皆准的情感。他在《雪莱抒情诗选》的译序中谈出了对《爱底哲学》的独到见解:"两性爱不过是弥漫在宇宙中的爱情的一部分,是自然间的崇高精神的一种体现。男女的爱情应该扩展为人类的爱。"②政治形势的愈加紧张,革命化、民歌化的运动风潮一方面让他的诗歌更加平易、浅白,一方面也让爱情的主题充满了如同《去学习会》一样大爱和学习的主旨。

再以中国作家协会的机关刊物、新中国成立到"文革"结束以前最权威的诗歌刊物《诗刊》为例,从1958年第二期开始"关于鼓吹、介绍、评论大跃进民歌的文章,更是每期必发,于是,探讨'幻想'、'浪漫',大谈民歌无穷魅力的风气蔚然成风"③。之后第六期的10篇评论文章更全都是关于新民歌的。

从历史语境上看,这些诗歌的产生有着特定的文化缘由。当时,全国

---

① 穆旦:《去学习会》,《穆旦诗文集》第1卷,第379页。
② 查良铮:"译本序",雪莱:《雪莱抒情诗选》,查良铮译,第18页。
③ 程光炜:《中国当代诗歌史》,北京:中国人民大学出版社,2003年,第112页。

兴起搜集民歌的浪潮,毛泽东认为民歌是中国新诗的出路,于是人们投入到创作、收集民歌的运动之中。时任中国科学院院长、中国民间文艺研究会理事长、国务院科学规划委员会副主任等要职的郭沫若说:"六亿人民仿佛都是诗人,创造力的大解放就像火山爆发,气势磅礴,空前未有。"①而历任中共中央宣传部副部长、文化部副部长等要职的周扬认为新民歌"开拓了民歌发展的新纪元,同时也开拓了我国诗歌的新纪元"②。这些权威的声音确立了新民歌运动作为当时主旋律的基调。

蓬勃的民歌运动也从英国浪漫主义诗风中汲取营养。彭斯便是其中的代表。作为18世纪末19世纪初劳动人民自己的诗人,彭斯代表着对统治阶级御用文人所写的英文的厌恶。他的诗歌生根在劳动人民之中,从劳动人民的智慧和热情中吸收营养,抒写了劳动人民思想感情,而伴随着精炼的口语体文字,他的大部分作品也都有着强烈的节奏感和音乐性。他与劳动人民的密切关系使得他备受民歌运动的关注。王佐良在《伟大的苏格兰人民诗人彭斯》一文中盛赞彭斯的诗歌,说:"他写的是劳动人民所关心的题材,而且用的也是劳动人民所喜闻乐见的方式。"③王佐良还以译诗《两只狗》、《不管那一套》等为例,更加说明诗歌的力量以及现实主义的艺术成就,都来自于穷苦人民的生活。

1959年正值新民歌运动的高峰时期,王佐良的这篇文章和译诗三首先是见刊于《世界文学》1959年第一期,后又全文转载于《新华半月刊》1959年的第13期。此外,在2003年8月河南人民出版社出版的《刘炳善译文集Ⅰ:伦敦的叫卖声》中,收录了两首刘炳善于1957年3月"尝试着用我国民歌的风格来译"④的彭斯歌谣,分别为《吹声口哨我就去》和《紫丁香》。在《外语教学与研究》1959年第1期上发表了北京外国语学院英文系二年级八班集体所写的《罗伯特·彭斯》。《文学评论》第二期上刊登了袁可嘉所写的《彭斯与民间歌谣——罗伯特·彭斯诞生二百周年纪念》,文中指出:

---

① 郭沫若:《"大跃进之歌"序》,《诗刊》1958年第7期,第87页。
② 周扬:《新民歌开拓了诗歌发展的新道路》,《红旗》1958年创刊号。
③ 王佐良:《伟大的苏格兰人民诗人彭斯》,第148页。
④ 刘炳善:《刘炳善译文集Ⅰ:伦敦的叫卖声》,洛阳:河南人民出版社,2003年,第307页。

彭斯对本民族歌谣传统热爱、重视而又不盲目迷信的精神,值得我们注意。他以全付精力来收集歌谣,记录歌曲,一方面吸收旧歌谣在思想和艺术上的种种优点,一方面创造性地进行改编和加工,不断刷新旧作的内容,提高它俩的艺术质量。他的工作所以能够获得如此出色的成就首先还因为他熟悉劳动人民的思想感情,他在民间文学上所下的踏实工夫,他有一定的古典文学和音乐修养。他对于苏格兰歌谣规律的用心研究,以及由此得来的一些结论——歌谣必须单纯、富于音乐性、表现民族风格;充分利用歌谣的重唱句和合唱句,学习砚实主义的描写手法等等—更大有参考的价值。他在吸收歌谣精华丰富自己创作方面的卓越成就对我国今天的诗歌工作者更有鼓舞和借鉴的作用。①

该刊的《编后记》中特别注解了这位诗人与民歌的关系:"为了纪念世界文化名人苏格兰诗人罗伯特·彭斯诞生二百周年,我们发表了袁可嘉的《彭斯与民间歌谣》,对这位杰出的诗人与民歌的关系作了一些阐述。这对我们今天讨论民歌问题,似有所启发。"②在《诗刊》1959年第五期也刊登了王佐良所译的几首《彭斯诗抄》,紧接其后,就是杨子敏的另外一篇文章《罗伯特彭斯——伟大的人民诗人》;《文学知识》1959年第5期上刊登了袁可嘉的《彭斯的诗歌》;在《新港》的第6月期上刊登了南星的《略谈彭斯的诗歌技巧》。《学术月刊》1959年第七期上"学术动态"一栏刊登了《上海外文学会作协上海分会纪念世界三大文化名人》,其中一位就是彭斯,文中也同样高度赞扬了彭斯的农民出身、诗歌中淳朴的人民情感和质朴的人民语言。

甚嚣尘上的新民歌运动恰好有了彭斯的诗歌两相配合,做了权力话语的良好武器。中国广大的读者们在当时特殊的时代语境下,特别了解和欣赏这位劳动人民的诗人。《诗刊》第五期中除了对彭斯诗歌的译介之外,所列诗歌均为民歌:《锦绣河山换新装》(民歌20首)、郭小川的《雾中》

---

① 袁可嘉:《彭斯与民间歌谣——罗伯特·彭斯诞生二百周年纪念》,《文学评论》,1959年第2期,第54页。

② "编后记",《文学评论》1959年第2期,第126页。

（长诗《将军三部曲》第二部）、贺宜的《儿童诗三首》、张茂秋的《小医生》、金近的《妈妈的故事》、刘饶民的《农村孩子的歌》、袁水拍的《讽刺诗两篇》、丁芒的《南岛赋》、李晓白的《向毛主席汇报》、李海沧的《天安门广场一瞥》、兰曼的《在鲁迅故乡》、柯炽的《罗盘·工地》、刘文玉的《菜花十里香》等等，不一而足。可以看到，这些诗歌和译介的彭斯诗歌一样，都是叙事体的民歌，叙人民群众火热的生活，叙建国十年来的伟大成就，主题唯一化，诗歌的情感类型、表现手法和艺术风格等均较为雷同。

民歌的被推崇和被拔高，从表面上看，似乎只是诗歌语言的改变，表现形式的改变，但是实际上，逼使诗歌全部回到本土方言文学的范式里，重新回到人民群众的生活中去，归根到底是意识形态的普泛化策略。王佐良的评论可以总结此阶段对于彭斯的认识：

> 在一般资产阶级文学史家的笔下，彭斯不过是一个"先浪漫主义者"，一个写过几首情诗的乡下诗人，他们所推崇的总是一些文人诗人，例如，华滋华斯。这当中有严重的资产阶级偏见，需要我们来清除。彭斯是英国最伟大的诗人之一，然而他的重要性被资产阶级学者大大低估了。只有我们社会主义国家的人民才能自豪地说我们能够正确地认识彭斯作品的伟大与丰富。在民歌与粮食一样丰收的我国，彭斯根据民歌写成的诗会获得无数真正的知音。他虽然是一个出生在200年前的苏格兰诗人，但是由于它来自劳动人民，又依靠民间文学的滋养，出色地写出了当时劳动人民的生活和思想感情，他同我们现在的距离也就比英国文学史上任何别的著名诗人都要近些了。①

新民歌运动的推进、对彭斯的推崇，使诗逐渐成为浅薄生活的摹写。民歌单一化的普及使得文学欠缺不同形态的文化的撞击所激发的活力，使诗人的艺术观念、表现方法等简单重复，使得诗歌沦为意识形态的虚假的浮夸的传声筒。

总体而言，十七年间，政治体制操控着诗人和翻译家的活动，从文学

---

① 王佐良：《伟大的苏格兰人民诗人彭斯》，第152页。

作品的生产、翻译、传播、接受每一环节无不受制其中。写诗虽应是个人化的话语实践，但在十七年里，个人和个性被无限压缩，无论是翻译方式，还是创作方式均约束于时代语境以及整个时代的文学生产机制。换言之，特定时代的文学体制决定了这个时代总体性的创作格局、传播取向乃至阅读趣味。

具体到浪漫主义，在译介向"文以载道"的传统回复过程中，浪漫主义诗歌的译介和本土诗歌的创作，无论在艺术构思、语言运用、表现方法等方面，都朝着相同的审美范式靠拢，文学的趋同性、单一性越来越严重。随着政治斗争的增级，诗歌的译介最终被纳入强规范场中，形成了一种封闭、稳态的既定模式。十七年时期高声呐喊的激情借着诗歌译介原原本本地再现出来。

第五章 新时期的"审美"与"人性"

在新中国成立后十七年到"文革"这段时期内,对英国浪漫主义诗歌的翻译和评介被庸俗社会学化。僵化的批评方法、机械的思维方式,使翻译文学的研究陷入政治功用化的狭窄空间中,不仅没有延续新文化运动中丰富而生动的发展,反而走向了单向的、孤立的、绝对化的价值评判的道路。

"四人帮"粉碎之后,随着思想解放运动的大幕拉开,文学艺术的创作、诠释与批评渐渐获得了充分的自主空间。研究者从不同的学术视角,对文学事实进行了不同的理解和解释,这样翻译研究的空间和维度也大为扩大,不再紧跟政治的单一风向的变化而变化。文学还原成一个复杂多元的动态网络,理性、形式、结构等恒定因素和感情、内容、灵感等变量糅合在一起,为文学研究提供了宽阔、活跃的研究平台。人们开始从各个方面、视角、层次去剖视、考察、评判各种文学现象。

在这种宽容开放的语境下,对英国浪漫主义诗歌的翻译呈现了丰富而活跃的局面。研究空间大大拓展,研究方法革新多样,价值判断人言言殊,渐渐而彻底地摆脱了政治化的独断态度和个人独语。

第一节 语境:去政治化与审美属性

"文革"结束后,当代文学重获了生机。主流意识形态摈弃了"文艺为政治服务"的政策,文学不再是政治意识形态的传声筒,不再与政治构成最为显性的关系,而是开始重新获得应有的独立性,重新修复以"人"为核心的新文学体系,重新回归文学本源的审美属性。在本节中,将分别讲述政治疏离和审美凸显的发展历程。

1. 政治的疏离

"新时期"是对从 1976 年粉碎"四人帮",尤其是从 1978 年 12 月中国共产党十一届三中全会起,开始解放思想、改革开放的三十多年来的总称。邓小平在 1979 年首用"新时期"这个词,他在 1979 年发表过题为《新时期的统一战线和人民政协的任务》一文,之后这个词在各领域内广泛使用。

新时期的开始意味着告别前十年的"文革"时期,也意味着终结极左意识形态对人们思想的控制。这种告别与终结并非一蹴而就,而是充满了痛定思痛的反思和展望。

十七年时期,在以"政治标准第一,艺术标准第二"为纲要的诗学规范操纵下,文学与政治之间出现了极为密切的亲缘关系。到"文革"时期,文学无不以政治教科书的面目出现,"三突出"①这一创作原则的发明,更使文学彻底沦为政治的工具。在这段时期,"艺术家和作家的许多行为和表现(比如他们对'老百姓'和'资产者'的矛盾态度)只有参照权力场才能得到解释,在权力场内部文学场(等等)自身占据了被统治地位。"②

1978 年拉开了思想解放运动的序幕。5 月,《光明日报》发表署名"特别评论员"的文章《实践是检验真理的唯一标准》,引发全国性的思想大讨论;12 月,中共中央召开十一届三中全会,提出"开动机器,解放思想,实事求是,团结一致向前看"的政治方针。"以经济建设为中心"的政治路线取代了"以阶级斗争为纲"的错误路线。在这股思想解放的浪潮中,文学界也开始反思,文学与政治之间应该是什么关系?文艺是从属于政治,还是要消弭文艺对政治的从属关系?文艺是阶级斗争的工具,还是文艺可以相对独立于政治?

---

① 即"在所有人物中突出正面人物;在正面人物中突出英雄人物;在英雄人物中突出主要英雄人物。"上海京剧团《智取威虎山》剧组:《努力塑造无产阶级英雄人物的光辉形象——对塑造杨子荣等英雄形象的一些体会》,原载《红旗》杂志 1969 年第 11 期,转引自谢冕、洪子诚主编:《中国当代文学史料选(1948—1975)》,北京:北京大学出版社,1995 年,第 731 页。

② 皮埃尔·布迪厄:《艺术的法则——文学场的生成和结构》,刘晖译,北京:中央编译出版社,2001 年,第 263 页。

1979年,《上海文学》第4期以"评论员"为署名,发表了《为文艺正名——驳"文艺是阶级斗争的工具"说》一文,指出"文艺是阶级斗争的工具"说,是造成文艺公式化概念化的原因之一。"如果我们把'文艺是阶级斗争的工具'作为文艺的基本定义,那就会抹煞生活是文艺的源泉,就会忽视文艺的多样性和丰富性,就会仅仅根据'阶级斗争'的需要对创作的题材与文艺的样式作出不适当的限制与规定,就会不利于题材、体裁的多样化和百花齐放。"① 随后,《上海文学》在第6期至第11期开辟了"《为文艺正名》的讨论"专栏。从《上海文学》这个专栏起,文艺是否从属政治这一根本问题在全国范围内引发了大讨论,针锋相对,莫衷一是。

1979年10月,邓小平《在中国文学艺术工作者第四次代表大会的祝词》中说:"党对文艺工作的领导,不是发号施令,不是要求文学艺术从属于临时的、具体的、直接的政治任务","写什么和怎样写,只能由文艺家在艺术实践中去探索和逐步求得解决。在这方面,不要横加干涉。"②

随后不久,邓小平又在《目前的形势与任务》(1980年1月16日)中说:"不继续提文艺从属于政治这样的口号,因为这个口号容易成为对文艺横加干涉的理论根据,长期的实践证明它对文艺的发展利少害多。这当然不是说文艺可以脱离政治。文艺是不可能脱离政治的。任何进步的、革命的文艺工作者都不能不考虑作品的社会影响,不能不考虑人民的利益、国家的利益、党的利益。"③

这段话从根本上为文学的发展开辟了广阔的道路。不少优秀文章之后相继发表在相关期刊上,如曹廷华的《"文艺从属于政治"是不科学的命题》(《文艺研究》1980年第3期),林焕平的《文艺为社会主义服务》(《文艺研究》1980年第3期),王春元的《"文艺为政治服务"是个错误的口号》(《文艺理论研究》1980年第3期),邹贤敏、周勃的《文艺的歧路》(《新文艺论丛》1980年第3期),等等。

1980年7月26日《人民日报》发表了《文艺为人民服务,为社会主义

---

① 《为文艺正名——驳"文艺是阶级斗争的工具"说》,《上海文学》1979年第4期,第6页。
② 邓小平:《邓小平论文艺》,北京:人民文学出版社,1989年,第9—10页。
③ 同上书,第108页。

服务》的社论,正式以"文艺为人民服务、为社会主义服务"的口号取代"文艺从属于政治"、"文艺为政治服务"的口号,这从根本上厘清了文学与政治之间的关系。文艺获得了相对独立性,虽不脱离政治,但不再是政治的附庸,这成为80年代诗学与政治之间关系的基调。

但要注意的是,政治虽放松对文艺的操控,但并非全盘与文艺脱离。80年代,政治对文艺创作中的思想倾向一直保持警惕,而政治与文艺的论争也始终存在。新时期伊始之际,文学依然生存在政治化了的时代语境之中,政治依旧对文学强力驾驭、长侵直入,决定文学的题材、主题选择、表现形式等等。以著名美学家朱光潜为例,他在1979年发表了《上层建筑和意识形态之间关系的质疑》,检讨"文学是上层建筑的一部分"[①]这一观点,以期为文艺争取相对独立的地位。但在1982年5月6日,中宣部召开的纪念毛主席《讲话》发表四十周年座谈会上,朱光潜批评了文学与政治之间的背离:"自从人类社会以来就有了阶级,也就有了阶级斗争,有了政治,而且在任何阶级统治下,政治标准也都是第一,这是毛泽东思想和马列主义谆谆教导过我们的历史事实……我说讳言阶级斗争和政治的现象值得警惕,这是有鉴于斯大林过早地宣布苏联在一九三五年已不存在阶级,从那时以来苏联的政局演变的事实都已证明斯大林的错误,我们应当引以为戒。难道阶级斗争就那么不好听,'文艺为人民服务'就比'文艺为政治服务'听起来较悦耳些吗?"[②]

文学与政治之间的关系无法消弭,意识形态或隐或显总是影响着文学创作、文学传播与文学思考。法国社会学家皮埃尔·布迪厄(Pierre Bourdieu)对此曾有过鞭辟入里的阐述:"理解艺术作品,就是理解某个社会集团特有的世界观,艺术家可能就是依照或顺应这个社会集团构造他的作品,作品无论是隐名的还是公开的,是原因还是结果,或两者兼而有之,都在某种程度上通过艺术家表现出来。"[③]简言之,理解文学,也就是要理解特定社会形态里的政治倾向。具体到80年代,便是文学得到一定

[①] 朱光潜:《上层建筑和意识形态之间关系的质疑》,《华中师院学报》1979年第1期。其后,朱光潜又发表了《研究美学史的观点和方法》一文,参见《文学评论》1981年第1期。
[②] 朱光潜:《怀感激心情重温讲话》,《朱光潜自传》,南京:江苏文艺出版社,1998年,第252页。
[③] 皮埃尔·布迪厄:《艺术的法则——文学场的生成和结构》,第244页。

程度的松绑,但仍离不了政治的控制和影响。

一方面,文学开始努力背离政治的极权操控;另一方面,政治或隐或显地影响对文学的控制。文学与政治之间的这种纠结与疏离便是80年代意识形态和诗学关系的写照。

2. 审美的凸显

80年代中期以后,随着诗学观念的革新,"文学是人学"的命题得到了重新的认同和尊重。这一观念始发于高尔基,1957年钱谷融在《论"文学是人学"》一文中对这一思想进行了阐发,认为在文学创作中,"一切都以人来对待人,以心来接触心"。"人"是文学的中心、核心,"文学是人学"。[①] 该文在十七年间和之后的"文革"时期一直受到批判。1978年初,朱光潜从外国文艺切入,在《社会科学战线》上发表了《文艺复兴至19世纪西方资产阶级文学家艺术家有关人道主义、人性论的言论概述》,引发了人性、人道主义的大讨论。1983年,时任中宣部副部长的周扬在中央党校的有关人道主义的讲话引起强烈反响。是年,有关人性、人道主义的讨论文章多达700余篇。

与此同时,文学界提出了"文学主体性"[②]的观点。1985年《文学评论》第6期和1986年第1期,刘再复发表了论文《论文学的主体性》,强调我们的文学研究应当应当肯定人性、人道主义,尊重人的主体价值,把人作为主人翁来思考,把人的主体性作为中心来思考。这一主旨的提出,"标志着在文艺理论上被动的、自卑的、消极反映论统治的结束,一个审美主体觉醒的历史阶段已经开始。这不是低层次经验的复苏,而是理论上的自觉。"[③]从而也进一步推翻了"文艺从属于政治"的观念,文学与政治的关系更为疏离,庸俗社会学的种种弊端得到了反思,中国长期以来固守

---

① 钱谷融:《论"文学是人学"》,《文艺月报》1957年5月,转引自方兢:《中国当代文学理论潮流三十年1949—1978》,北京:中国文联出版社,2004年,第238页。

② 80年代中期,刘再复发表了《论文学主体性》《文学评论》1985年第6期、1986年第1期)一文,引发了文学界关于"文学主体性"的讨论。

③ 孙绍振:《论实践主体性、精神主体性、和审美主体性》,《文学评论》1987年第1期,第59页。

的诗学规范受到了颠覆,文学迎来了巨大的变革与发展。

在这种渐渐宽容自由的文学与社会语境下,"审美"这一概念渐渐凸显。其实早在70年代末和80年代初,文学界就开始借用美学的观念。1979年李泽厚在《形象思维再续谈》中写道,文学是"一种强大的审美感染力量。审美包含认识理解成分或因素,但决不能归结于等同于认识"①。在这里,文学作为单纯审美的力量被强调,其政治意识形态化的运用被搁在一旁,集中于对社会生活的审美反映,以喜、怒、哀、乐的各种情感体验来反映人生。

80年代后渐渐兴起的文学观点,对于文学审美功能的强调和认定批判了建国之后日益左倾的文学政治工具论,超越了长期统治文学界的"文艺从属于政治"的论断。不过,文学与政治的疏离、审美功能的凸显,并非意味着文学仅有着纯粹艺术和美学上的意义,并非彻底割裂了文学所具有的政治、道德教化的功用,事实上,一个超然物外的纯文学的世界并不存在。正如阿尔都塞所说:"(文学作品)不考虑到它和意识形态之间的特殊关系,即它的直接的和不可避免的意识形态效果,就不可能按它的特殊审美存在来思考艺术作品。"②

社会意识形态的无法回避使得纯粹文学的存在如同幻境。文学的审美特性需要通过社会的价值体系和社会结构进行认定,而这些价值结构体系本身就与社会意识形态密切相关。1987年钱中文教授发表了题为《文学是审美意识形态》的论文,将文学确认为一种审美意识形态:"文学作为审美的意识形态,以情感为中心,但它是感情和思想的认识的结合;……它是有目的的,但又具有不以实利为目的的无目的性;它具有社会性,但又具有广泛的全人类的审美意识的形态。"③审美意识形态化的确认指明了文学与意识形态的关系,同时更强调了审美性才是文学的本质属性。

---

① 李泽厚:《形象思维再续谈》,《美学论集》,上海:上海文艺出版社,1980年,第559页。
② 阿尔都塞:《抽象画家克勒莫尼尼》,见《西方马克思主义美学文选》,陆梅林、陈燊译,桂林:漓江出版社,1988年,第537页。
③ 钱中文:《文学是审美意识形态》,《新理性精神文学论》,武汉:华中师范大学出版社,2000年,第136页。

进入到90年代之后,改革开放的深入和市场经济的运行使得经济、社会迅速发展,文学的价值和功用呈现出活跃而繁荣的态势。王敖在译著《读诗的艺术》序中所说的诗歌状况,同样适用于文学:

> 诗歌在太多的时候被比喻成其他东西:时代的声音,文化的触须,政治的鼓点,民族的心跳,性别的面具,道德的盾牌。这并不是诗的损失,而是它拥有强大影响力的表现,是诗让类似的比喻成为可能。①

文学研究也进一步开放,从社会学、心理学、美学、符号学、解释学、文体学、叙事学、语言学、比较文论、文化学的各种视角切入到对文学的审读与批评之中。

另外,市场经济的运行使得金钱至上的观念泛滥,文学中求真、求善、求美的价值观念受到了低俗化的挑战,人文精神面临着失落与消弭的危机。《上海文学》1993年第6期上发表了王晓明等人的《旷野上的废墟——文学和人文精神的危机》,引发了一系列有关人文精神危机、人文精神的内涵和人文精神重建等问题的讨论。讨论中呼唤重建人文精神,呼吁在物质主义、商业主义和科技主义盛行的社会语境下,重新确立文学的意义,重回对人的关注、对人性的关注,对文学的审美价值和精神价值的关注。

自新时期伊始,经过十余年的努力,中国建设了相对独立自主的文艺学学科,从方法论的探求,经过文学主体性问题的论争,到文学审美性的凸显,文学审美意识形态论的提出,颠覆了给文学创作和文学批评带来公式主义的"文艺从属于政治"的口号。对英国浪漫主义诗歌的翻译和研究在这种宽容、自由的语境下,拥有了更为积极的生存空间,以反思和批判意识,构成了新的精神和方法,展现了崭新的诠释、解读和翻译面貌。

---

① 王敖:"序",哈罗德·布鲁姆等著:《读诗的艺术》,南京:南京大学出版社,2010年,第1页。

第二节 译介:拨乱反正与回归文本

自晚清以降,经新中国成立后十七年,至"文革"期间,对文学的翻译和构建往往从政治视角出发。对比 1956 年出版和 1982 年再版的《中国诗歌发展讲话》中关于"新诗"内容的论述,清晰可见两文在文学立场上的差异:

在 1982 年再版的《王瑶全集》卷二《中国诗歌发展讲话》的"新诗(上)"这一章中,其中的一段论述如下:

> 后期的"新月派"和"现代派"都是党所领导的左翼革命文学运动相对垒的资产阶级文学流派,他们对于新诗艺术建设有新的探索,同时对于新诗的健康发展也起了一些阻碍的作用。革命文学阵营对这些倾向坚持了必要的斗争……

在该书"编者注"中,则写道:"以上各节关于新月派与现代派诗人介绍,1982 年版比 1956 年初版有所扩充,评价也有所变化,如'他们对于新诗艺术建设有新的探索'一句初版本无,初版本称之为'反动倾向',1982 年版删去。"①

1956 年强调的诸如"反动倾向"的批判性词语在 1982 年的版本中不见踪影。这说明 1982 年,在思想解放的春风照拂下,文学的评判体系以及历史书写者的文化心理发生了变化,虽未脱尽意识形态控制的烙印,但政治的统治和标准渐渐让位于文学自身的审美属性。对于英国浪漫主义诗歌的翻译也回归到诗歌的本体之上。

1. 浪漫主义的拨乱反正

"一旦文学发现自身出现危机,它就会有意识或下意识地寻求一条出路——外国的作家才能真正有所作为。"②经历了"文革"的十年动乱,中

---

① 王瑶:《王瑶全集》卷二,石家庄:河北教育出版社,2000 年,第 243、247 页。
② 卢卡契:《卢卡契文学论文集》第 2 卷,北京:中国社会科学出版社,1981 年,第 453 页。

国文学处于暴戾之后的一片废墟之中。要在这片蛮荒的废墟中重新生长起来,就需要再次将目光转向了外国文学,借此再次更新文学模式和文学内容。因此,在"文革"结束后,外国文学界的首要任务,就是清理极左思潮的影响,重新评估外国文学,扩充翻译选择的空间。在这种环境下,来自西方国家的原著占了主流地位①,这与十七年间大量翻译苏联、东欧以及其他社会主义国家作家的作品形成鲜明对照。

1978年11月,全国外国文学研究工作规划会在广州召开,这是1949年以来中国的外国文学研究界的第一次盛会。会议提出,应实事求是地评价外国文学作品。"对于外国作家,只要他在一定程度上批判了资本主义社会,艺术上有可取的,值得借鉴之处,就应介绍。"②会议标志着"文革"结束后,我国外国文学研究已开始进入实事求是的拨乱反正阶段。

随着拨乱反正的逐步展开,文学理论与文学创作中存在的各种错误观念逐步得到纠正。在新时期内多本文学史,如陈嘉编《英国文学史》和刘炳善编《英国文学简史》中仍旧突出了积极与消极的界限。但政治与文学的渐渐疏离使得不少人开始意识到文学批评不应变成政治鉴定,作家的政治立场不能简单地移入对作品的价值判断,对浪漫主义诗歌"积极"与"消极"的分野也开始有了重新的思考。人们也开始重新对浪漫主义进行认真、客观的审视。在1978年的会议上,杨周翰认为以往长时期把浪漫主义分为积极和消极这两种对立的倾向过于武断,具体事物应该具体分析,那样一种粗线条的概括不符合实际情况。

在许多西方学者看来,虽然浪漫主义诗歌复杂多维,诗人性情各异,但其中并未有"积极"与"消极"一说,如英国学者 Barnard 所著"A Short History of English Literature (2nd Edition)"中仅有"浪漫主义"这一总括的概念,并未加以细分。前苏联文学理论家们也早就对浪漫主义的两分法提出质疑。1980年第3期《俄罗斯文学》刊载了尼·柯·古梁那夫和依·沃·卡尔特肖娃的《浪漫主义在形成批判现实主义中的作用》一文

---

① 陈久仁:《中国学术译著总目提要(1978—1987)·社会科学卷》,长春:吉林教育出版社,1994年,第1页。

② 《全国外国文学研究工作规划会议在广州召开》,《外国文学研究》1979年第1期。

指出:"浪漫主义流派的理论家和作家历史地解决了正是18世纪启蒙主义者提出的那个任务。因此,把浪漫主义看成是民主的启蒙运动的对立面是毫无根据的。虽然这些现象远非在一切方面都是一致的,但是对压迫人的封建的生活形式持批判态度,他们则是完全一致的。"并特别指出"早期浪漫主义就是保卫人的一切真正精神的东西,使它不受生活中封建原则的畸形影响。"①这里的早期浪漫主义指的就是区别于拜伦、雪莱等的湖畔派诗人。对积极、消极两分法的否定,对湖畔派的肯定都表明了对浪漫主义诗歌意义的多元关照。

对浪漫主义机械、教条的两分法被推翻,浪漫主义文学得到了重新的判断。1982年出版的《中国大百科全书·外国文学》否定了苏联将浪漫主义文学划分为积极浪漫主义和消极浪漫主义的人本主义分法,认为对浪漫主义的认定应从文学本体的内涵来决定。该书"浪漫主义"的词条中仔细追溯了浪漫主义的发展历程、时代背景和本体特征,既充分肯定了浪漫主义文学的卓然成就,也指出浪漫主义文学本身的复杂内容。这说明对文学流派的评价已经回归到对于文学风格、文学特征以及美学思想的鉴定,而不再仅是政治及意识形态的判断和考核。

在1993年的《浪漫主义导论》一书中,对浪漫主义文学的成长环境和气质属性有如下解释:

> 浪漫派文学面对的欧美现实是:由于一次历史的振奋和随之而来的理想的破灭,人们要求摆脱桎梏,获得自由;人们向往理想,寻觅精神归宿。这样,19世纪初的文学史,伴随着那一代人的激扬和沉寂,愤怒与忧郁,它是欧美社会的生活史和情感史。②

从这段表述文字中可见,文学自我的主体性得到了认同,诗歌的审美反映得到了尊重。文学批评不再单一化、程式化,落入庸俗的意识形态鉴定的窠臼。

对浪漫主义两分法的重新审定给英国浪漫主义诗歌带来了翻译与研

---

① 《外国文学学刊》第二辑,西安:陕西省外国文学学会,1983年,第90页。
② 王田葵:《浪漫派导论》,武汉:武汉大学出版社,1993年,第7页。

究的新气象。以往,政治思想斗争是研究的主要依据,文学的审美功能和审美标准被推至可以忽略的位置,许多作家及作品被批判、遭禁止,文学史出现了单调而片面的困境。现在目光重新转回经典的美学价值,把文学性纳入诗歌翻译的重要研究范畴。有感于前一阶段译介研究的狭隘与局限,这阶段对于诗歌经典的描述与阐释也逐渐脱离单一的阶级革命至上、进步性与落后性对抗的功用化语言叙事模式,各种现代西方文学研究的新成果被尽可能深入、广泛地运用到对诗歌的解析之中。

另一方面,20世纪初期起,浪漫主义诗歌狂飙突进的反抗压迫的叙事线索建立起来。到了80年代后期,开始逐渐向"如何展现人性与审美"这条线索转移。英国浪漫主义诗歌强调人的"个性"张扬、追求"自我"、宣泄情感,而对于"审美"与"人性"的回归成为此阶段翻译与评介的新纲领。如在1988年出版的《英国诗选》的序言中,王佐良写道:

> 把一个外国的诗歌通过一个选本介绍给我国读者,是在向他们展现这个国家里最敏感的人的体验、见闻、思想、情绪、想象力、文才。不只是赤裸裸的灵魂,而是经过加工的艺术品。……通过翻译,也通过日益增加的别处的人阅读英文原诗,英国诗也一直在影响着别国的诗。特别是十六七世纪的诗剧、19世纪的浪漫派、20世纪的现代派,其影响更是世界性的。而且这种影响不是一时的或一次性的,常有过去的作家、作品被重新发现或重新认识,例如近年来对于布莱克和济慈的新的重视就早已超出英语国家的范围,在我们中国也有了波澜。[①]

过去以抗争为主线,强调其政治意识形态性,往往使论述显得单调、片面,忽略了浪漫主义诗歌所要展现的重要内容和精神价值。而"审美"与"人性"的复归,是译介研究的新方向,它在重构诗歌经典的同时,重新发觉其关于"人性"的内涵,使之更为接近浪漫主义诗歌的本真意义。在这段序言中,完全不见前几个时期中常见的政治性、革命性等字眼和意蕴,这正是新时期的一个普遍现象,也可作为诗歌回归文本的审美属性的

---

① 王佐良:"译本序",《英国诗选》,1988年。

一个佐证。

2. 从计划性走向市场性

经历了"文革"的十年浩劫之后,从1976年10月起,思想和文化开始解冻,大量外国名著重新翻印,标志着新时期的春风开始吹拂。根据相关资料,1978年一年共计有57158部译本出版,有人称之为"翻译爆炸"[①]。

特别值得一提的是,随着政治上"拨乱反正",打破禁忌,解放思想,中断已久的"三套丛书"开始重新运作。"三套丛书"即"外国文学名著丛书"、"外国文艺理论丛书"和"马克思主义文艺理论丛书"的简称。1958年,时任中宣部长的陆定一提出,为了学习借鉴世界文学的优秀遗产,提高我国青年作家的艺术修养和创作水平,满足人民的文化需求,提高人民的文化素质,繁荣社会主义的文学艺术,需要编选一套外国古典文学名著丛书,并责成中国科学院文学研究所主持这项工作。1966年"文革"开始,出版工作被迫中断。1978年5月,中宣部批准恢复"三套丛书"的出版工作,外国文学的译介工作步入常轨。人民文学出版社与上海译文出版社联合恢复这一庞大的出版选题。将"翻译出版当代外国文学中优秀的、有代表性的著作"视为"首要任务"[②]。这套丛书的出版原则是:主要编译世界各国古代、中世纪、近代和现代的重要文学名著,以供外国文学的研究和教学等工作参考用。丛书的选材以有代表性、有重大影响或有较高学术价值者为主。

40年间,丛书共出版"外国文学名著丛书"145种,"马克思主义文艺理论丛书"11种,"外国文艺理论丛书"19种。如此大规模、系统性、计划化地对外国文学和理论著作译介在我国是空前的创举。"丛书"不仅规模宏大,而且选题精当,代表了当时中国外国文学研究界的最高水平。各书译者是经丛书编委会和工作组从全国的翻译界中慎重研究确定的、学风严谨的一流翻译家。译作既有旧译新订,又有全新复译,还有国内首译,

---

① 安娜利洛娃:《翻译爆炸》,载《信使》中文版1983年9月号。
② 中国出版工作者协会编:《中国出版年鉴·1981年卷》,北京:商务印书馆,1982年,第263页。

既忠实于原文,又保持原作风格,均堪称当时最高水平的译品。另外,每本书正文之前都有一篇权威的"译者序",既介绍作者的创作概况,又对此书做出综合评价。

在这套丛书中,对英国浪漫主义诗歌的翻译和研究共有如下几本:

《彭斯诗选》,王佐良译,人民文学出版社,1985年,14000册

《唐璜》,查良铮译,王佐良注,人民文学出版社,1985年,31500册

《雪莱抒情诗选》,查良铮译,人民文学出版社,1987年,19500册(多次重印)

《英国诗选》,王佐良译,上海译文出版社,1988年,3800册

从"三套丛书"的出版可以看出,在80年代前期,出于意识形态方面的考虑,刊物和书籍的选题、出版、盈亏都由国家统一筹划、组织负责。尤要指出的是,在这套经典名著中,所选译的诗人为彭斯、拜伦、雪莱,这与这套丛书始编于1958年大有关系。这三位诗人都在十七年间大受褒扬,因此在当时选题过程中受到了相当的重视。而直到1988年出版的《英国诗选》中才有布莱克、华兹华斯、柯勒律治等其他诗人的身影。

在这个过程中,对湖畔派诗人的拨乱反正,十分值得关注。在1978年11月全国外国文学研究工作规划会上,杨周翰特别提到了华兹华斯,认为对他的评价要一分为二,说:"他固然害怕雅各宾专政,脱离了斗争,但拿破仑的侵略战争,也是使他失望的一个原因。"[①]之后,许多学者撰文,认为虽要对华兹华斯早期与法国大革命的联系及其宗教思想持保留态度,但不应抹杀华兹华斯的诗作与诗论在英国文学史上的重要作用。据人大复印资料《外国文学》(1979—1985)论文目录统计,以及河北师院、上海教院、上海社科《外国文学研究论文资料索引1978—1985》统计,共计有13篇文章为华兹华斯昭雪,其中比较重要的论文有1980年郑敏载于《北京师大学报社科版》的《英国浪漫主义大诗人华兹华斯的再评价》,同年王佐良载于《外国文学研究集刊》第二辑中的《英国浪漫主义诗歌的

---

① 杨周翰:《关于提高外国文学史编写质量的几个问题》,《外国文学研究集刊》第2辑,1980年,北京:中国社会科学出版社,第5页。

兴起》,1981年赵瑞蕻载于《南京大学学报》的《读华兹华斯名作花鸟诗各一首》。这三篇极有分量的论文均对华兹华斯的诗歌的艺术成就做了细致深刻的高度评价,推翻了之前极左思潮下对湖畔派诗歌作为消极浪漫主义的界分。这以后,人们对华兹华斯的认识和评价开始扭转,回归到诗歌文本上,以客观的眼光重新审视和接受这位浪漫主义诗人。

所以,即使没有被收录入"三套丛书",《华兹华斯抒情诗选》仍由当时外国文学的权威出版社——上海译文出版社于1986年11月首次出版,这是黄杲炘根据企鹅丛书1977年版的 William Wordsworth Poems(《威廉·华兹华斯诗歌》)译出的,该译本还附有万字的译者前言和华兹华斯生平简表,为读者较全面地理解华兹华斯其人其诗提供了很好的指南。

新时期以来,对英国浪漫主义诗歌的翻译多由人民文学出版社、上海译文出版社组织,邀请名家、大家翻译,如查良铮、袁可嘉、王佐良,译笔精美,译风严谨,译作大多影响深远。查良铮在1953—1958年间翻译了多种英国浪漫主义诗歌,他翻译《唐璜》历时11年之久,"文革"中译稿全失,他则利用在"干校"的艰难岁月,重新将《唐璜》翻译并注释了出来,这部巨著被王佐良誉为不逊于原文的完美长诗,而他的诗歌被推崇为"白话以来最值得阅读的"[①]。而翻译《彭斯诗选》、《英国诗选》的王佐良在上世纪五六十年代,与许国璋、吴景荣曾被誉为新中国的"三大英语权威",他在1994年所编著的《英国浪漫主义诗歌史》获"北京市第三届哲社成果一等奖",1995编著的《英国诗史》获"教委首届人文社科优秀成果一等奖"。1995年与周珏良联合主编的《英国20世纪文学史》获"全国高等学校出版社第二届优秀学术专著奖特等奖"。而在十七年时期开始活跃译坛的江枫、杨德豫、黄杲炘、屠岸等译者更是译作频出,成为新时期英国浪漫主义诗歌翻译的新领军人物。如杨德豫翻译的《华兹华斯抒情诗选》获第一届全国优秀文学翻译彩虹奖、屠岸译的《济慈诗选》获第二届全国优秀文学翻译彩虹奖,江枫的《雪莱诗选》出版后,立即得到艾青、臧克家等大诗人的喜爱,卞之琳也给予很高的评价。1995年,江枫获我国首次设立的彩虹文学翻译终身成就奖。

---

① 风筝蓝:《一本诗集的出版前后》,《出版参考》2007年第22期,第17页。

沿袭自十七年时期的翻译工作计划化和组织化充分保证了对英国浪漫主义诗歌翻译的质量，国家的统筹也使得各出版社不必考虑经济效益问题。但随着改革开放步伐的加快，市场经济渐渐成为主导模式，到了1983年底，有关部门发布文件，规定除个别文学刊物外，其余均自负盈亏①。这样一来，翻译出版的市场化运作渐渐显现，翻译"赞助人"的角色开始增强。到了80年代中后期，政治意识形态对文学翻译的控制趋于宽松，文学翻译选择的范围越来越广，对英国浪漫主义诗歌的翻译和出版社也从上海译文和人民文学这两家扩展到多家出版社。如四川人民出版社、湖南人民出版社、重庆出版社、西北大学出版社、中国对外翻译出版公司、湖南文艺出版社、河南人民出版社、哈尔滨出版社、商务印书馆、译林出版社、武汉大学出版社、上海科技教育出版社、海南出版社、四川人民出版社、上海科学技术出版社、天津教育出版社、青岛出版社、陕西师范大学出版社、南开大学出版社、江苏人民出版社、漓江出版社等等众多出版机构均先后出版了个人诗集或诗歌合集，翻译、介绍、研究英国浪漫主义诗人的诗作。

市场经济的运作给诗歌的翻译带来了蓬勃的活力，但随之而来的是翻译质量的良莠不齐。《书与人》1994年第3期上刊载了季羡林的文章《翻译的危机》，指出新时期以来翻译质量问题令人担忧。有优秀的文学翻译著作，也有很多粗制滥造的低劣之作。翻译界的危机主要来自"下等的翻译工作，中等也可能沾点边"②。2004年11月，在中国译协第五届全国理事会期间，业界人士对我国的翻译质量的参差不齐深感忧虑，感叹我国只是一个"翻译大国"，而不是一个"翻译强国"③。孙致礼在2008年的《中国翻译》上特别著文《新时期我国英美文学翻译水平之我见》也指出这一事实。

商业社会的发展使得图书市场泥沙俱下，鱼龙混杂。本世纪初，《光明日报》曾以"构建与世界的通道"为主题，组稿对翻译质量问题展开讨

---

① 洪子诚：《中国当代文学史》，第239页。
② 季羡林：《翻译的危机》，《新化文摘》1994年第8期，第199页。
③ 李景端：《听季羡林先生谈翻译》，《光明日报》2005年2月22日。

论,并曝光了某些出版社劣质翻译的实例。有些所谓的名著新译,不过是对旧译的剪切粘贴,改写拼凑,"低劣译作与优秀译作的数量大致持平,也占全部译作的四分之一。鉴于新时期已出版了数千种英语文学译作,四分之一的比例自然就构成了一个大数字,比新中国成立后十七年出版的英语文学译作总数还要多许多,因而给人以低劣译本'泛滥成灾'的感觉,这在一定程度上损害了新时期文学翻译的名声。"①

除了劣译之外,诗歌翻译市场的萎缩也是值得关注的现象。80年代国人争读外国诗歌,湖南人民出版社的"诗苑译林"多达72种,漓江出版社的"域外诗丛"多达11种,人民文学出版社、上海译文出版社、重庆出版社、江苏人民出版社等出版社也出版了大量译诗集。诗集印数也相当大,如江枫译的《雪莱诗选》1980年初版,1988年第2版第8次印刷,全部印数多达384,250册,可是到了90年代外国诗歌的翻译盛况不再,出版市场极度缩减。

此外,相比之前大多省略原文,直接将译文呈现给读者的做法,90年代之后的译本更多关注了全球化趋势之下,本土读者普遍提高的外语水平,关注语言层面的技巧转换和审美体现。译本既不能忽略原语这一本源,又要以目的语为依归,反映目的语语言与文学特征,"可接受性"和"充分性"并重的翻译规范既体现了全球化文化背景下外国文学的地位,又体现了本土文学兼容并蓄的姿态。这一变化尤其体现在双语对照本的陆续编印与出版。1990年4月,杜承南、罗义蕴选译的《英美名诗选读(英汉对照)》在"内容简介"中指出"迄今为止,我国还没有一本英汉对照并附有注释、简析的诗选,以便广大青年读者既欣赏了原作、又学习了诗歌的翻译技巧,同时还提高对外国优秀诗作的理解与欣赏水平,有鉴于此,我们不揣浅陋,乐于进行这样的尝试,以期达到一石三鸟的目的。"②1993年8月,黄杲炘选译的《英语爱情诗一百首》在"前言"中说:"迄今为止,国内多数读者看到的外国爱情诗专集,大多是译文而非原作。现在,具有相当英语水平又希望直接阅读原作的人越来越多。在此情况下,如能提供一本

---

① 孙致礼:《新时期我国英美文学翻译水平之我见》,《中国翻译》2008年第2期,第50页。
② 杜承南、罗义蕴:"内容简介",《英美名诗选读》,重庆:重庆出版社,1990年。

英汉对照的《英语爱情诗一百首》,也许有助于进一步引起读者对英语诗或翻译诗的兴趣。"①双语对照版本的风行也从一个侧面表明进入90年代之后,随着全球化的发展,翻译文学渐渐摆脱过去次要、边缘的地位,大大地促进了多元文化格局的形成。

3. 格律为体的翻译策略

现代白话汉语虽然发展历程较短,走过一个不成熟、不规范、"欧化"痕迹较重的阶段,但是这些诗人兼翻译家却努力将现代汉语修炼得具有"现代敏感性"。"作为对传统的回应,它要努力消除古典诗歌和汉语语汇背后淤结而成的文化重负,伸张汉语语汇对现代观念和现代情感的表达能力;作为对意识形态化语言的抗拒,它又要消解现代诗歌语言背后的政治霸权,恢复语言表达的自由化、生活化的特征。"②三四十年代,现代汉语开始趋向成熟,翻译的语言日臻老练,开始具有现代质感,"欧化"的别扭也渐渐调和于中国的语言现实中。五六十年代,众多优秀诗歌翻译作品在现代汉语基本圆熟的背景下进一步克服"欧化"的缺点以及吸纳其优点,充分显示出翻译中的现代敏感。尽管六七十年代甚嚣尘上的政治语言令现代汉语呈现出相当程度的思维僵化和语言苍白,但是50年代对诗歌翻译的缜密、细致、精准还是沿袭了下来。

到80年代,尽管新诗潮已然兴起,年轻的新诗诗人们逐渐摒弃现代格律诗体,但在诗歌翻译中仍是呈现以格律诗诗体为主的潮流,这表明了外国诗歌的"格律化翻译"对中国新诗构建的影响。翻译家余振在"三套丛书"中的《莱蒙托夫诗选》译本序中道出了当时外国诗歌翻译家普遍遵循"译诗要讲究格律"的观念:"莱蒙托夫是一个用很严格的俄罗斯'格律诗'体写诗的诗人。为了传达原作的格律,我最初翻译莱蒙托夫的时候,采用了我们前辈诗人们已经用过的中国的'格律诗'体。……总认为前辈诗人这样的做法是应当学习的。这样翻译虽然不敢说已把原诗的格律介

---

① 黄杲炘:"前言",《英语爱情诗一百首》,北京:中国对外翻译出版公司,1993年,第v页。
② 马俊华:《引进与还原——当前诗歌写作的两个语言路向》,《诗探索》,2000年第1—2辑,第283页。

绍过来,但起码可以使读者知道原诗不是象我们的自由诗似的自由诗。"①

在诗歌翻译中对格律的重视主要体现在对诗所呈现的音乐形式的重视上。"诗歌中能够打开读者想象之窗的部分不会因为翻译成外国语而逊色;那娱人听觉的部分却只能传达给阅读原文的人。"②在多姿的语言中,整齐而富有规则的音韵、节拍能传递一种音乐般的美感。很多浪漫主义原诗本身就具有格律、韵脚、节拍,虽然对音乐性的复制是诗歌翻译中最难的地方,但是,对原作的尊重要求这些译者尽量去复制诗歌的格律。冰心也曾谈到过诗歌翻译中格律的问题。1983年10月12日,冰心应《当代外国文学翻译百家谈》之约,写了《我也谈谈翻译》一文。她在文中提出以诗译诗的观念:"我只敢翻译散文诗或小说,而不敢译诗。我总觉得诗是一种音乐性很强的文学形式。我在美国留学的时候,听过好几门诗歌的课。有许多英美诗人的作品,都是我喜爱的。如莎士比亚、雪莱、拜伦等。当老师在台上朗诵的时候,那抑扬顿挫的铿锵音节,总使我低回神往,但是这些诗句我用汉文译了出来,即使是不失原意,那音乐性就都没有了。我一直认为译诗是一种卖力不讨好的工作,若不是为了辞不掉的'任务',我是不敢尝试的。"③

虽然艰难,但是译诗讲求格律,是长期以来翻译家们的共识。从20世纪50年代中期到70年代末期,现代格律诗始终是中国诗坛的流行诗体甚至主导诗体。译者在翻译外国诗歌,特别是翻译古典主义和浪漫主义诗歌时受到了格律诗的长期影响,形成了写诗要讲究相对的格律的共识。前面说到,改革开放初期,英国浪漫主义诗歌的主要翻译者都是大家、名家,如查良铮、袁可嘉、王佐良、江枫、杨德豫、黄杲炘、屠岸等。这些著名译者对原诗精神、诗体的尊重也成为50年代到80年代现代格律诗在诗歌翻译界几乎形成垄断诗体的重要原因之一。王佐良所提出的"雅

---

① 莱蒙托夫:《莱蒙托夫诗选》,余振译,上海:上海译文出版社,1980年,第27页。
② 庞德:《回顾》,《西方现代诗论》,杨匡汉、刘福春编,广州:花城出版社,1988年,第65页。
③ 冰心:《我也谈谈翻译》,《冰心全集》,福州:海峡文艺出版社,1994年,第408页。

俗如之、深浅如之、口气如之、文体如之"①的译论,便是十分精到的总结。所以格律为体,以诗译诗,就成为众多译者的翻译策略。以节选自江枫译雪莱的《致云雀》(*To a Skylark*)的第一节为例:

> Hail to thee, blithe spirit!
> Bird thou never wert,
> That from heaven, or near it,
> Pourest thy full heart,
> In profuse strains of unpremeditated art.

> 你好啊,欢乐的精灵!
> 你似乎从不是飞禽,
> 从天堂或天堂的邻近,
> 以酣畅淋漓的乐音,
> 不事雕琢的艺术,倾吐你的衷心。②

在译文中,江枫用了"灵"、"禽"、"近"、"音"、"心"这五个字作为每个诗行的结尾,韵脚一致,前四诗行字数十分均齐,朗朗上口,在整齐之中形成可诵的音乐美。江枫在谈及翻译雪莱诗歌时说:

> 我希望,我的译诗能忠实传达雪莱的意境,是雪莱诗符合汉语新诗规律的再现,应该力求形神兼似。对于神似的理解,……无非是指忠实传达或再现原作以涵意为核心的意象、情致、气势和神韵之类。而形和神不可分割,当一首诗由一种语言译为另一种语言时,实际上所产生的已是另一首诗。译者的忠实,只在于力求其与原作相近似,尽可能保存可保存的原作之形,应该有助于尽可能忠实地再现原作之神,所以,我以为,在以现代汉语译雪莱时,甚至造词造句也应尽可能贴近原文,但要避免呆板、滞涩,对原诗格律,也尽可能采纳汉语诗歌可接受的部分:建行、分节都可以保持原状;脚韵,甚至行内韵,也应尽可能依照原作安排,但是当照搬有损于内容的表达时,又不必易

---

① 王佐良:《翻译:思考与试笔》,北京:外语教学与研究出版社,1989年,第3页。
② 雪莱:《致云雀》,江枫译,王佐良编:《英国诗选》,第355页。

词就韵,因词害意。①

可见,以格律为体一直是江枫的原则,他一直努力使译诗体向着整饬的方向走,但并不迷恋形式的绝对整齐,不刻板地照搬原作韵式,而是在一定的格律之下,去创造自然的音韵效果,以形似来圆满对神似的追求。

再以卞之琳译华兹华斯的《孤独的割麦女》(*The Solitary Reaper*)的第一节为例:

> Behold her, single in the field
> You solitary Highland Lass!
> Reaping and singing by herself,
> Stop here, or gently pass!
> Alone she cuts and binds the grain,
> And sings a melancholy strain;
> O listen! For the Vale profound
> Is overflowing with the sound.

> 看她,在田里独自一个,
> 那个苏格兰高原的少女!
> 独自在收割,独自在唱歌;
> 停住吧,或者悄悄走过去!
> 她独自割麦,又把它捆好,
> 唱着一只忧郁的曲调;
> 听啊! 整个深邃的谷地
> 都有着一片歌声在洋溢。②

在卞之琳的译文中,每个诗行的末尾个字分别为"个"、"女"、"歌"、"去"、"好"、"调"、"地"、"溢",押 ababccdd 的尾韵,与原诗的韵式完全一样,而行内中间的"独自在收割"、"停住吧"、"听啊"等几处也分别实现了行内

---

① 江枫:《译诗,应该力求形神皆似——〈雪莱诗选〉译后追记》,《外国文学研究》1982年第2期。
② 华兹华斯:《孤独的割麦女》,卞之琳译,王佐良编:《英国诗选》,第253页。

韵,可以每行诗不在行尾僵死,而下一行又重新实现有节奏的起伏,在开头回到高点,合上起伏的节拍。全诗全无翻译的痕迹,音韵整齐自然,声律袅袅,回旋往复,音乐感极强,与要表达的情感相得益彰,可堪化境。

在翻译浪漫主义诗歌这种从韵律上组织起来的语言时,翻译家们除了注意音韵的整齐、诗行节拍的节奏之外,还注意了语言的清新感,让译诗体现出了雪莱所要求的:"从世界上面取掉那熟悉的面网,使那裸体而又沉睡着的美完全地显露出来,这种美就是一切形式的灵魂。"①

再看华兹华斯《丁登寺旁》("Lines Composed a Few Miles above Tintern Abbey"),两种中译本的节选如下:

> And I have felt
> A presence that disturbs me with the joy
> Of elevated thoughts;a sense sublime
> Of something far more deeply interfused,
> Whose dwelling is the light of setting suns,
> And the round ocean, and the living air,
> And the blue sky,and in the mind of man,
> A motion and a spirit,that impels
> All thinking things,all objects of all thought,
> And rolls through all things.

> 我感到,
> 高尚思想带来的欢乐扰动了
> 我的心;这是一种绝妙的感觉——
> 感到落日的余辉、广袤的海洋、
> 新鲜的空气和蔚蓝色的天空。
> 和人心这些事物中总有什么
> 已经远为深刻地融合在一起,

---

① 雪莱:《诗辨》,《爱与美的礼赞—雪莱散文集》,徐文惠译,上海:三联书店,1989年,第227页。

是一种动力和精神,激励一切
有思想的事物和思想的对象
并贯穿于一切事物之中。①
(黄杲炘译)

我感到
有物令我惊起,它带来了
崇高思想的欢乐,一种超脱之感,
像是有高度融合的东西
来自落日的余辉,
来自大洋和清新的空气,
来自蓝天和人的心灵,
一种动力,一种精神,推动
一切有思想的东西,一切思想的对象,
穿过一切东西而运行。②
(王佐良译)

"a sense sublime / Of something far more deeply interfused, / Whose dwelling is the light of setting suns"这一句诗写出了消逝中的永恒,被丁尼生誉为英语中最雄伟的诗行。王译用词简约,充满具象,"雄伟"和"消逝中的永恒"之感并存,再现了原诗质朴中见雄浑的神髓。在黄译虽结构工整,但原诗中"presence"一词消失不见,在其他地方的措辞如"绝妙(sublimb)"、"激励(impel)"等等缺乏诗歌语言的新鲜度和表现力,而在黄译中"广袤的海洋"、"蔚蓝色的天空"用词冗余,失之空泛,给人累赘无力之感,正如庞德所说:"不用多余的词,不用不揭示内容的形容词。不用类似'朦胧的宁静之乡'这样的词语。"③具体事物同抽象概念混在一

---

① 华兹华斯:《诗行:记重游葳河沿岸之行》,黄杲炘译:《华兹华斯抒情诗选》,上海:上海译文出版社,1986年,第79页。
② 王佐良译:《丁登寺旁》,王佐良编:《英国诗选》,第261—262页。
③ 庞德:《回顾》,杨匡汉、刘福春编:《西方现代诗论》,广州:花城出版社,1988年,第63页。

起,没有充分运用自然意象的象征功能,使得诗歌要呈现的形象失之生动,为之减色。

两相对比,可以看出,译诗的差异巨大。王佐良的译文十分重视原诗的诗行排列和停顿节拍,排比、押韵等手法的运用,使得诗行长短错落、节奏明快,明白晓畅,寓整齐于变化,充满轻快的乐感。黄杲炘的译文则更专注于意义的流畅充足,在译诗的"形"上将原诗重新排列,节拍删去,行文如同散文式长句,语言成熟,不似王译整饬简洁,失了清新的感受。

值得一提的是,黄杲炘本人也是译坛上另一位坚持以格律为体的诗歌翻译家。他的一些诗论和研究心得收在著作《从柔巴依到坎特伯雷——英语诗汉译研究》之中,而他的个人译诗,包括《英国抒情诗100首》(1986)、《英国抒情诗选》(1997)等,都在努力实现"匀称"、"句的均齐"的诗学主张,从字数到韵式都追求格律的谨严。他在翻译这首诗时,同样也尽量关注到了字句的均齐,但是语句之间缺乏诗歌的张力,充满了散文化的松散和平淡。虽然也有人说:"最好的诗中最有趣味的部分的语言也完全是那写得很好的散文的语言。"[①]但是,诗成为极具优美而富有感染力的语言,确实具有散文所无法企及的质感,这与诗歌的韵脚、节拍、诗行格式、用词分寸是分不开的。在翻译中,由于词义和语言力量的丢失,译者一方面需要寻求一种新鲜的表达方式,一种更生动妥帖、更有创造力的语言,一种最具个性化的体验来远离陈词滥调。另一方面,也要像雪莱认为的那样,要用与原诗同样的形式来译,打开诗思,才算对得起原作者。毕竟,诗歌咏叹情趣,单靠文字意义不够,其情感最直接的表现在于声音节奏。抑扬顿挫、连绵起伏的音乐性可以弥补文字所不能表现的情调,并为文字增添诗歌独有的诗意和韵味。

再以查良铮为例来看看以格律为体的精彩演绎。杜运燮评价查良铮"既能深刻理解欣赏外国诗歌,又能较好地表达原诗的内容和形式"[②]。查良铮翻译的拜伦诗歌在韵式上与原文本接近,八行一诗节,每行多为五个音步,二、四、六行一韵,七、八行一韵,一、三、五行则顺其自然,不勉强凑

---

① 刘若端著:《19世纪英国诗人论诗》,第10页。
② 杜运燮:《怀穆旦》,《读书》1981年第8期。

韵。以他所译的《唐璜》为例。《唐璜》是拜伦的代表作,充满了诗人对现世的嘲讽,诗风粗犷不羁、俏皮多智,诗歌手法绚丽多姿。这首长诗为意大利八行体,诗节是五音步抑扬格,韵式为 abababcc。在拜伦的笔下,这一诗体被运用到了极致,"他调和了两者而采用了一种新的讽刺模拟诗体,它毫无拘束,充满幻想,惯用高潮突降法和怪诞不协调的事物,这些都在八行体中得到充分包容"①。而查良铮的译诗是一部几与原作媲美的文学译本,长达一万六千多行的诗读来自然和谐。"译者的一支能适应各种变化的诗笔,译者的白话体诗歌语言,译者对诗歌女神的脾气的熟悉,译者定要在文学上继续有所建树的决心——这一切都体现在这个译本中。"②

《唐璜》是查良铮的晚年译作,那时他的译笔已至圆熟,早已摆脱欧化的生涩和文言的矫情,语言、句法均再现八行体韵诗的口语风格,自然、妥帖、传神,而该诗体末两行诗句的倒顶点(anti-climax)在译文中也同样力透纸背,或引人深思,或令人莞尔。如

第一章第三十八节:

> He learned the arts of riding, fencing, gunnery,
> And how to scale a fortress——or a nunnery.

> 骑马,击剑,射击,他已样样熟练,
> 还会爬墙翻越碉堡——或者尼庵。③

第十四章八十六节:

> She loved her lord or thought so, but that love
> Cost her an effort, which is a sad toil,
> The stone of Sisyphus, if once we move
> Our feelings 'gainst the nature of the soil.
> She had nothing to complain of or reprove,

---

① 乔治·桑普森:《简明剑桥英国文学史》,刘玉麟译,上海:上海外语教育出版社,1987年。
② 王佐良:《翻译:思考与试笔》,第 65 页。
③ 拜伦:《唐璜》,查良铮译,北京:人民文学出版社,1980 年,第 29 页。

> Nobickering, no connubial turmoil;
> There union was a model to behold,
> Serene and noble, conjugal, but cold.
>
> 她爱她的夫君,至少自觉如此;
> 但那种爱情是她有意的努力,
> 好象推石上山,凡是感情逆着
> 本性而为时,那总是一种苦役。
> 但夫妇间没有吵嘴或者风波,
> 她没有什么可以抱怨或挑剔;
> 他们的结合使大家无不称颂,
> 又安恬又高贵——只是有些冰冷。①

此处节选的两小段中可窥见查译的精彩所在,不仅八行韵诗体末两句的倒顶点神形兼备,而且整个诗体形体整饬,音韵和谐,现代汉语难以像文言诗那样四方工整,但他的译文却在自然地起承转合中完成了从内容到诗体的转译,对于"字的轻重和力量的感觉,对于章法作用的深沉的,几乎有机的占有,对于形式的连贯,对于文章各种单位的运用和对于那组成文章的意象之安排的审美力"②,均做到了极致,真正实现了王佐良所说的翻译标准:"一切照原作,雅俗如之,深浅如之,口气如之,文体如之"。

但是到了80年代中后期,不讲韵律的口语诗、自白诗等不定型的自由诗体渐渐成为诗歌创作的主流,现代格律诗等定型诗体全面走向衰落。许多生活在自由诗盛行时代的诗人,反对新诗的诗体定型,认为翻译采用的"格律诗体"严重滞后于诗坛流行的"自由体"。他们在创作中有意识地打破格律,采用自由诗体,也因此否定翻译诗,不愿意读翻译诗,甚至由于译诗几乎采用的都是格律诗体,而因此提出要把那些英语诗歌全部重新翻译。

虽然这股反对格律为体的浪潮来势汹涌,但是在译诗方面,遵从格律

---

① 拜伦:《唐璜》,查良铮译,第793页。
② 梁宗岱:《诗与真·诗与真二集》,北京:外国文学出版社,1984年,第186页。

仍然是,也一直是主导性的诗歌翻译观。文学语言在重建秩序的过程中,急需吸收外来的精髓;而同时,中国深厚的文学传统使得新生的语言带有着一种音韵的质感和典雅的情调。对于格律的要求,能够在译诗中很好地建设一种新的语言范式,使得中文富有质感和深度。在1992年出版的《雪莱抒情小诗》序中,译者吴笛说:

> 作为译者,我所追求的,就是最小限度地丧失或最大限度地保存诗之所以为诗的东西,力图以诗歌本文所提供的信息为依据,用准确、流畅、凝练、较为贴近读者的语言,最大可能地传达原诗的形式和内容。做到神形兼顾。原诗格律自由,译诗则不求严谨,原诗格律严谨,译诗则力求严谨,表现原诗的形式,传达诗歌形式的语言载荷。如雪莱的《西风颂》一诗,每一节十四行诗都是采用但丁《神曲》式的连锁韵,其韵式为:aba bcb cdc ded ee。我在译文中也保留了这种韵式,来传达这种前呼后应、层层推进的豪放的气势和雄浑的意境。①

从查良铮到王佐良、卞之琳、江枫、吴笛等等,这些翻译家们极为重视翻译英诗中的音乐性。讲究格律、忠实于原来的格律的译诗观成为译诗的重要标准,成为"诗为诗"的必要元素,也因而产生了许多传世佳作。江枫在谈及翻译《雪莱全集》这一宏伟的翻译工程时,说他当时得到了我国文学翻译界第一流的甚至是泰斗级的翻译家们的支持,其中包括王佐良、杨宪益、冯亦代、袁可嘉、董乐山、傅惟慈等等,他的合作者中,还有较晚一辈却也很有成就的诗歌翻译家顾子欣和散文及文论翻译家王逢振等。这么多优秀的翻译家严格以格律体来翻译,就是"为了让我的使用汉语的同胞能够通过汉语去听他时而高亢激越,时而甜美醉人,又时而缠绵悱恻的歌声,分享我从他的歌声中所得到的启迪、鼓舞和欢乐"②。他的雪莱译诗一经出版,立即获得读书界的一致好评。而且一版再版,重印十二次,发行五十万册。这也从一个侧面说明了坚持以格律为体译诗的价值和意义。

---

① 吴笛:"序",《雪莱抒情小诗》,杭州:浙江文艺出版社,1992年。
② 杨黎:《江枫——一往情深译雪莱》,《中国翻译》1997年第4期。

4. 对各诗人的译介评述
布莱克

80年代后对布莱克诗作的评价多从艺术性的角度去展现。他被称为整部英国诗史上的第一流大诗人,"无论就内容上的尖锐性和表现上的有力与美丽来说,他的短诗都是前无古人的,而他的长诗,连形式都是一种独创,其深刻的内容是在今后若干年内都会有人去发掘的。毫无疑问,布莱克是全部英语诗史上最重要的诗人之一。"①

1988年5月,湖南人民出版社出版了杨苡翻译的《天真与经验之歌》,该译本在2002年4月由译林出版社依照英国牛津大学出版社的完整版本再版,配有布莱克以艺术家的姿态为其诗作绘制的彩色版画作品。杨苡曾评价道:"从孩子的天真走向成人的'经验之谈'也许是苦涩的,却也是不可避免的必经之地。然而能用绚丽多彩而又有丰富内含的画面,同甜美流畅而又不失其辛辣隽永的诗句相互配合,描绘出诗人从天真走向经验的心境,是使人喜悦的。"②

1989年7月,中国文联出版公司出版了张德明编译的《天堂与地狱的婚姻:布莱克诗选》,收录了布莱克的散文诗和长诗作品。张德明在《译序》中指出布莱克的主要兴趣是凭借一系列他自称为"先知书"的散文诗和长诗,把"宗教神秘主义、社会批评、感官的强度和哲学的思辨奇妙地熔于一炉"。"如果说,《天真与经验之歌》使布莱克成为英国浪漫主义六大诗人中的佼佼者,得以与华兹华斯平起平坐,那么这个体系(指"先知书"构筑深邃宏大而又黑暗神秘的象征主义体系)则使他从文学领域昂然步入哲学、心理学、文化人类学领域,成为与尼采、弗洛伊德等人分庭抗礼的'理性修正者'。"③

1999年1月,上海三联书店出版了张炽恒翻译的《布莱克诗集》,按

---

① 邢鹏举:《勃莱克》,分别载1929年的《新月》月刊第2卷八、九、十号。后收入徐志摩主编的《新文艺丛书》,上海中华书局1932年4月初版。
② 杨苡:"译后记",《天真与经验之歌》,南京:译林出版社,2002年,第139页。
③ 张维明:"译序",《天堂与地狱的婚姻:布莱克诗选》,北京:中国文联出版公司,1989年,第1—2页。

"诗作"、"长诗"和"预言(先知书)"分为三部分,收录了布莱克几乎全部短诗作品和具有代表性的长诗。在题为《一名不该忽视的诗人》的译序中,张炽恒写道:"布莱克,诗人,'神圣的疯子',象征者,神秘主义者,叛逆者,预言者。对待这样一个诗人,是不敢也决不能轻率的。这个集子的翻译,是自 1981 年始,1983 年完成初稿。其后 15 年中,又经过多次修改。把它奉献出来,为的是不应被忽视的诗人,也为了诗歌的读者和诗歌本身。同时,也为了对外国诗歌的翻译和介绍。"①

2005 年,人民文学出版社出版的《穆旦译文集》中再次收入了查良铮翻译的布莱克《诗的素描》和杂诗选。

彭斯

80 年代以来,对彭斯诗歌的译介,既有系统性的选集重版和新译,也有散落于各种文学书刊中的零星译诗。

1981 年 1 月,上海译文出版社出版了由袁可嘉翻译的《彭斯诗钞》,对原上海文艺出版社 1959 年版进行了修订和重新排版。全书共收录诗作 86 首,较旧版少了 3 首,分别为《啊,二十有一呀,丹!》、《为了某个人儿》和《啊,你可知道磨坊里的麦格得到了啥?》②。附录中增加了袁可嘉于 1959 年发表的《彭斯与民间歌谣》一文。该书于 1986 年 1 月得以再版。

朱炯强、王佣中翻译的四首彭斯的诗作发表于 1983 年第 1 期的《译林》杂志上,包括《在赛斯诺克河岸》、《阿夫顿河》、《把羊群带到山上》和《德文河岸》。

1984 年第 3 期的《译林》杂志上发表了袁可嘉新译的一首彭斯诗简《致约翰·拉普雷克——一个苏格兰老诗人的诗简》(王佐良在 1959 年版的《彭斯诗选》中译为《致拉普雷克书》)。袁可嘉在译者序写道:"我国读者已比较熟悉彭斯的抒情诗和讽刺诗。至于他同样出色的诗简,据我所知,介绍得还很少。彭斯诗简的特色是把写景、抒情、议论、讽刺极好地融于一炉,为他的主题思想服务。他的诗笔在一二百行的范围内纵横驰骋:

---

① 张炽恒:《译者序:一名不该忽视的诗人》,《布莱克诗集》,第 14 页。
② 袁可嘉:《彭斯诗钞》,上海:上海文艺出版社,1959 年,第 XIII 页。

抒热烈的友情,论诗文的得失,评人品的高低,笑书呆子的愚昧,笔锋所至,酣畅淋漓,读来有生气勃勃之感,对我国诗歌界具有很大的借鉴意义。"①

王佐良是彭斯诗歌译介的集大成者。1985年3月,王佐良所译的《彭斯诗选》由人民文学出版社推出新版,不仅对1959年版的所有译诗进行了全面细致的润色,还就其中遗漏的几首重要诗作做了增补,如《致好得出奇者,即古板的正经人》、《老农向母马麦琪贺年》、《挽梅莉》、《致虱子》、《佃农的星期六晚》,以及《圣集》。并且,《诗选》将彭斯的诗歌作品做了分类归纳,有抒情诗、讽刺诗、即兴诗、吟动物诗、叙事诗、诗札和大合唱等七类。新版的《彭斯诗选》共收诗61首,虽不及彭斯全部诗作的十分之一,却囊括了彭斯几乎所有重要的诗作,"是现有彭斯选集中最全面、最权威的一部"②。

王佐良译著的《苏格兰诗选》(1986年,湖南人民出版社)对苏格兰诗歌进行了初步系统的梳理研究,填补了这片文学图景的空白,同时也对彭斯的译介有了更为深刻的认识。正如译者所言,"把彭斯放在苏格兰诗史的整体里开看,不仅能看到他的前人、后人,了解他的来龙去脉,也能把他本人看得更真确些。"③

随后,人民文学出版社于1987年编印了"外国名诗"丛书系列。其中以彭斯的著名诗篇《爱情与自由》为题,出版了王佐良翻译的彭斯诗歌选集,共收诗44首,均以抒情短诗为主,单成一辑。

进入90年代,对于彭斯诗歌的译介开始逐渐脱离政治因素的羁绊,回归审美本身,从纯粹诗歌翻译的角度来研究译介彭斯的诗歌。

1996年12月,湖南文艺出版社出版了由袁可嘉翻译的《彭斯抒情诗选》。这本诗集以汉英对照的形式出版,同样也是为了让读者更好地鉴赏彭斯的作品并进一步探讨诗歌翻译的艺术。

2005年3月,商务印书馆出版了由邹必成译注的《彭斯生日小诗366

---

① 彭斯:《致约翰·拉普雷克——一个苏格兰老诗人的诗简》,袁可嘉译,《译林》1984年第3期,第123页。
② 陈国华:《王佐良先生的彭斯翻译》,《外国文学》1998年第2期,第84页。
③ 王佐良:《苏格兰诗歌的发现》,《读书》1985年第2期,第101页。

首》,同样以英汉对照本的形式出版。

2007年7月,袁可嘉翻译的《我爱人像红红的玫瑰:彭斯诗歌精选》(名诗名译插图本)由人民文学出版社出版。全书共收录89首彭斯的诗歌作品,其中《我的心呀在高原》和《我爱人像红红的玫瑰》两首最著名的诗附上了原文对照。在书的背面,印上了两段评论,第一则来自塞缪·泰勒(即柯勒律治):"世界各地文明世界的人们很久以来就已听说,在18世纪下半叶的苏格兰诞生过一位来自艾尔郡、出身农家的伟大诗人,他的名字就叫罗伯特·彭斯。尽管苏格兰豪杰辈出,却再没有人能够像这位艾尔郡的农夫一样,对苏格兰民族的灵魂产生过那样深远的影响。"第二则来自拜伦:"一个多么矛盾的心灵啊!——温柔而粗犷——优美而粗俗——多愁善感而沉迷肉欲——崇高与卑下,卑鄙与神性——所有这些都混合在那个充满灵感的肉体中。"①

湖畔派

进入新时期以后,湖畔派诗人华兹华斯等开始被系统地译介过来。与拜伦和雪莱不同,华兹华斯首先经历了一个合法化的过程,摆脱了作为消极、反面的浪漫诗人的人为标签。

1983年,外国文学出版社《外国诗》创刊,第一期上刊登了《华滋华斯诗五首》,译者杨德豫。1986年2月的《外国诗》(第三期)发表了屠岸翻译的《华滋华斯诗四首》。

1986年5月,湖南人民出版社出版了顾子欣翻译的《英国湖畔三诗人选集》,包括华兹华斯诗75首、柯勒律治诗22首,以及骚塞诗3首。王佐良给在该书的《序》中写道:"近年来我国文学翻译事业颇为兴盛,诗的翻译也日趋繁荣,其特色就是以诗译诗。本集的译者平素也写诗,译起湖畔派的诗来也是力求保持原有的格律、脚韵,但又不过分拘泥,而使之中国化。"②

1986年11月,上海译文出版社出版了黄杲炘翻译的《华兹华斯抒情

---

① 彭斯:《我爱人像红红的玫瑰:彭斯诗歌精选》,袁可嘉译,北京:人民文学出版社,2007年。

② 王佐良:"序",顾子欣选译:《英国湖畔三诗人选集》,长沙:湖南人民出版社,1986年。

诗选》(2000年再版)，共收诗140首。这是黄杲炘根据企鹅丛书1977年版的《威廉·华兹华斯诗歌》译出的，该译本还附有万字的译者前言与华兹华斯生平简表，对较全面地理解华兹华斯其人其诗提供了一个指南。在前言中，译者对译诗选择的标准作了明确的交代："这本诗集主要选取华兹华斯特别擅长的牧歌和比较短小而抒情性较强的诗歌，尤其是一些脍炙人口的名篇佳作，而在着重选择他前期创作的同时，也酌量地选译了中、后期的诗歌以及少量翻译和未完成的作品，以便读者对他一生中的短诗创作，对通过这些诗作反映出来的创作思想的变化有一较为全面的了解。"①

1990年1月，人民文学出版社出版了杨德豫翻译的《湖畔诗魂——华兹华斯诗选》，收录了译者甄选后的109首译诗。屠岸、章燕在题为《自然与人生》的序中，对杨德豫的译本给予了极高的褒扬，认为他做到了"既译出神韵，又译出格律"，使"原诗的风格至少可以大部分地在译文中体现出来"，并于结尾处以一句"大自然的情感缔造了诗人，也培育了翻译家"②道出了诗歌翻译的真谛所在。

1991年3月，译林出版社出版了谢耀文翻译的《华兹华斯抒情诗选》，共译了232首。译者在序中写道："华氏对浪漫主义有独特贡献的诗歌，对于我们鉴赏和研究诗歌的'缘情'和'言志'，体会和探索诗歌意境的美学规律，仍然具有不可忽视的价值。"③由此可见，此时的译介已重归于审美，肯定了诗歌的审美价值，并展开对诗歌本身的体察和领悟。

1992年1月，人民文学出版社出版了杨德豫翻译的《神秘诗！怪诞诗！——柯尔律治的三篇代表作》，包括《老水手行》、《克丽斯·德蓓》和《忽必烈汗》，其中"柯尔律治自以为在其中开创了英诗新体的《克丽斯·德蓓》，则是首次以汉语译出"④。江枫在序中为湖畔派正名："长期以来，

---

① 黄杲炘："译者前言"，《华兹华斯抒情诗选》，上海：上海译文出版社，1986年，第14页。
② 屠岸、章燕：《自然与人生——序〈湖畔诗魂〉》，《湖畔诗魂》，北京：人民文学出版社，1990年，第13页。
③ 谢耀文："译者前言"，《华兹华斯抒情诗选》，南京：译林出版社，1991年，第2页。
④ 江枫：《荒诞，神秘，瑰丽——序柯尔律治杰作三首汉译》，杨德豫选译：《神秘诗！怪诞诗！——柯尔律治的三篇代表作》，北京：人民文学出版社，1992年，第9—10页。

在我国,有一种满足于把英国浪漫主义文学运动依照其参与者的社会政治态度而分割为积极与消极、革命与反动,并把柯尔律治和华兹华斯随同平庸的骚塞简单归类便不予深究而挂将起来的倾向,我国通过译文了解外国文学的读者也就无从对英国浪漫主义文学这一重要历史现象的源流和规模作全景式的观察,对处于其源头位置,在文学的发展进程中也曾作出重大独创性贡献的一翼所知甚少,对于时至今日在西方仍具有影响力的某些杰作甚至一无所知。"①

1996年12月,湖南文艺出版社出版了《名诗名译(英汉对照本)系列》,其中杨德豫翻译的《华兹华斯抒情诗选》(英汉对照),在1990年版《湖畔诗魂——华兹华斯诗选》的基础上,对译文进行了若干修改。入选的作品基本上都是格律诗。并于1998年获得首届鲁迅文学奖——全国优秀文学翻译彩虹奖。2002年1月由台北书林出版有限公司在台湾出版,篇幅较湖南文艺版有所增加。

1999年1月,中国对外翻译出版公司出版了丁宏为翻译的华兹华斯自传体长诗《序曲或一位诗人心灵的成长》,该书是北京大学英语系组译的"英国文学经典文库"翻译丛书中的一部。

2000年8月,北岳文艺出版社出版了杨德豫翻译的《华兹华斯诗歌精选》。另在书中收录了杨德豫的《关于华兹华斯和沈从文的两封信》,探讨了对华兹华斯和沈从文的中西比较研究,该书在2009年再版。

2001年1月,人民文学出版社出版了杨德豫翻译的《华兹华斯、柯尔律治诗选》,其中收录了华兹华斯诗作108首、柯勒律治诗作33首。江枫在该书的前言中写道:"杨德豫这个选译本,不仅收入了柯尔律治的全部杰作,而且也包罗了华兹华斯较短篇幅的全部精品,因而既是华兹华斯和柯尔律治的代表作合集,也是英国早期浪漫主义和湖畔诗人诗作的精华。……这部诗集也可以认为是杨德豫的译诗代表作,华兹华斯和柯尔律治都不用汉语写作,没有杨德豫的创造性劳动,就不会有这部汉语诗集,如果杨德豫在译作中不追求既要忠实于原作内容又要忠实再现原作形式,汉语读者也就无从通过近似于英语原貌的汉语形式去领略那两位

---

① 江枫:《荒诞,神秘,瑰丽——序柯尔律治杰作三首汉译》,第9—10页。

英国大诗人的原作内容。"①

2009年4月,广西师范大学出版社出版了《杨德豫译诗集》,其中包括《华兹华斯诗选》、《柯尔律治诗选》两部湖畔派诗人译介作品集。

拜伦

在新时期的译介中,拜伦仍然是一个最响亮的名字。1973年9月,香港上海书局出版了琳清著的《世界大诗人》,书中称赞拜伦"是世界诗坛上的一颗光芒夺目的彗星;但更重要的,他是个震撼全世界的自由与正义的礼赞者。他那坚强的性格,崇高的正义行动,以及伟大的艺术天才,使他成为19世纪初叶,最出色的时代歌手。"②

1978年6月,朱维基翻译的拜伦长诗《唐璜》(上下册)由上海译文出版社重新出版。

1980年7月,人民文学出版社出版了查良铮在60年代初就已动笔、在"'文革'中艰难完成,用有格律的诗体"③翻译的《唐璜》(上下册),该书由王佐良作注,1985年5月再版。

1981年2月,上海译文出版社出版了《拜伦政治讽刺诗选》,共收诗三首。其中《审判的幻景》、《爱尔兰天神下凡》由邱从乙翻译,《青铜时代》由邵洵美翻译。9月,湖南人民出版社出版了杨德豫译的《拜伦抒情诗七十首》,其中六十首选自抒情短诗集,十首选自长诗和诗剧。

1982年2月,上海译文出版社出版了查良铮生前翻译并修订的遗稿《拜伦诗选》,共有短诗43首、长诗选段24篇、长诗5首。

1988年10月,湖南人民出版社出版了李锦秀翻译的《东方故事诗(上集):异教徒·海盗》,译介了拜伦六首"东方故事诗"中的两首:《异教徒》和《海盗》。

1990年7月,上海译文出版社重新出版了杨熙龄翻译的拜伦长诗《恰尔德·哈洛尔德游记》。

1991年5月,上海三联书店出版了张建理、施晓伟编译的《地狱的布

---

① 江枫:"前言",杨德豫选译:《华兹华斯、柯尔律治诗选》,北京:人民文学出版社,2001年,第4—5页。
② 琳清:《世界大诗人》,香港:香港上海书局,1973年,第37页。
③ 王佐良:"译本序",《唐璜》,北京:人民文学出版社,1980年,第26页。

道者——拜伦书信选》,共精选了65篇拜伦的书信,以了解拜伦的"思后吟余之情"①。8月,文津出版社出版了袁湘生翻译的《拜伦旅游长诗精选》,节选自他的《恰尔德·哈罗尔德游记》通译稿。出于对外国古典诗歌译法研究的兴趣,通过与豪放派宋词的比较,袁湘生别出心裁地采用了词牌《齐天乐》的形式来翻译这部斯宾塞体长诗,体现了新时期诗歌译介的多样探索。

1992年1月,花山文艺出版社出版了骆继光、温晓红翻译的《拜伦诗选》。4月,百花文艺出版社出版了王昕若翻译的《拜伦书信选》。

1994年3月,北岳文艺出版社出版了《拜伦诗歌精选》,依短诗、长诗或诗剧中的插曲、长诗片段、《堂璜》节选等四部分,收录了杨德豫、查良铮的拜伦译诗85首,该诗集在2000年8月和2010年3月两度再版。

1996年12月,湖南文艺出版社以英汉对照形式出版了杨德豫翻译的《拜伦抒情诗选》。

1997年4月,太白文艺出版社出版了杨德豫、查良铮翻译的《拜伦名诗精选》,共收录诗篇五千余行,分为"政治诗"、"述怀诗"、"赠友诗"、"情诗"、"挽歌"、"家室篇"、"《圣经》故事、神话、咏史"、"翻译诗"、"长诗或诗剧的插曲"、"长诗节选"、"长诗"等。除了收录杨德豫校改后的拜伦诗歌译本外,还特别收录了查良铮翻译的《贝波》和《审判的幻景》。

1997年4月,山东大学出版社出版了查良铮翻译的《世界诗苑英华·拜伦卷》。1999年1月该诗集再版时,更名为《拜伦诗选》。

1999年,延边人民出版社出版了李时良翻译的《拜伦诗选》。

2001年1月,经济日报出版社出版了易晓明翻译的《飘忽的灵魂:拜伦书信选》。

2007年9月,华夏出版社出版了曹元勇翻译的《曼弗雷德、该隐:拜伦诗剧两部》。

2008年3月,人民文学出版社出版了查良铮翻译的《雅典的少女:拜伦诗歌精粹》。

---

① 张建理、施晓伟编译:"译者序",《地狱的布道者——拜伦书信选》,上海:三联书店,1991年,第1页。

2009年4月,广西师范大学出版社出版了《杨德豫译诗集:拜伦诗选》。

2010年11月,台湾书林出版社出版了杨德豫翻译的《拜伦抒情诗选》。杨德豫所译拜伦诗歌在大陆有多种版本,总印数达五十万册以上,被卞之琳誉为"标志着我国译诗艺术的成熟"。

总体而言,虽然拜伦久负盛名,但他作品的译介尚还不完整,迄今没有全集译本问世,不能不说是一大遗憾。

雪莱

在新时期初期的译介中,雪莱作为进步诗人的形象及其革命的政治观仍颇为凸显,"雪莱,其实首先是个革命家。马克思和恩格斯就认为他是'社会主义的急先锋'和'天才的预言家'。"①这一沿袭而来的传统看法,左右着80年代译介雪莱诗歌的基本面貌。

1978年5月,上海译文出版社出版了王科一翻译的《伊斯兰的起义:一首包括十二歌的长诗》。该译诗于1982年再版。

1981年8月,上海译文出版社出版了杨熙龄翻译的《雪莱抒情诗选》。在题为《关于雪莱的抒情诗》的前言中,译者指出:"作为'社会主义的急先锋',雪莱的遗产仍然值得我们重视。雪莱毕生所要反对的封建、资产阶级统治的旧世界,仍然是我们今天所要反对的东西。……此外,雪莱的诗反映着一位先驱者的思想历程。"②

1983年8月,上海译文出版社出版了邵洵美翻译的雪莱著名政治长诗《麦布女王》。1987年4月,上海译文出版社再版了汤永宽翻译的《雪莱叙事诗选:钦契》(上海文艺出版社,1962年)。1987年,上海译文出版社再版了邵洵美翻译的《解放了的普罗密修斯:雪莱叙事诗选》(人民文学出版社,1957年)。

90年代后,雪莱诗歌的译介重心开始回归诗学本体,不少译者还在翻译雪莱作品的过程中展开了译学探讨,甚至形成了各自独立的翻译观,

---

① 杨熙龄:"前言",雪莱著、杨熙龄选译:《雪莱政治论文选》,北京:商务印书馆,1981年。
② 杨熙龄:"关于雪莱的抒情诗",雪莱著、杨熙龄选译:《雪莱抒情诗选》,上海:上海译文出版社,1981年。

以吴笛为例:

1992年7月,时逢雪莱诞辰两百周年,浙江文艺出版社出版了吴笛翻译的《雪莱抒情小诗》,选译了140余首雪莱各个时期创作的诗歌作品,基本上都是100行以下的抒情短诗。

1994年1月,浙江文艺出版社出版了吴笛翻译的《雪莱抒情诗全集》,收录了雪莱1814年至1822年创作的诗作。在序言中,译者对雪莱诗歌的艺术风格作了较为深刻、全面精彩的剖析。

江枫作为新时期译介雪莱的核心人物,译作几乎成了翻译雪莱诗歌不可替代的典范之作,重版再版陆续不断,占据了新时期雪莱译介成果的半壁江山。

早在1980年10月,湖南人民出版社就出版了江枫翻译的《雪莱诗选》。文学批评家谢冕在其所写的题为《云雀还在歌唱——江枫译〈雪莱诗选〉序》中评价江枫的翻译:"读他的译文,不再感到是由方块字写成的英国诗,而仿佛是雪莱写的汉语诗。"[①]

1992年6月,山东文艺出版社编辑出版了江枫等翻译的《雪莱抒情诗66首》。

1996年1月,江枫翻译的《雪莱抒情诗全集》由湖南文艺出版社出版,此书收录了能够体现雪莱思想感情和诗歌艺术发展全过程的全部抒情诗作,"包括他从1800年八岁开始写的儿歌式小诗直到1822年逝世前最成熟的精品以至存留下来的一些残篇断章",还特别"收入了对于理解和认识雪莱其人其诗都极有价值而首次译成汉语的雪莱夫人写的有关注释和题记"[②]。译本的附录中还收录了文学评论家勃兰兑斯的《雪莱评传》和学者霍姆斯的《雪莱:陨落前后》,使得这部抒情诗集成为阅读和研究雪莱的接近全面的必不可少的导读和资料。

1996年11月,人民文学出版社出版了江枫翻译的《雪莱诗选》。1996年12月,湖南文艺出版社以英汉对照本的形式出版了江枫翻译的

[①] 谢冕:《云雀还在歌唱——江枫译〈雪莱诗选〉序》,雪莱著、江枫选译:《雪莱诗选》,长沙:湖南人民出版社,1980年。

[②] 江枫:《雪莱抒情诗全集译序》,雪莱著、江枫编译:《雪莱抒情诗全集》,长沙:湖南文艺出版社,1996年,第3—4页。

《雪莱抒情诗选》。译本选译自英国牛津大学出版社版《雪莱诗歌作品全集》。

随后重版再版的译本,大多精选自湖南文艺出版社1996年的全集本。精选本的诞生为社会文化的累积和传播提供了简便有效的方法,也满足了社会对外国文学译介的需要。如《雪莱抒情诗精选》(太白文艺出版社,1997年4月)、《雪莱抒情诗选》(商务印书馆,1997年12月)、《雪莱抒情诗钞》(四川人民出版社,1998年3月,2009年4月再版,更名为《雪莱抒情诗抄》)、《雪莱诗歌精选》(北岳文艺出版社,2000年8月,2010年3月再版)、《雪莱诗选》(中央编译出版社,2004年1月)、《雪莱精选集》(北京燕山出版社,2004年1月)、《雪莱抒情诗选》(北京十月文艺出版社,2010年6月)等。

值得一提的是,2000年12月,河北教育出版社出版了江枫主编,汇集了众多名家译者的《雪莱全集》,共分为7卷,包括抒情诗、长诗、诗剧、小说、散文、书信。尤其包括了王佐良先生晚年绝笔之作雪莱长诗作品《朱利安与马达罗》,更是首次译成中文。

其他的译作还有:1987年5月,人民文学出版社出版了查良铮翻译的《爱的哲学》,收录了65首雪莱重要的抒情短诗(2008年3月再版)。1989年2月,三联书店上海分店出版了徐文惠翻译的《爱与美的礼赞:雪莱散文集》。1992年8月,花山文艺出版社出版了赵建芬、王维国、雨辰、王恩衷翻译的《雪莱诗选》,按创作年份顺序收录了近百首雪莱的诗歌作品。(1997年8月再版)。1997年4月,山东大学出版社出版了杨熙龄翻译的《世界诗苑英华·雪莱卷》。(1999年1月再版,更名为《雪莱诗选》)。2008年12月,人民文学出版社出版了徐文惠、杨熙龄翻译的《雪莱散文》。

济慈

1983年1月,上海译文出版社从朱维基的翻译遗稿中整理并结集出版了《济慈诗选》,收录了长诗《恩狄芒》、《拉弥亚》、《依萨培拉》和未完稿《海壁朗》,以及《夜莺颂》、《作于李·亨特君出狱之日》、《致科修斯古》等短诗和十四行诗20篇。

1995年第4期《外国文学》发表了屠岸翻译的《济慈颂诗六首》,包括

《怠惰颂》、《赛吉颂》、《希腊古瓮颂》、《忧郁颂》和《秋颂》。

1997年11月，人民文学出版社出版了屠岸翻译的《济慈诗选》，按"颂"、"十四行诗"、"抒情诗·歌谣·其他"、"叙事诗"和"传奇·史诗"分为五个部分，收录了济慈几乎所有重要的作品。

2002年1月，东方出版社出版了傅修延翻译的《济慈书信集》，共收信170封。

2003年8月，百花文艺出版社出版了王昕若翻译的《济慈书信选》，共收信120余封（2005年5月再版）。

2006年1月，也是济慈诞辰210周年的次年，安徽文艺出版社出版了马祖毅审译、任士明、张宏国翻译的《济慈诗选》，共收诗39首。

2008年3月，人民文学出版社出版了屠岸翻译的《夜莺与古瓮：济慈诗歌精粹》。

合集及其他

1984年9月，四川人民出版社出版了由李霁野翻译的《妙意曲——英国抒情诗二百首》。这本译诗集在诗行、押韵上均尽量保存原诗的形式，"意在略供写新诗的人借鉴参考"①。收录的译诗中包括彭斯的5首、布莱克的1首、华兹华斯的4首、拜伦的4首、雪莱的7首以及济慈的4首。

1986年8月，西北大学出版社出版了由谭天健、周式中、石玉翻译的英汉对照本《英美抒情短诗选》，收录的译诗中包括彭斯的4首、华兹华斯的6首、拜伦的4首、雪莱的5首以及济慈的4首。

1988年2月，江苏人民出版社出版了黄宏煦主编的《英国浪漫主义诗人抒情诗选》，译者特别着重了译诗的行列和脚韵安排。"句子的长短疏密，词语的浓淡雅俗，基本上按着原诗的格调，仅在极个别的地方做了必要的调整。"不过同时，译者也提出："诗歌译者绝不能为了押韵的便利而破坏诗的情调，正如不能为了辞藻修饰而损害对原文的忠实一样。不

---

① 李霁野："序"，《妙意曲——英国抒情诗二百首》，成都：四川人民出版社，1984年，第5页。

第五章 新时期的"审美"与"人性"

以辞害意,不以韵伤情——这是我们在译诗中为自己提出的要求。"①收录的译诗中包括布莱克的24首、彭斯的14首、华兹华斯的24首、柯勒律治的11首、拜伦的35首、雪莱的28首以及济慈的24首。

1992年2月,江苏教育出版社出版了柳无忌、张镜潭编选的《英国浪漫派诗选》,书中编译了华兹华斯、拜伦、雪莱、济慈的代表诗近60首,中英文对照,并附有作者简介。

1997年6月,上海译文出版社出版了黄杲炘翻译的《英国抒情诗选》。在序文"英诗格律的演化与翻译问题"中,黄杲炘追溯了英诗诗律的发展历史和基本形式,指出翻译"不是在创作具有我们自己特色的诗歌,就更有必要让翻译诗与其原作在形式上也'接轨'。即让英诗与译诗中的节奏单位相应。"他提出将"以顿代步"再往前推进一步,"不仅使译诗诗行中的顿(或音组、节拍)数与原作中的音步数相合,而且同时还兼顾译诗诗行中的字数,使之与原作中的音节数相应(韵式当然也尽可能与原作的一致)"②。诗集中收录的译诗包括布莱克的6首、彭斯的4首、华兹华斯的6首、柯勒律治的4首、拜伦的4首、雪莱的5首以及济慈的4首。

1990年4月,重庆出版社出版了由杜承南、罗义蕴选译的《英美名诗选读》(英汉对照)。收录的译诗中包括布莱克的3首、彭斯的2首、华兹华斯的6首、拜伦的3首、雪莱的3首以及济慈的2首。

1993年8月,中国对外翻译出版公司的"一百丛书"系列出版了黄杲炘选译的《英语爱情诗一百首》。这本译诗集为了给读者带来新鲜感,避免选译已有汉语译文的作品。同时,每位诗人只选1首,布莱克、彭斯、华兹华斯、柯勒律治、拜伦、雪莱、济慈各在其列。

1996年,毕甦的《英美名诗评介》(英汉对照)由云南师范大学外语系出版。诗集以五言或七言古诗体来译,每首译诗的前后都附有文言所写的导读和译后记。译诗集中收录了彭斯的2首、雪莱的5首、济慈的4首、拜伦的1首、华兹华斯的6首、柯勒律治的1首。

---

① 黄宏煦:"序",《英国浪漫主义诗人抒情诗选》,南京:江苏人民出版社,1988年,第6—7页。
② 黄杲炘:《英诗格律的演化与翻译问题》,《英国抒情诗选》,上海:上海译文出版社,1997年,第XX—XXI页。

2000年1月,武汉大学出版社出版了由程雪猛、祝捷、张琨和李杜合作编译的《英语爱情诗歌精粹》(英汉对照),收录的译诗中包括布莱克的2首、彭斯的2首、华兹华斯的1首、柯勒律治的1首、拜伦的3首、雪莱的2首以及济慈的1首。

2000年5月,重庆出版社出版了李昌陟编译的《英国浪漫主义五大家诗选》。在"译者序"中,李昌陟说明了此译诗集中包括了华兹华斯、柯勒律治、拜伦、雪莱、济慈五大家的作品。在翻译时,译者"力求靠近原作,以便在力所能及的范围内,把它的高尚情思和优美形象,尽可能地传达给读者。诗一般都要押韵,本书翻译时,除少数的素体诗外,凡是须押韵的,译者一般都按原诗的韵式来押,以保持它的本来面目。"[①]收录的译诗中包括华兹华斯的27首、柯勒律治的11首、拜伦的18首、雪莱的21首以及济慈的22首。

2002年1月,重庆出版社出版了由黄绍鑫翻译的《灵感——英美名诗译粹》(英汉对照)。在"英诗翻译刍见"中,译者根据自己多年翻译英诗的体会,从格律、结构、语言、标题等各个方面总结了对于译诗的心得,并指出:"译诗须像诗。所谓像'诗',不仅是凝练、含蓄、隽永、意境等等雅的问题,至少还要包括诗的格律因素在内。"[②]诗集收录的译诗中包括彭斯的1首、华兹华斯的5首、拜伦的2首、雪莱的1首以及济慈的1首。同年3月,上海译文出版社出版了由黄杲炘翻译的《恋歌:英美爱情诗萃》。收录的译诗中包括布莱克的2首、彭斯的10首、华兹华斯的4首、柯勒律治的1首、拜伦的2首、雪莱的6首以及济慈的1首。

2003年8月,《刘炳善译文集Ⅰ:伦敦的叫卖声》由河南人民出版社出版。书中收录了彭斯的2首、雪莱的1首。同月,海南出版社出版了由周永启编译的《英诗200首赏译》(英汉对照),每首诗均附有详细的赏析和注释。收录的译诗中包括布莱克的5首、彭斯的4首、华兹华斯的6首、柯勒律治的2首、拜伦的4首、雪莱的4首以及济慈的4首。

---

① 李昌陟:"译者序",《英国浪漫主义五大家诗选》,重庆:重庆出版社,2000年,第3页。
② 黄绍鑫:"英诗翻译刍见",《灵感——英美名诗译粹》,重庆:重庆出版社,2002年,第3页。

2004年1月,四川人民出版社出版了由罗若冰翻译的《100抒情诗精选》(英汉对照),收录的译诗中包括布莱克的1首、彭斯的2首、华兹华斯的3首、柯勒律治的2首、拜伦的3首、雪莱的2首以及济慈的2首。

2005年1月,哈尔滨出版社出版了由傅浩翻译的《英诗名篇精选:闪亮的星——灿烂星空的悠远神韵》(英汉对照)。收录的译诗中包括布莱克的3首、彭斯的3首、华兹华斯的3首、柯勒律治的1首、拜伦的1首、雪莱的1首以及济慈的1首。同月,天津教育出版社出版了由陈静、刘希敏编译的《美丽的邂逅》(英汉对照)。收录的译诗中包括彭斯的2首、华兹华斯的2首、拜伦的1首以及济慈的1首。

2006年1月,中国对外翻译出版公司出版了由徐翰林编译的《最美的诗歌》(英汉对照)。收录的译诗中包括布莱克的3首、彭斯的3首、华兹华斯的4首、拜伦的4首、雪莱的4首以及济慈的3首。同月,青岛出版社出版了朱孝愚、张爱民编译的《浪漫短诗》(英汉对照)。收录的译诗中包括布莱克的1首、彭斯的2首、华兹华斯的3首、拜伦的2首、雪莱的4首以及济慈的2首。12月,人民日报出版社分别编译出版了《世界上最美丽的诗歌(汉英珍藏本)》和《世界上最浪漫的爱情诗(汉英珍藏本)》。两辑收录的译诗中共包括布莱克的2首、彭斯的5首、华兹华斯的8首、柯勒律治的2首、拜伦的7首、雪莱的7首以及济慈的4首。

2007年1月,译林出版社出版了由屠岸编译的《英国历代诗歌选》。这本译诗集在国内称得上"丰厚、精当、完善"①,对几位英国浪漫主义大诗人的名作收入较全,点评精准。在翻译方面,译者坚持"以汉语新格律诗译英语格律诗,即用'以顿代步'、'韵式依原诗'的方式来体现原诗的音韵风貌。……在译诗的实践过程中,以保持原诗神韵和意境为前提,力求传达出原诗的格律、音韵与节奏。同时,他用汉语自由诗译英语自由诗却依然注重原诗内在的节奏,以接近原诗的音乐性。"②屠岸的译笔忠实谨严,译语自然流畅,是一部较为权威的译诗集。收录的译诗中包括布莱克

---

① 绿原:《屠岸选、译〈英国历代诗歌选〉》,屠岸编译:《英国历代诗歌选》,南京:译林出版社,2007年,第2页。
② 章燕:《多彩的画面,交响的乐音——〈英国历代诗歌选〉序》,屠岸编译:《英国历代诗歌选》,南京:译林出版社,2007年,第26页。

的19首、彭斯的8首、华兹华斯的37首、柯勒律治的7首、拜伦的8首、雪莱的24首以及济慈的33首。

2007年5月,当代世界出版社出版了查良铮翻译的《拜伦雪莱济慈抒情诗精选集》(英汉对照)。"这部诗集是四位诗人的心血集合。他们是英国三位浪漫主义大师——G.G.拜伦、P.B.雪莱、J.济慈以及中国诗人穆旦。"①收录的译诗中包括拜伦的15首、雪莱的27首以及济慈的27首。

2007年9月,陕西师范大学出版社出版了由李卉、罗亮、刘锦丹编译的《最美丽的英诗:英汉对照西方经典诗歌》。收录的译诗中包括布莱克的4首、彭斯的5首、华兹华斯的8首、柯勒律治的1首、拜伦的7首、雪莱的8首以及济慈的4首。

2009年10月,南开大学出版社出版了由郭嘉编译的《英美诗歌精品赏析》。收录的译诗中包括布莱克的2首、彭斯的2首、华兹华斯的3首、雪莱的1首以及济慈的2首。

第三节 影响:朦胧诗歌与文本研究

自清末民初起,白话诗在80多年的构建与发展历程中,主要经过了两大语言困境:"一是如何突破已经走向完成的古典诗歌语言的桎梏,重拓一种富有活力的诗歌语言,构建一个具有现代品格的诗歌艺术世界。"②从五四新文化运动开始到建国后,从白话到欧化到富有现代敏感,这一困境已渐渐消除,诗的语言日臻圆熟自然。"二是如何松动50年来形成的政治意识形态控制下的诗歌语言写作方式,恢复现代白话文诗歌写作应有的自由主义精神。"③从十七年到"文革"肆虐的时代,诗歌在强大的主流形态操纵下,以豪言壮语的八股充填千篇一律而又苍白无物的诗行,慷慨激昂的喊叫无非是夸饰的矫情,反映着一种得到批准的思想,

---

① "编辑的话",《拜伦雪莱济慈抒情诗精选集》,查良铮选译,北京:当代世界出版社,2007年。
② 马俊华:《引进与还原——当前诗歌写作的两个语言路向》,《诗探索》2000年1—2辑,第281页。
③ 同上。

诗歌从内容到形式都失去了生机。

到了新时期,如果单从诗歌与主流意识形态的关系来看,或者单从诗歌与读者的关系来看,不得不承认诗歌渐渐走向被边缘化的趋势,诗坛不景气,诗歌没市场,诗人受冷落,已是不争的事实。但是诗歌也同时回归到"审美"与"人性"的根本,呼唤直面现实的人生,重新追求真诚的热情。英国浪漫主义诗歌的译介在这时期对诗歌的创作影响已日渐式微,但在诗歌本体、诗歌思维、诗歌表现等方面,仍然闪烁着色彩和光芒。

1. 式微下的影响

从十七年到"文革",诗歌的创作由意识形态的动机所规定,诗歌的运营也由一个又一个的政治运动所左右,几乎所有的抒情都径直指向了政治,诗歌的艺术审美性几乎丢失殆尽。到了新时期,在新诗的秩序中萌生了对于僵硬的非诗规范的反叛,以及对于真实和理想精神的回归。

事实上,中国新诗的发展从来都不能割裂过去,即使是出现了跨越时代的巨变,实质上也是新旧交替,中外互渗,旧中有新、新中有旧,主流意识形态的嬗变并不存在非此即彼的断然区分。于是,新时期的诗歌以激情淘去了以往的矫饰和虚夸,同时也接续了之前的艺术经验和传统诗学的营养。"早在1970年前后,我们这些朋友突然将'文革'前17年出的所有的有点价值的书都翻找出来了。古今中外,哲学和社会科学、历史和政治方面的凡是有些价值的书籍,甚至自然科学方面的书籍,不知从那个渠道在我们之中流传开来。这些书极大地开阔了我们的眼界和思维。"①这里提到的书主要指一些被批判或遭禁的现代派诗作,此外也涉及一些浪漫主义诗歌。这样的借鉴和阅读体验给新诗在新时期的发展做了广泛的文化和诗学的准备,而社会的开放和对真理的还原也直接鼓励了诗歌。在1978年底,《今天》这本民间期刊在它的创刊号中如是说:

> 五四运动标志着一个新时代的开始。这一时代必将确立每个人生存的意义,并进一步加深人们对自由精神的理解;我们文明古国的

---

① 甘铁生:《春季白洋淀》,《诗探索》1994年第4期,第15页。

现代更新,也必将重新确立中华民族在世界民族中的地位。我们的文学艺术,则必须反映出这一深刻的本质来。

今天,当人们重新抬起眼睛的时候,不再仅仅用一种纵的眼光停留在几千年的文化遗产上,而开始用一种横的眼光来环视周围的地平线了。只有这样,才能使我们真正地了解自己的价值,从而避免可笑的妄自尊大或可悲的自暴自弃。

我们的今天,植根于过去古老的沃土里,植根于为之而生、为之而死的信念中。过去的已经过去,未来尚且遥远,对于我们这代人来讲,今天,只有今天![1]

从这篇宣告中看出,在新时期之后的诗学不仅注目文化遗产,继续五四以来的精神追求,而且开始环视周围的地平线,面对他国的世界。新诗接续五四以来的文学历史,并承继外国的文学精神,创造出新的诗歌思潮。

在这里要指出的是,随着政治操纵文学的时代远去,浪漫主义也因历史的拖累成为不受欢迎的概念。诗人多避讳它,不愿意将自己的创作与浪漫主义相关联。新时期文学起起伏伏有过许多思潮、许多流派、许多旗号,唯独没有浪漫主义的思潮和旗号。但是,在现实主义与现代主义的大潮夹击之下,浪漫主义也在默默地重生,从不被重视慢慢地重新被认同,散发着影响。

从诗歌的角度看,诗作的价值取向、审美追求、创作方法等方面仍或隐或显受着浪漫主义这一文学流派的影响。如给当代诗坛带来巨大冲击和震撼的朦胧诗,虽一开始就带有现代派的诗歌特质,但同时也流露出浪漫派的精神品质。如食指的诗作在"文革"的精神废墟之上最先觉醒,被称为"文革中新诗歌第一人"[2],"他为以空洞肤浅的政治抒情诗为代表的伪浪漫主义画上了最后的句号,也预告了个性主义浪漫主义诗歌的开

---

[1] 谢冕:《谢冕论诗歌》,南昌:江西高校出版社,2002年,第140—141页。
[2] 杨健:《文化人革命中的地下文学》,北京:朝华出版社,1993年,第87页。

端。"① 再如,北岛、舒婷的朦胧诗是"低调的浪漫主义"②,江河、杨炼、顾城的创作最具有浪漫精神,传承着传统浪漫主义抒情诗的品格,诗歌诗情澎湃,大气磅礴,抒情方式汪洋恣肆。朦胧诗人们提出的"表现自我"也正是浪漫主义文学的重要特点,如顾城的:

> 打碎了迫使他异化的模壳,
> 在没有多少花香的风中伸展自己的躯体。
> 他相信自己的伤疤,
> 相信自己的人脑和神经,
> 相信自己应该做自己的主人走来走去。③

顾城被称为当代仅有的"唯灵浪漫主义诗人"④。他的性格中拥有浪漫主义诗人的一切:天真、浪漫、热情、真诚、执著,就像拜伦在西方的形象也几乎包含了所有浪漫主义的特征,通过抒情建构了一个浪漫主义的诗歌世界。顾城的这首诗反叛扼杀人性的时代政治和传统价值,强调诗人的自我,回归人性和人道主义,这正和浪漫主义重视个性,追求自由,强调表现个人的内心感受或作者的精神生活的美学原则相一致。

舒婷也是一个浪漫主义色彩较为浓厚的诗人。舒婷的诗虽充满了现代的思考,同时也富含浓重的浪漫情调,深受传统诗潮的滋养。她的诗受拜伦等浪漫主义诗人诗作的影响,坦诚直白,直抒胸怀,凝聚了对个人情感的描摹,对人生理想的呼唤以及理想失落的感伤。《致橡树》是她最早引起人们注视的诗歌:

> 我如果爱你——
> 绝不像攀援的凌霄花,
> 借你的高枝炫耀自己;

---

① 石兴泽:《冷峻的格调与张扬的个性——关于朦胧诗的浪漫主义解读》,《学习与探索》2007年第4期,第190—191页。
② 王光明:《艰难的指向:"新诗潮"与20世纪中国现代诗》,长春:时代文艺出版社,1993年,第69页。
③ 王源:《新时期文学专题研究》,兰州:甘肃教育出版社,2005年,第96页。
④ 毕光明:《文学复兴十年》,海口:海南出版社,1995年,第103页。

我如果爱你——
绝不学痴情的鸟儿,
为绿荫重复单纯的歌曲;
也不止像泉源,
常年送来清凉的慰藉;
也不止像险峰,
增加你的高度,衬托你的威仪。①

这首诗通过爱情来表达卓然自立的女性形象和爱情观,追求自尊自强的人格精神和理想天地。诗中充满了浪漫主义的诗情,热切的情感在诗人的内心深处迸发,充满感染力的语言很容易地走进读者的心灵,引起共鸣。

在英国浪漫主义诗人中,华兹华斯与中国新时期"朦胧诗"之间颇具类比性。中国的"文化大革命"和法国大革命一样,是人类非理性状态下的狂热情绪下的动乱。经历浩劫的诗人们,开始了对人性和心灵的反思与批判。华兹华斯如此,中国当代诗人也如此。他的诗歌都关注人类的心灵状况,赞美大自然,批判现代文明。九叶派诗人郑敏就是一位深受华兹华斯影响的现代诗人。20 世纪 80 年代初,那时的华兹华斯在中国还顶着"消极浪漫主义者"的帽子,郑敏就非常欣赏华氏,认为写诗是在宁静中回忆感情的名言。她认为:"宁静给他以超越现实的条件,重忆、再现是在宁静的超越现实的氛围进行的,想象之光使事物的轮廓带有异彩,而宁静使心灵清澄无霭。"②诗人的浮躁粗暴只会遮蔽住自己内心的声音,只有沉静下来,沉淀"容易喧嚣的自我表现,语言就会向诗人们展开诗的世界"③。在郑敏创作的诗歌里,也看得出华兹华斯对她的影响很大,体现在对自我心灵的剖析,对自然景物的赞美,对现实人生的关注等方面。此外,诸如杨健等一些青年诗人也深受华兹华斯的影响。

---

① 人民文学出版社编辑部编:《中国现代诗歌》,北京:人民文学出版社,1995 年,第 186 页。
② 郑敏:《诗歌与哲学是近邻》,北京:北京大学出版社,1999 年,第 417 页。
③ 郑敏:《诗歌与哲学是近邻》,第 304 页。

当时还有一批学院诗人们一直坚守着诗歌纯粹的灵魂。1988年12月24日,由北京大学五四文学社和圆明园诗社联合举办了"黑洞诗歌朗诵演唱会",会上发布了《新浪漫主义宣言》:"我们鼓励用最简单的文字处理最广泛的内容,竭力接近人类内心的真实,强调诗歌的主题性、激情和对生命的赞颂。"①这个宣言体现了在诗歌创作中对新理想主义或新浪漫主义的追求。

　　应该说,新时期的诗歌从诗歌功能、诗歌本体、诗歌思维、诗歌表现等方面,对传统诗歌进行了全面的反叛。诗句长短参差,押韵的诗行少,且韵脚疏散、无规律,分节也多无规律可循。现代汉语的演变一直向散文化靠拢,新诗在发展的过程中,也吸收了很多散文的语言特质。文法闲散自如,句法疏散错落,但是,诗歌也不同于散文。在自由的外表下,诗歌内在的韵律和节奏、独特的声和影,非但没有削弱,反而多有加强,具有特有的华美。对英国浪漫主义翻译的格律为体的要求虽在新诗创作没有全盘沿袭,但多少也保留了其中的意蕴。众多新诗读来抑扬顿挫、朗朗上口,易于诵记。

　　在诗歌内容方面,在思维、理念革新的同时,仍然表现出同英国浪漫诗歌有相似之处的重视个人内心感受,表现复杂炽热的情感,或哀伤或喜悦或绝望的情绪,对民族、现实和人生热切的关心,对未来的理想和希望等等。这些优秀的诗歌反映着诗人的情绪色彩,在语言的张力中揭示着诗人的内心世界。

　　已逝作家王小波在其小说《青铜时代》的序"我的师承"中叙述了自己怎样从著名翻译家王道乾和查良铮先生那里学得最美、最老到的语言的经历。"查先生和王先生对我的帮助比中国近代的一切著作家对我帮助的总和还要大。现代文学的其他知识,可以很容易地学到。但假如没有像查先生和王先生这样的人,最好的中国语言就无处去学。"②王小波也喜读傅雷等人的译笔,"这些文字都是好的,但是最好的,还是诗人们的译

---

① 谢冕:《谢冕论诗歌》,南昌:江西高校出版社,2002年,第155页。
② 王小波:"序",《青铜时代》,广州:花城出版社,1997年。

笔;是他们发现了现代汉语的韵律。没有这种韵律,就不会有文学。"①他还建议说:"想要读最好的文字就要去读译著,因为最好的作者在搞翻译。"②在新时期的诗歌发展历程中,也潜移默化了对英国浪漫主义诗歌的阅读、翻译和欣赏。毕竟,在文化交流日益繁纷、日益迅捷的全球化语境里,通过翻译交流而涌入本土的林林总总,都有如溪流,汇入大海,构筑着本土文学在创作和艺术上的丰富性与多元性。

2. 多样化的研究

陈梦家曾在《新月诗选·序言》中论及外国文学的影响:"到了这个世纪,不同国度的文化如风云会聚在互相接触中自然溶化了。外国文学影响我们的新诗,无异于一阵大风的侵犯。"他还说,"我们的白蔷薇园里,开的是一色雪白的花,飞鸟偶尔撒下一把异色的种子,看园子的人不明白第二个春天竟开了多少样奇丽的异色的蔷薇。那全是美丽的,因为一样是花。"③

翻译家们把英国浪漫主义诗歌的异色种子引入中国,使得诗歌的蔷薇园色彩斑斓。而进入到新时期之后,对于英国浪漫主义诗歌文本本身的研究也渐趋多样化,不仅更为全面地展现了诗歌的多重内蕴,而且更好地促进了中西诗歌意向的会通。

在新时期,有一些对浪漫主义诗歌作整体研究的著作,如:季亚科诺娃(Дьяконова, Н. Я.)著,聂锦坡、海龙河译的《英国浪漫主义文学》(辽宁大学出版社 1990 年 4 月版)集中探讨了浪漫主义的诗学理论和美学观点。

王佐良著《英国浪漫主义诗歌史》(人民文学出版社 1991 年 8 月版),勾勒了诗歌的整体概观和发展轨迹,诗歌选段也尽是名篇,附以名译,从诗歌的形式到主题无不细致入微地阐述分析。

张旭春著的《政治的审美化与审美的政治化:现代性视野中的中英浪

---

① 王小波:"序",《青铜时代》,广州:花城出版社,1997 年。
② 同上。
③ 陈梦家:"《新月诗选》序言",转引自王永生主编:《中国现代文论选》,贵阳:贵州人民出版社,1982 年,第 113 页。

漫主义思潮》(人民出版社2004年1月版),着重思考浪漫主义与现代性的关系,该书在英国浪漫主义的"政治审美化"命题参照下,分析了创造社"从文学革命到革命文学"的历史转向。

鲁春芳著的《神圣自然:英国浪漫主义诗歌的生态伦理思想》(浙江大学出版社2009年8月版),"对英国浪漫主义诗歌产生的深层原因、浪漫主义诗歌的本指内涵,以及其对后来英美文学史上思想大家的影响等问题"①进行了研究。

左金梅、张学义、李方木等著的《女性主义视域下的英国浪漫主义诗人》(山东友谊出版社2009年10月版),以法国女性主义理论为出发点,对布莱克、华兹华斯、柯勒律治、雪莱、拜伦和济慈的创作艺术进行了综合研究。

本节将分述新时期对各位诗人展开的多层次、多角度的研究成果。为使结构清晰,按照研究对象和范围细分为四领域:

1. 翻译研究:对诗人个别诗作或整体诗歌在我国的翻译状况作较为全面系统的归纳,或细致的文本分析及其在文化、政治、社会的影响分析。

2. 作品研究:从语言学、社会学、文学、哲学等多种视角对诗人个别诗作的欣赏评析、学术性探讨或争鸣。

3. 综合研究:对诗人创作作出整体评价,对其思想和艺术特色进行宏观的综合探讨。

4. 比较研究:以比较文学的研究方法和视角,将英国浪漫主义诗人诗作和国内外的诗人诗作进行对比研究。

该部分中的论文按照各种学报、外国文学研究与欣赏的期刊(主要根据上海图书馆《全国报刊索引》及人民大学复印中心《报刊资料索引》、河北师院、上海教院、上海社科《外国文学研究论文资料索引》)的不完全统计。

布莱克

对布莱克的研究集中在个体诗作和整体诗学之上,而翻译研究几乎

---

① 毛信德:"序",《神圣自然:英国浪漫主义诗歌的生态伦理思想》,杭州:浙江大学出版社,2009年,第2页。

没有,比较研究也较少:

1. 作品研究:对布莱克的诗歌作品研究多集中在《天真之歌》、《老虎》、《伦敦》等名篇之上,通过对诗作的细读分析,对布莱克思想进行了较为深层的探讨。主要研究文章如:牛庸懋的《略谈布莱克的两首诗》[《河南师大学报(社会科学版)》1982年第5期],杜可富的《威廉·布莱克的〈老虎〉音韵效果浅析》(《外国文学研究》1992年第4期),丁宏为的《重复与展开:布莱克的〈塞尔〉与〈幻视〉》(《外国文学评论》1993年第1期),张珣的《论布莱克〈天真之歌〉的天真》(《西安外国语学院学报》2005年第2期),袁洪庚、乐美儿、蒋海鹰的《影响的焦虑与焦虑的影响:对布莱克小诗〈飞虻〉的三层阐释》[《兰州大学学报》(社会科学版)2007年第5期]。

2. 综合研究:90年代以来,对于布莱克的研究呈现多样化的面貌,尤其是对布莱克诗歌思想特性、宗教倾向、象征主义、女性主义等进行了多角度、理论化地深入剖析,主要研究文章如:尉迟华、王克强的《布莱克与"诗的素描"》[《山西师大学报》(社会科学版)1985年第3期],张德明的《魔鬼的智慧——谈"在地狱里采风"的布莱克》(《读书》1988年第8期),张炽恒的《布莱克——现代主义的预言者》(《外国文学评论》1989年第4期),袁宪军的《威廉·布莱克的悲剧意识》[《北京大学学报(英语语言文学专刊)》1992年第2期],胡建华的《谁造就了布莱克?》(《外国文学评论》1994年第3期),胡建华的《布莱克的"人类灵魂的两种对立状态"——从〈天真与经验之歌〉到〈天堂与地狱结婚〉》(《外国文学》1996年第3期),杨小洪的《布莱克〈经验之歌〉的系统结构》(《外国文学评论》1996年第3期),袁宪军的《威廉·布莱克的灵视世界》(《国外文学》1998年第1期),胡孝申、邓中杰的《威廉·布莱克创作阶段划分刍议》(《外国文学研究》1998年第1期),刘朝晖的《"影"之谜:对布莱克的女性主义研究》(《外国文学研究》2000年第1期),邱仪的《论布莱克抒情诗的精神世界》(《广西社会科学》2000年第3期),张思齐的《布莱克诗歌创作中的东方因素》(《天津外国语学院学报》2005年第1期),唐梅秀的《布莱克对弥尔顿的误读》(《天津外国语学院学报》2005年第6期),曾方荣的《布莱克诗歌中的伦理思想》(《外国文学研究》2005年第6期),丁宏为的《灵视与喻比:布莱克魔鬼作坊的思想意义》(《外国文学评论》2007年第2期),刘伟的《神圣的疯子——纪念威廉·布莱克诞辰 250 周年》(《世界文化》2007 年第 10 期),区鉷、陈尧的《威廉·布莱克与后现代主义》[《中山大学学报》(社会科学版)2008 年第 3 期],方汉泉的《布莱克的辩证观与体现其辩证观的若干诗作》(《解放军外国语学院学报》2008 年第 4 期),向云根的《现代之恶的预言者:威廉·布莱克》(《文艺研究》2009 年第 8 期)。

3. 比较研究:对布莱克诗作的比较研究并不多,仅见到孙永芳的《从"野花"意象看布莱克对陈梦家诗歌的影响》(《安徽文学》(下半月)2010 年第 2 期),通过将布莱克的《野花之歌》("一沙一世界,一花一天堂")与新月派诗人陈梦家的《一朵野花》做比较,探讨了两者之间的互动关系。

彭斯

1. 翻译研究:对彭斯的翻译研究集中在几首耳熟能详的名诗上:如《我的心在高原》、《一朵红红的玫瑰》,后者受到的关注度更高,内容基本都是传统的欣赏评析和译作的多译本比较。主要研究论文有:杨小洪的《诗歌在翻译中丧失了什么——谈彭斯的〈我的心在高原〉》(《杭州师范学院学报》1996 年第 4 期),王宗文、卫纯娟的《彭斯名诗"A Red, Red Rose"汉译比较研究》(《外语与外语教学》1997 年第 6 期),陈国华的《王佐良先生的彭斯翻译》(《外国文学》1998 年第 2 期),郝晓静的《"A Red, Red Rose"一诗译文的比较研究》(《山西大学师范学院学报》2000 年第 2 期),张保红的《诗歌比较与翻译研究:以罗伯特·彭斯诗"一朵红红的玫瑰"与三首汉诗为例》(《外语与翻译》2009 年第 2 期),顾红燕的《主位结构视角下彭斯名诗〈一朵红红的玫瑰〉的汉译比较研究》(《牡丹江大学学报》2009 年第 11 期),张艳红的《〈一朵红红的玫瑰〉汉译风格再现比较研究》(《作家杂志》2009 年第 16 期)。

2. 作品研究:对彭斯的作品研究同样也集中在《一朵红红的玫瑰》等名诗上,分析诗歌文本拥有的诗意情怀、音韵节拍、审美知觉等内在结构。1978 年,薛诚之的《谈彭斯一首被删改歪曲了的诗》(《外国文学研究》1978 年第 1 期)强烈批判了英国资产阶级出版家删节及篡改彭斯的一首政治讽喻诗《游斯特令皇宫废墟有感》,并指出正因为此,该诗的思想性和技巧性不足,因而间接导致了在中国的译介缺席。

到80年代,对彭斯个别诗作的政治判断的色彩逐步减弱,从写作技法和审美角度的赏析渐渐增多,特别是《红红的红玫瑰》、《我的心呀在高原》、《往昔的时光》这两首诗,主要研究论文如:降大任的《象玫瑰般的芬芳——彭斯的一首诗与中国三首古代情歌的对比赏析》(《名作欣赏》杂志1983年第6期),杨莉藜的《乡情·爱思·赤子心——彭斯〈我的心呀在高原〉浅析》(《南都学坛》1984年第1期),石剑青的《六月的红玫瑰——Robert Burns的诗"A Red, Red Rose"赏析》(《中州大学学报》2003年第3期),陈晨的《新批评视角下的〈一朵红红的玫瑰〉》(《电影文学》2008年第6期),张冬梅的《罗伯特·彭斯对动物的同情之再现——谈〈致老鼠〉》(《语文学刊》2007年第12期),孙芳的《浅论〈往昔的时光〉的艺术特色》[《新乡学院学报》(社会科学版)2009年第4期],孟令新、靳瑞华、赵文兰的《彭斯〈一朵红红的玫瑰〉中的修辞美》(《安徽文学》2009年第6期)。

3. 综合研究:对彭斯的综合研究指对诗人诗作的整体性研究以及对其思想和艺术特色的宏观探讨。1979年黄月华的《劳动人民自己的诗人——纪念彭斯诞生二二〇周年》(《山西大学学报》第2期)既肯定了作为"农民诗人"的彭斯对浪漫主义诗歌传统的正面影响,同时,也指出了由于"18世纪末整个欧洲文学的不景气及苏格兰农民视野的狭窄"而导致其思想内容上存在不足。在80年代的译介研究中,彭斯植根于人民群众之中"农民诗人"的战斗形象,以及其同情革命的斗争性在仍然保持着极高的赞誉,如:

飞白的《山花不是墨写成:谈彭斯诗歌的风格》(《外国文学欣赏》1984年第3期),吴晴的《诗人彭斯与羊杂布丁》(《编译参考》1985年第1期),江家骏的《浅谈对彭斯民歌的欣赏》[《西南师范大学学报》(人文社会科学版)1985年第3期],高嘉正的《杰出的农民诗人——彭斯诗歌浅评》[《吉首大学学报》(社会科学版)1986年第2期],方达的《深情的歌颂 辛辣的嘲讽——谈彭斯的诗》(《安庆师范学院学报》1987年第2期),江家骏的《真情吟出不朽诗——纪念苏格兰人民诗人罗伯特·彭斯230周年诞辰》(《自贡师专学报》1989年第3期)。

进入90年代之后,对彭斯诗歌的综合研究同样也呈现了去政治化的特点,探讨彭斯诗歌整体的艺术风格、平民精神、审美主题和自然情怀。

主要的研究文章有:杜春荣的《意境美·构思美·语言美——谈彭斯爱情诗的艺术特色》[《齐齐哈尔大学学报》(哲学社会科学版)1944年第1期],肖琴的《彭斯诗作中的民主与自由思想》《天中学刊》1995年第5期),朱志伟的《略论彭斯抒情诗的艺术风格》(《外国文学研究》1996年第4期),金春笙的《论彭斯抒情诗中爱之主题》(《世界文学评论》2006年第2期),唐建福的《语用学视角:解读彭斯的爱情诗〈一朵红红的玫瑰〉》[《河北理工学院学报》(社会科学版)2007年第2期]等。

4. 比较研究:对彭斯的比较研究将彭斯与徐志摩、雪莱、弗罗斯特、司各特、哈菲兹进行对比,将"一朵红红的玫瑰"与唐诗、与"上邪"、与约翰·安徒生的"我爱"、与威廉·伯特勒·叶芝的"当你老了"进行比较,分析各自诗歌表现的审美感觉方式、审美趣味以及价值取向,主要研究论文有:俞久洪的《哈菲兹和彭斯诗歌之比较——兼论前者对后者的影响》(《国外文学》1991年第1期),李茵的《罗伯特·彭斯和他的"我的爱人象朵红红的玫瑰"与约翰·安徒生"我爱"》[《柳州师专学报》(综合版)1993年第2期],方达的《彭斯和司各特的诗及其比较》[《安庆师范学院学报》(社会科学版)1994年第2期],姚冬莲的《论彭斯和弗罗斯特诗歌的相似性》[《浙江大学学报》(人文社会科学版)1996年第3期],刘慧宝的《诗香芬芳播久远:彭斯的〈红玫瑰〉与唐诗比较摭谈》[《江南大学学报》(社会科学版)1997年第3期],冯德银的《英国浪漫主义诗坛中的两颗流星——简述彭斯雪莱及其诗歌风格》(《语文学刊》2001年第5期),张雪飞的《徐志摩与彭斯之比较》[《聊城大学学报》(社会科学版)2005年第3期],鹿忆的《〈一朵红红的玫瑰〉与〈上邪〉的爱情观比较》(《科教导刊》2010年第1期),王丹丹的《经典情诗之美:罗伯特·彭斯的〈一朵红红的玫瑰〉与威廉·伯特勒·叶芝的〈当你老了〉赏析》(《文学界》2010年第4期)。

华兹华斯和柯勒律治

1. 翻译研究:对华兹华斯的翻译研究有历时性的整体描述,也有对某首诗作的个案探讨。主要研究文章如:葛桂录的《建国以后华兹华斯在中国的接受》[《宁夏大学学报》(哲学社会科学版)1999年第1期],葛桂录的《华兹华斯在20世纪中国的接受史》[《淮阴师范学院学报》(哲学社会科学版)第22卷2000年第2期],北塔的《形神兼备信言美——论杨德豫先生的汉译〈华兹华斯抒情诗选〉》(《中国翻译》2003年第3期),王雪明的《操控下的阻抗式归化翻译——以〈学衡〉华兹华斯一诗多译为例》(《外语教学理论与实践》2008年第4期)。

2. 作品研究:新时期之初,在湖畔派诗作尚未大量译介的情况下,一般研究者和读者仍把华兹华斯和柯勒律治看作消极浪漫主义诗人,并成为那些积极浪漫主义诗人斗争的对象。这种在当时几乎成了定论的评价左右了80年代初期一些研究者的观念。1981年赵瑞蕻先生的文章《读华兹华斯名作花鸟诗各一首》,是"文革"结束不久后,在学术界、文艺界批判极左思潮和文化专制主义的过程中,较早重新评价华兹华斯的一次尝试。之后,对这两位浪漫主义诗人的个体诗作研究多集中分析诗歌文本拥有的诗意情怀、审美知觉等内涵意蕴,其中华兹华斯代表着浪漫主义诗歌中返回自然的主要倾向,柯勒律治代表的则是通过瑰丽的想象创造神秘气氛或异国情调的倾向,两人的诗作均折射出了诗人对人的处境及命运与前途的理性思考。主要的研究文章如:

袁宪军的《"水仙"与华兹华斯的诗学理念》(《外国文学研究》2004年第5期),张智义的《华兹华斯〈序曲〉溺亡片段分析》(《四川外语学院学报》2004年第2期),张智义的《华兹华斯诗学的二律背反——华诗〈康伯兰的老乞丐〉之我见》(《解放军外国语学院学报》2004年第4期),张智义的《华兹华斯〈有一个男孩〉的多重读解》(《四川外语学院学报》2005年第6期),席兴发的《一位"讴歌自然的诗人"——从"Bright Morning"一诗透视华兹华斯》(《世界文学评论》2007年第2期),袁宪军的《自然的意义:解读华兹华斯"丁登寺"诗》(《英美文学研究论丛》2007年第2期),余幼珊的《从〈迈可〉到〈远足〉——论华兹华斯的田园诗》(《外国文学研究》2008年第6期),郭勇的《英诗节奏变化与意境之延展——华兹华斯名诗〈歌〉的节奏诠释》(《四川外语学院学报》2009年第1期)。

陈敦全的《跌宕起伏 寓意深刻——浅评英国浪漫诗人柯勒律治名诗〈忽必烈汗〉》[《厦门大学学报》(哲学社会科学版)1985年第1期],高健的《幽邃瑰诡 谲奇伟丽——读柯勒律治记梦诗〈大汗游苑〉》(《名作欣赏》1986年第1期],鲁春芳的《从〈古舟子咏〉看柯勒律治的自然观和生态意识》(《浙江学刊》2006年第6期),袁宪军的《柯勒律治〈忽必烈汗〉的主题形象》(《北京第二外国语学院学报》2001年第6期),汪小玲的《神秘与诗意——柯尔律治神秘主义诗歌境界》(《外语与文化研究》2002年第2辑),刘迪南的《柯勒律治诗作〈忽必烈汗〉与他的"彼岸世界"》(《民族文学研究》2005年第4期),罗益民的《管箫婚曲声中的流浪者——柯尔律治〈古舟子咏〉中的基督教主题》(《国外文学》2006年第3期),李枫的《神秘与怪诞折射出的现实意义与理想之光——读柯尔律治的诗歌〈魔鬼的思想〉与〈无望的劳作〉》(《中华读书报》2007年9月19日)。

3. 综合研究:对湖畔派的综合研究折射出了新时期学者们对湖畔派诗人诗作的重视。各种研究论文和专著重新全盘解读湖畔诗人的具体文思和诗作,展开了多种专题研究,从较为深刻、宽广的平面上揭示湖畔派所代表的英国浪漫主义的重要概念。

80年代初的一些文章仍持传统、保守的观点,仍按积极和消极之分,并以现实主义与社会斗争为准绳,如曹国臣的文章《略论华兹华斯》(《外国文学研究》1982年第1期)和王森龙的文章《谈谈华兹华斯及其〈抒情歌谣集〉序言》(《上海师院学报》1983年第2期),但华兹华斯的形象在许多研究者笔下渐渐得到了拨乱反正,不再给湖畔派戴上"消极"的帽子,也没有那种任意贬低的武断评价。这类评论文章如:林晨的《华兹华斯与〈抒情歌谣集〉》和茅于美的《英国桂冠诗人》(《外国文学研究》1984年第4期),汪剑鸣的《谈谈关于华兹华斯的评价问题》(《吉首大学学报》1983年第1期),王捷的《英国"湖畔派"诗人和华兹华斯》(《运城师专学报》1985年第1期),傅修延的《关于华兹华斯几种评价的思考》(《上饶师专学报》1985年第2期),刘庆璋的《评华兹华斯的诗歌理论》(《西北师院学报》1985年第2期)等,这些文章都不同程度上对澄清以往学术界在华氏评价过程中的"左"的倾向、机械唯物主义态度,让我们重新理解欣赏华氏诗论和创作,做了不少正本清源的努力。

90年代研究华兹华斯文章多属于介绍、平反性质,结合诗人本人性格、生活环境、创作经历和英国诗歌传统,对其诗歌成因和哲学思想作了溯源性探讨;指出他的诗作发轫于自然,回归于自然,他并不是为逃避社会现实而转向自然,而是为解决社会问题和人生问题才投向自然。其中具有一定代表性的研究论文如:段孝洁的《从华兹华斯的诗歌创作看其哲学思想》(《南京师大学报》1993年第1期),章燕的《自然颂歌中的不和谐音——浅析华兹华斯诗歌中的自我否定倾向》(《外国文学评论》1993年第2期),蒋显璟的《生命哲学与诗歌——浅谈柯勒律治的诗歌理论》(《外国文学评论》1993年第2期),陆建德的《"我相信,所以我理解"——关于柯尔律治"论证循环"的思考》(《外国文学评论》1993年第3期),王捷的《华兹华斯自然诗创作溯源》(《上海师大学报》1995年第3期),孙靖的《华兹华斯对自然的诗意建构》(《齐齐哈尔师院学报》1995年第6期),严忠志的文章《论华兹华斯的诗歌创作观》(《四川外语学院学报》1996年第2期),聂珍钊的论文《华兹华斯论想象和幻想》(《外国文学研究》1997年第4期),苏文菁的《华兹华斯在中国》(《中国比较文学》1999年03期)。

进入21世纪,对湖畔派的研究愈加受到重视,研究论文层出不穷,研究视角也不断更新拓宽,对华兹华斯相对于我国读者较陌生的一些侧面做了专题研究,对华氏诗歌创作理论作了很有深度又比较全面的思考分析,对柯勒律治的浪漫主义思想和诗作也进行了深入和系统的探讨,尤其研究了他在诗学与神学的共构之中所占的重要地位,揭示了由湖畔派诗人所代表的英国浪漫主义的重要概念。主要的研究作品如:顾思兼的《试论华兹华斯思想转变中的心路历程》[《上海交通大学学报》(社会科学版)2000年第1期],易晓明的《论华兹华斯诗歌情感的时间建构》(《外国文学研究》2000年第1期),严忠志的《黑暗通道中的探索——论华兹华斯诗歌语言观的超前性》(《四川外语学院学报》2000年第2期),易晓明的《华兹华斯与泛神论》(《国外文学》2000年第2期),白锡汉的《华兹华斯的死亡意识论》(《山东师大外国语学院学报》2000年第4期),崔莉的《重返自然的桥梁——试析华兹华斯的儿童观》(《解放军外国语学院学报》2002年第2期),陈才忆的《自然心底存,欢愉孤寂时——论华兹华斯自然观》(《四川外语学院学报》2002年第6期),苏文菁著的《华兹华斯诗学》(社会科学文献出版社2000年3月版),丁宏为著的《理念与悲曲:华兹华斯后革命之变》(北京大学出版社2002年1月版),易晓明的《论华兹华斯诗歌中泛神论转换的多重艺术策略》(《国外文学》2003年第2期),杜平的《论华兹华斯诗歌的孤独意识》(《四川外语学院学报》2003年第3期),张智义的《言语行为理论视域中的华兹华斯诗学——一种圆形批评的尝试》(《外语研究》2004年第1期),赵光旭的《语言是思想的化身——华兹华斯诗歌语言观的诠释学解读》[《沈阳师范大学学报》(社会科学版)2004年第2期],罗益民的《心灵湖畔的伊甸园——作为自然神论者的基督教徒华兹华斯》(《解放军外国语学院学报》2004年第2期),杨金梅的《华兹华斯自然观中的矛盾分析》(《四川外语学院学报》2004年第6期),陶家俊的《海盖特的沉思者:柯尔律治晚年思想一瞥》(《解放军外国语学院学报》2005年第1期),张智义的《保罗·德·曼的华兹华斯诗学研究》(《南京师范大学文学院学报》2005年第1期),白凤欣的《华兹华斯诗歌中的自然情结》(《西安外国语学院学报》2005年第4期),赵光旭的《华兹华斯"瞬间"诗学观念的现代性特征》(《四川外语学院学报》2005年第6期),周兰美的《论华兹华斯叙事诗的叙事策略》(《世界文学评论》2007年第1期),赵光旭、马琳的《巴什拉的诗意想象论与华兹华斯"明智的被动"》(《英美文学研究论丛》2007年第2期),朱芳的《华兹华斯诗学三议》)(《世界文学评论》2007年第2期),陈才忆的《湖畔对歌:柯尔律治与华兹华斯交往中的诗歌研究》(四川人民出版社2007年6月版),王著定的《柯勒律治与文学本体论的变迁》(《兰州学刊》2007年第9期),王晓华的《华兹华斯:生态意识的觉醒者》(《社会科学辑刊》2008年第1期),李枫的《消极浪漫与神学美学——以柯勒律治的诗歌及相关作品为例》(《中国比较文学》2008年第2期),李枫的《诗人的神学:柯勒律治的浪漫主义思想》(社会科学文献出版社2008年12月版),王颖的《解读经典——再评华兹华斯诗歌创作艺术》(《小说评论》2009年第S1期),陈清芳的《论华兹华斯的"快乐"诗学及其伦理内涵》[《湖北大学学报》(哲学社会科学版)2009年第5期],张跃军的《哈特曼解读华兹华斯对于自然的表现》(《当代外国文学》2009年第4期),于金林的《华兹华斯自然主义诗歌的创作溯源——法国大革命及卢梭思想对其自然观的影响》[《齐齐哈尔大学学报》(哲学社会科学版)2009年第6期],赵光旭的《华兹华斯"化身"诗学研究》(上海大学出版社2010年3月版),董琦琦的《启示与体验:柯尔律治艺术理论的神性维度》(光明日报出版社2010年5月版),王宪、赵光旭的《自在自然与人化自然:从马克思主义生态观看华兹华斯的自然观》(《北京第二外国语学院学报》2010年第6期)。

4. 比较研究:对湖畔派的比较研究主要是把华兹华斯和柯勒律治与我国古代文人如老子、李商隐和王维、李白、李贽、刘勰,近现代的徐志摩、郭沫若等,以及与英国的莎士比亚等加以比较。研究涉及不同诗人诗作的创作背景、诗学思想、艺术特色、心理动机、精神特质,探索异同,总结规律。不少文章在比较分析时广泛而深刻地涉及了中西文化传统的诸多差异,从而让我国读者接受华兹华斯有了一个比较明确的坐标参照系,也使得华兹华斯成为早期西方文学批评中同中国文学批评传统十分接近的一位诗人。主要的研究文章有:萧驰的《王夫之和柯勒律治诗学比较研究》(《文艺研究》1996年第2期),蔡宗齐撰、郑学勤译的《华兹华斯和刘勰的文学创造诗学》(北京大学出版社1998年7月版),曹辉东的《物化与移情——试论陶渊明与华兹华斯》(《南京大学学报》1987年第1期),兰菲的《华兹华斯与陶渊明》(《东西方文化评论》第三辑,北京大学出版社1991年版),(葛桂录的《道与真的追寻——〈老子〉与华兹华斯诗歌中"复归婴孩"观念比较》(《南京大学学报》1999年第2期),费致德的《从柯勒律治有关想象(Imagination)的诗论看三首唐人诗》(《解放军外语学院学报》1993年第2期),郑长天的《心性自然与神性自然:陶渊明与华兹华斯之比较》(《中国韵文学刊》2000年第2期),张叉的《陶渊明和华兹华斯的"静"中之"动"》[《四川师范大学学报》(社会科学版)2000年第5期],张小钢的《华兹华斯与王维的诗化自然的比较》(《江南学院学报》2000年第1期),潘宇文的《布莱克的〈伦敦〉与华兹华斯的〈伦敦,1802年〉之比较》(《湖州师范学院学报》2001年第S1期),郭高峰的《飞鸟与流云的对话——论陶渊明与华兹华斯自然观中的哲学背景》(《浙江师范大学学报》2004年第2期),闫建华的《一样的幽兰,别样的情怀——杜甫〈佳人〉与华兹华斯〈歌〉对比研究》,(《外国语言文学》2005年第6期),余艳娟的《相遇于自然:华兹华斯与孟浩然的诗性追求》[《惠州学院学报》(社会科学版)2005年第2期],吴海超的《华兹华斯与柯勒律治"想象与幻想"论之比较》(《世界文学评论》2006年第1期),王强的《康河边迎风起舞的水仙——徐志摩〈再别康桥〉与华兹华斯〈咏水仙〉之比较》(《开封教育学院学报》2007年第1期),罗益民的《打开心灵之锁的金钥匙——表现理论:从莎士比亚到华兹华斯》(《四川外语学院学报》2008年第5期),雷素娟的《杨键与华兹华斯的抒情诗比较》[《安庆师范学院学报》(社会科学版) 2008 年第 7 期],张叉的《中外文学中相对的隐士——论陶渊明和华兹华斯之胸怀天下》(《当代文坛》2008 年第 6 期),邹小利的《从物我关系看华兹华斯和柯勒律治诗歌风格的差异》(《吉林省教育学院学报》2008 年第 12 期),朱芳的《论华兹华斯的自然观——兼与庄子自然观之比较》(《广东外语外贸大学学报》2009 年第 1 期),王颖、刘伟的《现代性视野下的华兹华斯与沈从文》(《广西社会科学》2010 年第 1 期)。

拜伦

1. 翻译研究:对拜伦的翻译研究集中在《哀希腊》、《赞大海》等几首著名的诗歌上,研究年代也多集中在清末民初及五四的时间段上,内容多为探索其中蕴涵的政治与文学意义。比较有代表性的文章有:范德一的《喜读拜伦〈哀希腊〉新译》(《安徽大学学报》1982 年第 3 期),钟翔、苏晖的《读黄侃文〈䌌秋华室说诗〉——关于拜伦《赞大海》等三译诗的辨析》(《外国文学研究》1994 年第 3 期),戴从容的《拜伦在五四时期的中国》(《苏州大学学报》2003 年第 1 期),廖七一的《梁启超与拜伦〈哀希腊〉的本土化》(《外语研究》2006 年第 3 期),胡翠娥的《拜伦〈赞大海〉等三诗译者辨析》(《南开学报》2006 年第 6 期),邓庆周的《翻译他者与建构自我——论拜伦、雪莱对苏曼殊的影响》(《河南社会科学》2007 年第 3 期),李公文、罗文军的《论清末"拜伦"译介中的文学性想象》[《西南大学学报》(社会科学版)2010 年第 2 期],罗文军的《最初的拜伦译介与军国民意识的关系》(《中国现代文学研究丛刊》2010 年第 2 期)等等。

2. 作品研究:对拜伦的作品研究多集中在他的叙事诗上,比较有代表性的文章有:潘耀瑮的《拜伦的〈恰尔德·哈洛尔德游记〉》[《武汉大学学报》(社会科学版)1981 年第 4 期],陆昇的《拜伦〈吟锡雍〉(*Sonnet on Chillon*)一诗的音乐性剖析》(《外语教学与研究》1985 年第 1 期),左金梅的《从"怪异"理论看拜伦的〈唐璜〉》(《四川外语学院学报》2007 年第 1 期),王化学的《时代的最强音——拜伦之〈恰尔德·哈洛尔德游记〉》[《山东师范大学学报》(人文社会科学版)2009 年第 6 期],杨莉的《拜伦诗歌的叙事节奏及其时间观》(《江西社会科学》2010 年第 6 期),杨莉的《拜伦长篇叙事诗中的叙述者》[《上海师范大学学报》(哲学社会科学版)2010

年第6期]，杨莉的《互文性叙事:拜伦叙事诗中的文学典故与宗教典故》(《江西社会科学》2011年第2期)，杨莉的《拜伦叙事诗研究在中国》(《求索》2011年第3期)等等。

3. 综合研究:对拜伦的综合研究指的是对诗作和诗人作的整体性评价，对其文学思想和艺术特色、社会价值的宏观性及历史性研究。主要的研究著作有:申奥的《浪漫主义诗人拜伦》(《读书》1980年第5期)，费致德的《海洋、蝎、月——拜伦惯用的一些艺术形象》(《教学研究》1982年第2期)，冯国忠的《拜伦和英国古典主义传统》(《国外文学》1982年第3期)，周锡生的《比诗更伟大的壮举——纪念拜伦逝世159周年》(《世界知识》1983年第8期)，林一民的《简论拜伦诗歌》[《南昌大学学报》(人文社会科学版)1983年第2期]，王化学、王建琦的《其人虽已殁 千载有余情——纪念拜伦诞生200周年》[《山东师大学报》(社会科学版)1988年第3期]，桂国平的《论拜伦对近代东西方政治与文学中的影响》(《外国文学研究》1991年第1期)，王美萍的《爱情的囚徒们——拜伦笔下的女性人物群像》(《解放军外国语学院学报》2005年第5期)，丁宏为的《轰鸣的无声:拜伦的悖论》(《四川外语学院学报》2005年第6期)，倪正芳的《拜伦与中国》(青海人民出版社2008年版)，张鑫的《浪漫主义的游记文学观与拜伦的"剽窃"案》(《国外文学》2010年第1期)，蒋承勇的《拜伦式英雄"与"超人"原型——拜伦文化价值论》(《外国文学研究》2010年第6期)等等。

4. 比较研究:对拜伦的比较研究多将拜伦与鲁迅、苏曼殊进行比较，主要研究论文有:农方团的《"别求新声"——浅谈鲁迅和拜伦》[《广西师范大学学报》(哲学社会科学版)1981年第4期]，文华的《拜伦和雪莱》[《上海师范大学学报》(哲学社会科学版)1984年第1期]，王离之的《苏曼殊与拜伦》(《岭南文史》1985年第1期)，高旭东的《拜伦的〈该隐〉与鲁迅的〈狂人日记〉》(《苏州大学学报》1985年第2期)，高旭东的《拜伦的〈海盗〉与鲁迅的〈孤独者〉〈铸剑〉》[《湖北大学学报》(哲学社会科学版)1985年第6期]，陆草的《苏曼殊与拜伦、雪莱之比较》(《中州学刊》1987年第4期)，王杏根的《拜伦与清末文坛》[《上海师范大学学报》(哲学社会科学版)1988年第3期]，余杰的《读狂飙中的拜伦之歌——以梁启超、苏曼殊、鲁迅为中心探讨清末民初文人的拜伦观》(《鲁迅研究月刊》1990年第9期),张旭春的《雪莱和拜伦的审美先锋主义思想初探》(《外国文学研究》2004年第3期),高旭东的《拜伦对鲁迅思想与创作的影响》(《鲁迅研究月刊》1994年第2期),杜平的《不一样的东方——拜伦和雪莱的东方想象》(《四川外语学院学报》2005年第6期),卢晶晶、张德让的《从审美活动的自律性和他律性看苏曼殊对拜伦诗的译介》(《天津外国语学院学报》2006年第1期),苏秀莉的《中西方爱情诗的差异——以元稹〈离思〉与拜伦〈雅典的少女〉为例》[《陕西师范大学学报》(哲学社会科学版)2009年第11期]。

雪莱

1. 翻译研究:对雪莱诗歌的翻译研究也是一大热点。新时期有多部著作和多篇论文以此为研究对象。如商瑞芹的《诗魂的再生:查良铮英诗汉译研究》(南开大学出版社2007年版)。主要的研究论文则有:江枫的《译诗,应该力求形神皆似——〈雪莱诗选〉译后追记》(《外国文学研究》1982年第2期),何功杰的《对〈西风颂〉翻译之管见:与杨熙龄同志商榷》(《安徽大学学报》1985年第3期),俞家钲的《雪莱〈云雀歌〉的表现艺术及翻译》(《国外文学》1991年第3期),《论雪莱〈西风颂〉的汉译》[《汉中师院学报》(哲学社会科学版)1993年第2期],《江枫先生谈〈雪莱全集〉》(《中国图书评论》1994年第5期),杨黎的《江枫——一往情深译雪莱》(《中国翻译》1997年第4期),王敏的《风格与气韵——雪莱〈西风颂〉三家译文之比较》(《西安外国语学院学报》2000年第4期),丹晨的《"众心之心"——关于〈雪莱全集〉(七卷版)中译本的出版》(《中国图书评论》2002年第5期),熊文莉的《雪莱及其作品在20世纪初中国的译介和接受》(《理论界》2005年第9期),张静的《自西至东的云雀——中国文学界(1908—1937)对雪莱的译介与接受》(《中国现代文学研究丛刊》2006年第3期),邓庆周的《翻译他者与建构自我——论拜伦、雪莱对苏曼殊的影响》(《河南社会科学》2007年第3期)。

2. 作品研究:新时期对雪莱的作品研究多集中在《诗辩》、《西风颂》、《含羞草》、《解放了的普罗密修斯》等名篇之上。代表性的文章如:郑朝宗的《读雪莱〈诗辩〉》[《厦门大学学报》(哲学社会科学版)1980年第4期],

车英的《雪莱和他的〈伊斯兰的起义〉》[《武汉大学学报》(哲学社会科学版)1981年第6期],任以书的《雪莱自然抒情诗歌的思想体系探讨》(《外国语》1983年第1期),王守仁的《论雪莱的"必然性"思想——读剧诗〈解放了的普罗密修斯〉》(《外国文学研究》1992年第4期),郑敏的《诗歌与科学:世纪末重读雪莱〈诗辩〉的震动与困惑》(《外国文学评论》1993年第1期),陆建德的《雪莱的流云与枯叶——关于〈西风颂〉第2节的争论》(《外国文学评论》1993年第1期),《是巫术,还是艺术?——论雪莱〈西风颂〉的多重内涵意义》(《文艺理论研究》1993年第5期),傅利平的《雪莱政治诗评》[《中南大学学报》(社会科学版)2003年第2期],袁宪军的《艺术对历史的消解:解读雪莱的〈奥西曼迭斯〉》(《北京第二外国语学院学报》2005年第6期),刘闽英的《论雪莱〈爱的哲学〉中的根隐喻》[《中南大学学报》(社会科学版)2009年第3期],刘晓春的《灵魂对肉身的消解:雪莱〈含羞草〉的隐喻之谜》(《国外文学》2011年第1期)。

3. 综合研究:对雪莱的综合研究指以历史、政治及思想研究为重点,对诗人诗作的整体性或综合型的探讨。主要的研究著作如:张江来写的《"猛进而不退转"的诗人雪莱》[《广西师范大学学报》(哲学社会科学版)1979年第3期],杨熙龄的《社会主义的急先锋——诗人雪莱的政论和哲学著作》(《读书》1980年第8期),张耀之的《外国文学评介丛书:雪莱(1792—1822)》(辽宁人民出版社1981年版),章安祺的《试论雪莱的文艺思想》(《中国人民大学学报》1991年第4期),赵蜀嘉的《世界文学史上一颗璀璨的星——纪念雪莱诞辰200周年》(《江汉大学学报》1992年第2期),周顺贤的《雪莱对现代阿拉伯文学的影响》(《阿拉伯世界》1993年第1期),陆建德的《雪莱的大空之爱》(《读书》1995年第4期),祝平的《雪莱的诗学思想》(《理论界》2007年第6期),罗义华的《雪莱诗歌和道德关系研究》(《外国文学研究》2008年第1期),张静的《一个浪漫诗人的偶像效应——二三十年代中国诗人对雪莱婚恋的讨论与效仿》(《中国现代文学研究丛刊》2009年第2期),张广海的《英国浪漫派诗人的自由观——以柯勒律治和雪莱为中心》(《青岛大学师范学院学报》2010年第1期)。

4. 比较研究:对雪莱和鲁迅、吴宓、徐志摩、郭沫若、穆旦之间的比较研究一直以来是众多学者的研究热点。主要研究论文如:朱刚的《试评华兹华斯与雪莱的诗论》(《安徽大学学报》1984年第2期),高旭东的《鲁迅与雪莱》(《外国文学评论》1993年第2期),郭张娜的《吴宓与雪莱》[《陕西师范大学学报》(哲学社会科学版)2002年第3期],张旭春的《雪莱和拜伦的审美先锋主义思想初探》(《外国文学研究》2004年第3期),杜平的《不一样的东方——拜伦和雪莱的东方想象》(《四川外语学院学报》2005年第6期),任春厚的《别求新声于异邦——鲁迅与拜伦、雪莱关系初探》[《河南大学学报》(社会科学版)2006年第2期],张喜华的《论徐志摩与雪莱诗风异同》(《南都学坛》2006年第3期),蒋钱英的《盛开在诗美之树上的两种异质玫瑰——郭沫若〈太阳礼赞〉与雪莱〈西风颂〉之意境比较》(《漯河职业技术学院学报》2008年第1期),顾国柱、王志清的《郭沫若早期美学观与雪莱〈为诗辩护〉》(《南都学坛》2008年第1期),覃春华的《追求理想,异道同谋——雪莱与徐志摩抒情诗歌思想主题对比分析》(《科学时代》2008年第2期),孙相阳、朱玲琳的《雪莱与穆旦后期诗歌"智慧"抒写的比较》(《乐山师范学院学报》2009年第4期)。

济慈

1. 翻译研究:在新时期,对济慈诗歌的翻译研究论文并不多,仅有李永毅的《诗人·匠人·洋化·归化——评屠岸先生译著〈济慈诗选〉》(《中国翻译》2002年第5期),洪亮的《英格兰的夜莺——读傅修延所译〈济慈书信集〉》(《创作评谭》2005年第2期),李淑玲的《济慈诗作在中国的译介、影响与研究》(《社会科学论坛》2010年第10期)等。

2. 作品研究:对济慈诗歌作品的研究多从美学的角度展开,分析其中的感官美、意象美、想象美。这与他"美即是真,真即是美"的诗学思想密不可分。不过虽然研究文章不少,但研究对象基本上都囿于《希腊古瓮颂》、《夜莺颂》、《秋颂》等几首著名颂诗上,对济慈其他主题的诗歌或长篇叙事诗的研究非常少。据笔者统计,自1980年至今,较有代表意义的文章如赵瑞蕻的《试说济慈三首十四行诗》(《外国文学研究》1980第2期),钱超英的《关于"美即是真、真即是美"——约翰·济慈〈希腊古瓮颂〉及其他》(《外国文学研究》1991年第1期),奚晏平的《济慈及其〈夜莺颂〉的美学魅力》(《外国文学评论》1993年第2期),罗益民的《济慈颂诗的感性美》(《外国文学研究》1997年第1期),罗益民的《济慈颂歌疑问语式的语用学解读方法》(《外国文学评论》1998年第3期),史钰军的《济慈六大颂诗诗体初探》[《浙江大学学报》(人文社会科学版)1999年第1期],申富英的《论济慈颂诗中的联觉意象》(《外语教学》2000年第1期),李小均的《审美 历史 生态——从〈秋颂〉管窥济慈诗歌研究的范式转型》(《外国语言文学》2004年第3期),王淑芹的《济慈〈希腊古瓮颂〉的美学解读》(《山东社会科学》2006年第5期),周桂君、王萍的《语用学视角下的诗歌解码——以济慈的〈秋颂〉为例》(《求是学刊》2006年第6期),傅修延的《济慈"三颂"新论》(《江西社会科学》2007年第2期),谭琼琳的《绘画诗与改写:透视济慈的古希腊瓮在美国现代派诗歌中的去浪漫化现象》(《外国文学研究》2010年第2期)等。

3. 综合研究:对济慈的综合研究指对诗人创作、诗作思想和艺术特色的整体性或综合型的探讨。这方面比较重要的论文多以历史研究为重点,挖掘济慈诗歌与其生活时代的社会和政治之间的外在关系。前期的如吴伏生的《论济慈的"消极能力"说》(《外国文学评论》1987年第2期),刘治良的《济慈诗中独特的感觉形象》(《外国文学评论》1988年第3期),章燕的《走向诗歌审美的人文主义——谈济慈诗歌中的社会政治意识与其诗歌美学的高度结合》(《外国文学评论2002年第4期》),罗益民的《心灵的朝圣者——约翰·济慈的宗教观》(《四川外语学院学报》2003年第5期),刘新民的《济慈书信阅读札记——兼论重新评价济慈其人其诗》(《外语研究》2003年第1期),章燕的《审美与政治:关于济慈诗歌批评的思考》(《外国文学评论》2004年第1期),罗义华的《约翰·济慈的诗歌与道德关系研究》(《外国文学研究》2005年第5期),李嘉娜的《〈诗品〉视野下的济慈诗歌创作——兼论西方济慈诗评》(《中国比较文学》2007年第3期),赵明炜、毛卓亮的《正在消失的感觉主义者——作为肺结核患者的约翰·济慈》(《外国语文》2009年第1期)。总体来看,对济慈的综合研究不再拘泥于审美和文本,而是把诗人放在了更广阔的视域下,用更多的视角来审视其诗歌成就。

4. 比较研究:很多学者都意识到济慈与中外其他诗人之间的相似性。从1979年薛诚之的《闻一多与外国诗歌》(《外国文学研究》1979年第3期)发表到现在,我国研究界一直非常关注济慈与中外诗歌的关系。

济慈与陆机、李贺、闻一多、朱湘、徐志摩等之间的相似性一再成为研究主题。如狄溯之的《美与悲：闻一多与济慈诗歌探微》(《湖北师范学院学报》1986年第4期)，张玲霞的《济慈与朱湘的自然观》(《文学评论》1990年第3期)，徐志啸的《两个天才而又短命的浪漫诗人——论李贺与济慈》(《中州学刊》1990年第2期)，朱徽的《李贺与济慈作品的艺术特色》(《外国语》1994年第2期)，刘介民的《新月下的夜莺——徐志摩与济慈》(《广州大学学报》2001年第4期)，张思齐的《济慈诗学三议》(《外国文学评论》2005年第2期)，王萍的《天庭雅韵与鬼域悲音——济慈的〈夜莺颂〉与爱伦·坡的〈乌鸦〉比较研究》[《辽宁大学学报》(哲学社会科学版)2005年第5期]，何亚卿的《英国浪漫主义诗歌中的秋天主题——评雪莱的〈西风颂〉和济慈的〈秋颂〉》[《东南大学学报》(哲学社会科学版)2005年第S1期]，杨慧、张新军、江黎娥的《优美与感伤的双重主题变奏——济慈与李商隐创作美学的平行研究》(《理论月刊》2003年第11期)，陈莉萍的《济慈对闻一多诗学理论的影响》(《闻一多殉难60周年纪念暨国际学术研讨会论文集》，2006年)，王广州的《济慈的"诗人无个性"、"消极感受力"与王国维的"无我之境"》(《外国语言文学》2007年第1期)，李素娜的《诗品视野下的济慈诗歌创作》(《中国比较文学》2007年第3期)，朱芳的《济慈"秋颂"与〈诗经·良耜〉的秋天》(《世界文学评论》2008年第2期)，张鑫的《对偶·通感·秀句·影响——济慈与陆机诗歌艺术比较研究》(《青海社会科学》2008年第3期)。这些文章或考证济慈对我国诗人的影响，或比较济慈与中外诗歌的共性，以文学批评史的方式展示这些学说的交互影响，加深我们对济慈诗学的认识。

第六章 经典的译介流变

英国浪漫主义诗歌在中国的百年历程中,总会发生某一首诗歌、某一部作品不断经历重译、变形和解读,而另一些诗歌被不断掩埋的情形。"历史的'事实',是处在一个不断彰显、遮蔽、变异的运动之中。"[①]这种彰显、遮蔽、变异透过纷繁复杂的翻译现象构成一个相对完整、清晰的历史序列,表现出意识形态和制度层面的曲折碰撞。与主流意识形态相吻合的部分会被保留、被颂扬,而相抵牾的部分则会被遮蔽,直到时代语境再度发生变化,诗学构造依次变更,对诗歌翻译和接受的过程才能出现取舍与阐释的衍变,并进而透视出文学与文化体系的重构与发展。

本章将一一剖析三首英国浪漫主义诗歌在中国的译介历程:《哀希腊》(*The Isles of Greece*)、《露西组诗之二》(*She Dwelt among the Untrodden Ways*)、《爱的哲学》(*Love's Philosophy*),从中透视出百年间文学翻译的起承转合,民族命运的跌宕沉浮以及诗歌发展的历史经纬。

第一节 《哀希腊》的价值建构

《哀希腊》是拜伦长篇叙事诗《唐璜》(*Don Juan*)中的一支歌曲,拜伦在其中借希腊诗人之口哀叹希腊的古国荣光不再,受尽异族凌虐宰割,因而激励希腊人民为独立自由而战。从内容结构上,全诗诗行严谨,韵律工整,四音步抑扬格贯穿整篇,便于吟唱。以开篇第一节为例:

> The Isles of Greece, the Isles of Greece!
> Where burning Sappho loved and sung,
> Where grew the arts of war and peace,

---

① 洪子诚:《问题与方法》,北京:三联书店,2002年,第34页。

> Where Delos rose, and Phoebus sprung!
> Eternal summer gilds them yet,
> But all, except their sun, is set.

　　诗节的韵脚为 ababcc，每个诗行呈四音步抑扬格，形式整饬。第一句"The Isles of Greece, The Isles of Greece!"是抑扬格两个音步的重复呐喊，直接将全诗推入激越高昂的情绪，也为后文叙事抒情奠下基础。之后是一连串的反问，以三个"where"的排比句式将思绪引入灿烂的往昔文明。拜伦十分擅长反问这种修辞手法，在全诗其他多处也可见，王佐良曾指出："英国浪漫主义诗人当中，司各特在叙事诗里，济慈在《伊莎贝拉》里也都用过（反问）"，但"似乎没有一个人运用到拜伦这种广泛的程度"。[①]整个诗节中音韵格式、表现内容、修辞手法相互烘托，和谐统一地突出了诗歌的主旨和情绪。

　　《哀希腊》的全诗在《唐璜》可独立成篇，在诗中拜伦对希腊人民时而激励，时而斥责，时而鞭策，时而讽刺，情感或沉郁或高昂，充满了真挚的报国之情和激越的战斗之思。自清末民初而下，这首诗一直备受关注，不断引起人们浓厚的翻译兴趣。

1. 在近代的本土化

　　本书第二章中曾有论述，梁启超所译的《哀希腊》节选是对英国浪漫主义诗歌的最早译介。1902 年，在小说《新中国未来记》中，梁启超根据弟子罗昌的口述以曲牌形式翻译了拜伦长诗《该隐》（梁译为《渣阿亚》）和《唐璜》（梁译为《端志安》）中关于希腊的两节诗，这就是后来被称为《哀希腊》中的第一节和第三节。看他的第一节译诗：

> 咳！希腊啊！希腊啊！
> 你本是和平时代的爱娇，
> 你本是战争时代的天骄。
> 撒芷波歌声高，女诗人热情好，

[①] 王佐良：《拜伦》，《王佐良文集》，第 150 页。

更有那德罗士、菲波士（两神名）荣光常照。
此地是艺术旧垒，技术中潮。
即今在否？
算除却太阳光线，万般没了！①

"英国近世第一诗家"的拜伦在希腊独立解放战争时慨然从戎，令同样具有强烈的报国热情的梁启超心向往之。因此借来这首雄壮愤激的诗发表政见、商榷国计，并求激起中国民众心灵相契的激动。至于为什么只译这两节诗，梁启超在《新中国未来记》第四回末的"总批"中说："本回原拟将《端志安》十六折全行译出，嗣以太难，迫于时日，且亦嫌其冗肿，故仅译三折。印刷时，复将第二折删去，仅存两折而已。然其惨淡经营之心力，亦可见矣。"②虽然大有删节，但梁启超的翻译苦心却在这两节中流露无遗。

可是，对照拜伦的原诗，不难发现梁译对原诗的改动较大。因为套用曲牌，将原诗节从六句变为八句，句式从较为整齐变为长短相间。原诗二、三句句序做了颠倒处理，并将内容扩展，用重复的修辞手法使译文更富音乐性，更适合吟唱。"Delos"是爱琴海中的一个小岛，被误译为神的名字。此外，"爱娇"、"天骄"、"此地是艺文旧垒，技术中潮"均为妄自添加的内容。

在第三节中，梁译与原诗的出入更大。原诗中的"And musing there an hour alone, /I dream'd that Greece might still be free."被译为"如此好河山，也应有自由回照。""For, standing on the Persians' grave, /I could not deem myself a slave."被译为"我向那波斯军墓门凭眺，/难道我为奴为隶，今生便了？/不信我为奴为隶，今生便了！"③梁译不仅在句意上不够准确，而且在语气上也相距悬殊。"如此好河山"、"我向那波斯军墓凭眺"为增加的内容。而原文末句是心平气和的陈述句，译文则改为结构对称的反问和感叹句式，语气强烈，充满了澎湃的激情。

---

① 梁启超：《新中国未来记》，桂林：广西师范大学出版社，2008年，第82—83页。
② 同上书，第104页。
③ 同上书，第83页。

虽然意义篡改较多,但是梁启超使译诗成为催人奋进的革命号角。译诗中最富感召力的那几句:"如此好河山,也应有自由回照"、"难道我为奴为隶,今生便了?/不信我为奴为隶,今生便了!"更是广为传诵。当时许多爱国的知识分子是流着眼泪来吟诵《哀希腊》的,这首诗"深深震撼和抚慰了他们淌血的心灵"①。可以说,梁译力图以希腊当时被奴役的处境,来唤起创建新中国的目的已经达到。

梁启超在译文之后,附了一段"著者案":"翻译本属至难之业,翻译诗歌,尤属难中之难。本篇以中国调译外国意,填谱选韵,在在窒碍,万不能尽如原意。刻画无盐,唐突西子,自知罪过不小,读者但看西文原本,方知其妙。"②从这段话可以看出梁启超深知译诗的艰难,同样也看得出他着意地用"填谱选韵"的方法来翻译原诗。之后他也对自己的翻译原则有过阐述:"勿徒求诸字句之间,惟以不失其精神为第一义。不然,则诘鞫为病,无复成其为文矣。"③翻译的目的是为了实用,以救国家的燃眉之急。而他的改译确实收到了既定的效果:"虽属亡国之音,却是雄壮愤激,叫人读来,精神百倍……句句都像是对着现在中国人说一般。"④

1905年,马君武遗憾梁译《端志安》不完整,于是重译此诗。他采取了较为自由的七言古歌行体,将《唐璜》中的这十六节诗全部译出,冠以《哀希腊歌》诗名,刊载于该年的《新文学》,后来收入1914年上海文明书局版《马君武诗稿》。和梁启超一样,"马君武译《哀希腊》,目的在鼓吹民主革命,多窜改原意"⑤,在该译诗题记中他表露了自己译诗时的功用心思:"呜呼?裴伦哀希腊,今吾方自哀之不暇尔。"⑥《哀希腊》中反暴君、反强权、争民族自由独立的英雄主义精神,与当时中国救国图存的需要相吻合,与译者文学救世的关注点相一致,因而以此来"哀中国"。

---

① 邹振环:《影响中国近代社会的一百种译作》,北京:中国对外翻译出版公司,1996年,第155—156页。
② 梁启超:《新中国未来记》,第83页。
③ 同上书,第104页。
④ 同上书,第84页。
⑤ 王森然:《近代二十家评传》,北京:书目文献出版社,1987年,第101页。
⑥ 莫世祥编:《马君武集》,武汉:华中师范大学出版社,1991年,第438页。

以第一节的译诗为例:

> 希腊岛,希腊岛,
> 诗人沙浮安在哉?爱国之诗传最早。
> 战争平和万千术,其术皆自希腊出。
> 德娄飞布两英雄,溯源皆是希腊族。
> 吁嗟乎!漫说年年夏日长,万般销歇剩斜阳。①

马君武套用了七言古歌行,柳无忌称之为"自由式七言体"②,因为不受严格的诗体形式的局限,从诗行到用韵都显得自由散漫得多。这一译本虽也曾被批评为"失之讹"③,讹误、脱漏、增添时有发生。但"因恰如其分地传达了原作凄婉哀切、缠绵悱恻的韵味和情调,更是备受推崇"④。尤要指出的是,他借反复吟咏的诗体来增加译诗的感染力。第一章首句的重复呼语"希腊岛,希腊岛",和每章最后一句都用"吁嗟乎!"的相同句式回环往复:

> 吁嗟乎!漫说年年夏日长,万般销歇剩斜阳。
> 吁嗟乎!琴声摇曳向西去,昔年福岛今何在?
> 吁嗟乎!白日已没夜已深,希腊之民无处寻
> 吁嗟乎!欲作神圣希腊歌,才薄其奈希腊何?

这里的"吁嗟乎",诗意显雄豪深挚,诗情更澎湃叠聚。这种每章首句、结尾反复吟咏的形式后来也见诸于他的创作。在作于1906年的《中国公学校歌》一诗,两章均以"众学生,勿彷徨"开首;1907年的《惜离别赠陆女士》中则每章开头均有"惜离别":"惜离别,再见恐无期。""惜离别,身世总茫茫。"1906年的《华族祖国歌》中,更是每章都以"华族祖国今何方?"为始,每每显得意味深远。事实上,他的创作深受拜伦诗风的影响,

---

① 转引自谭行等:《马君武诗注》,南宁:广西民族出版社,1985年,第41页。
② 柳无忌:《从磨剑室到燕子龛——纪念南社两大诗人苏曼殊与柳亚子》,台北:时报出版社,1986年,第208页。
③ 胡适:《尝试集》,北京:人民文学出版社,1984年,第92页。
④ 谢天振,查明建:《中国现代翻译文学史(1898—1949)》,上海:上海外语教育出版社,2004年,第60页。

在众多诗篇中都深具拜伦诗中那种不畏强权、求取自由的浪漫气质。马君武和梁启超一样,虽然舍去了拜伦原诗之形,但是保留了雄浑豪迈的原诗之神,别具一种深挚感人的力量。

1909年,苏曼殊开始翻译《哀希腊》,他对此诗情有独钟,常"歌拜伦《哀希腊》之篇,歌已哭,哭复歌,抗音与湖水相应,舟子惶然,疑其为神经病作也"①。后译稿经章炳麟、黄侃润饰。他的译作也同样充满了深沉悲怆的历史喟叹,以及反抗邪恶、追求独立自由的浪漫情怀。他的第一节译诗是:

> 巍巍希腊都,
> 生长奢浮好。
> 情文何斐亹,
> 荼辐思灵保。
> 征伐和亲策,
> 陵夷不自葆。
> 长夏尚滔滔,
> 颓阳照空岛。②

苏曼殊以五言诗体来译这一节,每个诗节八行,二、四、六、七、八行都押韵。但中间两联并没有做到结构对仗,因此并不能算是严格意义的五律。苏译同样也增删太多,而且用词艰深晦涩。

1914年,胡适参阅了以上三个译本之后,重译了此诗,诗的第一节是:

> 嗟汝希腊之群岛兮,
> 实文教武术之所肇始。
> 诗媛沙浮尝咏歌于斯兮,
> 亦羲和、素娥之故里。
> 今惟长夏之骄阳兮,

---

① 苏曼殊:《〈潮音〉跋》,马以君编注、柳无忌校订:《苏曼殊文集》,第311页。
② 苏曼殊:《哀希腊》,马以君编注、柳无忌校订:《苏曼殊文集》,第659页。

纷灿烂其如初。
我徘徊以忧伤兮,
哀旧烈之无馀!①

　　胡适选择了最为古远的骚体来进行翻译,还逐节对用典加释,称"诗中屡用史事,非注,不易领会也。"②此节中的"羲和、素娥"他注解为:"汉文化中太阳神和月亮神的别称,译原文中的 Delos 和 Phoebus。"③此外,他还写了一个译序,从较为客观的角度评价拜伦其人其诗:"裴伦少年负盛名,颇不修细行,风流自恣。为英伦社会所不容。遂去国远游,不复归。""裴伦在英国文学上,仅可称第二流人物。然其在异国之诗名,有时竟在萧士比,弥尔敦之上。此不独文以人传也。盖裴伦为诗,富于情性气魄,而铸词炼句,颇失粗豪。"④这在视拜伦为英雄的当时实是难得一见的异声。

　　从梁启超、马君武到苏曼殊,再到胡适,还有后来刘半农(1916年)、胡怀琛(1922年)、柳无忌(1922年)、王独清(1922年)、闻一多(1927年)都翻译过这首诗。⑤他们通过翻译寄怀书愤,借拜伦等的浪漫主义诗歌来抒发理想和情怀,给沉沦中的国人以警醒和启迪。诗歌深刻地影响了许多诗人、作家、翻译家以及众多的政治家、思想家、革命家,"哀"字结构也成为新文化知识分子唤醒国人、救国图存常用的标题。如1917年,留学英国的李张绍南女士在《新青年》女子问题栏目下以"哀青年"为题,痛陈国家之弊。"同顾家庭及社会。其富裕而略有学识者,眼光如豆,复易为私心所蒙蔽,但于一己之子孙,督教有加,而结果往往非其所望。己则穷奢极欲,日以麻雀狎邪为生涯。"⑥而以"哀"字结构创作最著名的是蒋光慈在1924年后创作的著名诗篇《哀中国》,从诗名到内容到句式都可见《哀希腊》的身影:

---

① 胡适:《尝试集》,第93—96页。
② 同上书,第92页。
③ 同上书,第101页。
④ 胡适:《尝试集》,北京:人民文学出版社,2000年,第92页。
⑤ 刘半农、胡怀琛、柳无忌的译文都名为《哀希腊》,王独清的题名是《吊希腊》。
⑥ 李张绍南:《哀青年》,《新青年》1917年第6期。

> 我的悲哀的中国！
> 我的悲哀的中国！
> 你怀拥着无限美丽的天然，
> 你的形象如何浩大而磅礴！
> 哎哟！中国人是奴隶啊！
> 为什么这般地自甘屈服？
> 为什么这般地萎靡颓唐？
> ……
> 拜伦曾为希腊羞，
> 我今更为中国泣。
> 哎哟！我的悲哀的中国啊！
> 我不相信你永沉沦于浩劫，
> 我不相信你无重兴之一日。①

　　从开篇起，诗歌便反复吟咏，诗中的感叹、反问、呼吁式的抒情与《哀希腊》几近相似。在诗中，诗人还特地将拜伦进行类比，可见，拜伦对国人的影响之深，《哀希腊》在国人心中的地位之高，之后到1927年，蒋光慈还把"哀中国"作为整个诗集的名字，感时忧世的情怀一直贯穿始终，拜伦的自由意识和战斗精神慨然引领着中国民众，痛斥腐败的现实，拯救即亡的中国，这就是拜伦为当时爱国知识分子所喜的价值和意义所在。

　　从译诗语言来看，四人的译文多有讹误，这也充分反映了翻译的艰难。从译诗格式来看，梁启超、马君武、苏曼殊、胡适诸人从词牌曲调到七言、五言乃至骚体，都是沿袭了旧式传统，放弃了对原诗诗体的忠实，诗行、音步、韵脚、抑扬基本都弃之不顾。像梁启超虽一直提倡"诗界革命"，但他的"革命"主张是："然则将来新诗的体裁该怎么样呢？第一，四言、五言、七言、长短句，随意选择。第二，骚体、赋体、词体、曲体，都拿来入诗。……第四，纯文言体裁或纯白话体，只要词句显豁简练，音节谐适，都

---

① 蒋光慈：《哀中国》，《蒋光赤选集》，北京：人民文学出版社，1960年，第53页。

是好的。"①可见既倡导白话诗,也包容旧体诗,因此他的《哀希腊》中旧体的词牌和白话的语言兼容并包。马君武则以七言古体译诗,虽为旧体,但用韵自由,较接近之后"诗体大解放"时期的新诗,他的《哀希腊》,"自由洒脱,句式参差,更趋明快,遣词造句,似信手拈来,却只字难移,足见其文字功夫之高深。"苏曼殊的译文"皆五言句式,整饬端庄,深蕴凝重,颇有古风遗韵"②,而胡适的译风也集白话文和离骚体于一身。他曾"颇嫌君武失之讹,而曼殊失之晦。讹则失真,晦则不达,均非善译者也。"③而胡适本人的译文也免不了讹误之失,如在第一节中他误以为拜伦是以岛名"Delos"代表月神而将它译为"素娥",在第九节中将"Bacchanal"(酒徒)误解为一种舞蹈的名称等。

不过值得注意的是,胡适在译这首诗时,虽未找到充分的灵感来完全解放旧诗体,但却有了较大的启迪去动手革新。《哀希腊歌》是他第一次模仿原诗,将译诗分为 16 节,在相对规范的格式中宣泄了诗人的情绪。他为译诗提供了详尽的注释,这也充分体现了他对原诗的尊重。在译完《哀希腊》五个月后,他在 1914 年 7 月 7 日创作了《自杀篇》,诗中顺延了分段分节的做法,胡适曾自我评价这种做法:"似较作一气读,眉目较清,段落较明。"并由此生发开去说:"吾近来作诗,颇能不依人蹊径,亦不专学一家,命意固无从摹效,即字句形式亦不为古人成法所拘,盖胸襟魄力,较前阔大,颇能独立矣。"④而到了 1918 年,《新青年》第 4 卷第 4 期刊登了胡适的译诗《老洛伯》,之后 1919 年 2 月,胡适的译诗《关不住了》也应运而生。这两首诗的诗风和《哀希腊》已然判若两人,废除了古体诗词的骈律,以平易的白话开启了新文化运动的大幕。

由此看来,《哀希腊》不仅起到了激荡人心的社会教化作用,在文学革命的变革时期,这首译诗在近代四大家之手,虽不尽忠实,但切实地体现

---

① 梁启超:《晚清两大家诗钞题辞》,梁启超著、钱谷融主编:《梁启超书话》,杭州:浙江人民出版社,1998 年,第 121 页。
② 焦文彬、李继凯主编:《中国文学史话近代卷》,长春:吉林人民出版社,1998 年,第 442 页。
③ 胡适:《尝试集》,第 92 页。
④ 胡适:《胡适日记全编》,曹伯言整理,合肥:安徽教育出版社,2001 年,第 332 页。

了各位译者的诗体风格以及改革参照,反映了当时的文学现实,也为诗歌的创作铺垫了新的题材和语体。

2. 建国后的新译本

建国后,《哀希腊》继续受到了重视,不断地被重新翻译,共计有九种新版本[①]。在这时期,对这首诗的社会历史意义的切入居其次,形式技巧方向的用心跃其上。众多的译本中,查良铮、朱维基所译全本《唐璜》和杨德豫的《拜伦抒情诗选》等中的几个《哀希腊》译本较为权威。这几个译本都尽力做到同时忠实于诗句内容和诗体形式,译者不仅努力传达出原诗的意思、感情、神韵和意境,还努力使译诗具有诗的节奏和韵律美。在此谨以杨德豫和查良铮的译本作一评价。这两位诗人译者都是翻译大家,译作也都为人称道,都在选词、章法、形式、意象等各方面处理得当,颇具诗歌的美感。但两人的译作相比之下,也是各有千秋,各具风格。

湖南人民出版社 1981 年出版的杨德豫译《拜伦抒情诗七十首》,收有这首名篇《哀希腊》。杨德豫注重对于原诗在形和意上的同时忠实,并使文字畅达。他采用了"以顿代步"的方法:每行以四音组来代替原诗的四音步,韵脚安排悉照原诗。在全诗中始终贯彻,不因字比句次的更改而放弃在韵脚和节拍上的节奏感。另一方面,他的译文诗句忠实原文,明白晓畅,读来不生涩,毫无为迁就形式而生造词语或违反汉语语言规范的现象,如原诗第十五节:

> Fill high the bowl with Samian wine!
> Our virgins dance beneath the shade—
> I see their glorious black eyes shine;
> But gazing on each glowing maid,
> My own the burning tear-drop laves,

[①] 分别是 1956 年朱维基译的《哀希腊》,1959 年卞之琳译的《哀希腊》,1980 年孙大雨译的《希腊群岛》,1981 年杨德豫译的《哀希腊》,1980 年黄杲炘译的《哀希腊》,1980 年周流溪译的《哀希腊》,1982 年查良铮译的《哀希腊》,1991 年李继青译的《哀希腊》,2000 年李昌陟译的《哀希腊》。

To think such breasts must suckle slaves.

满满/倒一杯/萨摩斯/美酒!
树荫下,/少女们/起舞/翩翩——
一对对/乌黑/闪亮的/明眸
一张张/红润/鲜艳的/笑脸;
想起来/热泪就/滔滔/涌出
她们的/乳房/都得喂/亡国奴!①

译诗与原诗一样都是 ababcc 的韵脚,也都是四音步抑扬格,第四句中将"glowing"一词具体译为"红润鲜艳的",生动鲜明,与第三句构成了巧妙的对偶,整个诗节音韵和谐悦耳,读来自然流畅。

相比于杨德豫的译本,查良铮的翻译并不信奉"以顿代步",也不苛求与原诗在字面、诗节、韵脚或音步上亦步亦趋、一一对应。对比杨译和查译的第一个诗节:

希腊/群岛呵,/希腊/群岛!
你有过/莎福/歌唱/爱情,
你有过/隆盛的/武功/文教,
太阳神/从你的/提洛岛/诞生!
长夏的/阳光还/灿烂/如金,
除了/太阳,一切/都沉沦!②
(杨德豫译)

希腊/群岛呵,/美丽的/希腊/群岛!
火热的/莎弗/在这里/唱过/恋歌;
在这里,/战争与/和平的/艺术/并兴,
狄洛斯/崛起,/阿波罗/跃出/海波!

---

① 拜伦:《拜伦诗歌精选》,杨德豫、查良铮编译,太原:北岳文艺出版社,1994年,第151页。
② 同上书,第146页。

永恒的/夏天/还把/海岛/镀成金,
可是/除了/太阳,/一切/已经/消沉。①
（查良铮译）

  杨译这六行诗每行都是四顿,韵式也与原诗近似,而查译中各行诗顿数依次为：五顿—五顿—五顿—五顿—五顿—六顿,也并不苛求押韵。若单以音步、顿数、韵式的诗形论,杨译完全呼应原诗,查译则不够忠实。

  但是,若从诗意来看,查译表达的意义更清晰、流畅、自然,杨译为了音韵上的妥帖,则多少有些改译和漏译,例如,"burning Sappho"在杨译中只剩下"莎福",查译中则是"火热的莎弗";"eternal summer"在杨译中被译为"长夏",查译中则是"永恒的夏天";再者,为了趁韵,在第三行的翻译上,杨译为"你有过隆盛的武功文教",这是明显的为了凑韵,使音顿合拍,用语有生硬含混之嫌,查译则通顺流畅得多。"在这里,战争与和平的艺术并兴",虽脱了原诗的音步,但意义简洁朴实,连贯自如。

  原诗最后两行,杨译为：

长夏的阳光还灿烂如金,
除了太阳,一切都沉沦！

  虽然对于末字"set",杨译本把这行译为："一切都沉沦！"这"沉沦"二字更为妥帖地兼顾原诗中双关的深意,既指太阳落山,又指希腊独立自由的沦丧；但是这两行之间,语气的转折却显得较为生硬突兀,为了凑够四顿,杨译对译诗进行了压缩,没有译出"but"或添加任何转折词就突然转折,查译则明确译出了转折关系：

永恒的夏天还把海岛镀成金,
可是除了太阳,一切已经消沉。

  在译诗的形式方面,杨德豫在《译后琐记》中曾说明,他同意诗人兼译诗家雪莱的主张："译诗一定要用与原诗同样的形式来译,才算真正对得

---

① 查良铮译：《拜伦诗选》,《穆旦译文集》,第43、143页。

起原作者。"①因此他一直努力地使译诗与原诗形式一致,范德一在《喜读拜伦〈哀希腊〉新译》一文中说:"杨译本的主要成就也就在于,译者在力求遵循原诗形式的情况下,还同时做到了忠实于原诗的内容,并使文字畅达。这几方面的兼顾,正是一般人认为难以做到的。"②

而查良铮的译本也同样出色。王佐良先生在《翻译:思考与试笔》中评价查译《唐璜》时说:"译者的一支能适应各种变化的诗笔,译者的白话体诗歌语言,译者对诗歌女神的脾气的熟悉,译者定要在文学上继续有所建树的决心——这一切都体现在这个译本中。"③

另外要指出的是,新中国成立后对这首诗的翻译虽更为强调语言技巧的传神与到位,虽不再是救国图存的文学象征,但译家们仍借这首诗的翻译抒胸臆、泄郁愤,追求心灵的自由与独立。查良铮译此书时,历遭政治运动的种种劫难,但却能振奋精神来惨淡经营这样一部讽刺长诗的翻译,"这是中国文学史上的《易》作于忧患的典型例证"④。

1953年,36岁的查良铮同夫人周与良怀着一腔报国热情回到祖国,迅即投入教学和翻译工作,硕果累累。但好景不长,各种政治运动接踵而来,历史与现行的各种罪名倾覆而下。1963年他在相当恶劣的环境中,利用点滴的工余时间,废寝忘食地翻译拜伦的代表作《唐璜》。现实的严苛和残酷让诗人更加寄情于翻译。1972年劳改结束后,他心心念念的还是对《唐璜》译稿的整理、修改。在给诗友的信中他说:"我煞有介事地弄翻译,实则是以译诗而收心,否则心无处安放。"⑤翻译寄托了他的情怀和梦想,几乎是他生命延续的全部意义。有些诗歌的翻译甚至还是在背着家人的情况下秘密地完成的,直至去世之后,出版社寄来稿费,家人才知道还有一部不朽译作已悄然诞生。可以说在苦难中,只有通过翻译,他才

---

① 杨德豫:"湖南人民版《拜伦抒情诗七十首》译后琐记",拜伦著、杨德豫选译:《拜伦诗选》,桂林:广西师范大学出版社,2009年,第210页。
② 范德一:《喜读拜伦〈哀希腊〉新译》,《安徽大学学报》,1982年第3期,第88页。
③ 王佐良:《翻译:思考与试笔》,第65页。
④ 王宏印:《不屈的诗魂,不朽的译笔——纪念诗人翻译家查良铮逝世三十周年》,《中国翻译》,2008年,第33页。
⑤ 穆旦:《穆旦诗文集》第2卷,第149页。

能确立自己精神世界的存在,也才能始终把握自己内心的灵魂。

在1982年出版的《拜伦诗选》中,查良铮的夫人周与良女士在后记中写道:

> 1972年初步落实政策时,我由被查抄后发还的物品中找到他(查良铮)的老朋友肖珊同志送他的英文本拜伦全集。他如获至宝,开始增译和修改1958年出版的拜伦抒情诗集,汇集成现在的拜伦诗选,在他经过多年的艰辛劳动把拜伦诗选都译完和修订完的时候,他对小女儿说:"你最小,希望你好好保存这些译稿。也可能要等到你老了,这些书才有出版的机会。"①

字里行间中可以看出查良铮对于拜伦的钟爱,不仅出于艺术上的欣赏,也更有在心灵上的投契,在"文革"的黑暗岁月,冒着不能被发表,或被人查抄的风险,《哀希腊》吟咏的是他的心声,拜伦成了他心灵的知己。在这些翻译的文字背后,是诗人对自由精神的诉求,对人生不公的呐喊,对诗歌和人生的不屈追求。

1977年2月,在查良铮逝世的前一天,他将几部译稿摆放整齐,锁进皮箱,之后去医院治疗因"文革"迫害而伤残的腿。在生命之火将息的时刻,他仍对译稿珍而重之,唯恐有失,收藏译稿的举动带着近乎仪式化的庄严,寄寓了他内心深处的理想和追求。对拜伦这首诗的翻译是翻译家抒发自我的生命之曲,抒唱了对完整人格和自由精神的追求。

结语

拜伦的《哀希腊》从清末民初梁启超的首译起,已经在中国走过了百年的译介历程。从各种译本中,可以看出诗体形式结构的变迁,也更能看出各位不同时代的译家借翻译《哀希腊》的契机,为内心的个人意识找到了喷薄的出口,用精熟的诗艺再现原诗独特的艺术魅力和澎湃激情,滋养着、激励着中国的文学和中国的读者。

毫不夸张地说,这首小诗在远渡重洋之后,在迥异的东方国度得到如此强烈的共鸣、关注、研究与吟唱,这种情形在一向以诗礼之国自称的中

---

① 拜伦:《拜伦诗选》,查良铮译,上海:上海译文出版社,1982年,第464页。

国,是绝无仅有的。《哀希腊》的本土化使之成为民众传唱的诗篇,表现救亡图存的政治抱负,实践超脱世俗的自我梦想。可以说,这首诗已经远远跨越了文学的本我范畴,它自民族危亡的时刻起,已融入了国人的精神血脉,开启了崭新的价值建构。

第二节 《露西(二)》的诗学争鸣

华兹华斯的《露西组诗》约写于1798年冬至1799年春,共含诗五首,曾被评价为"填补了英国文学史上最令人喜悦的篇章中的一页"[①]。其中的第二首 *She Dwelt among the Untrodden Ways*,充满了对露西的赞美与哀悼,以此来抒发诗人的文思。

> She dwell among the untrodden ways
> Beside the springs of Dove,
> A Maid whom there were none to praise,
> And very few to love.
>
> A violet by a mossy stone
> Half hidden from the eve!
> Fair us a star, when only one
> Is shining in the sky.
>
> She lived unknown, and few could know
> When Lucy ceased to be.
> But she is in her grave, and, oh,
> The difference to me!

华兹华斯以苔藓石旁的紫罗兰和天上的寒星这两个意象来比喻露西。紫罗兰半隐半现,微小素淡,星星则灿烂耀眼,光芒四射。这种看似矛盾的比喻暗合了露西孤独和不幸的命运,也隐喻了华兹华斯的人生理

---

① George McLean Harper, *William Wordsworth: His Life, Works and Influence*, New York: John Murray, 1960, p.291.

想,虽灿若星辰,却离群索居,含蓄不露。全诗行文风格浅易近人、简约朴实,读来却不入俚俗,清新隽永,体现了华兹华斯在《抒情歌谣序言》中所提倡的:以"微贱的田园生活"作为题材,使"日常的东西在不平常的状态下呈现在心灵面前"。①

1. 学衡派八译

1925年《学衡》杂志上"艺苑"栏目发表了两组译诗,分别包含两首诗歌的不同译作,其中一首就是 *She Dwell among the Untrodden Ways*,共计有八首译作并题为《威至魏佳人处僻地诗》:

(一)佳人处僻地(贺麟译)

  佳人处僻地,地在鸽泉旁。称颂乏知己,爱慰少情郎,罗兰傍苔石,半露半鐇藏。

  晶明如紫微,独璨天一方。罗敷生无闻,辞世曷凄凉,谒家吊芳魂,彼我隔渺茫。

(二)彼姝宅幽僻(张荫麟译)

  彼姝宅幽僻,径荒无人迹。旁迤德佛泉,泉水流不息。落落无称誉,亦鲜相爱忆。

  紫罗依苔石,艳姿半潜匿。皎洁若明星,独照长空碧。索居世相遗,长逝罕知时。丽质眠孤坟,嗟我有殊悲。

(三)佳人在空谷(陈诠译)

  佳人在空谷,空谷旁灵泉。幽芳徒自赏,春梦更谁怜。苔石紫罗兰,俗眼浑不识。

  美丽如明星,孤星照天际。绝色无人知,莫知其终极。黄上掩佳人,郁陶思往昔。

(四)绝代有佳人 幽居在空谷(顾谦吉译)

  有美性幽独,自傍鸳溪宿。不为世俗怜,几人问寒燠。譬如石边菊,莓苔隐游目。

---

① George McLean Harper, *William Wordsworth: His Life, Works and Influence*, p. 51.

亦若灿烂星,天半自孤煜。芬芳世不知,零落依草木。彼美已长眠,我心亦倾覆。

(五) 女郎陋巷中(杨葆昌译)

女郎陋巷中,幽居邻清泉。不曾逢人誉,更少得人怜。一朵紫罗兰,半为苔石掩。

艳丽拟明星,太空独闪闪。露西生无闻,露西死孰知。今已入泉下,嗟哉与我歧。

(六) 兰生幽谷中(杨昌龄译)

兰生幽谷中,傍有爱神泉。零落无所依,孤影少人怜。紫罗傍苔石,欲掩已外延。

忽如迢遥星,照耀黄昏天。悲彼芬芳姿,湮没百草丛。花亡人归墓,缥缈不相逢。

(七) 德佛江之源(张敷荣译)

德佛江之源,江滨尽荒路。彼女居其间,无人相爱慕。娇艳紫罗兰,苔石半掩护。

皎皎如孤星,光华独流露。露西生无闻,垂亡少眷顾。彼今在墓中,对予殊异趣。

(八) 美人居幽境(黄承显译)

美人居幽境,侧傍鸽之泉。孤高绝颂誉,并少人爱怜。有如紫罗兰,半露苔石边。

清美一颗星,独明向中天。露西昔在无人识,罕有知其谢尘缘。而今彼已眠青冢,噫噫与我相殊悬。①

除第二首为十四诗行,第八首为五七言相间之外,这八首译诗多为五言古体,与原诗诗行一致,韵式整齐,第一、四、七首更是一韵到底。

露西在原诗中的或以"she"指称,在第三行换作"a maid",第十行引出名字"Lucy"。在八篇译文中,只有第五、七、八首中出现"露西"。在第一首中,用"佳人"和"罗敷"——中国古代著名的美女形象——来指代;在

---

① 葛桂录:《中英文学关系编年史》,上海:三联书店,2004年,第 177—179 页。

第二首中,用"彼姝"这一古雅的用词来来指代,自《诗经》起便有"静女其姝"的用法;在第三、四首中,用"佳人"一词,贴合古典诗歌的内涵,如杜甫《佳人》一诗就曾写道:绝代有佳人,幽居在空谷。自云良家子,零落依草木。第三首将杜诗首两句合并为"佳人在空谷",而第四首标题"绝代有佳人　幽居在空谷"和第十句则直接挪用杜诗原句。

另外,原诗中的意象 violet,即紫罗兰,在第四首中被"菊"替代,在第六首中,"she"的形象被直接换成了"兰"这个著名的古典意象。中国古文化中有关"菊"、"兰"的诗句十分众多。菊花自"晋陶渊明独爱菊"以来,就被称为"花之隐逸者也"。而最早在《碣石调·幽兰》一曲中,就有描写孔子不得志,以空谷幽兰自喻。"菊"与"兰"的意象和译诗中孤芳自赏、避世索居的情感十分契合。至于原诗中另外一个重要的意象"star"在第一首中被译为"紫微",又一个中国古典文化特有的典故。原诗中的"untrodden ways"也在第三、四、六首诗中被相应地替换成了"空谷"或"幽谷"。原诗中的"springs of Dove"这个典型的英文地名在第三首中被译为灵泉,和空谷对应;在第四首中被译为"鸳溪"、第五首的"清泉"都富含浓郁的中国味。

在《学衡》上刊登的这组译诗并非由杂志邀约,八位译者都是吴宓在清华国学研究院时的学生,译作都是他们翻译课上的练习。在文中,《学衡》诗人们将华兹华斯的诗风与中国古代陶渊明、王维、白居易进行比照,着意凸显和深化了中国古诗文化传统的价值。

当时正值新文化运动旌旗招展,崇尚"诗体大解放"和"自然的音节",这八首古体译诗无异逆流而上,成为时代的异帜。从中不仅可见译者个人的翻译理念,也更可见他们的老师、杂志主编吴宓以及《学衡》的文化理念。他们看到华兹华斯的这首诗歌和中国古典诗歌之间的关联,借助于对它的译介,来凸显并捍卫中国国学的精粹和价值。

《学衡》的创办宗旨是"昌明国粹,融化新知"[①]。一方面,借文学翻译移植新思想、新知识,另一方面,坚守文言与旧格律,弘扬本国文化传统,这是学衡派的翻译理念和文化立场。他们认为翻译的意义与价值,在于

---

① 《学衡·发刊词》,乐黛云:《跨文化之桥》,北京:北京大学出版社 2002 年,第 191 页。

让中国文化得到新鲜血液的灌输,纳西学为己用,成为国学的一部分。也就是说,翻译是提升自我、发展自我的方式,可以将外来知识内化为自身的财富。而实践翻译的手段则应该是:

> 以固有之文字,表西来之思想,以旧形式入新材料,融合之后完美无疵……而无论文言白话,皆必有其文心文律,皆必出以凝练陶冶之工夫,而至于简洁明通之域。大凡文言,首须求其明显以避艰涩短钉,白话则首须求其雅洁以免冗沓粗鄙。文言白话各有其用,分野殊途,本可并存。然无论文言白话,皆须精心结撰,凝练修饰如法,方有可观。昔约翰生博士 Dr. Johnson 赞阿狄生 Addison 之文章。谓为 familiar but not coarse, elegant but not ostentatious。其上半句可用作吾国今日白话之模范,下半句可用作吾国今日文言之模范。吾译《纽康氏家传》亦惟兢兢为求尽一分子之责,以图白话之创造之改良而已。①

从这段话中可以看出,学衡派反对全盘西化地拿来西方文化,批评滥用白话这一新生的坏倾向。"近年吾国人译西洋文学书籍,诗文、小说、戏曲等不少,然多用恶劣之白话文及英语标点等,读之者殊觉茫然而生厌恶之心。盖彼多就英籍原文,一字一字度为中文,其句法字面仍是英文。"②他们认为一股脑地全部破除旧文学的体裁格律是当时翻译的弊病,因此他们相逆于兴扬白话的时代风气,努力扶持日渐消弭的文言传统。"文言不破灭,传统文化才得以托命。"③不仅如此,还指出:"欲求译文有精彩,须先觅本国文章之与原文意趣格律相似者,反复熟读,至能背诵其若干段,然后下笔翻译。"④

在诗歌的翻译上,学衡派主张"以新材料入旧格律",吴芳吉也在诗中写道:"余之所谓新诗,在何以同化于西洋文学,略其声音笑貌,但取精神

---

① 沙克雷:《纽康氏家传·译者识》,吴宓译,《学衡》第 8 期,1922 年。
② 吴宓:《论今日文学创造之正法》,《学衡》第 15 期,1923 年,第 12 页。
③ 转引自葛桂录:《文学翻译中的文化传承——华兹华斯八首译诗论析》,《外语教学》1999 年第 4 期,第 39 页。
④ 吴宓:《论今日文学创造之正法》,第 12 页。

情感以凑成我之所为。""余所理想之新诗,依然中国之人,中国之语,中国之习惯,而处处合乎新时代者。"这种做法"不迁地以凭虚,不拔根以自败,有异剪枝,乃同接木"①。

在白话文已经成为文学创作与翻译的主流话语的情况下,学衡派表达着自己异质的文化诉求。援引并翻译华兹华斯的诗歌也是为自己的诗学主张服务。不过学衡派的异帜独立也招来了不少批评和反对。郑振铎对此的评价是:

> 用旧的皮袋来装酒是最笨的事,皮袋已经用得旧了,漏了,就有最好的好酒,也只是漏尽了不留一滴的。近来渐渐的有人说,新的思想不妨装在旧的形式里,其智虑正有类于那种装酒于旧漏的皮袋的人,我们要知道旧的形式既已衰敝而使人厌倦,即使有天才极高的人,有意境极高的想象,而一放在旧形式中,亦觉的拘束掣肘,蒙上了一层枯腐的灰色尘,把好意境好天才都毁坏无遗。②

但不管怎样,学衡派的翻译思想和翻译方法为新文化运动的文学革命增添了别样的色彩,也为白话的盛行泼了一盘可供反思的冰水。

2. 三名家新译

在建国后十七年以及之后的"文革"中,文学与政治判断挂钩,把英国浪漫主义文学运动依照其参与者的社会政治态度而分割为积极与消极、革命与反动,华兹华斯被打入了冷宫。到了新时期,文学渐渐与政治疏离,回归本原,华兹华斯的这首小诗也出现了若干新译版本,现择取三个名家翻译,分列如下:

> 她居住在白鸽泉水的旁边,
> 无人来往的路径能往四面。
> 一位姑娘不曾受人称赞,

---

① 转引自刘霁:《学术网络——知识传播中的文学译介研究》,博士论文,2008年,第110页。
② 郑振铎:《新与旧·郑振铎文集》第四卷,北京:人民文学出版社,1985年,第377页,原载《文学》第136期,1924年8月15日。

也不曾受过别人的爱怜。

苔藓石旁的一朵紫罗兰，
半藏着没有被人看见；
美丽得如同天上的星点，
一颗惟一的星清辉闪闪。

她生无人知，死无人唁，
不知她何时去了人间。
但她安睡在墓中，哦可怜，
对于我呵是个天异地变。①

（郭沫若译，1981年）

她住在人迹罕至的乡间，
就在那鸽溪旁边，
既无人为她唱赞美的歌，
也很少受人羹怜。

她好比一朵空谷幽兰，
苔石斑驳半露半掩；
又好比一颗孤独的星，
在夜空中闪着光焰。

她生前默默无闻，也不知
她几时离开了人间；
呵！她如今已睡在墓中，
这对我是怎样的变迁！②

（顾子欣译，1986年）

她住在达夫河源头近旁

---

① 郭沫若译：《露西组诗（选一）》，参见辜正坤：《世界名诗鉴赏词典》，北京：北京大学出版社，1990年，第948页。
② 顾子欣编译：《她住在人迹罕至的乡间》，《英国湖畔三诗人选集》，长沙：湖南人民出版社，1986年，第20页。

人烟稀少的乡下,
这姑娘,没有谁把她赞赏,
也没有几个人爱她。

像长满青苔的岩石边上
紫罗兰隐约半现;
像夜间独一无二的星光
在天上荧荧闪闪。

露西,她活着无人留意,
死去有几人闻知?
如今,她已经躺在坟墓里,
在我呢,恍如隔世!①

（杨德豫译,1990年）

  这三首译诗分别都是以白话文体译出,在尾韵上都做足了功夫,赋予了译诗优美的音乐感。在郭沫若的译本中,从首句到末句一韵到底;这种韵式表达使译文读来一气呵成,有酣畅淋漓之感,但多少削弱了原诗音韵的起伏程度,较为平淡,从而降低了原诗的感染力。

  在顾子欣的译本中,第一节韵式为 aabb,第二节韵式为 aaba,第三节韵式为 abcb;这个译本的韵脚变化都较大,韵律变形或多或少偏离了原诗的音韵格调。在杨德豫的译本中,第一节韵式为 abab,第二节韵式为 abab,第三节虽为一韵到底,但一、三句末字"意"、"里",二、四句末字"知"、"世"分别更为贴近,因此也可归入 abab 的韵式。而原诗的韵式也是 abab。另外,在音节方面,杨译以音顿作为节奏单位代替原诗的音步,与原诗亦步亦趋,整体行文流畅自如,全然没有因韵害意的特意增繁或删减,真正做到了翻译不但输入了新的内容,在同时输入了新的表现法。

  另外,这三个译本都采用了一定程度的异化手法。对于"springs of Dove"这个外来意象,如郭译是"白鸽泉水",顾译中是"鸽溪",杨译是"达夫河源头";"violet"除顾译为"空谷幽兰"之外,另两个译本都译为"紫罗

---

① 杨德豫编译:《无题》,《华兹华斯抒情诗选》,长沙:湖南文艺出版社,1996年,第37页。

兰"。

　　对于原诗的一些文化概念,译本为照顾读者的理解能力,加上了注释,如杨译先特意交代清楚原诗的背景:"这首诗是'露西组诗'之一。'露西组诗'共5首(本书选了4首),作于1799—1801年间,都与一位名叫露西的女子有关。"再陈述清楚原诗和译诗的诗体变化:"原诗抑扬格(偶有抑抑扬格),单数行4音步,双数行3音步,译诗单数行4顿,双数行3顿。原诗每节韵式为abab,译诗依原诗。"[1]此外,还特别注解:"英格兰中部德比郡、北部约克郡、西北部威斯特摩兰郡各有一条达夫河,这三条小河华兹华斯都到过。这里指的是哪一条.难以断定。"[2]

结语

　　从《学衡》的八种文言译本到新时期的三种白话译本,这首华兹华斯的小诗在中国经历了不同接受状况,体现了不同的文化心态和翻译策略。当外来文化占据文化多元系统的中心位置,承担起构建中国新文化与新文学的重任时,弘扬本土传统文化、回归文言旧体制的做法虽不合时宜,异声单薄,但其抵抗并挑战主流的努力还是值得称道的。学衡派的译诗所唤起的美感与文学想象,关联着丰厚的文化底蕴,进行着传统的价值还原,在实质上是在文学翻译中传承传统文化,实现了本民族文化传统的自我重构,在今天看来,别有一番意义。

第三节　《爱的哲学》的译介变迁

　　Love's Philosophy 是雪莱发表于1819年的著名抒情诗。"哲学"本应是抽象严肃的话题,而诗人却通过自然的诸多景物——泉水、河水、轻风、山峰、海浪、阳光和月光——来描绘诗情,阐发哲思。这些自然界的意象在诗人形象而巧妙地运用下,经灵性的拟人和喻指,引领着读者迅速融入诗的意境,了解自然界万物均成双成对的客观规律,并进而印证爱情的真谛以及诗人对爱强烈的渴慕之情。原诗如下:

---

[1]　杨德豫:《华兹华斯抒情诗选》,第37页。
[2]　同上。

The fountains mingle with the river,
And the rivers with the ocean,
The winds of heaven mix for ever
With a sweet emotion;
Nothing in the world is single,
All things by a law divine
In one spirit meet and mingle.
Why not I with thine?

See the mountains kiss high Heaven
And the waves clasp one another;
No sister-flower would be forgiven
If it disdained its brother;
And the sunlight clasps the earth,
And the moonbeams kiss the sea:
What are all these kissings worth,
If thou kiss not me?

全诗共分两节,每节八行,隔行用韵,第一节的韵脚是 ababcdcd,第二节是 efefghgh,韵式整齐,音韵响亮,让人在喜悦爽朗之中,进入一个美妙、轻快的意境。诗中,雪莱没有使用华丽的辞藻和晦涩的语言,而是通过对自然现象细致入微的观察,来揭示世间万物皆成双的自然法则。在第一节中,清泉与河水相融,河水与海水交汇;天宇的清风融入人间甜蜜的情感,世间万物皆互相交融,不可割离。在第二节中,"mingle"、"mix"(融合)的意象进而变为更为活跃的"kiss"(亲吻)、"clasp"(拥抱),山峦亲吻天空,海浪彼此拥抱,阳光拥抱大地,月光亲吻海洋。这些拟人化的意象看似和爱情没有关联,但事实上丰富了读者对于爱情的诗意化联想,也更为鲜明地强化了人们对于此诗中爱情的感受。

1. 文言体的初译

中国对 *Love's Philosophy* 一诗最早进行翻译的是杨铨。该译诗

1914年发表在《南社》杂志上。在译文之前,杨铨对雪莱作了简短介绍:"锡兰(即雪莱)为近代诗界革新家语多新意而放肆不羁,此章虽短然其人可见也。"①译诗如下:

> 译英吉利诗人锡兰情诗四解
> 流泉接长河。长河入东海。浩浩天风吹,中有深情在。(一解)
> 天地有至理。万物自成双。如何侬与君。不得同翱翔。(二解)
> 高山连白云。骇浪互相接。不开姊妹花。辱及弟兄叶。(三解)
> 朝日拥地球。沧海怳明月。君不接侬唇。此意总徒说。(四解)②

杨铨这首诗译于1914年,当时新文化运动未起,知识分子们仍想努力恢复中国诗歌昔日的荣光,虽有梁启超、黄遵宪等人努力为诗开辟新意境,但译诗仍多遵循着清末民初崇尚古雅的诗风。杨铨用文言古体来翻译这首 Love's Philosophy,并分为"四解",每解均为五言绝句,第一解中"海"和"在",第二解中"双"和"翔",第三解中"接"和"叶"分别押尾韵。与原诗相比,原诗中的"ocean"具化为了"东海","high Heaven"转化成了"白云",增添了"翱翔"、"叶"的意象。全诗散发着浓郁的古体诗味,增添及转化的意象使得读来更为意态丰富,符合上古诗歌蕴藉含蓄的手法。但正如杨铨本人所说,雪莱的诗歌"语多新意而放肆不羁",原诗借自然界各种现象来喻指爱情,在别出心裁的构想之下给人清新活泼的阅读感受。而杨铨的译作因诗体的古雅凝重而较多地约束了诗意自然、不羁的表达。

2. 五四后各译本

到了五四新文化运动时期,外国文化如潮水般融入,直接触动并刺激着本国文化引起质变。译诗改变了晚清诗歌的语言风格和表达习惯,将外国诗歌的形式、语言、表达方式和新思想等直观地呈现出来,给中国新诗的语言带来具有浓厚欧化色彩的新语感、新诗体和新句式。在这一时

---

① 杨铨译:《译英吉利诗人锡兰情诗四解》,《南社》,转引自《人间世》1934年第11期,第34页。
② 同上。

期,浪漫主义的精神气质弥漫文坛,*Love's Philosophy* 作为雪莱的名篇也备受关注。胡梦华在 1924 年 3 月 12 日的《学灯》上发表的《英国诗人雪莱之道德观》一文中说:"雪莱的《云雀歌》,自然也是很甜美的音乐,然而读了他的《爱之哲学》,再翻翻他的生平略传,他的革命精神诚然到了极顶,然而却没有一个不说他是不道德的。"① 在胡梦华看来,雪莱并没有"不道德",*Love's Philosophy* 是对爱情诗篇的热情讴歌。这种实写自然、虚写爱情的手法和流畅朴素的诗风大获他的赞赏。1924 年,徐志摩在《征译诗启》这一著名文章中提供了几首英文诗,希望大家翻译,这首 *Love's Philosophy* 赫然在列。他号召"爱文艺的诸君,曾经相识与否,破费一点功夫,作一番更认真的译诗的尝试"。希望借此"研究中国文字解放后表现缜密的思想与有法度的声调与音节之可能;研究这新发现的达意的工具究竟有什么程度的弹力性与柔韧性与一般的应变性。究竟比我们旧有的方式是如何的各别;如其较为优胜,优胜在哪里? 为什么?"② 学习新诗体的迫切心情可见一斑。诸种外国诗歌文体给中国诗歌带来陌生而新鲜的形式,这也说明了翻译诗歌对中国新诗形式建设的重要意义。

  Love's Philosophy 一诗在这一阶段有了多个版本的重译,从中可见诗歌语言的变迁:

> 泉水与河水混合,
> 河水和海水相杂,
> 那天空的清风,
> 永与温和情绪交集;
> 世界没有单独事物;
> 万物都依神圣的律例,
> 须互相一致地配杂——
> 我们为甚又不相和合?
>
> 请观高山与青天相吻,

---

 ① 转引自张静:《一个浪漫诗人的偶像效应——二 30 年代中国诗人对雪莱婚恋的讨论与效仿》,《中国现代文学研究丛刊》2009 年第 2 期,第 70 页。
 ② 徐志摩:《征译诗启》,《徐志摩译诗集》,第 211 页。

柔波和温浪互相紧握；
没有连枝花会得原宥，
若使他把姊妹花轻蔑；
阳光拥抱大地；
月色紧吻了深泽——
这许多接吻有何价值，
若使你不愿与我轻吻？
（何德明译）

泉水和河水揉合
河水又和海水，
天空的凉风永远调谐着
和一缕美曼的情绪；
世界里没有物件是孤单的，
一切都由神的法律
彼此的灵魂结合——
为什么我和你不呢？

看那山峰高高的吻着天空，
那波浪各自相搂抱；
那姊妹花朵不能被赦宥
倘若伊将伊的兄弟轻蔑；
那太阳紧搂着地球
那月光尽亲着海面——
那些的接吻有什么价值，
倘若你不和我接吻？
（陈南士译）

溪水聚流到江河
江河聚流到海洋，
天气永远是调合着
一个温和的情感；

宇宙间没有一件事是孤单
神圣的规律把任何事
投在互相的调合中——
为什么你我不能调合呢？

青山愿亲吻着高空
波浪互相绕抱着；
任何姊妹花都会去宽恕
如果它藐视它们的情人；
阳光拥抱着世界
月华酣吻着海洋——
什么是应该的吻呢
如果你不吻我！

（徐帆译）

  何德明的译文题为"爱的哲学"[①]，发表于《妇女杂志》1920年第6期；陈南士的译文题为"爱之哲理"[②]，发表在《诗》1922年第1卷第2期；徐帆的译文题为"爱的哲学"[③]，发表在《文学青年》1945年第一期。何译和陈译均产生于新文学革命甚嚣尘上之际，"雕琢"、"陈腐"、"艰涩"的古典诗歌被"推倒"，诗词歌赋各体限于格调，不足以表达情感、思想和内容。而与此同时，自由体、外国格律体、十四行体和散文体等新的诗歌形式日益风行，弥补了白话不够用的地方。徐帆的译文产生时，新文学革命的历史使命早已完成。欧化的译文继续帮助大量的新名词、新概念、新句式、新修辞、新文法等进入中国文学语言，使革新后的汉语文学语言渐渐稳定下来。

  在这种语境下，这三个译文都对原诗进行了较为忠实的直译，在诗体上遵循五四初期将外国诗歌翻译成自由诗体的译风，在词汇、词法、句法方面都体现了中国新诗语言欧化的明显表征，弥补新文学疏离传统后在

[①] 何德明:《爱的哲学》,《妇女杂志》1920年第6期,第36页。
[②] 陈南士:《杂译诗二十首》,《诗》1922年第1卷第2期,第41页。
[③] 徐帆:《爱的哲学》,《文学青年》1945年第1期,第36页。

语言表达上的诸多空白。除了使用诸如"的"、"了"、"着"等新的构词外,两首译诗在句式上都与原诗亦步亦趋,如何译中的"没有连枝花会得原宥,/若使他把姊妹花轻蔑",陈译中的"天空的凉风永远调谐着,/和一缕美曼的情绪",等等。这种欧化的文法句式虽然拓展了日常白话文的表现功能,但是几乎把原诗模式原封不动地照搬,读来生硬竭蹶,这也是当时诗歌翻译乃至创作的时尚潮流。当时但凡是认真从事翻译的人,都会在潜移默化中借用英语的句式和句法,使得译文或多或少、不可避免地受到欧化的影响,带着或浓或淡的翻译腔。而徐译相比于20年代的两个译文,虽然在第二节有一个明显的理解错误("任何姊妹花都会去宽恕"这一句应该是否定意义,"不会去宽恕"),文字显得较为流畅,过度欧化的生涩已然不见。但即便如此,在徐译中,"天气永远是调合着/一个温和的情感"等多处也依然保留了英语的语法应用,显得拗口。胡适的批评切中三个译文的弊病:"现在白话诗起来了,然而做诗的人似乎还不曾晓得俗歌里有许多可以供我们取法的风格与方法,所以他们宁可学那不容易读又不容易懂的生硬文句,却不屑研究那自然流利的民歌风格。"[①]这三首译诗虽然完成了对原诗内容及形式的表达,但是失之流畅自然,原诗中不羁的灵动之感几乎无存,被陈南士自己称道为雪莱诗歌中"一种空幻的美,不可捉摸的"[②]气韵在译诗中似完全无法捕捉。不过尽管如此,"欧化"对于白话诗歌的作用仍不可否定或低估,它直接促成了汉语的现代转型,增强了汉语的表现力和生活力。

值得注意的是,在1924年的《国学丛刊》上出现了田世昌对这首诗的古体翻译。这在译诗欧化的时尚之中,如同一股逆流:

> 原泉混河汉,河汉混重洋。惠风动地起,清河相扇扬。相彼世上物,物物皆成双。如何尔与我,独不共翱翔。山峰偎云霄,波涛互拥抱,同枝而弃捐,负心良堪悼。日光吻大地,月华吻海啸,汝不共侬

---

① 胡适:《北京的平民文学》,参见朱自清:《新诗杂话》,北京:三联书店,1984年版,第78页。

② 同上书,第42页。

吻,彼吻何足道。①

无独有偶,1934年《人间世》杂志的第11期转载了1914年杨诠对这首诗的古体译法。在大张旗鼓地提倡新诗之际,这两首文言译诗正如前一节所述的学衡派一样,昌明国粹,融化新知,这也从一个侧面体现了在这一时期,对传统有扬有弃的文艺争鸣的格局。

3. 建国后的新译

建国以后,随着新诗文体日渐成熟,译诗渐渐去除了晦涩和生硬的痕迹。*Love' Philosophy*有了更多的译本。在此撷取查良铮、杨熙龄和江枫这几个较有代表性的译文加以分析。

泉水总是向河水汇流,	涓涓的芳泉投入江河,
河水又汇入海中,	河水流入海洋;
天宇的轻风永远融有	天上的清风也耳鬓厮磨,
一种甜蜜的感情;	那情意多深长,
世上哪有什么孤零零?	世上的一切都不孤零,
万物由于自然律	天经地义是团圆,
都必融汇于一种精神。	万物都融合于一个精神,
何以你我却独异?	为何你我独不然?
你看高山在吻着碧空,	你看那山峰吻着苍穹,
波浪也相互拥抱;	波涛互相偎依,
你曾见花儿彼此不容:	花朵儿也如姊妹弟兄,
姊妹把弟兄轻蔑?	姊姊决不能厌弃弟弟,
阳光紧紧地拥抱大地,	阳光搂抱着大地
月光在吻着海波:	月光轻吻着海波:
但这些接吻又有何益,	这般的柔情有什么意义,

---

① 田世昌:《译英人雪莱诗二首》,《国学丛刊》1924年第2期,第149页。

要是你不肯吻我?①	如果你不吻我?②
（查良铮译）	（杨熙龄译）

　　查良铮的译文译于1958年,而杨熙龄的译文译于1981年。相比于建国前的各译本,显而易见的是,无论查译还是杨译均自然流畅。在忠实地传译英诗形式、充分吸收英语结构特点的同时,汉语的表达显得稳定而圆熟。在这两个译文中,查良铮的译文更为平实整齐。他并不苛求复制原作韵式和用词,转而追求译出原诗的丰神气韵,全诗两节十六句,单数句均为九个字,双数句均为七个字,单数行为四顿,双数行为三顿,诗中没有任何浮华、时髦或文言用词,也全然不见文俚并用的混乱,读来富有节奏感,轻快活泼,在平白的话语带着生动的色彩和美妙的音。相比之下,杨译不及查译形式规整,一些用词诸如"耳鬓厮磨"、"天经地义"与原诗的朴素平实大有分别。这些汉语中老套的成语反而给译文带来因袭陈套的危险,甚至有雅俗糅杂的危险,破坏了诗歌的自然与和谐,也使译文读来欠缺了应有的清新质感。

　　除了查译和杨译之外,雪莱诗歌的翻译大家江枫也曾对这首诗几经翻译:

出山的泉水与江河汇流,	出山的泉水与江河汇流,
江河又与海洋相通,	江河又与海洋相通;
天空里风与风相互渗透,	天空的风永远互相渗透,
融洽于甜蜜的深情。	融洽于甜蜜的深情。
万物遵循同一条神圣法则,	世界上一切都无独有偶,
在同一精神中会合;	遵循同一神条法则,
世界上一切都无独有偶,	彼此身心融合结对成俦,
为什么我和你却否?	为什么你我却否?
看高高的山峰亲吻蓝空,	请看山峰亲吻蓝天苍穹,

---

① 雪莱:《爱底哲学》,《雪莱抒情诗选》,查良铮译,北京:人民文学出版社,1958年,第81页。

② 雪莱:《爱的哲学》,杨熙龄译,《雪莱抒情诗选》,上海:上海译文出版社,1981年,第93页。

波浪和波浪相抱相拥,	波浪彼此相抱相拥;
没有一朵姐妹花会被宽容	没有一朵姊妹花会被宽容,
如果竟轻视她的弟兄;	如果轻视她的弟兄;
灿烂的阳光抚抱大地,	明媚的日光常搂紧大地,
明丽的月华亲吻海波,	皎浩月华亲吻海波;
一切甜美的天工有何价值,	这一切拥吻有什么价值,
如果,你不亲吻我?①	如果,你不吻我?②

左侧的译文发表于1981年,右侧的译文发表于1997年。这两个译文相比之前的查译和杨译,更为注重译诗的形式、格律和音乐性。在江枫看来,译诗应当"能忠实传达雪莱的意境,是雪莱诗符合汉语新诗规律的再现,应该力求形神兼似"③。后来,他进一步主张"以形传神,立形存神"或"通过形似,达到神似"。这首诗的翻译即可佐证。

和查译一样,江译的单数诗行和双数诗行字数大多一样,格律谨严,1997年的译本第一节的三、五、七、八行押尾韵,第二节的韵脚为aaaabcbc;节奏鲜明,单数诗行多为五顿,双数行多为四顿,严整和谐,尽量还原了原诗优美的韵律,读来朗朗上口,深富韵味。在用词方面,江译相比查译的平实,杨译的平庸,更追求形式上与原诗相似,"神以形存,失其形者也势必亡其神"④。他重视诗歌的形式和韵式,进而实现与原诗在神韵上的贴合,使译诗充满了跳脱的灵动之感。

另外,将1981年版本和1997年版本进行比较,会发现有多处改动,如"万物遵循同一条神圣法则,/在同一精神中会合;世界上一切都无独有偶,为什么我和你却否?"改为"世界上一切都无独有偶,/遵循同一神条法则,/彼此身心融合结对成俦,/为什么你我却否?"读来节拍感更强,更富音乐性,意义表达也更为顺畅。除了这样的大改动之外,字词的修订也有

---

① 雪莱:《爱的哲学》,江枫译,《雪莱诗选》,长沙:湖南人民出版社,1981年,第98页。
② 雪莱:《爱的哲学》,江枫译,《雪莱抒情诗选》,北京:商务印书馆,1997年,第161—162页。
③ 江枫:《译诗,应力求形神皆似——〈雪莱诗选〉译后追记》,《外国文学研究》1982年第3期,第14页。
④ 同上。

多处，如"蓝空"改为"蓝天苍穹"更为自然，"灿烂的阳光"改为"明媚的日光"，"明丽的月华"改为"皎浩月华"更为精警脱俗。这也体现了翻译家精益求精、至臻完美的学术追求。

结语

本节研究了雪莱这一首 *Love's Philosophy* 的九个译本。身处不同文学时期的译者在不同的文学语境和诗学理念影响下，译出了风格迥异的诗作。从中不难看出西方诗学在不同时期对诗歌翻译所产生的影响，并见证了中国诗歌翻译话语在百余年间的变迁历程。从清末诗界革命"旧瓶装新酒"的复古主义改良，到五四新文化运动真正意义上的"文学革命"，对这首诗的翻译呈现了从旧体诗歌到白话诗歌的质变，构建了中国现代性白话诗歌的认知方式和审美体系。建国后，现代汉语日趋圆熟稳定，对这首诗歌的译介在文学性的道路上精益求精，直至浑然天成，不着痕迹。译文兼容中英两种语言的特点和要求，使中英诗歌之艺术魅力得以同时彰显。虽然"诗无达诂，译无定法"，但在翻译过程中对形神皆美的追求则是译者终生孜孜不懈的目标，也是浪漫主义诗歌自身所秉持的理想，充满了启示性的微言大义。

第七章　译介之旅的百年之思

英国哲学家以赛亚·柏林(Isaiah Berlin)在著作《浪漫主义的根源》里,这样陈述浪漫主义的意义和价值:

> 管它是阶级、国家或教会或其他——它都会不断地促使你前进,永不知足,它的本质和意义在于它绝对无法实现,所以,一旦实现,它将毫无价值。就我所见而言,这就是浪漫主义的本质;意志,以及作为行动的同义词,作为因其永远在创造而无法被描述的人;你甚至不能说它在创造自己,因为没有自我,只有运动。这是浪漫主义的关键所在。①

中国对英国浪漫主义诗歌的翻译和接受,伴随不同时代下波澜壮阔的运动风潮,镌记了不断变革的民族思想和文学理念,并促生了中国现代诗歌的创建与发展。以英国浪漫主义诗歌在中国的译介、研究和影响为个案,可以真正让我们透视了浪漫主义的实质,回归到浪漫主义的精神内核——"情感"、"想象力"、"创造力"、"人与大自然",让我们在不同历史、文化语境中审视浪漫主义诗歌翻译与创作之间的互动,观察译者与原作者之间的对话,思考它是如何适应、影响并构建中国的诗歌文化土壤;与此同时,也可将我们的视角延伸到文学接受与文化语境的关系,深入认识中西文学之间的拒绝、排斥、吸收和融合。

第一节　时代的更迭

文学的流变总是受着时代社会的制约。可以说,每个文学流派的产

---

① 以赛亚·柏林(Isaiah Berlin):《浪漫主义的根源》,吕梁等译,南京:译林出版社,2008年,第138页。

生、发展、演变都根植在社会土壤中,与每个时代的意识形态、思想观念相照应。"文学理论的传统是个有机体,它在历史时空中随时将新陈代谢。而文学的解答永远是拟议或权宜的解答,它随时可以被修正,被补充,甚至被更替。"①

翻译对于推动文学的更新与发展功不可没。两种语言之间的转换并非单纯地止于文字,而是反映着民族实力和社会状况,蕴涵着权力的平衡与较量,并进行着文化意识心态的改造。"我们知道,在任何国家里都有一个能阅读原文作品的读者群,然而,外国文学的影响却不是通过这批读者产生的,也不是通过其本身直接产生的,在大多数情况下它仍然需要借助翻译才能产生。"②外国的文学思潮经过鉴别、选择、重塑、引进的翻译过程,以中国化、民族化的面貌打开文化交流的大门。换言之,通过翻译这一媒介,外国文学以崭新的艺术面貌,延续了自己的艺术生命,影响、冲击、服务着大多数的中国读者。

就英国浪漫主义诗歌在中国的接受历程来看,它折射了每个时代的政治和思想观念变迁,不断地经历意识形态制约下的被利用、被拔高、被贬抑、被分化、被还原。

"实用理性"是中国传统文化体系的主要构成,使得本土文化"不仅善于接收、吸取外来事物,而且同时也乐于和易于改换、变易、同化它们……模糊和销蚀掉那些与本系统绝对不能相容的部分、成分、因素,从而使之丧失原意"③。清末民初时期的译介多呈现了这种"实用理性"的心态,展开启蒙救亡的文学新运动,这也是整个中国新文学的发端。从《哀希腊》起,自梁启超而下,经马君武、苏曼殊、鲁迅等诸人的翻译,英国浪漫主义诗歌穿上了中国文化的外衣,实践其中寄托的政治抱负和心声,以对民众开智启慧,唤醒"昏睡者",摧毁"铁屋子",锻造"新青年"!④ 这些译作在民族救亡的政治文化语境下进入中国,和复兴图存的文学理念融为一体,

---

① 柯庆明编:《中国文学批评年鉴》,台北:巨人出版社,1976年,第4页。
② 谢天振:《译介学》,上海:上海外语教育出版社,1999年版,第18页。
③ 李泽厚:《中国现代思想史论》,第345页。
④ 高永年,何永康:《百年中国文学与政治审美因素》,《文学评论》2008年第4期,第115页。

充满了随心所欲的自我修正、改造和误读,以寄托内心的焦虑和自我拯救,构建了知识分子感时忧国的文化身份,使"读者认同于一个由翻译投射出来的理想"[①]和主导的价值观念。不过这场运动仅在开始"睁眼看世界"的一代知识分子中产生了一些影响,很少触及普通民众的内心。

在五四新文化运动中,译诗仍然受着"实用理性"心态的左右。知识分子热衷于译介英国浪漫主义诗歌,其中依然包含着对革命情感与抗争精神的释放,和对国家意识与民族意识的认同。此外,译诗的选择还格外重视个人情感意识,非常强调浪漫主义精神中的个人主体性。他们批判旧文学中的"文以载道"思想,但批判并不彻底,忠君孝主的"道"被推翻,资本时代自由平等的"道"被建立。因而,明显的启蒙主义功利观依然是文学鲜明的烙印。不过,这时期文学的实用表达并没有高呼政治口号,也没有诉诸政治理论,它只是依靠被审美主体用情感浸润过的艺术形象,英国浪漫主义诗歌中的情感、想象力、人与自然的关系等等被灌注到了译诗之中。政治信念和政治理想在狂飙突进的浪漫主义风潮之中,经诗化的感性形式处理,加以审美体验和改造,被演绎为个体生命的精神、灵魂、情感和个性特征,在潜移默化中亲近读者的感觉和情感,让他们觉得真实可信,随译诗的思想节拍和情感节奏而律动,从而与其中政治实用的成分产生共振和鸣,冲破封建文化传统的罗网,朝着民主、自由和人的解放的道路上奔跑,体现的正是浪漫主义的反抗、破坏、创造、新生的内在精神。因此五四新文化运动,就其精神实质上,可以说是一次浪漫主义的运动。

新中国成立以后直至"文革"结束,一元化的意识形态体系将文学纳入维护和巩固政治权力的轨道,成为政治意识形态话语生产的工具。对于英国浪漫主义诗歌出现了"积极"与"消极"的人为两分。在"政治标准第一,艺术标准第二"的圭臬之下,以拜伦、雪莱等为代表的积极浪漫主义的诗歌得到了译介和褒扬,而以湖畔派为代表的消极浪漫主义诗歌因与高亢激进的政治意识形态相违背,则被判入冷宫,受到批判。"实用理性"的传统文化心态依旧拥有绝对的控制力。文学的生产、翻译、出版、传播、

---

① Lawrence Venuti, *Translation and the Formation of Cultural Identities*, Clevedon and Philadelphia: Multilingual Matters: 1995, p.19.

阅读、评价等活动均被严格地体制化,译者和作家也被牢牢地锁定在体制之内。这阶段获得译介资格的诗歌经过严格的体制运作之后,以高亢激情的笔调将革命的政治精神和社会的理想蓝图注入读者的情感世界,传达集体人群的共同情绪,使之产生审美意义上的激动和共鸣。这种集体化的抒发是当时诗歌在中国的唯一出路,在革命的名义下,日益呈现"一体化"的、泯灭个性的困境。

"文革"结束后,文学与政治渐渐疏离。政治决策对文学创作的影响力渐渐消解,文学作品也渐渐摆脱政治观念形态的吸附力。70年代末至80年代期间,渗入"政治审美因素"中的价值指向仍然直接和明显,对英国浪漫主义诗歌的解读还摆脱不了实用理性的心态束缚,进入到90年代后,对诗歌的翻译和接受进入了落英缤纷的审美天地,把政治因素巧妙地转化为审美因素,以普遍的人性和受到尊重的主体性诗歌逐步取代了高亢的政治声调,诗歌走出了一体化的困境,吐露了新的生机。在整个新时期,纵然诗歌这一体裁被渐渐边缘化,浪漫主义的影响逐步式微,但众多朦胧诗作仍存留着浪漫主义的烙印,带着文艺苏醒的呐喊和抒发,进入了堪比五四的自由、宽松的实践空间。

如今,诗歌日趋边缘化、小众化早已不是新鲜话题。"自上世纪90年代开始,这个判断就已经被广泛接受,成为对90年代以来中国大陆诗歌的没有多少争议的描述。"[①]诗歌的创作和翻译都出现了衰败和空疏的现象。可是,新诗的百年历程所积累的感受和经验,依旧是宝贵的财富。即便诗歌原有的重要地位和政治文化功能已经失去,但是它仍然能够惊醒人们的内心,诱发了人的自觉,在理想与现实、激情与理性、古典与浪漫、自我与社会的较量中,不断投入对现实的认识与思考,对人性博爱的追求与渴望,以及对明日世界的期待与探索,继续传承中国新诗的理想和精神。

---

① 洪子诚:《当代诗歌的"边缘化"问题》,参见杨克主编:《中国新诗年鉴2007》,广州:花城出版社,2008年,第340页。

第二节　诗体的变革

"两种不同文化体系之间大规模的文学影响,常发生在当一国的美学和文学形式陈旧不堪而急需新的崛起或一个国家的文学传统需要激烈地改变方向和更新的时候。'影响'需要一定的那个条件,影响的种子只有播在那片准备好的土壤上才会萌芽生根。"[①]在相遇之后,语言文字上就会不断地生出侵吞、异变、同化等现象。本土文化会在自己习惯的认知方式、语言模式中寻找相近相似的概念、思想和语汇,与外来的新概念、新思想和新语汇经历过与本土文化势力的争夺渐渐跨越障碍、凿通彼此。

中国主体诗学体系的变迁历程同样与英国浪漫主义诗歌的翻译、研究及影响相互关联、相互促进。在清末民初,白话仍服从于文言的强势,但是到了五四,文言遭到了全面的否定和彻底的废除。旧语言的形式制约了新思想和现代化观念的形成。诗歌也开始了破旧立新的旅程。英国浪漫主义诗歌在中国的广泛传播和接受促进了中国新诗的发展。译诗以新的文学形式深入语言内核,涤荡旧文学体式,用新的形式来激活、激变、构建、影响,使之重新富有生命的朝气。五四新文学革命的倡导者们在面对来自异域的他山之石时,将其充分领会也深刻借鉴到了主流旧诗学的推倒和新诗学的重建上。新思想、新文学情趣的移植,新词汇的缔造,新文法的增益,新形式的输入,都经由翻译实现,与中国主体诗学相融合,形成了新的生命力。

在对外来文艺思潮和文学作品的译介中,英国浪漫主义诗歌构成了其中的重要部分,也成为新诗创作的重要借鉴。正如卞之琳说:"译诗,比诸外国诗原文,对一国的诗创作,影响更大,中外皆然。"[②]仔细而言,"译诗对于原作是翻译;对于译成的语言,它既可以增富意境,就算得一种创作。况且不但意境,它还可以给我们新的语感,新的语体,新的句式,新的

[①] 乐黛云:"序",《跨文化之桥》,2002年。
[②] 卞之琳:《人与诗:忆旧说新》,合肥:安徽教育出版社,2007年,第196页。

隐喻。就具体的译诗本身而论,它确可以算是创作。"① 当时很多译者同时也是诗人,通过模仿与翻译尝试,选用了不同的翻译策略和翻译策略。翻译成为写作的灵感和再生。如胡适用一首译诗来宣告新诗成立的"新纪元",徐志摩在发表译诗之前没有发表过创作诗歌。研究他们的译作与创作,分析其中结构、用词、体式等的变化,会发现二者如两生花,共生共长,共同促进。最初汉语白话体形式放纵、自由散漫,而持续不断地阅读、翻译浪漫主义诗歌之后,译者们展开了对新体式的不同尝试,也为新诗的形式引入了更多理性的约束。所有的这些努力渐渐形成凝练整饬的现代格律体,诗人自身的创作也得以完善和成熟,现代新诗产生并渐渐形成新的规律和诗学主张。

自五四构建的新诗歌体式到建国后渐渐稳定、成熟,艺术性翻译成为译诗的圭臬,时至今日依然鲜活,而译者和诗人们的翻译努力即使在全新的时代语境下仍然具有独特的艺术魅力。新时期的著名译者们如江枫、杨德豫、黄杲炘依然以严格的诗体形式来译诗。他们仍努力贯彻五四早期时所倡导的"匀称"、"均齐"的诗学主张,反对诗歌语言的一般化和庸俗化,从诗行到措辞均贯彻新诗体式的谨严和唯美。

对英国浪漫主义诗歌的译介历程表明,在百余年间,译诗从端严的文言古诗体到诗体大解放时放任的自由体,继而到整饬的新诗体,再到圆熟富有现代敏感性的现代新诗,中国的翻译诗歌顺着先破后立的道路来求取变通和发展。一代又一代的翻译家充分研习英汉两种语言的传统与特质,将不同的诗学规范进行合理而富有创造性的融合,使译诗具有了新的张力和韵律,在凝练中回归到诗歌的本体特质上,并进而培育出一种充满活力与生命的新语言,构成了中国现代汉语诗学中不可或缺的一个部分。

不过,诗体形式的变迁所蕴含的深度又不止于形式本身。正如胡适所说:"文学革命的运动,不论古今中外,大概都是从'文的形式'一方面下手,大概都是先要求语言文学文体等方面的大解放。……初看起来,这都是'文的形式'一方面的问题,算不得重要,却不知形式和内容有密切的关系。形式上的束缚,使精神不能自由发展,使良好的内容不能充分表现。

---

① 朱自清:朱自清:《译诗》,朱乔森编:《朱自清全集》第2卷,第374页。

若想有一种新内容和新精神。不能不先打破那些束缚精神的枷锁镣铐。"①在中国诗歌史由古典走向现代的嬗变历程中,诗歌形式的变革一直紧密伴随着诗歌观念的更新,新诗的纪元在文学革命和新文化运动中开始,以人为中心的审美价值论的旗帜高高扬起,诗歌艺术思维的现代化日渐丰满成熟。

第三节 精神的传承

翻译文学,归根到底是中西两种文化体系在经历失落、变形、扩展、增生之后的惺惺相惜、水乳交融,是以中国文学的视野来阅读、诠释西方文学,将其中国化、本位化。具体到译诗,就犹如一个生命体的移植过程,经本土文化的过滤、变形后再现出来。英国浪漫主义诗歌的译介走过迥然不同的历史文化语境,在中国近现代翻译文学史、新文学史以及新文化运动史上有着不容忽视的地位,对各个时期的文学界均形成巨大的冲击和影响。从"文学救世"的近代诗歌翻译,到建国后十七年间的政治一元化,到"文革"中的偃旗息鼓,再到新时期的回归诗歌本身,迎拒毁誉,凸显了意识形态、诗学对外国文学的操纵,以及操纵文本对创作文学的影响与构建。在这百余年间,政治功用与文学审美处于不断的角力,浪漫主义诗歌历经了与政治意识形态的亲缘关系、臣服霸权以及疏离分立,事实上成为译介者在特定文化语境中的不同改写与操纵。同时,浪漫主义诗歌所特有的激情与内涵经中国特定时期特定话语的变形与再创作,在阅读、批评等的流传过程中集中构想并表达了不同阶段中国的社会与文化现实,完成了一种文化和意识形态对另一种文化和意识形态的驾驭与改造。

借助对英国浪漫主义诗歌的翻译和接受,中国诗人们反观自己的文学传统而有新的体悟,但他们并没有原样照搬,也没有回到传统的中国诗歌体系,而是生发出具有新质的中国现代诗歌。既有西方性,又有中国性;既有世界性,又有民族性;既有异质性,又有本土性。其中的文化精神、文学观念、思维方式跨越中西的差异,直接构建了新的诗学思想和文

---

① 胡适:《谈新诗》,胡适著、季羡林编:《胡适全集》第12卷,第291页。

学主张。

19、20世纪之交的中国"实如驾一扁舟,初离海岸线,而放乎中流,即俗语所谓两头不到岸之时也。语其大者则人民既愤愚民专制之政,而未能组织新政体以代之是政治上之过渡时代也;士子既鄙考据辞章庸恶陋劣之学,而未能开辟新学界以代之,是学问上之过渡时代也;社会既厌三纲压抑虚文缛节之俗,而未能研究新道德以代之,是理想风俗上之过渡时代也。"①风雨飘摇的祖国令一代一代的知识分子投身爱国、救国的精神苦旅。回望中国百年的文学历程,梁启超、鲁迅、苏曼殊、胡适、徐志摩、闻一多、郭沫若、查良铮、王佐良等等,每一个名字都镌刻了从事翻译的热情、改变积弱的决心、新生文学的努力,充满了知其不可为而为之的情怀。20世纪90年代,当江枫在谈及《雪莱全集》的翻译时,同样也说:"雪莱为了实现美、理想而奋斗的一生和作品,在'改革'的年代,也会像在'革命'的年代一样,以其昂扬的英雄主义精神和乐观进取的主旋律,鼓舞我们沿着人类进步的道路前行。"②浪漫主义诗歌的精神一脉相承。它在不同的语境下,被置于不同的文化地位,作为一种主情的文学形式,它总是激昂与低宛相间,当个体的价值旁落,浪漫主义就多呈现感伤的哀音,而当新生的力量摧枯拉朽,它便以狂飙之势迸发而出,表达人的情感与理想。浪漫主义的这种文学精神在百年中国始终给文学和人心以力量,即使是在"文革"的黑暗日子,它也是人们的精神给养,始终映照着本真的内心和纯粹的美好。

如今,一百多年已在身后,前辈先哲们的理想已在起伏的动荡中变为现实。在美好的新世界里,英国浪漫主义诗歌在中国的传播和接受会继续下去,两种迥异的诗歌文学会继续碰撞与融汇,我们仍应在开阔的文化视野下继承翻译,放飞自由的心:"不要局于一国的文学,嚣然自足,该推广而参加世界的文学,既要参加世界的文学,入手方法,先要去隔膜,免误会。要去隔膜,非提倡大规模的翻译不可。"③在此,谨以人类学家罗伯

---

① 梁启超:《过渡时代论》,原载《清议报》83册,1901年6月26日,见夏晓虹编:《梁启超文选》(上),第266—267页。
② 江枫:《江枫先生谈〈雪莱全集〉》,《中国图书评论》1994年第5期。
③ 李华川:《"世界文学"概念在中国的发轫》,《中华读书报》2002年8月21日。

特·路威在《文明与野蛮》中的一句话来总结:"文明是一件东拼西凑的百衲衣,谁也不能夸口是他'独家创造';'转借'实为文化史中的重要因子。"①

颠沛多难的旧世纪已经过去。那些曾为中国的幸福而奋斗的大师们也已故去。但他们遗留下的精神财富仍值得我们继旧往,开新章。"在90年代以来的市场经济、消费主义的时代,诗歌进入文化中心的条件已不再具备,'边缘化'的压力和产生的失落感,比任何时代都浓重和刻骨铭心。"②可是,也正是在如今的社会模式里,我们也更加需要这种纯粹的诗歌气质来拯救的日益贫瘠的心灵,重振诗歌的文化"斗士"的意识,在永恒的前进的行动中,以清新质朴的诗歌本质来唤醒知识和心性,激活思考和精神,传承信仰和勇气,在"浪漫主义"的"永不知足"、"绝对无法实现"的本质和意义中,弘扬中西文化所蕴涵的智慧与精髓。

---

① 王锦厚著:《五四新文学与外国文学》,成都:四川出版社,1988年。
② 洪子诚:《当代诗歌的"边缘化"问题》,参见杨克主编:《中国新诗年鉴2007》,广州:花城出版社,2008年,第344页。

主要参考书目

Abrams, M. H. ed, *The North Anthology of English Literature*, New York: W. W. Norton & Company, 1979.

Baker, Mona, ed, *Routledge Encyclopedia of Translation Studies*, London, New York: Routledge, 1998.

Barnston, Willis, *The Poetics of Translation: History, Theory, Practice*, New Haven & London: Yale University, 1993.

Bassnett, Susan & André Lefevere eds, *Translation, History and Culture*, London: Pinter, 1990.

Bassnett, Susan, *Translation Studies*, Shanghai: Shanghai Foreign Language Education Press, 2004.

Bassnett, Susan, *Comparative Literature: A Critical Introduction*, Oxford: Blackwell Publishers, 1993.

Bloom, Harold, *Romanticism and Consciousness*, New York: W. W. Norton, 1970.

Cronin, Grover & Barasch, Frances K: *The Romantic Poets*, New York: Monarch press, 1966.

Day, Aidan, *Romanticism (The New Critical Idiom)*, London and New York, Routledge, 1996.

Gentzler, Edwin, *Contemporary Translation Theories*, London: Routledge, 1993.

Harper, George McLean, *William Wordsworth: His Life, Works and Influence*, New York: John Murray, 1960.

Hazlitt, William C., *The Complete Works of William Hazlitt*, New York: AMS Press, 1934.

Hermans, Theo, *The Manipulation of Literary Translation*, London & Sydney: Croom Helm, 1985.

Huntington, Samuel P., *The Clash of Civilizations and the Remaking of World Order*, New York: Simon & Schuster, 1996.

Lee, Leo Ou-fan, *The Romantic Generation of Modern Chinese Writers*, Cambridge,

Harvard University Press, 1973.

Lefevere, André, *Translating Literature: Practice and Theory in a Comparative Literature Context*, New York: Modern Language Association of America, 1992.

Lefevere, André, *Translation, Rewriting, and the Manipulation of Literary Fame*, London & New York: Routledge, 1992.

McGann, Jerome J., *The New Oxford Book of Romantic Period Verse*, New York: Oxford University Press, 1993.

Nord, Christiane, *Text Analysis in Translation*, Amsterdam: Rodopi, 1991.

Robinson, Douglas, *The Translator's Turn*, Beijing: Foreign Language Teaching and Research Press, 2006.

Román Álvarez & M. Carmen-África Vidal, *Translation, Power, Subversion*, Clevedon: Multilingual Matters, 1996.

Simon, Sherry, *Gender in Translation*, London: Routledge, 1996.

Toury, Gideon, *Descriptive Translation Studies and Beyond*, Shanghai: Shanghai Foreign Language Education Press, 2001.

Venuti, Lawrence, ed, *Rethinking Translation: Discourse, Subjectivity, Ideology*, London: Routledge, 1992.

Venuti, Lawrence, *The Translator's Invisibility: A History of Translation*, London & New York: Routledge, 1995.

Venuti, Lawrence, *The Scandals of Translation: Towards an Ethics of Difference*, New York: Routledge, 1998.

Venuti, Lawrence, *Translation and the Formation of Cultural Identities*, Clevedon & Philadelphia: Multilingual Matters, 1995.

M. H. 艾布拉姆斯著,骊稚牛、张照进、童庆生译:《镜与灯》,北京:北京大学出版社,1989年,第171页。

阿尔都塞著,陆梅林、陈桑等译:《西方马克思主义美学文选》,桂林:漓江出版社,1988年。

阿尼克斯特著,戴镏龄等译:《英国文学史纲》,北京:人民文学出版社,1959年。

阿泰莫诺夫、格腊日丹斯卡雅等著:《18世纪外国文学》,上海:上海文艺出版社,1961年。

阿英编著:《晚清文学丛钞》,北京:中华书局,1960年。

阿英著:《阿英文集》,北京:三联书店,1981年。

安德列·纪德著,桂裕芳等译:《纪德文集》,广州:花城出版社,2001年。

安妮特·鲁宾斯坦著:《英国文学的伟大传统》,上海:上海译文出版社,1998年。
拜伦著,查良铮译:《拜伦诗选》,上海:上海译文出版社,1982年。
拜伦著,杨德豫、查良铮编译:《拜伦诗歌精选》,太原:北岳文艺出版社,1994年。
拜伦著,查良铮译:《唐璜》,北京:人民文学出版社,1980年。
拜伦著,梁真译:《拜伦抒情诗选》,上海:平明出版社,1955年。
拜伦著,杨德豫选译:《拜伦抒情诗七十首》,长沙:湖南人民出版社,1981年。
拜伦著,张建理、施晓伟编译:《地狱的布道者——拜伦书信选》,上海:三联书店,1991年。
北冈正子著,陈秋帆译:《〈摩罗诗力说〉材源考》,北京:北京师范大学出版社,1983年。
毕光明:《文学复兴十年》,海口:海南出版社,1995年。
卞之琳著:《人与诗:忆旧说新》,北京:三联书店,1984年。
卞之琳著:《漏室鸣·卞之琳散文随笔选集》,北京:中央编译出版社,2005年。
冰心著:《冰心全集》,福州:海峡文艺出版社,1994年。
勃兰兑斯著,徐式谷等译:《19世纪文学主流》,北京:人民文学出版社,1984年。
布莱克著,杨苡编译:《天真与经验之歌》,南京:译林出版社,2002年。
布莱克著,张炽恒编译:《布莱克诗集》,上海:三联书店,1999年。
布莱克著,张维明编译:《天堂与地狱的婚姻:布莱克诗选》,北京:中国文联出版公司,1989年。
蔡其矫著:《蔡其矫诗选》,北京:人民文学出版社,1996年。
蔡守湘著:《中国浪漫主义文学史》,武汉:武汉出版社,1999年。
陈伯良:《穆旦传》,杭州:浙江人民出版社,2004年。
陈淳、刘象愚著:《比较文学概论》,北京:北京师范大学出版社,2000年。
陈德鸿、张南峰著:《西方翻译理论精选》,香港:香港城市大学出版社,2000年。
陈独秀著:《陈独秀文章选编》,北京:三联书店,1984年。
陈福康著:《中国译学理论史稿》,上海:上海外语教育出版社,1992年。
陈国恩著:《浪漫主义与20世纪中国文学》,合肥:安徽教育出版社,2001年。
陈久仁编:《中国学术译著总目提要(1978—1987)·社会科学卷》,长春:吉林教育出版社,1994年。
陈平原、夏晓虹编:《20世纪中国小说理论资料·第一卷》,北京:北京大学出版社,1997年。
陈平原:《中国现代小说的起点 清末民初小说研究》,北京:北京大学出版社,2005年。
陈思和著:《中国新文学整体观》,上海:上海文艺出版社,1987年。
陈引驰著:《梁启超学术论著集:文学卷》,上海:华东师范大学出版社,1998年。

陈子展著:《中国近代文学之变迁:最近三十年中国文学史》,上海:上海古籍出版社,2000年。

成仿吾著:《成仿吾文集》,济南:山东大学出版社,1985年。

程光炜著:《大众媒介与中国现当代文学》,北京:人民文学出版社,2005年。

程光炜著:《中国当代诗歌史》,北京:中国人民大学出版社,2003年。

邓小平著:《邓小平论文艺》,北京:人民文学出版社,1989年。

丁宏为著:《理念与悲曲——华兹华斯后革命之变》,北京:北京大学出版社,2002年。

丁景常选编:《陶晶孙选集》,北京:人民文学出版社,1995年。

杜运燮编:《穆旦诗选》,北京:人民文学出版社,1986年。

杜运燮编:《一个民族已经起来——怀念诗人翻译家穆旦》,南京:江苏人民出版社,1987年。

范伯群、朱栋霖编著:《1898—1949:中外文学比较史》,南京:江苏教育出版社,1993年。

范存忠:《英国文学论集》,北京:外国文学出版社,1981年。

范文瑚等编:《外国浪漫主义文学三十讲》,贵阳:贵州人民出版社,1986年。

方仁念编:《新月派评论资料选》,上海:上海华东师范大学出版社,1993年。

方洲著:《世界文学名著速读手册》,北京:中国青年出版社,1999年。

冯光廉、朱德发、刘新华等编著:《中国现代文学史题解》,济南:山东教育出版社,1984年。

傅杰编校:《王国维论学集》,北京:中国社会科学出版社,1997年。

高尔基著,孟昌、曹葆华、戈宝权译:《论文学》,北京:人民文学出版社,1978年。

高尔基著,缪灵珠译:《俄国文学史》,上海:新文艺出版社,1956年。

高健编译:《英诗揽胜》,太原:北岳文艺出版社,1992年。

戈宝权著:《中外文学因缘》,北京:北京出版社,1992年。

葛桂录著:《他者的眼光—中英文学关系论稿》,银川:宁夏人民出版社,2003年。

葛桂录著:《雾外的远因—英国作家与中国》,银川:宁夏人民出版社,2002年。

葛桂录著:《中英文学关系编史》,上海:上海三联书店,2004年。

龚翰雄:《20世纪西方文学研究》,福州:福建人民出版社,2004年。

辜正坤:《世界名诗鉴赏词典》,北京:北京大学出版社,1990年。

辜正坤著:《中西诗比较鉴赏与翻译理论》,北京:清华大学出版社,2003年。

顾蕙倩著:《台湾现代诗的浪漫特质》,台北:秀威资讯科技股份有限公司,2009年。

顾子欣选译:《英国湖畔三诗人选集》,长沙:湖南人民出版社,1986年。

关爱和著:《中国近代文学论集》,北京:中华书局,2006年。

郭嘉编译:《英美诗歌精品赏析》,天津:南开大学出版社,2009年。
郭沫若著:《论诗三札》,《文艺论集》,北京:人民文学出版社,1979年。
郭沫若译:《沫若译诗集》,北京:人民文学出版社,1956年。
郭沫若著,彭放编:《郭沫若谈创作》,哈尔滨:黑龙江人民出版社,1982年。
郭绍虞著:《中国文学批评史》,天津:百花文艺出版社,1999年。
郭延礼著:《近代西学与中国文学》,武汉:百花洲文艺出版社,2000年。
郭延礼著:《中国近代翻译文学概论》,武汉:湖北教育出版社,1998年。
郭著章著:《翻译名家研究》,武汉:湖北教育出版社,1999年。
哈罗德·布鲁姆:《批评、正典结构与预言》,吴琼译,北京:中国社会科学出版社,2000年。
海岸选编:《中西诗歌翻译百年论集》,上海:上海外语教育出版社,2007年。
海涅著,张玉书译:《论浪漫派》,北京:人民文学出版社,1979年。
韩迪厚著:《近代翻译史话》,香港:香港辰冲图书公司,1969年。
何文忠编著:《新诗学》,重庆:西南师范大学出版社,1992年。
洪子诚、刘登翰著:《中国当代新诗史》,北京:人民文学出版社,1993年。
洪子诚著:《问题与方法》,北京:三联书店,2002年,第34页。
洪子诚著:《中国当代文学史》,北京:北京大学出版社,1999年。
侯维瑞主编:《英国文学通史》,上海:上海外语教育出版社,1999年。
胡经之著:《西方文艺理论名著教程》,北京:北京大学出版社,2003年。
胡绳武:《戊戌维新运动史论集》,长沙:湖南人民出版社,1983年。
胡适著,曹伯言整理:《胡适日记全编》,合肥:安徽教育出版社,2001年。
胡适著:《尝试集》,北京:人民文学出版社,1984年。
胡适著,季羡林编:《胡适全集》,合肥:安徽教育出版社,2003年。
华兹华斯著,黄杲炘译:《华兹华斯抒情诗选》,上海:上海译文出版社,1986年。
华兹华斯著,谢耀文选译:《华兹华斯抒情诗选》,南京:译林出版社,1991年。
华兹华斯著,杨德豫选译:《华兹华斯抒情诗选》,长沙:湖南文艺出版社,1996年。
黄杲炘选译:《英语爱情诗一百首》,北京:中国对外翻译出版公司,1993年。
黄轶:《传承与反叛:中国文学现代转型研究》,郑州:河南人民出版社,2008年。
济慈著,屠岸译:《夜莺与古瓮:济慈诗歌精粹》,北京:人民文学出版社,2008年。
济慈著,查良铮译:《济慈诗选》,北京:人民文学出版社,1958年。
贾植芳、陈思和著:《中外文学关系史资料汇编(1898—1937)》,桂林:广西师范大学出版社,2004年。
贾植芳主编:《中国现代文学的主潮》,上海:复旦大学出版社,1990年。

焦文彬、李继凯著:《中国文学史话近代卷》,长春:吉林人民出版社,1998年。
金东雷:《英国文学史纲》,上海:商务印书馆,1937年。
考德威尔著,薛鸿时译:《浪漫主义与现实主义——对英国资产阶级文学的研究》,上海:三联书店,1988年。
柯勒律治著,杨德豫选译:《神秘诗!怪诞诗!——柯尔律治的三篇代表作》,北京:人民文学出版社,1992年。
孔慧怡、杨承淑著:《亚洲翻译传统与现代动向》,北京:北京大学出版社,2000年。
寇鹏程:《古典、浪漫与现代》,上海:上海三联书店,2005年。
拉曼·塞尔登著,刘象愚等译:《文学批评理论:从柏拉图到现在》,北京:北京大学出版社,2003年。
莱蒙托夫著,余振译:《莱蒙托夫诗选》,上海:上海译文出版社,1980年。
乐黛云著:《比较文学与中国现代文学》,北京:北京大学出版社,1987年。
乐黛云著:《跨文化之桥》,北京:北京大学出版社,2002年。
雷纳·韦勒克著,杨自伍译:《近代文学批评史:1750—1950》(第二卷)《浪漫主义时代》,上海:上海译文出版社,1997年。
李标晶:《比较文学与中国现代文学》,长沙:岳麓书社,2000年。
李欧梵著,王宏志等译:《中国现代作家的浪漫一代》,北京:新星出版社,2005年。
李欧梵著:《现代性的追求》,北京:三联书店,2000年。
李祈著:《华茨华斯及其序曲》,上海:商务印书馆,1947年。
李庆本著:《20世纪中国浪漫主义美学》,北京:现代出版社,1999年。
李伟著:《中国近代翻译史》,济南:齐鲁书社,2005年。
李蔚著:《苏曼殊评传》,北京:社会科学文献出版社,1990年。
李岫、秦林芳编著:《20世纪中外文学交流史》,石家庄:河北教育出版社,2001年。
李泽厚著:《形象思维再续谈》,《美学论集》,上海:上海文艺出版社,1980年。
李泽厚著:《美学论集》,上海:上海文艺出版社,1980年。
李泽厚著:《中国近代思想史论》,上海:三联书店,2008年。
李泽厚著:《中国现代思想史论》,北京:三联书店,2008年。
利里安·弗斯特著,李今译:《浪漫主义》,北京:昆仑出版社,1989年。
梁启超著:《新中国未来记》,桂林:广西师范大学出版社,2008年。
梁启超著,钱谷融主编:《梁启超书话》,杭州:浙江人民出版社,1998年。
梁实秋著:《文学的纪律》,北京:人民文学出版社,1988年。
梁宗岱著:《诗与真·诗与真二集》,北京:外国文学出版社,1984年。
琳清著:《世界大诗人》,香港:香港上海书局,1973年。

林乐齐编:《胡适散文》,杭州:浙江文艺出版社,2001年。
刘若瑞编:《19世纪英国诗人论诗》,北京:人民文学出版社,1984年。
刘新民选编:《诗篇中的诗人》,北京:人民文学出版社,2004年。
刘烜著:《闻一多评传》,北京:北京大学出版社,1983年。
刘意青著:《18世纪外国文学史》,北京:外语教学与研究出版社,2006年。
柳无忌编著:《柳亚子文集·苏曼殊研究》,上海:上海人民出版社,1987年。
柳无忌著:《苏曼殊传》,王晶垚译,北京:三联书店,1992年。
柳亚子著:《苏曼殊研究》,北京:中国书店,1985年。
鲁迅著:《鲁迅全集》,北京:人民文学出版社,2005年。
罗成琰著:《现代中国的浪漫文学思潮》,长沙:湖南教育出版社,1992年。
罗钢著:《浪漫主义文艺思想研究》,西安:陕西人民出版社,1986年版。
罗钢著:《历史汇流中的抉择》,北京:中国社会科学出版社,2000年。
罗新璋编:《翻译论集》,北京:商务印书馆,1984年。
罗选民著:《外国文学翻译在中国》,合肥:安徽文艺出版社,2003年。
吕俊著:《翻译学——一个建构主义的视角》,上海:上海外语教育出版社,2006年。
吕正惠著:《大陆的外国文学翻译》,台北:"行政院文化建设委员会"印行,1996年。
马积高著:《清代学术思想的变迁与文学》,长沙:湖南出版社,1996年。
马以君编注:《苏曼殊文集》,广州:花城出版社,1991年。
马祖毅著:《中国翻译简史——五四以前部分》,北京:中国对外翻译出版公司,1984年。
玛里琳·巴特勒著,黄梅、陆建德译:《浪漫派、叛逆者及反动派:1760—1830年间英国文学及其背景》,沈阳:辽宁教育出版社,1998年。
茅盾:《西洋文学通论》,上海:复旦大学出版社,2004年。
蒙塞尔著,陈超南、刘天华译:《艺术史的哲学》,北京:中国社会科学出版社,1992年。
莫世祥编:《马君武集》,武汉:华中师范大学出版社,1991年。
穆旦著、李方编:《穆旦诗全集》,北京:中国文学出版社,1996年。
查良铮译:《穆旦译文集》,北京:人民文学出版社,2005年。
穆旦著:《穆旦诗文集》,北京:人民文学出版社,2006年。
倪正芳著:《拜伦与中国》,西宁:青海人民出版社,2008年。
聂锦坡译:《英国浪漫主义文学》,沈阳:辽宁大学出版社,1990年。
庞德著,杨匡汉、刘福春编译:《西方现代诗论》,广州:花城出版社,1988年。
彭斯著,袁水拍译:《我的心呀,在高原》,北京:人民文学出版社,1959年。
彭斯著,王佐良译:《彭斯诗选》,北京:人民文学出版社,1985年。

彭斯著,袁可嘉编译:《彭斯诗钞》,上海:上海文艺出版社,1959年。
皮埃尔·布迪厄著:《艺术的法则——文学场的生成和结构》,刘晖译,北京:中央编译出版社,2001年。
钱理群、温儒敏、吴福辉著:《中国现代文学三十年》,北京:北京大学出版社,1999年。
钱中文著:《新理性精神文学论》,武汉:华中师范大学出版社,2000年。
乔治·桑普森著,刘玉麟译:《简明剑桥英国文学史》,上海:上海外语教育出版社,1987年。
邱文渡、邬孟晖著:《新文艺辞典》,上海:光华书局,1931年。
沈从文著:《沈从文散文选》,北京:人民文学出版社,1982年。
苏曼殊著,柳亚子编:《苏曼殊全集》,北京:中国书店,1985年。
苏曼殊著,马以君编:《苏曼殊文集》,广州:花城出版社,1991年。
苏文菁著:《华兹华斯诗学》,北京:社会科学文献出版社。2000年。
孙梁选编:《英美名诗一百首》,香港:商务印书馆香港分馆,1987年。
孙宜学著:《中外浪漫主义文学导引》,上海:同济大学出版社,2002年。
孙致礼著:《1949—1966:我国英美文学翻译概论》,南京:译林出版社,1996年。
谭行等编著:《马君武诗注》,南宁:广西民族出版社,1985年。
谭正璧著:《中国文学进化史》,光明书局,1929年;
汤学智、杨匡汉编:《台港暨海外学界论中国知识分子》,郑州:河南人民出版社,1994年。
唐弢编:《鲁迅全集补遗续编》,上海:上海出版公司,1953年。
田文信著:《论浪漫主义》,北京:文化艺术出版社,1988年。
屠岸、章燕著:《湖畔诗魂》,北京:人民文学出版社,1990年。
汪静之编著:《蕙的风》,北京:人民文学出版社,1957年。
王秉钦著:《20世纪中国翻译思想史》,天津:南开大学出版社,2004年。
王德威著:《想象中国的方法》,北京:生活·读书·新知三联书店,1998年。
王宏印著译:《穆旦诗英译与解析》,石家庄:河北教育出版社,2004年。
王宏志著:《重释"信、达、雅":20世纪中国翻译研究》,上海:东方出版中心,1999年。
王建开著:《五四以来我国英美文学作品译介史》,上海:上海外语教育出版社,2003年。
王锦厚著:《五四新文学与外国文学》,成都:四川出版社,1988年。
王俊年著:《中国近代文学论文集(1919—1949 小说卷)》,北京:中国社会科学出版社,1988年。
王柯著:《百年新诗诗体建设研究》,上海:三联书店,2004年。

王森然著:《近代二十家评传》,北京:书目文献出版社,1987年。
王思、李肃东著:《贺麟评传》,南昌:百花洲文艺出版社,1995年。
王田葵著:《浪漫派导论》,武汉:武汉大学出版社,1993年。
王希苏著:《个性主义与浪漫主义:英、美、中浪漫主义诗歌比较》,博士论文。
王小波著:《青铜时代》,广州:花城出版社,1997年。
王训昭、卢正言等编:《中国现代文学史资料汇编》(乙种),北京:中国社会科学出版社,1981年。
王瑶著:《王瑶全集》,石家庄:河北教育出版社,2000年。
王永生主编:《中国现代文论选》,贵阳:贵州人民出版社,1982年。
王元骧著:《审美反映与艺术创造》,杭州:杭州大学出版社,1992年。
王源:《新时期文学专题研究》,兰州:甘肃教育出版社,2005年。
王长元:《沉沦的菩提——苏曼殊全传》,长春:长春出版社,1998年。
王佐良、丁往道著:《英语文体学引论》,北京:外语教学与研究出版社,1987年。
王佐良主编:《英国诗选》,上海:上海译文出版社,1988年。
王佐良著:《翻译:思考与试笔》,北京:外语教学与研究出版社,1989年。
王佐良著:《王佐良文集》,北京:外语教学与研究出版社,1997年。
王佐良著:《英国浪漫主义诗歌史》,北京:人民文学出版社,1991年。
王佐良著:《英国诗史》,南京:译林出版社,1997年。
魏绍馨:《中国现代文学思潮史》,杭州:浙江大学出版社,1988年,
闻一多:《唐诗杂论诗与批评》,北京:三联书店,1999年。
闻一多著:《闻一多诗全编》,杭州:浙江文艺出版社,1995年。
吴笛编译:《雪莱抒情小诗》,杭州:浙江文艺出版社,1992年。
吴中杰著:《中国现代文艺思潮史》,上海:复旦大学出版社,1996年。
伍蠡甫:《欧洲文论简史》,北京:人民文学出版社,1985年。
夏晓虹编:《梁启超文选》,北京:中国广播电视出版社,1992年。
肖霞著:《浪漫主义:日本之桥与"五四"文学》,济南:山东大学出版社,2003年。
肖霞著:《日本近代浪漫主义文学与基督教》,济南:山东大学出版社,2007年。
谢冕、洪子诚主编:《中国当代文学史料选(1948—1975)》,北京:北京大学出版社,1995年。
谢天振、查明建著:《中国现代翻译文学史(1898—1949)》,上海:上海外语教育出版社,2004年。
谢天振著:《翻译研究新视野》,青岛:青岛出版社,2003年。
谢天振著:《译介学》,上海:上海外语教育出版社,1999年。

徐荣街著:《20世纪中国诗歌理论》,济南:山东教育出版社,2000年。
徐志摩著:《徐志摩的诗》,长春:时代文艺出版社,2002年。
徐志摩著:《静物》,呼和浩特:内蒙古人民出版社,1998年。
徐志摩著:《徐志摩译诗集》,长沙:湖南人民出版社,1989年。
徐志摩著:《徐志摩散文集》,上海:上海古籍出版社,2002年。
许钧著:《翻译论》,武汉:湖北教育出版社,2003年。
许钧著:《文学翻译的理论与实践——翻译对话录》,南京:译林出版社,2001年。
许钧、穆雷主编:《翻译学概论》,南京:译林出版社,2009年。
雪莱著,查良铮译:《雪莱抒情诗选》,北京:人民文学出版社,1958年。
雪莱著,江枫编选、翻译:《雪莱抒情诗选》,北京:商务印书馆,1997年。
雪莱著,江枫译:《雪莱全集》,石家庄:河北教育出版社,2000年。
雪莱著,江枫译:《雪莱诗选》,长沙:湖南人民出版社,1981年,
雪莱著,王科一译:《伊斯兰的起义》,上海:上海文艺出版社,1962年。
雪莱著,徐文惠译:《爱与美的礼赞——雪莱散文集》,上海:三联书店,1989年。
雪莱著,杨熙龄编译:《雪莱政治论文选》,北京:商务印书馆,1981年。
杨爱芹:《益世报与中国现代文学》,北京:中国文史出版社,2009年。
杨健著:《文化人革命中的地下文学》,北京:朝华出版社,1993年。
杨江柱、胡正学著:《西方浪漫主义文学史》,武汉:武汉出版社,1989年。
杨匡汉、刘福春编著:《西方现代诗论》,广州:花城出版社,1988年。
杨匡汉、刘福春编著:《中国现代诗论》,广州:花城出版社,1985年。
杨联芬著:《晚清至五四:中国文学现代性的发生》,北京:北京大学出版社,2003年。
杨周翰主编:《欧洲文学史》,北京:人民大学出版社,2004年。
姚乃强著:《西方经典文论》,上海:上海外语教育出版社,2003年。
以赛亚·柏林著,吕梁、洪丽娟、孙易译:《浪漫主义的根源》,南京:译林出版社,
　2008年。
殷国明著:《20世纪中西文艺理论交流史论》,上海:华东师范大学出版社,1999年。
余光中著:《余光中谈翻译》,北京:中国对外翻译出版公司,2002年。
俞兆平著:《写实与浪漫》,上海:三联书店,2001年。
郁达夫著:《郁达夫文集》,杭州:浙江文艺出版社,1987年。
袁可嘉著:《半个世纪的脚印》,北京:人民文学出版社,1994年。
张大明著:《西方文学思潮在现代中国的传播史》,成都:四川教育出版社,2001年。
张南峰著:《中西译学批评》,北京:清华大学出版社,2004年。
张旭春著:《政治的审美化和审美的政治化》,北京:人民出版社,2004年。

曾小逸编:《走向世界文学——中国现代作家与外国文学》,长沙:湖南人民出版社,1985年。

章安祺编:《西方文艺理论史精读文献》,北京:中国人民大学出版社,2003年。

赵家璧主编:《中国新文学大系》,上海:上海文艺出版社,1981年。

赵瑞蕻著:《〈摩罗詩力说〉注释·今释·解说》,天津人民出版社,1982年。

赵遐秋等编:《徐志摩文集》,桂林:广西民族出版社,1991年。

赵毅衡著:《对岸的诱惑》,北京:知识出版社,2003年。

郑伯农编选:《中国新文学大系·小说三集》,1935年。

郑敏著:《诗歌与哲学是近邻》,北京:北京大学出版社,1999年。

郑敏著:《英美诗歌戏剧研究》,北京:北京师范大学出版社,1982年。

郑振铎选编:《中国新文学人系·文学争论集》,上海:上海文艺出版社,2003年。

郑振铎著:《文学大纲》,上海:上海书店,1986年。

郑振铎著:《新与旧·郑振铎文集》,北京:人民文学出版社,1985年。

郑振铎:《郑振铎全集》,石家庄:花山文艺出版社,1998年,

中共中央文献研究室:《毛泽东在七大的报告和讲话集(1945年4月—6月)》,北京:中央文献出版社,1995年。

中国社会科学院文学研究所:《中国近代文学百题》,北京:中国国际广播出版社,1989年。

周珏良:《周珏良文集》,北京:外语教学与研究出版社,1994年。

周扬著:《周扬文集》,人民文学出版社,1984年。

朱光潜著:《诗论》,上海:上海古籍出版社,2001年。

朱光潜著:《朱光潜自传》,南京:江苏文艺出版社,1998年。

朱光潜著:《艺文杂谈》,合肥:安徽人民出版社,1981年。

朱寿桐著:《情绪:创造社的诗学宇宙》,上海:上海文艺出版社,1991年。

朱湘著,梦晨编选:《朱湘文集》,北京:华夏出版社,2000年。

朱湘编译:《朱湘译诗集》,长沙:湖南人民出版社,1985年。

朱湘著:《番石榴集》,北京:商务印书馆,1936年。

朱自清著:《新诗杂话》,北京:三联书店,1984年。

朱自清著,朱乔森编:《朱自清全集》,南京:江苏教育出版社,1988年。

竹内敏雄主编,池学镇译:《美学百科词典》,哈尔滨:黑龙江人民出版社,1986年。

邹振环著:《20世纪上海翻译出版与文化变迁》,桂林:广西教育出版社,2000年。

邹振环著:《影响中国近代社会的一百种译作》,北京:中国对外翻译出版公司,1996年。

后　记

　　一直觉得阅读是一种缘分，喜欢的，不喜欢的，那么多文字、书籍，有的过目即忘，有的一下子击中心房，驻扎下来，生根、发芽。

　　从小时候起，我就喜欢读诗，即使全然不懂诗是什么，也喜欢跟着或明亮或悠远的节拍和韵律一遍一遍地念下去。长大一些后，渐渐地体会出诗歌里有着一个浪漫、热烈以及悲怆的世界；寥寥几行便描绘出或壮阔或婉约的故事和情绪，在言语之外，留下大片的空白让我延伸着想象的触角。于是，常常在备考心烦的时候，让自己沉浸在古老的含蓄里，找到一些遥远的慰籍和宁静。

　　不过，我不是个文学女青年，没有伤春悲秋的敏感，也没有大开大阖的激情，才情亦不足，所以虽然爱诗，却写不了诗。大学时，读了英语专业，让我在中文的绮丽之外，蓦然见到了一个迥异的世界，一种充满着哲学意味的美，一种拥有着缜密的逻辑和理性的语言。那时候，开始零零碎碎地读英诗，华兹华斯的 *The Solitary Reaper* 是第一首在脑中徘徊不去的。朴素清新的文字，自由流畅的诗体，天然成趣，其中的思想和情绪也隐隐然呼应着老庄、王维、陶渊明。这种呼应和中西语言之间无法回避的差异形成了一种微妙的联系和对抗，就像物理学中，爱因斯坦认为最高的原则是以"优雅"与否为判别——"尽可能地简单，但却不能再行简化。"无论汉诗还是英诗，都极为简约地构成一个个小世界，如切割钻石般，切成无数意义的棱面，互为折射辉映，尽显语言的优雅。然而，透过诗歌这些棱面的美，我们也同样看到了语言迥然不同的气质、结构和风格。相似的优雅、迥异的表达，让我开始对语言间的转化产生了浓厚的兴趣。

　　后来读硕士，来到上外，毫不犹豫地选择了翻译专业，希望自己能够在两种语言之间游走自如，架构桥梁。但是每每翻译时，理想的译文却永远隔膜着，距离着，不能酣畅淋漓。我的功力不足自然是原因之一，翻译之难也是另外一个原因。而诗歌的翻译，更是荆棘丛生，难上加难。译过来的东西，往往骨肉仍存，但丰神气韵不再，字典端于案前，缪斯则飞遁窗外。写毕业论文的时候，我选择了研究唐诗英译，研究唐诗在翻译过程中丢失的东西，研究为什么顾此失彼之嫌俯仰皆是，但译作仍层出不穷。这是我第一次把诗歌和翻译这两个心之所好，认真严肃地联系了起来。毕业后留在英语学院教书，读诗、翻译一直都是我的兴趣所在，不曾丢下。再后来读博士，论文研究的是1949年到1966年的十七年间英美诗歌在中国的译介，依旧是诗歌，依旧是翻译，这两者已然成为我学术生命中的关键词。

  至于现在的这本书《翻译·构建·影响——英国浪漫主义诗歌在中国》仍然是"诗歌与翻译"这一学术兴趣的延续。最初的构思成于2009年，在一年的资料收集、梳理之后，真正的写作始于2010年，2011年秋完稿。虽然写学术著作需要理性的态度、客观的视角，然而，当我把漫长的百年间，英国浪漫主义诗歌在中国走过的路程进行浓缩、分章、叙述、聚焦时，却时不时被感动、振奋，直至在灵魂深处留下或深刻或浅淡的印记。那些诗歌往往在偶然之间被某位中国的译者看到、译出，然而这偶然里却集合了所有必然的理由，挟裹着历史的使命，在细小的诗体里释放了强大的能量，如同陨石一般，速度加重力，砸落在中国的土地上，直指人心。在这之中，翻译就是一种隐在幕后的常态，它让英诗的生命力超出了本身，不停地伸展外延，散往四面八方。诗"不可译"的宿命在这一过程中似乎早已被打破，那么多锦绣的译文不仅在意境和笔法上恰如其分，而且与原诗和谐如一，完成抒情、教化的使命。尤其耐人寻味的是，在诗体吸收英诗元素，实现破旧立新的变革之后，译诗并没有更进一步地自由散漫开来，相反一直在格律节拍上端严整肃，恪尽职守。译者在其中所历的磨难，想来并不亚于"两句三年得，一吟双泪流"的辛苦，为了美妙的诗行耗尽心血。而当我在记录、诠释、分析这些或拙朴厚重或晶莹婉转的词句时，仿佛也能透视到那些译者始终求索的身影，告诫我沉静下来，细细地读，慢慢地写，让百年的光影重现。

  不过，仅凭着一己之功是不可能完成这本专著的。要特别感谢梅德明教授、谢天振教授、史志康教授，从选题到最后的成书，给予了我很多中肯的建议与批评，令我受用匪浅，裨益至今。还要特别感谢冯庆华教授、李基安教授、李维屏教授、陈坚林教授,他们的鼓励和帮助使我始终在愉悦、温暖的心境中专注撰写,安心研究。再者,还要感谢顾忆青同学和施佳能同学,在广浩的故纸堆里,细致地帮我收集了五四时期以及新时期的译介史料。所有这些帮助与关心构成了一个充满活力的场域,让我在理论思考与史料挖掘、翻译实践和诗歌鉴赏之间,充满研究的兴趣和热情。对此我将终生感激。

时光的脚步不会停下,早已成为经典的英国浪漫主义诗歌也将在岁月的光尘中历久弥新,在不断推出的译本中催生出更多的美与力量。而这本书也将成为青年时光的一个刻度,记录那些对于诗歌、对于翻译、对于学术研究的苦与乐,激励我在阅读经典的无限生命中,不断修正、补充、丰富自我,再向前走。